幻 影

王小方 著

西南交通大学出版社
·成都·

图书在版编目（CIP）数据

幻影 / 王小方著. —成都：西南交通大学出版社，2017.6
ISBN 978-7-5643-5517-3

Ⅰ. ①幻… Ⅱ. ①王… Ⅲ. ①短篇小说－小说集－中国－当代 Ⅳ. ①I247.7

中国版本图书馆 CIP 数据核字（2017）第 143254 号

Huanying
幻　影

土小方　著

责任编辑　罗小红
封面设计　曹天擎

印张	18.75　字数　279千	出版发行　西南交通大学出版社
成品尺寸	170 mm×230 mm	网址　http://www.xnjdcbs.com
版次	2017年6月第1版	地址　四川省成都市二环路北一段111号 　　　西南交通大学创新大厦21楼
印次	2017年6月第1次	邮政编码　610031
印刷	成都蓉军广告印务有限责任公司	发行部电话　028-87600564　028-87600533
书号	ISBN 978-7-5643-5517-3	定价　59.80元

图书如有印装质量问题　本社负责退换
版权所有　盗版必究　举报电话：028-87600562

目　录

斗鱼 …………………………………………………………… 001
　一、一厢情愿就得愿赌服输 ………………………………… 001
　二、我有病，你有药吗？ …………………………………… 009
　三、如果我变成了你喜欢的样子，你会不会多看我一眼 …… 017
　四、谁准你没经过允许就霸占我的地盘？ ………………… 026
　五、长大后，我们都变成了自己曾经最讨厌的人 ………… 033
　六、非暴力不合作，你是受虐狂吗？ ……………………… 039
　七、连哭都没有了资格 ……………………………………… 046
　八、除了坚强别无他法 ……………………………………… 053
　九、蚂蚁送亲 ………………………………………………… 060
　十、戴着面具收放自如 ……………………………………… 066
　十一、沐毅，好久不见 ……………………………………… 072
　十二、再见，我的青春和梦想 ……………………………… 079
　十三、我是一条追着自己尾巴的鱼 ………………………… 086

寂寞流光醉清欢 ……………………………………………… 092

梨花白 ………………………………………………………… 171
　一、没有了爱，哪还有恨？ ………………………………… 171
　二、对不起有什么用？ ……………………………………… 175
　三、又是一年梨花白 ………………………………………… 178

四、她不是姐姐是侄女 …………………………… 182

　　五、都是没钱惹的祸 ……………………………… 186

　　六、故人相见分外尴尬 …………………………… 189

　　七、争夺 …………………………………………… 193

傻丫的婚姻大事 ……………………………………… 197

　　一、候哑巴抱养的女儿是个傻子 ………………… 197

　　二、我的哑巴爸爸、妈妈和哥哥 ………………… 200

　　三、候丫丫上学记 ………………………………… 204

　　四、傻子的朋友是疯子 …………………………… 207

　　五、傻子就是傻子，被骂了还赔笑 ……………… 211

　　六、媒人为傻子操碎了心 ………………………… 214

　　七、丫丫的第一次相亲 …………………………… 217

　　八、丫丫的第二次相亲 …………………………… 220

　　九、恢复正常的傻子 ……………………………… 224

　　十、未来嫂子 ……………………………………… 226

　　十一、我的傻哥哥 ………………………………… 229

审判 …………………………………………………… 232

我是怎样的爱你 ……………………………………… 264

幺妹儿 ………………………………………………… 284

斗鱼

一、一厢情愿就得愿赌服输

沐毅领着许飞到候车室的时候,楚楚正埋头认真地看着小说。

棉衣、手套、围巾,甚至连靴子都是一律的红色,双脚不住跺着,乌黑的长发将整张小脸给遮了个彻底,旁边是她和沐毅的行李箱,一黑一白,一大一小。

"楚楚,"沐毅轻轻叫了一声,楚楚依旧沉浸在她的小说里没反应过来。

沐毅回头冲许飞尴尬地笑了笑,上前去用手揉了揉楚楚的头发,"有人来了。"

"啊,谁来了?"楚楚忽地站起来,抱在怀里的热水袋"啪"地掉在了地上,沐毅先她一步捡了起来,无奈地用纸巾擦着上面沾到的泥巴,她嘴里嘟囔着"抱歉抱歉",手却忙着将耳机取下来绕在手机上,最后再揣进包里。整个过程楚楚的脑袋都是低着的,及腰的波浪卷的长发一颤一颤的,迷糊的样子看得许飞直想笑。

"楚楚,这是许飞,我的老同学。"终于处理完毕,沐毅指着旁边站着的许飞向楚楚介绍。

"你好,我是钟楚楚,很高兴认识你。"楚楚尽量装出一副淑女的模样,虽然她脸皮一向很厚,但一见面就给人家留个不好的印象终归不好。

可是,等她抬头看清了面前这人的样子,刚刚挤出来的微笑立马僵住了。

"怎么是你!"

"你认识我?"许飞看着楚楚,意外于她突然的变脸。

可是搜遍了脑袋里的所有记忆就是想不起来,虽然自己这么多年一直秉承"美色都是浮云"的观点,但像面前这种见一面就很难忘记的具有攻击性的美女，再怎么也应该有印象啊。

"楚楚，你认识他？"听这口气，看来不仅认识，而且许飞应该还得罪过楚楚，别人他不知道，但就楚楚这脾气，不记仇就好，一旦记仇，那报复起来绝对有你受的。看来这战火快要燃起来了。沐毅闪到一边去，跷起二郎腿准备看好戏。

"许大学霸嘛，鼎鼎大名，谁不认得您啊，想当初小女子对您佩服得那叫一个五体投地。"楚楚说这话时，一脸天真灿烂的笑容，看上去倒真像是见到偶像的粉丝，不过直觉告诉许飞，这一定是笑里藏刀。

"大姐，大姐，有话好好说。"许飞实在是想不出来什么时候得罪了这祖宗，虽然她笑起来的确好看，可是这唇红齿白的样子怎么看怎么像张开大口准备吃人的狼，越看越瘆人。

"要不要我提醒你，当初那一凳子？"看楚楚我多善良，还给他友情提醒，要是再记不起，我不介意好好帮他记起来，楚楚心里想着。

"凳子？什么凳子？"许飞真的是要哭了，抓耳挠腮地想了好一会儿。终于，"初二那年砸了我一凳子的是你？！你是那个钟楚楚？！"

"恭喜你，答对了，那么接下来我们是不是该算一算我们的账了？"

天知道，如果不是这混蛋，当初她怎么会被逼得转校，如果没有转校，她就可以继续和沐毅一起上学放学，这样的话，那些狐狸精怎么可能有机会接近沐毅？想到这儿，楚楚恨得那叫一个牙痒痒。

这会儿许飞终于相信了，不过他才是最可怜的那个不是吗？

"许飞，赶紧，已经开考了，今天的数学可是阎王婆监考，你倒没事儿，我就惨了，都跟你说了让你少睡会儿少睡会儿，这下好了，阎王婆不得抽了我的筋扒了我的皮才怪。"倒着身子跑的沐毅看着后面扒着墙气喘吁吁的许飞抱怨道。

"你还好意思说？昨晚要不是你非拉着我去网吧，我至于吗？"不说还好，一说起来许飞才一肚子火，"你说你还是哥们吗？让人帮你拿凳子也不记得顺便帮我拿一下，待会儿我还得站着考。"

"没事儿没事儿，你怎么考都是年级第一。"眼见许飞脚都快踹到屁股了，沐毅赶紧闪身进了教室。

许飞一个没刹住，就这么直冲冲地进了教室，抬头一见讲台上那张熟悉的扑克脸，赶紧猫着身子，企图在阎王婆发现之前到达自己的位置。

"许飞！"

就在他从教室后门好不容易摸索到教室左边的第二排，眼见着革命即将成功的时候，讲台上传来了一声中气十足的呼唤声，还没等他将急促的呼吸调整过来，阎王婆又发话了。

"跟我出来。"

对于这种情况，考生们都已经见怪不怪了，谁让人家许飞是学霸呢，用年级组长在年级大会上说的话来说就是，"同一张卷子，你们做了两个小时，只考六七十分，人家许飞一个小时不到就能做满分。"所以在大多数监考老师眼中，许飞迟到什么的那是再正常不过的事情，但前提这个监考老师不是阎王婆。

阎王婆叫刘丽，是个中年英语老师，之所以叫她阎王婆，不仅因为她老公是德育处主任，人称活阎王，而且还因为她总板着一张扑克脸，做什么事情都一本正经，容不得出半点乱子。上她的课，如果你碍着她的眼儿了，绝对有一百种方法整死你，所以在她的课上大家都是正襟危坐，大气都不敢喘上一声。

"你看看这会儿都多少时间了？"

"这是考场，不是游乐园。不要以为你学习好就什么都无所谓，给我记住，你现在所谓的优秀，在很多人眼里只是跳梁小丑而已。"

"你这什么态度？迟到也就算了，还不带凳子，你是准备扎马步考试吗？"

"……"

抓耳挠腮了半天，楚楚脑袋里终于闪现了一点儿解题的线索，然而，"这位同学，麻烦你到下面的食堂去借个凳子上来，好吗？"

奶奶的，老娘是来考试的不是来给你当下人的。

楚楚心里那叫一个火冒，张嘴就准备噼里啪啦地骂她一顿，可是当她看清面前这张脸的时候，准备好的骂词全都卡在了喉咙里。

"同学，麻烦你到下面的食堂借个凳子上来，好吗？"担心楚楚没听到，还特意再强调了一遍。

"您叫我？"楚楚抬头瞪着无辜的大眼不确定地问了一声，那模样，要是换了别的老师，估计都不忍心让她去端凳子了，可面前这人是阎王婆，除了学习好的，其他的一概记不住。

在六中这所市重点中学，成绩代表一切，每次考试的座位也是按成绩排的，从顶楼右边第一间教室开始排，第一间教室的第一个座位毫无疑问就是全年级第一的宝座，而底楼左边最后一个教室的最后一个座位自然就是留给年级倒数第一的。年级倒数第一楚楚不清楚，但年级前十是谁她可是烂熟于心，那可是她今年一直奋斗的目标。这好不容易爬进了第一间考场的大门，虽然座位是最后一个，但也是里程碑式的飞跃了，可是这兴奋劲还没过去，谁能告诉她，为什么要去给人搬凳子？

"嗯。"阎王婆再次确定她没说错。

于是在阎王婆注视的目光中，楚楚无奈地放下笔，然后愤恨地站起来，一溜烟地冲到食堂给某个低头默哀的大神搬凳子去了。

"学习好了不起啊，凭什么要老娘给你搬凳子？"

"诅咒你屁股生痔疮，成绩考倒数第一，老娘搬的凳子是那么好坐的吗？"

……

一路上，楚楚恨得牙痒痒，想想自己刚刚有点儿思路的数学题，气得她直接将凳子当成了许飞，"哐当"一声扔地上不算，还往上面揣上两脚，又怕有老师路过瞧见给阎王婆告状，赶紧提起来飞奔。

好不容易爬上了五楼，一上走廊就看到许飞冲她一脸笑。

"你丫的，看别人给你端凳子很开心是吧？"

好不容易平息的怒火这下一股脑冒了起来，在她看来，许飞那欠揍的笑容绝对是在嘲笑自己。

十步、八步、六步、三步。

好，就是这儿了。

只听得再一次"哐当"一声，伴随着许飞杀猪似的大叫，咱们的钟大小姐非常帅气地将手里的木凳子扔在了挨千刀的许飞脚上。

"你"阎王婆反应过来，指着楚楚就要开训。

"你什么你？要给你那德育主任的老公告状吗？老娘告诉你，这试我不考了，这破学校谁爱上谁上！"

楚楚非常霸气地宣泄了自己内心的不满，然后拿起桌子上的文件袋转身就走，那架势，看得其他考生只差拍手鼓掌了。

"看什么看，好好考试！"阎王婆冲考生们大吼道，"还不滚进去考试，站在这儿下蛋啊！"无辜躺枪的许飞只好一瘸一拐地进教室坐着考试。

"怎么会是你？"终于想起来的许飞不可置信地看着楚楚。

真的不能怪他，实在是无法将记忆中那个又矮又黑、顶着一头乱糟糟短发、戴着黑框眼镜的假小子同面前这个浑身泛着女人味的美女联系起来，当然，除了不动手之外。

"还就是我，怎么，当年我端的凳子坐着可舒服？"想当年自己就因为砸了他的脚，怕阎王婆报复，只好被迫转学到离家很远的一中去，直到现在，母亲一骂自己就提这事，以佐证当年的自己是多么的调皮捣蛋。

许飞此刻是真的要哭了，想当年自己才是最可怜的好吗？莫名其妙被沐毅拉去上了一晚上的网，好不容易睡着就被拉去考试，被监考老师逮着教训一顿不说，还被人砸了一凳子，害得自己整个暑假都只能在家里养伤。

"哟喂，没想到你们还是老相识？赶紧给我说说怎么一回事儿。"

"你还笑？"瞥见旁边看好戏的沐毅，再一听他这唯恐天下不乱的声音，许飞那叫一个郁闷啊。

"这丫的才是真正的罪魁祸首好吗？"

当初这件事情发生后，这傻逼硬是半点儿风声没透露，每天只知道看着自己受伤的脚笑个不亦乐乎，这几年也从来没在自己面前提起钟楚楚这个人，要是早知道的话，好吧，即使早知道他也没辙。

不过这还真不能怪人家沐毅，那天他进了考场趴在桌子上就睡着了，后来发生什么他也不知道，只知道一觉醒来自己哥们儿成瘸子了，问他他也不说，后来楚楚转学他也没留意，这几年偶尔在许飞面前提起楚楚这个人也是说她的小名，哪知道他们之间还有这么段恩怨情仇呢。

"你们继续，你们继续，我出去接个电话回来。"沐毅的手机响了，"亲爱的，我已经在车站了，十点五十的票，我大概下午两点钟就能见到你了。"

又是肖梦，每次她的电话打来，沐毅马上就变了个人，平时对自己大吼大叫的，一跟她说话，那语气柔得都能滴水了，跟他认识这么多年，从没见过他这样的表情。

想着，楚楚什么火气都没有了，心里涌起了一股难以言说的悲哀。

许飞看着眼前这个两分钟前还吼着要跟自己算账的女生，这会儿却静静地坐在椅子上，什么话也不说，一脸的悲戚。

"对不起哈，当年是我的不是。"沉默了一会儿，许飞开口打破了沉默。

"嗯？"楚楚沉浸在自己的悲伤中一时没反应过来，"没事儿，都过去了。"

是啊，都过去了，他要是喜欢她，别说只是转了一个学校，哪怕就是天涯海角他也会喜欢她，之所以这些年一直对当年端凳子这件事耿耿于怀，不过是因为她没有勇气承认他不爱自己的事实而已。

如果距离产生的还是距离，那为什么输的是自己？

谁说的一厢情愿就得愿赌服输？

这是她坚持了这么多年的梦想，让她怎么舍得啊。

沐毅接完电话回来的时候，广播里正在提醒前往荣市的乘客要检票了，除了沐毅是在海市读书，楚楚和许飞都在荣市，可是楚楚有事儿要去边市，沐毅也去边市转车，所以就先送许飞上车。

"老同学，大家都在荣市读书，不介意留个 QQ 号吧？"上车的时候许飞突然要求道，怕楚楚不答应，又补充了一句，"不打不相识嘛，我们也算是老相识了，反正 A 大和 H 大隔得也不远，以后也好有个照应。"

楚楚想也不想就要开口拒绝，可在瞥见旁边一脸微笑的许飞时，立马改口道，"好啊，以后有空来我们学校玩哈，我们学校美女可多了，我可以帮你解决终身大事哦。"

"是吗？要是有像你这么漂亮的可一定要记得给我介绍，到时候一定感激不尽⋯⋯"

"司机都上车了，赶紧去坐好，路上注意安全。"懒得听他们磨蹭，沐毅打断了他们的对话，将许飞一把推进了车。

车子开动了，坐在后排的许飞打开车窗冲楚楚不住地强调道，"一定要记得答应我的事哦。"

"我们也该去检票了。"沐毅对还在和许飞招手的楚楚提醒道，"你别搭理这小子，尽量跟他保持距离。"

"为什么？"

"没为什么，反正你记住我的话就好了。"……

到了边市车站，肖梦已经在候车室里等着了。

楚楚远远地看过去，一米六不到的个头，中等身材，小麦色皮肤，齐刘海短发，黑色羽绒服套灰色牛仔裤，脚上一双小皮鞋，普通的长相加上普通的打扮，普通得不能再普通。

如果真要说什么特别的，那就是她脖子上围着的那条围巾了，因为那是楚楚亲手给沐毅织的，除了颜色之外，毛线、织法和长度都是一样的。

"等了多久了？我都说了要晚点儿才能到，让你别早早地来等着，这天气多冷啊。"

"人家想早点儿见到你嘛。"肖梦嗓音糯糯的，听起来格外的可爱。

"我也想你啊。"伸手揉了揉她乱蓬蓬的短发，还想说什么，想到旁边站着的楚楚，沐毅伸手拉了拉肖梦的小手，两人相视而笑。

"对了，还忘了给你介绍，这是我经常提起的楚楚。"和肖梦低声说了一会儿话，沐毅才想起和自己一起的楚楚，忙不迭地给她介绍，回头，楚楚还站在原地。

沐毅的小动作她也看见了，还有他们注视时的目光，似乎这世界上只剩了他们两人。

什么时候自己竟成了他的电灯泡，还是超闪超亮的那种。

"你好，我是肖梦。"显然，楚楚审视的眼光让肖梦很不自然，但也只是片刻而已，"我常听沐毅说起你，今天可算见着了。"似乎是为了表示亲近，她上前拉住楚楚的手，楚楚下意识地想甩开，终归还是没有，"真人比照片上的好看多了。"

"他提起我？怕是没有好话吧？"没来由的，楚楚回了这么一句。

"怎么会？他总夸你漂亮，还说你笔杆子好，写文章特别厉害，能力又强，什么事儿都难不了你，还说你嘴皮子厉害，他每次吵不赢你，我还想着什么时候见了你跟你讨教几招对付他呢。"

"没有没有。"嘴里说着没有，楚楚心里却不由得窃喜，原来在他心里是这样看待自己的，可是这话是从一个外人的口里听到的，这个事实又让她沮丧了起来，"我哪敢欺负他啊，我们初中就认识了，这些年我可是一直活在他阴影下，我妈一教训我就说'你看看人家沐毅，学习好、脾气好，人还勤快'，要是可以的话我妈估计都想把我跟他对换了。"

楚楚说这话的时候，脸上微微笑着，眼角偷偷瞅着旁边的沐毅。

是啊，这是他们之间的记忆，即便你是他女朋友，也没有自己和他在一起的时间长。

"怪不得他老跟我说你像他妹妹，原来从小一起长大，关系要好。"

妹妹？

楚楚下意识地看向沐毅，只见他一脸宠溺地看着肖梦，那种专注而深情的眼神，似乎与喧闹的车站隔开了去。

她不得不承认她输了。

尽管她早已认清了这个事实，可总还抱着一丝奢望。

她动了动嘴唇，最终什么都没说，脸上艰难地扯出一丝笑容。

"楚楚，别忘了你的票是四点五十的哦。"

"嗯。"

"我给你放在背包的第一格里，检票的时候再拿出来，免得待会儿搞丢了。"

"嗯。"

"一个人坐车不要睡得太熟，东西放在自己看得到的地方。"

"嗯。"

"还有，到学校了记得给我打个电话。"

"嗯。"

"车马上要发动了，该进去坐好了。"肖梦打断了沐毅没完没了的嘱托，"再说下去楚楚该烦你了。"

看着车窗里不住给自己挥手告别的沐毅，以及旁边微笑着的肖梦，初春的阳光打在他们的脸上，莫名的和谐。

车开走了。

楚楚站在原地，看着人们上车下车，车开进来开出去。

直到广播里的女声第三次提醒：请乘坐 16:50 前往荣市的旅客进站检票，她才拉着她白色的行李箱离去。

转身的一刹那，她眼角的泪水沿着脸颊缓缓流下。

二、我有病，你有药吗？

我是一个心理有问题的人。

别人都这么说，我自己也承认。

我常常想象流血的滋味，更确切地说是喜欢那种被死亡吞噬的感觉。

一个人在临死的时候会是什么心情呢？不舍？忏悔？抑或是坦然？

很小我就爱上了刀片这类锋利的东西，第一次试图自杀的时候我采用了最传统的方式——割手腕，拿着几毛钱从小卖部买来的刀片，睁着眼看着它慢慢落在我左手的手腕上，然后顺着我的脉搏轻轻割了下去。

一滴、两滴、三滴。

我静静地看着，脸上带着笑容。

血滴入水中，红色慢慢淡了，只看得见稀淡的血丝。

全身从最开始的疼慢慢开始麻木，慢慢地我的头开始昏沉起来，靠在床脚的身子也滑落在地。

我终于要死了吗？

那一刻，我从未觉得死亡离我这么近过。

闭上眼睛那一刻，我在想，我死了，所有人似乎就都解脱了？

突然，卧室外面传来了开锁的声音。

紧接着，门开了。

"你疯了吗？！"暴怒的声音响起。

"楚楚，你怎么这么想不开啊，你这可让妈怎么活啊！"母亲抱着我不住地哭泣，嘴里絮絮叨叨地埋怨自己做母亲的失责。

好人不长命，祸害遗千年。我不得不承认我是祸害，不然怎么解释我自杀了那么多次，割腕、吃安眠药、上吊、食物中毒，甚至自己把自己捂在枕头下都没死成，每次都那么恰巧地被人及时发现救下来，然后日子照样过，只有我全身上下数不完的伤痕和针孔证明我真的自杀过。

我从小就不合群，在学校的时候，永远都保持沉默，一旦被人挑衅，绝对立刻马上拳脚相向，再加上我总是"自残"，久而久之，我成了所有人眼中的怪物，人人避之不及的那种。

不过这样也好，倒让我清净不少。

再一次自杀未遂醒来的时候我躺在病房里。左手手腕上缠了一圈圈的白布，右手打着点滴。

"楚楚，你终于醒了。"轻轻一动，趴在旁边睡着的母亲惊醒了过来，头发乱糟糟的，眼圈也哭红了。

"妈，我……"我看着她眼角未干的泪水，开了口却不知道该说什么。

她没应声，站起身来去给我倒了一杯开水，然后递给我。

我听话地接了过来一饮而尽。把杯子递给她的时候，还笑着跟她说了一声"谢谢"。

"饿了吧？想吃什么？妈去给你买。"她连忙打断我的话，说着就起身要出去。

"不用了，我不想吃。"

她重新坐了下来，看着我，好一会儿才开口问道，"梦梦，你就真的这么恨妈妈吗？"她带着哭腔地说，"这么多年我……"

"别说了，我想睡了。"及时地打断她的话，被子一扯把脑袋蒙上，我脑子里乱嗡嗡的，过去的回忆再度在脑海里浮现。

"好好好，你睡，我出去，不打扰你。"

她懂我的意思，就像在家里一样，我的卧室门永远都是关着，回到家除了吃饭上厕所我都在卧室里待着，本来门上有个洞，后来我也把它堵上了。

关门的时候，她回头看了看我，嘴巴微张，终归还是什么都没说。

"这孩子心理出现了一些问题，初步判断为自闭，就是不爱跟人说话，也不爱参与集体活动，总喜欢一个人待着，发生某些矛盾时会有些偏激，如果达不到她想要的结果，就很容易产生自虐行为。你们做家长的要多加留意，尽量顺着她的意思，但更紧要的是要多给她进行心理疏通。"

"好的，谢谢大夫。"

听着走廊上母亲和医生的谈话，我笑了笑。

人生有什么意思呢？

其实也没什么意思。

第二天我就出院了。

我们家住在农村，坐车到县城得两个多小时，晕车加上失血过多的后遗症，我惨白的脸吓坏了母亲，她的脸也惨白惨白的，一路上时不时地看我，我闭着眼睛假眠，一路上我们保持沉默。

他在岔路口等我们娘俩，旁边是他那辆破旧的二手摩托车，一发动，就像得了哮喘的老年人一样，喇叭有气无力地呻吟着。

他伸手想接过我手里的袋子，我径直地从他身边走过。

"这路不好，我走路回去。"不想跟他说话，也懒得听母亲的抱怨。

"你这孩子……"

我知道，她又要教育我不懂事儿了，可能是想到医生说的"尽量顺着她的意思"，才活生生地将到嘴边的话又咽了下去。

她没有坐车，在我的后面跟着，我不说话，她也沉默着。

摩托车发动的声音在身后响起，不一会儿就擦肩而过。

我以为他会忍不住骂我一顿，就像他那个骂街专业户的老妈一样，骂我不知好歹、没脸没皮……，用这世间最恶毒的话来骂我，或者骂我那不负责任的亲生爸爸。

这样我就也可以冲他破口大骂。

他是知道我的，我不是不爱说话，而是一开口就没有好话。

可是他没有，他依旧沉默。

两年了，从我妈带着我走进他们家开始，无论我做出什么出格的事，甚至自杀，他从未冲我发过一次火，充其量就是眼不见心不烦。

而我却恨死了他的沉默。

他是我的第六个"叔叔"。

母亲是村里人尽皆知的"荡妇"，丈夫过世不到三个月就带着我改嫁，嫁过去不到半年又跑了，接下来的几年里，我跟着她辗转于不同的男人家里，有外省的、省城的还有乡上的，每一次母亲都是满怀期待地投入她的新感情，可每一次到最后都是以泪流满面收场。

男人的咒骂，外人的鄙视，就连不懂事的小孩子在家长的教导下也知道要和我这个"荡妇"的女儿保持距离。母亲的每一段新感情都超不过一年，所以我的小学一直都处于频繁换学校的状态，身边的朋友同学不停地换，这样的生活我说不上喜欢，但绝对不讨厌，至少让我有了藏匿自己的空间。

五年前，她带着我走进他家，没钱没房，甚至连农村最基本的田地也没有几亩。更何况上面还有个老人，脾气还相当火爆。我知道母亲再一次被她所谓的爱情蒙蔽了双眼，心里自己跟自己打赌，"不出三月，他们绝对散伙。"

母亲无疑是漂亮的，不然也不会有那么多男人前仆后继地拜倒在她的裙下，连我这个拖油瓶也愿意顺带接手，但也正是这种漂亮给了母亲骄傲的本钱，她总是把这些男人和我那死去的老爹对比——我爸在世时是典型的妻管严，对母亲那叫一个言听计从，对我这个女儿也是万分宠爱，当然，这只是暂时的。

谈恋爱时男人对你低三下四，结了婚后对你吆五喝六。这是男女之间的普遍真理，当这个女人是个寡妇还带着个女儿时，男人更是变本加厉。

母亲追求自由，男人追求高尚，所以到了最后都是不欢而散的结局。

我一直以为母亲的余生会过着不停改嫁的生活，虽然我很憎恨这种颠簸的生活，但我更讨厌长久地陷入一种嘲讽的环境。

是的，我期待着他们分手。

至少在我可以独立生活之前不要一直在一起。

或许你会说我太自私，为了自己而不顾母亲的幸福。也或许有人会自以为是地猜测我有恋母情结，所以才总是期待她的不圆满。

我不想解释，也没什么好解释的。

他对我不算好，不像之前的那些老男人一样，千方百计地讨好我，送东西，请吃好吃的，说各种讨好的话，我一律照收不误。可是他呢，从来对我这个"女儿"都是冷冷淡淡的，没有必要的事情，一个星期都不跟我说句话，好不容易开口也只是"跟你妈说，我去……""碗柜里饭还是热的，你记得吃。"再不然就是"嗯"。

跟他相比，他妈话就多了，一张嘴，吧啦吧啦地说个不停，还尽没好话，不是谁掐了她一匹菜叶，就是谁家牛又踩了她家玉米幼苗，一回家来，横鼻子竖脸的，看母亲和我是怎么看怎么不顺眼，嫌母亲做的饭像喂猪一样，骂我有娘生没爹养，怎么做在她眼里都是错，做多了说我装，不做骂我懒。我算是看明白了，她纯粹就是看我们娘俩儿不顺眼。

老太太虽然凶，但她儿子就是她的软肋，只要他一开口，老太太立马噤声，也只有他在家，我和母亲才能有片刻的安宁。

进他们家门当天我就巴不得搬出来，可是母亲似乎真的就认定他了，一个月、半年、一年，最后连孩子都给他生了。

还没进屋，就听到厨房里老巫婆骂骂咧咧的声音混着噼里啪啦的宰东西的声音。

"你去接她干啥子？要死就让她死，免得活在世上整治我们。"

"就是一个赔钱货，我看啊，这个家都得被她败光。"

"想死就死彻底些，大不了搭上个棺材埋了，免得天天想精想怪地找事儿。"

……

"楚楚，你别……"身后的母亲有些不知所措，"你奶奶就这样子，其实她……"

"嘭"，回应她的是我重重的关门声。

"做什么大小姐脾气，真以为是祖宗啊，我还得把你供在家神上，早晚三炷香拜着，你也不拿镜子照照你那副鬼样子。"骂声从厨房穿过堂屋来到客厅，语气愈加尖锐刺耳。

"妈，楚楚还小，你别跟她计较。"母亲一脸的无奈。

"小？一晃就满十三岁了？只比她大两岁的何玲都去广东打工去了，每个月还往家里寄钱，她倒好，吃的摆上桌子，穿的买回家来，还这儿不是那儿不是，一个不开心就自杀，要死怎么不死彻底？明摆着存心折腾我们家。"

"妈！"

"还不都是你惯的！说她两句你就说我不待见你们娘儿俩，还拿着东家西家地说，巴不得所有人都知道我虐待你们。"

"你还有完没完？！"母亲终于忍不住吼了回去，"她都已经这样了，你还想怎样？真要逼她去死你才满意吗？还是说你想把我们两母女都逼死你才甘心？！"

她脾气不好，我从来都知道，可是这几年无论老巫婆怎么骂她都不还嘴，即使吭声也是温言细语的，连我都快认为她似乎本来就是这副和顺的样子。

如果我还有力气的话，这会儿我一定会开门出去为我妈拍掌叫好。可是此刻躺在床上的我连喘口气都费力。

"吵什么吵！"高分贝的嗓门轻松压制了她们的吵架声，"看什么看，好好给我写字，写不完今天就别给我吃饭！"

"爸！"浩浩可怜兮兮的声音响起。

"给老子滚一边儿去！"

"你冲他吼什么吼？有种你冲里面这个吼！"宝贝孙子被骂，老巫婆怎么可能忍得了，一把将吴浩抱在怀里。

吵吧，吵吧，越凶越好，最好打起来。

睡意被兴奋叫醒，我竖着耳朵准备迎接第三次世界大战的到来。

最终还是以沉默结尾，和之前的一千多个日日夜夜一样。

不用看也知道外面的情景，老巫婆坐着，大口大口地喘着气，旁边坐着的是她那宝贝孙子。他靠着墙，"吧嗒吧嗒"地抽着旱烟，而母亲，双手垂立而站，低着头，不吭声不说话，等到老巫婆走出门去，她才会坐下来。

她永远都只会息事宁人，老的少的，大的小的，似乎人人都可以欺负了她去。

街坊邻居都夸她脾气好又能干，纷纷抱怨老太太为老不尊，可是只有我知道母亲看似温顺的外表下的本质。

"跟你说了多少次了？这耳朵记不住是吧？老娘给你拉长点儿。"

"妈，我错了，我错了，下次再也不了。"

"这下知道错了？当时干啥去了？三天不打上房揭瓦是吧？今天好

好给你松松骨头。"

"我错了我错了，别打我，我听话，我一定听话。"

"啊！"我突然从梦中惊醒，满脑门儿都是汗，枕头衣服全在地上，床单也被我蹬得杂乱不堪。

老旧的风扇"呼呼呼"地吹着，就像掉了牙的老年人一般，有气无力。月亮的光透过窗户照进屋里，在这狭小拥挤的空间里，我又一次失眠了。

端起床头柜上放凉了的开水"咕噜噜"地喝了几口后，将风扇加大了一个挡，屋子里的响声也随之大了起来，我抱着双腿坐在床上。

外面屋子有脚步声响起，尽管很轻，我还是听到了。

脚步声往房间走来，紧接着是钥匙开门的声音。

我赶紧躺在床上睡好，闭上眼睛，抑制住自己急促的呼吸。

五步，四步，三步，两步。

停！

脚步声果真停了下来，只听得轻轻的一声叹息。

不用猜我也知道是他。

他将枕头和衣服给我捡了起来，又将风扇给我调小了两挡。

脚步声响起，轻轻地，往屋外走。

直到再也听不到他的声音，我猛然坐了起来。

床头柜上的水又添满了，还微微冒着热气。耳边响着的风扇声"呜呜"地低诉着。

而我，脑袋一片空白。

"我不读书了，我要出去打工！"

早上吃饭的时候我再次宣布。

"啪"的一声，果不其然，反对的永远是她，那个男人埋头默默地吃着他碗里的饭粒，和平时一样，面无表情。老妖婆一脸兴奋地看着我，估计这是这几年她从我嘴里听到的唯一一句她喜欢的话。

"死丫头终于想通了，不浪费家里的钱了，赶紧出去打工挣钱，攒着给我孙子上大学。"

又是这句话，自从我上了初中以后，这句话时不时地就会在我耳边响起，但从来没觉得有这么好听过。

其实我在学校里成绩不算很差，但也绝对算不上学霸类型的，有人说，学习最累的不是学习好的和学习差的，而是夹在中间的。我就属于这一类比上不足比下有余的学生，老师不会夸奖我，当然也不会批评我。

我只是不想读书，而不是读不下去书。

一个人正常的寿命为八十年，读完大学的话也差不多二十四五了，如果把博士也给读完，那得三十多了，将近二分之一的人生旅程都贡献给了书本。如果不幸的话，书读完就意外去世了，那读这么多年书有什么用？除了少部分真正热爱知识的人，其他人读书都只是为未来打基础，可是未来从来都是不确定的，我不愿意把我的将近二十年的时间用在我不喜欢的课业上，而只是为了去赌一个不确定的未来。

我本来还想说些什么以示抗议，可是抬头看到母亲眼眶里打转的泪水，我终归还是忍了下去。

吃软不吃硬，这是我的软肋，她太清楚了，谁让我是她女儿呢？

三、如果我变成了你喜欢的样子，你会不会多看我一眼

楚楚最近有点儿反常。

室友们都觉得，但又说不出是哪点儿不正常。

嗯，似乎安静了些，脾气好了些。但穿着打扮也似乎退步了些。

这不，她又一个人站在厕所里对着镜子发呆了。

镜子里的女孩，黑色羽绒服套灰色牛仔裤，脖子上围了条红色围巾，脚上一双小皮鞋。

她是钟楚楚，不是肖梦，尽管她现在的打扮和肖梦有几分相像，但高挑的身材、白皙的皮肤以及精致的面容怎么也让人无法与那个只能算得上清秀的肖梦联系起来。

楚楚也知道她自己的魅力，不知道从什么时候起，她的桌子里总是堆满了情书，走在路上总是有不认识的男生搭讪，在食堂里打饭总是有人想方设法坐在自己旁边，上课时旁边的空位置也莫名其妙地冒出一些外系跑来蹭课的同学。

在这样一所理工科大学里，美女很少见，像楚楚这样的冷艳性的美女就更少见了。

大学开学第一天，楚楚就感受到了师兄们的热情，上来就伸手拿行李，楚楚下意识地捏紧行李箱的拉手，微笑着说："谢谢，谢谢，我自己可以。"

这一笑，男生们更加觉得眼前这个小师妹更加可爱了，一窝蜂地拥着她往宿舍走。

突然，楚楚将行李箱往地上一放，伸手往背后一捞，紧紧地抓住了一只趁乱占便宜的咸猪手。

一见这情形，其他男生赶紧充当护花使者，纷纷开始了口头批判，楚楚不为所动，仍旧抓着他的手，暗暗使劲，只见那男生表情渐渐开始

挣扎起来，脸上的汗水也开始不住地滴，嘴里不住地叫着"我错了，小师妹，我以后再也不敢了"。

楚楚冷着张脸，完全没有了刚才可爱的模样，只见她手一使劲，右脚一钩，弯腰一闪，"嘭"的一声响起，咸猪手师兄被摔在了地上，嗷嗷叫唤。

"让你长点儿记性，姑奶奶的便宜不是那么好占的。"

甩下一句话，楚楚拉着行李往寝室的方向走去，留下一群已经看呆了的男生。

自此，江湖上就有了一个传说，中文系的钟楚楚是个蛇蝎美人，只可远观而不可亵玩焉。

可是，美色当前，总还是有那么些人不信谣言，大着胆子来给楚楚表白，但往往得到的回答都是，"嗯，谢谢你喜欢我，可是我有喜欢的人了。"

是啊，她喜欢沐毅，很久很久以前就喜欢上了。

就像何以琛说的，遇到那个人以后，所有的都成了将就，我不愿意将就。

因为他和赵默笙曾经那么相爱，所以他才那么自信地说出这句话，可是楚楚呢，他甚至都不知道她爱他。

肖梦的出现既在楚楚的意料之外也在她的意料之中，他是那么优秀的人，走在哪里都是绝对的闪光点，有女孩子喜欢他是正常的。以前她以为，他喜欢那种漂亮、温柔的女生，在一起念书的时候，他就总说"你看你，成天跟个假小子似的，姑娘家家的，斯文一点儿"，所以她开始收敛自己的性子，开始学着打扮，学着小声说话，学着坐有坐相、站有站相。这么些年，他虽然没有说过喜欢自己，但他也没有喜欢上别人，她固执地以为，他待自己终归是不同的，在自己面前他可以卸下所有心防，就像自己在他面前一样毫无顾忌，他们彼此了解，甚至可以说，他们对对方的了解比自己更甚。

恋人未满，友情更甚。

从遇见他的时候，她就认定了他是她此生最明亮的月光，于是她向着这光芒，努力把自己变得更好。

可是，肖梦的出现推翻了楚楚之前的所有努力。

她不漂亮，顶多算是清秀，更是谈不上温柔懂事。

沐毅和肖梦都不知道，自从楚楚知道他们在一起，她就悄悄申请了一个新的QQ号，偷偷加上了她，楚楚从来不主动跟她聊天，只是随时留意她的空间动态。肖梦是一个非常喜欢分享的人，她的动态每天都在更新，但大多都只是发表一些自己一天的感想而已，很少是关于沐毅的，但又似乎每天都有他的痕迹。

去年的7月21号，她说"starting@可怜兮兮"，下面配的是沐毅和她依偎在一起的照片，笑容很灿烂，看在楚楚眼里却有些刺眼。

"可怜兮兮"是他的昵称，一直用了很多年，在他们还不认识的时候就用到现在，楚楚已经换了很多个，他还是始终如一。楚楚经常问他，"你怎么用这么掉档次的昵称？或者说是有什么寓意？"他永远只有三个字："懒得改。"

他转了这条说说，发了一张笑脸，再没有赘述，这是他的习惯，也是这一天晚上，他给楚楚发了一条短信。

"楚楚，我找到那个我喜欢的女生了，希望你也赶快遇到你的缘分。"

很早以前他们就约定过，如果遇到了喜欢的人，一定要第一时间告诉对方。

"人生最幸运的事莫过于你喜欢的人正好也喜欢你。"她拿着手机写了又删，删了又写，最后终于发了出去。

不一会儿她又发了一条补充道，"我选择继续等下去。"

是啊，人生最幸运的事莫过于你喜欢的人正好也喜欢你，我喜欢你，而你喜欢别人，所以我选择继续等下去。

第二天肖梦的空间写道，"很久没骑自行车了，累而幸福。"下面配了两张图，一张里面有两辆自行车，另一张是肖梦的照片。

他陪她去骑自行车了，她一脸的笑容无声地宣布了她对他的主权。

肖梦喜欢发说说的时候配上照片，照片里的她，或是张牙舞爪，或是逗趣搞怪，鲜少有规规矩矩的。

"其实，漂不漂亮都是其次，最重要的是要有感觉，两个人在一起，如果不是因为喜欢,那又何必浪费彼此的时间呢。"记得高中有个女生壮着胆子来给他表白,他毫不留情地拒绝了,事后楚楚打趣他,问他想找个天仙还是咋的,当时他就是这样回答的。

他是爱惨了肖梦吧,不然,他怎么能忍受她在身边闹腾。

也就是从那时起,楚楚开始意识到自己在沐毅心中的位置,仅是兄弟而已。

他可以容忍她的坏脾气,可以包容她所有的缺点,可以在她需要他的时候以最快的速度出现,从初二到现在的五年多时间里,她将她的青春懵懂全寄托在他的身上,而他将自己许给了未来那个不确定的女孩。

世上不存在绝对纯洁的男女友情。

这句话不知道是谁说的,楚楚曾经不认同,当她爱上沐毅的时候,她苦笑于自己当初的天真,但同时也怀念着。

可是,看到了结局并不意味着就要放弃。

楚楚从来都不是一个听天由命的人,更何况不争取自己就可能永远失去沐毅。

沐毅是她的梦,从一开始遇见就从未醒过。

握着剪刀的手微微使力,齐腰的长发应声而落。不一会儿,一个齐刘海短发的楚楚出现在镜子里。

如果我变成你喜欢的样子,你是否会多看我一眼?

楚楚从来都没有今天这么尴尬过。

先是早上进教室的时候,全班同学的眼光全都聚集自己身上,不一会儿人群中开始发出"嗤嗤"的声音。

"你说这钟大美女怎么了?"

"就是啊,之前一头长发又黑又卷,怎么就剪成这个样子了?"

"除了头发剪了,你们没发现她今天穿的衣服也和平时不一样吗?"

"就是就是,刚才我还以为是隔壁班那个假小子走错教室了呢。"

"你还别说,真跟二班那个男人婆有几分相像。"

尽管他们的声音已经刻意压小,但楚楚还是听到了,她扬起脸庞,咧开嘴角冲众人笑了笑,无比淡定地寻了窗边的位置坐下。

尚文踩着上课铃冲进教室，眼下四顾，没寻见楚楚的身影，瞧着教授已经到了门口，习惯性地一个疾步闪到了靠窗的座位。

"文文。"埋头看书的楚楚抬头叫她，尚文扭头一看，直接吓到了，一不留心，屁股巧妙地划过座位坐在了冰凉的地上。

"楚楚？"顾不得站起来，尚文不确定地叫道，"真的是你？"

"你没看错，这是我们寝室的楚楚。"坐在旁边的吕洁确定地回答她。

真的不能怪尚文承受能力太差，就楚楚今天这打扮，大号灰色棉袄加宽松牛仔裤，牛仔帽子扣住内扣微卷齐耳短发，中性化打扮让一向喜欢淑女打扮的楚楚转变为一枚活脱脱的假小子。

"那位同学，你是要坐在地上上课吗？友情提醒一下，水泥地面温度太低，小心着凉哦。"上写作课的老教师友善地提醒道，尚文马上火烧屁股地跳起来坐好。

"给，你的书。"楚楚将书推到尚文面前，"老头子一会儿肯定要点名，你回答的时候嗓门给我小点儿，别引起他的注意。"

"上课之前，我们先点一下名。"果然，老头子是退休返聘回来的教授，年纪大了，既不会使用多媒体，也不会刻意地去安排课堂，总是一个人沉浸于自己的世界讲课，只要你不打扰他上课，随便你听与不听。但有一个规矩，就是每节课必须点名。

不过老头子视力不好，听力也不好，所以很多不想去上课的同学就拜托室友答到，楚楚作为寝室里唯一一个全勤的乖学生，大学一年多，早就练就了一人变声答到的本领，应付起老头子来更是轻松。

可是，上周老头子以认识班上同学的名义，足足花了一节课来点名，点到一个站起来一个，老头子还要凑上前去仔细观察该生的外貌特点。老头子别的不行，就这记忆力那是出了名的，但凡以前他教过并且记住特点的学生，以后他都能叫出名字来。

于是乎，楚楚他们寝室除了楚楚和大早上因为肚子饿被迫爬起来吃早餐顺便来上课的吕洁之外，其余四个全部阵亡。

"今天没到的如果期末考试之前再点到一次不来，那期末考试成绩直接不及格。"最后，老头子强调道。

尚文上周就逃课去约会，本来准备明天才回来的，昨天晚上睡觉之前楚楚打电话提醒她才想起今天老头子点名的事,这不,男朋友一大早就开车送她回学校来。

然而,这周老头子照例点名之后,开始大谈他的诗歌美学。

"早知道我就不用这么火急火燎地赶回来了,凌晨四点就出发,连行李都没来得及放就赶来上课,姑奶奶瞌睡都没睡好。"

"别人我不知道,但你尚总什么时候没睡好过啊?更别说身边还有个二十四孝男朋友,老实交代,这次是不是又是他把东西给你收拾好了以后把你抱上车,然后你睡了一路?"媛媛马上跳出来质疑尚文,"我们可是说好了的哈,这次他来得请我们吃饭,不然你就别回寝室了。"

"对,赶紧打电话让他把钱包准备好。"

"我也要看看你这个神秘男友到底有什么魅力,把你迷得死心塌地的。"

"作为半个娘家人,他今天可得好好表现,不然以后遭遇家暴的时候连求助的人都没有。"

上面老头子讲得兴致勃勃,下面几个女孩子们也聊得热火朝天。

"给你对象打好招呼,今天要是不把我招待好了,以后别想我帮你答到,更别想偷溜回去约会。"楚楚也出言威胁道。

"……姐妹们,我必须告诉你们一个残忍的事实——他送我到学校就赶回去了。"尚文眨着无辜的大眼睛,一副可怜兮兮的样子让人无奈。

"唉,还是老老实实去食堂吧,这尚文老公的饭不是那么容易吃的。"媛媛咂咂嘴,学着尚文的样子装可怜。

"文文啊,你老公到底是何方神圣啊?都这么久了连面都没见过,别是骗人的吧?"一向沉默的仙儿道出了众人的担忧。

"倪慧仙!你这话什么意思?我老公开酒店的,他还请不起你这一顿饭?你以为谁都和你一样,就喜欢见不得光。"尚文是真的火了,也不顾及什么场合,"噌"的一声站起来,手掌"啪"的一声拍在桌子上。

这下好了,所有的目光全聚集在她们两人身上,一副看好戏的模样。

"你说谁见不得光?"

仙儿平时在寝室不怎么说话,常常一个人躲在帘子后面戴上耳机看电视听音乐,很少参与众人的讨论,偏偏她的思想又有些传统,室友们的很多行为在她眼里都不正确，所以往往不说话则已，一说就没好话，每次她发言后寝室就陷入沉默，不过她自己不觉得，仍旧拉了窗帘继续看她的韩剧。

文文十天有八天是不在寝室里过夜，要么回去找她男朋友，要么泡在网吧，早晨大家要去上课的时候她才回来，一回来就一头扎在床上呼呼大睡，等大家上课回来，她又出去了，所以两人很少有机会凑在一起说话，偶尔凑上了，文文是个没心眼儿的，也不去在乎。

倪慧仙早就看不惯尚文的做派了：一个女生，抽烟喝酒赌博样样都来，逃课泡网吧更是常事，随便和男人开房，开口闭口都是老公。平时在同学面前趾高气扬的，像只开屏的孔雀，眼睛都快长天上去了，却偏偏把那男的话当圣旨，一会儿哭一会儿笑的，常常大半夜跑出去，然后寝室的人又得跑出去找。寝室卫生从来不打扫，脏衣服扔得到处都是，每天出门化个妆都得一两小时，就像戴了面具似的，和卸妆后完全判若两人，天天在空间里发自拍，各种自恋。

这会儿两人对上了，你瞧我不顺眼，我看你跳梁小丑似的，谁也不服谁，直接在课堂上就杠上了。

这边动静闹得大，老头子耳朵再不好也觉得不对劲，刚取下老花镜看过来，下课铃响了，教室里到处都是响声，也就没疑心什么，收拾好东西走出了教室。

"你放开我，痛死了。"老头子刚出教室门，尚文就尖叫起来。

楚楚放开掐着她的手，挑了挑头，无所谓地建议道。

"打一架，正好这会儿大家都走光了。"说着，还伸手推了尚文一把，"赶紧的，别耽误我们吃午饭。"

不嫌事儿大的媛媛也赶紧推了仙儿一把，"你们慢慢打，我当观众，午饭也省了，反正我最近减肥。"

说完，还真的坐回位子上，跷着二郎腿问吕洁，"你买的瓜子儿还有吗？抓点儿给我打发时间。"

"大姐，现在是吃瓜子的时间吗？"

这心态除了寝室里另外一个不说话的李阳之外，还真是没谁了。

"打啊，怎么不打了？刚才不还挺凶的吗？"楚楚瞧了瞧两人，一样的面无表情，明显就是不想动手，但也都不愿低头，"肚子饿了，不打就吃饭去。"说着拉着尚文就往外走去，那背影，一个长发飘飘，一个假小子打扮，怎么看怎么像两口子吵架。

"楚楚？"在中文系一楼大厅碰到了正在看通告的许阳，他有些惊讶地看着楚楚的新造型，但马上又恢复了正常。

"师兄好。"楚楚规矩地点了一下头，这是她的习惯，以示尊敬。

"师兄您不是出差去了吗？"楚楚停下来关心地问了一句，但事实是尚文在拼命地拽她的袖子，没办法，这丫头一看见帅哥就挪不动脚步，虽然已经名花有主了，但丝毫不影响她阅尽天下美男的决心，美其名曰"只是远观不曾亵玩"。不过每次远观之后都能调动起她的红娘属性，想方设法地去要到男生的电话号码以及所属系班，嚷着要为室友谋福利，一个劲推销寝室里的单身妹子，楚楚首当其冲成了她的实验对象。

"昨天回来的，过来办点事儿而已。"许阳虽然学的是中文专业，但他又担任了学校的新闻主持人，由于声音比较大气，经常帮忙录学校的各种配音，所以下课和图书馆提示都是他磁性的嗓音，还没毕业他就去电视台当业余主持人，毕业后转正。楚楚他们今年开了一门"经典诵读"的选修课，任课老师生孩子去了，所以学院就聘请他暂时回来任教，不过教的不是楚楚他们班，而是2班。老师们口中的"曾经教过的一个学生"弄得很多人都以为他已经毕业很多年了，其实他本人正读大三。

楚楚认识许阳是一次去高老师家做客，恰巧他也在，同专业加上都是文学爱好者，所以挺聊得来的，之后偶尔约着一起喝茶，偶尔一起吃饭，慢慢地就熟了。平时楚楚在他面前没大没小的，许阳也是"为老不尊"，但在外面碰到，两人倒是一副客客气气的样子，努力地维持认识但不熟的假象。

"师兄吃饭没有？"作为一个在外面很有礼貌的师妹，楚楚形式地问了一句，没准备等他回答就拉着尚文的手要走。

"没吃的话一起吃吧，我们才下课，正要去吃呢。"本着错拉一千，绝不放跑一个的原则，尚文果断地邀请许阳一起吃饭，虽然她很少规规矩矩地来上课，但许师兄的大名她还是听说过的，妥妥的帅哥大神啊，就楚楚刚刚的神态语气，明显这两人就已经认识很久了，偏偏还摆出一副"此地无银三百两"的样子，事出有因必有妖，回去再审问钟楚楚。

"师兄很忙，怎么会有时间跟我们吃饭的？"楚楚两眼盯着许阳，在尚文看不到的角落，狠狠地甩了好几个眼神给他。又扭头跟尚文说，"师兄刚才说他是来办事的，我们就不打扰他了。"

许阳看着楚楚自由切换表情的样子，嘴角忍不住咧开，但也只是一瞬间，马上又恢复了他平时的沉稳模样。

"嗯，师妹盛情，我实在不好意思拒绝。"说出这句话的时候，果不其然，就看到楚楚又甩了一个眼刀过来。

你要敢答应你就等死吧！

"不过，我有点儿事要处理，实在是不好意思，下次，下次我请客，两位师妹一定要赏光哦。"

"好好好"，楚楚赶紧应道，"师兄您赶紧去忙吧。"

"坦白从宽，抗拒从严，有何奸情，速速招来！"好不容易打发了许师兄，又招来了尚文的逼问。

"打住打住，我老实交代。"楚楚伸手捏捏她气呼呼的小脸儿，没好气地说道，"上次不是文学社组织去听从北大请来的教授的讲座吗？路上我恰好碰到他和程老师，程老师就顺便介绍他给我认识。"打死也不能说是在高老师家遇到的，不然尚文就真的会没完没了的啦。

"就这样？"

"不然你认为呢？"看着尚文一脸不信的样子，楚楚无奈了，"我说你至于吗？我又不是滞销货，至于逮着谁就向谁推销吗？"

"谁让你钟大美女眼光太高，谁都看不上呢，这都二十了，初恋都没交代出去，我看着着急啊。"后面心里默默地补了一句，以前走女神范儿都没脱单，现在这假小子模样更是遥遥无期了，我再不替你着急，你就真的孤独到毕业了。

"就你爱操闲心，真不知道你老公怎么受得了你。"楚楚无力地吐槽道。

四、谁准你没经过允许就霸占我的地盘？

她是我母亲，不管我如何不想承认自己是从她肚子里钻出来的，过去没有父亲的十多年，我和她相依为命，我从来都不是听话的小孩，连假装听话都没有过，在她和各种男人谈恋爱的过程中，我总担任着破坏大使的角色。

如果没有我，她可能早就安定下来了。

我想她是恨过我的吧，要不然她怎么会打我打得那么用力，一边打一边哭，每次我留下满身伤疤，她哭肿了双眼。

自己的孩子只能自己欺负，伤在孩子身，痛在父母心，慢慢长大的我懂得了这个道理。

所以我喜欢上了自虐，这是一种能让她束手无策败下阵来的最简单的方式。

每次看到她无奈地哭得不能自已，我心里的满足感便达到了最顶峰。

关于读书还是打工这个问题，我最后还是败给了母亲的妥协。

这妥协不是她答应我让我出去打工，而是答应与我约法三章。

我要转校，离家越远越好，并且我要住校外。

不得干涉我的学习交友，隔一周回一次家。

不能以任何原因去学校找我。

当然约法三章的前提是我必须在现在的学校将这一学期的课程上完，毕竟这学期才开学不久，而且我在新的学校里，一年之内我的成绩必须提高到年级三十名以内。

谈判的时候大家刚吃完饭，我和母亲对坐，他一声不吭地喝他的茶，老太太抱着孙子逗弄，时不时地扫我一眼。

我很愉快地接受了母亲的条件，但母亲却试图跟我讨价还价，我寸步不让，他在旁边听着，偶尔皱皱眉头，但始终没有说话，老太太对着孙子小声念叨，颇有种指桑骂槐的意味。

"浩浩长大了可不能跟有些人学，白眼狼一个。"

"我家浩浩长大了肯定最听话了。"

"败家子，非得把这个家败完心里才舒服。"

……

有句话怎么说来着，狗咬了我一口我总不能咬回去，反正开学我住校去了，眼不见心不烦。

尽管过程很不愉快，最后我们还是达成了共同意见。

天下没有不透风的墙。

等我回到学校继续上课，不知道在哪个知情人的传播下，关于我自杀的英雄事迹也在班上传遍了，尽管青春期的孩子叛逆、好奇心重、喜欢新奇的事物，但是对于我这种平时安安静静不吭声不说话的同学来说，他们更愿意把我归类为"心理有问题"的人，采取孤立政策。

他们不来打扰我正好，我一个人坐在最后排的位置，上课喜欢听课就听一会儿，不喜欢就趴在桌子上睡觉，老师不管我，同学不与我来往，我惬意地活在自己的世界里，就等着下学期转学。当然，达到目的的前提是我的学习成绩得达到母亲的要求。

第一次月考，我考了班上第一名，年级排名从上学期期末的184升到52名，对于这个次等班来说，第一次有人冲进一百名，而且还是我这个坐在最后排的问题学生，平时一副吊儿郎当不好好学习的样子，对同学们来说更是不可思议。

但也只是一次普通考试而已，大多数人也只是认为我瞎猫撞上死耗子而已，在老师眼里，我依旧不服管教。

月考成绩出来的第二天，班上转来了一个新同学。

"沐毅同学从今天起就是我们班上的一员了，大家掌声欢迎！"

"大家好，我是沐毅……"

睡得迷迷糊糊的，耳边嗡嗡嗡的，就像有蜜蜂叫一样，抬头看了一眼台上。

一身白，还带了副眼睛，说话文绉绉的。

最后得出的结论是——挺闷骚的。

然后头扣在桌子上，果断选择继续睡觉。

"你是谁？"揉揉头发，伸个懒腰，扭一扭脖子，然后很意外地发现我的右手边多了一张桌子，坐了一个人。

"你好，从今天起我们就是同桌了。"

"谁准你没经过允许就霸占我的地盘？！"最后一排从来都是我的专属位置，突然有人闯入我的领地，还嬉皮笑脸的，分分钟就想掐死。"给你十分钟，下节课上课我不希望再看见你坐在这里。"

没等他反驳，我迅速离开了教室——尿憋的。

可是，等我上了个厕所，顺便还去小卖部买了包薯条嚼着回来，这小子还在原地没动。

"我说的话你听不懂是不是？""啪"的一声拍在他桌子上，声音不自觉地高了两个调。

引得教室里打闹的同学立马安静了下来。

"可是"，沐毅抬头看着眼前凶神恶煞的楚楚，笑着回答道，"可是教室里只有这一个位置了。"

乡村学校教学设备落后，这都20世纪了，可这学校使用的还是长条木桌，两个人共同使用一张。

上课铃声打响了，学生们纷纷回自己位置坐好，眼瞧着物理老师已经到门口了，我只好不情愿地坐下。

明知道他坐这儿是坐定了，但心里的火气一时半会儿还没消下去，平时上课的时候可以把腿搭在长凳上，可以随意地趴在桌子上记笔记，这会儿只能规规矩矩地坐在属于自己的这一边上课，越想越窝火。

"从现在起，井水不犯河水。"我拿出圆规在桌子偏右划了一条"三八线"，以示楚汉分明，"你要是敢越界，哼哼"，我将圆规"啪"地钉子桌子上。

正在认真听讲的他扭头看了一眼，然后继续认真听讲。

"我跟你说话你听到没有？！"他的不屑惹怒了我，也不顾还在上课，我直接吼了出来。幸亏讲台上的老师刚问了个问题,同学们正在叽叽喳喳地讨论。

但是我的声音还是显得有些突兀,然后非常悲催的,老师将我抽起来回答问题,妈的个蛋,我连题目是什么都不知道。

"钟楚楚同学,请你回答我刚刚问的那个问题。"对于这个上次月考异军突起的学生,特别是物理,竟然考了九十多,与其说是运气,她宁愿相信是实力,她教的几个班都是差班,物理这一科又比较难,大多数学生学习起来都很困难,尽管其他科任老师都评价钟楚楚冥顽不灵,但她还对她抱有一丝希望。

"什么?"我用手掩着嘴巴低声问沐毅,没办法,别的老师的课我可能会应付了事,可是袁老师的物理课一向是我最喜欢的课,倒不是因为我觉得物理好学,而是因为袁老师看我的眼神里,从来都是期许和鼓励,就像现在一样,所以我不希望让她失望。

"水和油的沸点哪个更高?"

我以为他不会告诉我,毕竟刚才我还那样对他。

看来他这人还挺够意思的,至少不是小肚鸡肠。

"钟楚楚同学,请问你能回答吗?"

这时候我已经依稀听到前后左右的同学在说"当然油的沸点更高了。"我扫了一眼书上的沸点表。油的沸点的确比水要高。

"我认为不一定,因为水的沸点是固定的 100 ℃,当然这要排除在特殊环境,而油有很多种,食用油的沸点一般都在 200 ℃ 以上,当油温超过 250 ℃ 时,会产生丁二烯醛类等有害物质,严重危害人体健康,并可致癌;汽油的沸点范围(又称馏程)为 30~205 ℃ 柴油沸点范围有 180~370 ℃ 和 350~410 ℃ 两类,总之,油的沸点不是固定的,而书上的沸点表上标示的只是一般的食用油而已,所以很容易让大家以为油的沸点比水的高。"

回答完以后,也没等她让我坐下,自顾自地就一屁股坐下来,特淡定地从抽屉里抓出一把瓜子放在沐毅桌子上,再抓一把薯条扔进口里,小心地"嘎吱嘎吱"嚼了起来。

袁老师对我的行为已经见怪不怪了,第一堂课她就强调了她的原则，只要不影响她上课，一切 OK。她只是没想到我会这么回答，教了这么多年书，关于水和油的沸点问题她已经养成了固定思维，物理试卷的考题也总是会在题后标注油的标准沸点，很少有人会去思考为什么会是这样，而今天，我"具体情况具体解决的回答"的确让她有些意外，也让她开始思考"教学"的意义。

读书最忌死读书，但是在应试教育的今天，从小到大老师们告诉我们的从来都是，把书看懂一定能考高分，特别是对于初中生来说，试题一般都比较死，只要你肯下死功夫去背，考试一定能拿高分，尤其是政治和历史，于是书上的内容就成了真理，老师照着教，学生一字不落地背，最后成绩高低的参考标准完全是肯不肯下功夫背。

后来我重新回母校拜访袁老师，谈及中学老师的素质问题，她告诉我，学校用学生期末考试的试卷测试老师的水平，一百二的数学总分，竟然有人只得了三十几分，大多数也只能在一百来分徘徊。

这个世上就是这样，人总是对自己很宽容，对别人很严格。

沐毅的仗义相救让我接受了他以后坐在我旁边的事实，但我仍旧不承认他是我同桌。

于是。

"啪"的一声，我以拍苍蝇的准确性第 99 次打在他刚好越界一厘米的手臂上，看他疼得龇牙咧嘴却又不得不忍住的样子，就知道我绝对没有手下留情。

"咚"的一声，不出所料，他摔了个四仰八叉，来不及呻吟，值日生已经喊起立了，只好揉着屁股忍着疼爬起来坐好，摆出一副三好学生的模样。

小样，让你凳子再往我这边移，再有下次非得把你屁股摔成八瓣不成！

"沐毅！"一声怒吼，这小子立刻从外面跑进来，然后就看到我指着教室后面随意摆放的扫把怒气冲冲地盯着他，然后他很自觉地弯腰开始整理。

"喂，今天的语文作业能帮我解决一下吗？"然后本子扔在他面前，趴在桌子上就开睡，一觉醒来，作业已经工工整整地完成了。

"喂，今天下午的教室卫生麻烦你帮我打扫一下！"不等他回答，我背起书包已经走了。

"喂，好累，帮我背一下嘛！"然后自顾自地把书包挂在他背上。

……

他的出现让我一下子多了很多乐子，高兴了逗他，不高兴了拿他出气，我的最大爱好也从睡觉变成了想方设法让他生气，谁让他总是一脸微笑。

他第一次发火是因为我弄坏了他的自动铅笔刀。

之所以对他的铅笔刀感兴趣，主要是他宝贝得跟什么似的，放在书包的夹层里，偶尔拿出来看看，从来不用来削铅笔，也从来不借给人。

这就勾起了我旺盛的好奇心了，在索要几次不给之后，我就直接开抢，以至于沐毅上课都把书包抱着，下课要去厕所什么的就揣兜里，杜绝一切让我触碰的机会。

终于在一天早上我得手了，那天沐毅早上上课的时候突然闹肚子，下课铃一打就急匆匆地冲去厕所了，根本没顾得上他的宝贝。

方形，拳头大小，粉红色的，下半部分是铅笔刀，上半部分是白雪公主，小小的，很精致，倒没想到这么大个男生喜欢这么小女生的东西。

"谁让你动我东西的？！"我正在翻来覆去检查到底有什么特别之处的时候，沐毅回来了，远远地就看见我手里的铅笔刀，脸色立马黑了，声音里燃烧着浓浓的怒火。

"啪"，这一吓，我手一松，白雪公主铅笔刀掉地上了，声音还特别清脆。

我赶紧蹲下身子去捡，沐毅已经冲上前来一把把我推开，然后趴到桌子底下去捡。

可是，铅笔刀已经坏了一个角，恰好是白雪公主的左边脸，原本精致小巧的铅笔刀一下子带了残疾，而罪魁祸首就是我。

"对不起。"做错了就要道歉，我耷拉着脑袋小声说道。

好半天没听到他的回答，我慢慢抬起头来，他坐在凳子上，手里捧着摔坏了的铅笔刀，虽然面无表情，我还是看到了他眼眶里打转的泪水。

这下惨了。

心中警铃大作，本来还想着大不了还他一个一模一样的，小学门口的小卖部不就有卖吗？可是瞧他这样子，这铅笔刀肯定对他有什么重要意义，物件好买，可是情感多少钱也买不到啊。

"对不起，对不起……"我再次低头小声道歉，他还是不说话，自个儿沉浸在有关铅笔刀的回忆里不说话。

接下来的一周里，他没跟我说一句话，无论我怎么逗他、哄他，甚至骂他，他连正眼都不甩我一个。清明放假我呆呆地在男生寝室门口等了一个多小时，最后宿管阿姨告诉我所有人都走光了，我才回家。

清明时节雨纷纷，在农村的小路上，大多是披着雨衣在地里劳作的农民，根本没有什么路人。

家里忙着给玉米补种，锄草，还有插秧，很难得的，我非常听话地学着做，还好脾气地没有一声怨言，这让母亲感到很欣慰。

从小长这么大，其实我没受过什么苦，父亲过世的时候我还小，连悲伤都不会，后来跟着母亲四处漂泊，那些男人为了讨母亲欢心对我都很好，加上我年纪又小，连洗碗都是少有的事。到了这个家里，心情好了也帮着做一些农活，但次数特别少，心情不好连倒杯茶我都不乐意。

看着挽起裤脚、撅着屁股、埋头插秧的母亲，我到现在都不能坦然接受她会接受这样的生活，在我从小的认知里，她从来都应该是打扮时髦、跷着二郎腿享受生活，她用她成熟的女性美吸引着一个接着一个的男人，有钱的、有型的、幽默的，可是最后她跟了这么一个又穷又丑还冷冰冰的人。

记得在一本爱情小说里看过这样一句话，如果一个女人爱一个男人，那么她会罔顾她的美丽，为他洗手做羹汤，为他生儿育女。

可是我还是不能相信这真的就是母亲的爱情。

五、长大后，我们都变成了自己曾经最讨厌的人

"受不了也得受，这一辈子他是别想摆脱我了。"一说到她老公，尚文马上又得瑟起来了。

"呦呦呦，这谁前几天还在寝室里哭天抢地的，闹着要断个一清二楚，这回去一趟又改变主意，准备王八配绿豆，继续将就？"真不是楚楚说话不好听，实在是前几天这丫头天天以泪洗面，各种诅咒，巴不得把她"老公"钱胜给剥皮抽筋，这几天回来，又恢复了之前的黏糊劲了。

"打是亲骂是爱，这两个人在一起就是要互相将就的。你这个孤家寡人是不会懂的。""哟，这还开始给我摆谱上课了？怎么就没见你将就一下其他人呢。"

实在不是楚楚要吐槽她，这姑娘除了对她老公脾气比较好，在谁面前都是一副女王的谱，连楚楚都惹不得。有些时候看着她接电话前后的两副面孔，真真堪比川剧变脸了。

这不，电话又来了。

"老公，你到家了啊？我刚下课……，怎么？又想我了啊？……吃饭了没有？我想你做的红烧肉了……"只听到尚文噼里啪啦说了一通，然后就挂了。

"瞧我这记性，我都忘了。"然后从包里拿出一大包零食，酸奶、牛肉干、猪肉脯，还有好些糖果，"我老公前段时间去青河那边出差带回来的，味道不错，我就给你带回来了。"说着自顾自地伸手去拉开楚楚的背包，一股脑地全塞进去，"别跟她们说，带得不多。"

"这样不好吧，大家都是同学。"寝室里尚文最黏楚楚，什么好东西都爱跟楚楚分享，这是好事儿，可是如果只分给楚楚的话，其他人看到难免有些尴尬，即便这会儿大家没看到，楚楚也觉得挺不好意思的。

"有什么不好意思的？她们一个个儿心气儿高得很，别以为我不知

道，她们都看不惯我，其实倪慧仙还算好的，看我不爽就直接说，哪像有些人，平时不吭声不作气的，背地里偷偷说我这不是那不是的。"尚文一脸的无所谓。

正巧后面三人赶了上来，刚好听到了这句话，仙儿就不说了，刚刚的气都还没消，而吕洁和杨媛媛这下就不爽了，瞥眼看了楚楚她们两眼，装作没听到走了。

这下楚楚还真不知道怎么接了，尚文不在的时候寝室里的确爱讨论她的私生活，楚楚平时忙着学生会和做家教，很少有机会参与她们的讨论，偶尔撞上了，也选择沉默。

不过说实话，大家平时只是调侃一下而已，懂得适可而止。

如果真要说看不起的话，那也是看不起尚文和她男朋友之间的相处方式吧。

"女人活成她这样子也真是可悲。"连寝室里总是独来独往的李阳都这样评价道，"她都快成了她男朋友的附属了。"

楚楚没谈过恋爱，但看到尚文把一个男人当作生活的全部，喜怒哀乐都系于一个人的身上的时候，突然想到一句话。

喝不到的醋最酸，先动心的人最难。

难道真是尚文主动追的别人？

"文文，你和你'老公'是谁追的谁啊？"楚楚突然问道。

"怎么？难道是你喜欢上哪个人了？""难道有人追你？"，实在是这学校追楚楚的人太多了，本来理科学校女生就少，像楚楚这样的女神就更少了，都快成了这所理工学校的镇校之宝了。

"没有。"楚楚下意识地把头扭到另一边，不让她看到自己泛红的脸色，"问你问题呢，快回答，别扯东扯西的。"

尚文是个特别好糊弄的姑娘，别看她平时混社会像个人精似的，一副女王派头，其实是寝室里最单纯的，可能是从小被家里保护得太好，对一切都很好奇，对世上的一切都抱着美好的愿望，所以楚楚说了，她也就不再纠结了。

"我跟他啊，第一次是在酒吧里遇见的，高考结束，男朋友考上了北方的学校，我报了南方的学校，我们就和平分手了，心里难受，和哥们儿约出去喝酒,他是跟着我最好的哥们儿来的。后来他说,第一次看到我就喜欢上我了,所以就从我哥们儿那儿要了我的联系方式,再然后,我们就在一起了。"尚文边说,脸上洋溢着微笑,"我们在一起已经一年多了,我很想和他一直下去。"

"可是……"楚楚想说,可是他对你不好啊,虽然楚楚从来没见过钱胜,但从一些细节上也可以看出他并不像尚文说得那样在乎她。

他从不主动给文文打电话。

文文和他在电话里吵架的时候,他从来都是咄咄逼人,事后不管是谁的错,最后都成了尚文的过错。

文文的生日他一句"没想起"就打发了,文文却在他生日前一个月就给他准备好了礼物。

他经常给文文买东西,但都是些小东西,而文文省吃俭用给他买他想要的苹果手机最新版。

都说一个男人如果爱你的话,会主动介绍他的家人朋友给你认识,也会迫切地想认识你身边的人;会尽可能地给你买你所想要的所有东西;争吵后会无条件地哄你;会记得每一个重要的节日;巴不得知道你所有的行踪。

非常巧合的,钱胜一条都不符合,只会一次次的在电话里附和义义"我也爱你,老婆"。

"没什么可是。"尚文知道楚楚想说什么,抬手拢了拢耳边的碎发,"这次我回去,我们已经领证了。"

"什么?!"这个重磅消息一下子砸来,楚楚明显有些懵了,但不一会儿就清醒了过来,"你家里人同意吗?你真的了解他吗?什么时候举办婚礼?……",楚楚噼里啪啦问了一堆的问题,最后瞅了瞅尚文平坦的肚子,"你不会中头彩了吧?"

楚楚寝室里的妹子都是家里的独生女,家庭条件都很好,加上父母溺爱,所以性格都比较大胆,对男女感情也很早就涉及。尽管楚楚从小就随母亲辗转过很多男人的家里,但她对这方面的还是比较保守的,刚进入寝室的时候,听到她们肆无忌惮地谈论彼此的"对象",并对班上的各类男生做详细的比较,楚楚总是听得面红耳赤,可是慢慢地相处下来，她渐渐就习惯了，时不时地也发表一下意见，但也只是浅层面的而已。

先上车后补票，虽然这种现象很普遍，可是作为一个骨子里还带着乡村传统思想的楚楚来说，这对女方是极其不公平的。

"你瞎说什么呢？"纵使尚文脸皮再厚，被一个女人盯着肚子看感觉怪怪的。

"那你忙着领证干嘛？你才21岁，怎么就想不开要提前进入妇女生活了？"

楚楚一直认为，20岁出头是女人一生最美好的年龄，开始懂事，学会适应，尝试接受，不用担心家庭，没有事业的烦恼，更不用为感情纠结，因为还有任性的本钱。

"他年纪不小了，家里一直催着他结婚，还给他安排相亲……"

"所以你就这么随便地就把自己给嫁了？"楚楚真是不知道怎么说她了，虽然尚文已经22岁，早就过了法定的结婚年龄，可是在楚楚看来她还只是个孩子，婚姻就像一场的烟花，她看到的只是它的绚丽夺目罢了。

"楚楚。"尚文突然放开楚楚的手，严肃地说道，"其实我知道你们都看不起我，觉得我太没自尊，我也知道他花心，大男子主义，不懂得关心人，很多次我也咬牙下决心要和他断个彻底，可是只要他一个电话打来，叫我一声'文文'，我就什么都顾不上了。爱情是一个条河，即使我注定在他这条河里翻船的话，我也义无反顾。"

楚楚张了张嘴，还想说些什么，却什么都说不出来。

楚楚又有什么资格去评论她的爱情呢，就像她说的，在爱情这条河里，至少她上了船，而自己还在岸边徘徊，心里无数次呐喊着加油，却始终不敢踏出步子。

楚楚总是鄙视尚文的懦弱，因为她不敢去承认她现在所拥有的这段爱情不公平，拼命去编造出一个"二十四孝男友"，然后在室友们羡慕的眼光里洋洋自得，可是从某一天起，楚楚她们看穿了她的谎言，用一种高尚者的语气去劝她回头是岸，面对她每次义无反顾后的伤痕累累，而她们则躲在角落里偷偷嘲笑，甚至有种幸灾乐祸的感觉。

或许，这就是人性，人总是喜欢看到别人的不幸，让别人羡慕自己的幸运，并且试图用自己的幸运去拯救别人的不幸。

所以，楚楚从不谈论自己的家庭和爱情，她小心翼翼活在自己塑造的模型里，不给任何人同情的机会。

"楚楚啊，进来进来，赶紧进来。"

本来楚楚准备陪尚文去吃后门新开的一家冒菜，可是蔡老师一个电话打来，尚文只好一个人默默地去吃食堂了。

蔡娜老师教楚楚他们班的外国文学，是一个非常受人尊敬的中年女教授。中文系流传着一句话，"如果在本学院读了四年，不认识程玉、曾世伦、蔡娜和翁礼琴四位教授的话，那你的大学等于没上。"最初楚楚也没明白，后来有机会和四位教授都认识了才慢慢体会到此话的意思。

如果分别用一个词来形容四位老师的话，那程玉老师应该是活力四射，程老师是四位老师中年纪最大的，平时上课给人的感觉总是索然无趣，可是私下却像个小孩子似的，很容易和学生打成一伙，对很多事情都感兴趣，尤其是对学生们的感情问题，以至于楚楚经常忘了她是长辈。曾世伦老师是积极进取，曾老师的积极进取体现为他对事业功名的追求，尽管已经年过半百，再过两年就要回家养老了，可是你在学校随时遇到他都是匆匆忙忙的，上课、写作、研究，他的事情总是排得满满的，就连退休后的生活他也安排好了，准备去民办学校继续工作。蔡娜老师是优雅得体，蔡老师的这种优雅，颇有点超凡脱俗的味道，作为一个年过四十的寡居女人，她将她的生活安排得井然有序，下一节课要怎么安排，穿什么衣服比较符合讲课的内容，课上怎么代入主题，课上互动多少时间比较合理，甚至连怎么走路，怎么笑，说话的语气大小她都会考虑周全。而翁礼琴老师是循序渐进，相比于蔡老师的优雅，楚楚更喜欢翁老师，她的身上似乎散发着一种淡雅如菊的气息，任何人和她相处，都会不由自主地静下来，学会认真地去思考。

上了大学的楚楚是老师眼里典型的好学生：活泼大方，积极开朗，做事认真，尊敬老师，成绩优秀，再加上一张漂亮的脸蛋和能说会道的嘴巴，很轻易地获取所有任课老师的好感，成了老师口中的"某某学生"。

相比于以上优点，楚楚最大的长处是懂得审时度势。

她可以通过对方的一个眼神猜测出他此时的内心想法，然后在恰当合适地切入话题；她涉猎各种知识，不求精通，只求了解，这让她能接得住任何话题并且愉快地和别人聊下去；她知道各种人情世故，知道在适当时候装不懂，让别人有台阶下；她阅读了很多关于交往技巧的书并将技巧灵活运用，让人看到她的善解人意；她还很会利用外表的优势，可爱、精明、呆萌，各种性格表现切换自如。

当然，她并不是时刻都在伪装，这大多数是用来应付长辈以及刚认识的需要结交的人身上，而在熟悉的同学面前，除了必须隐藏的秘密之外，她会最大限度地解放自己。

偶尔楚楚也想撕开自己伪装的面具，可是她已经习惯了这种生活，习惯了活在别人的赞许和掌声中，所以，她开始鞭策自己不断地去努力，尽量去达到别人的期许和自己的目标，这样，即便最后被拆穿了，也不至于一败涂地。

人长大后，慢慢地就会发现，自己变成了曾经最不想成为的那一种人。

"蔡老师好。"拒绝了蔡老师递过来的拖鞋，楚楚拿出自备的一次性塑料鞋袋将脚包好，走进门去。

"许师兄好。"看见客厅里坐着惬意品茶的许阳，楚楚规规矩矩地弯腰问好。

"快来坐，快来坐。"蔡老师拿出一个茶杯，招呼楚楚坐下，"你来得正好，来尝一尝你许师兄泡的茶。"

上、左为尊，楚楚从许阳的身后绕过，最后坐在了蔡老师右手边的位置，接过茶杯的时候点头敲桌致谢。

许阳和蔡老师都很喜欢喝茶，确切地说，许阳是被蔡老师所影响而开始去研究茶道，两人常常一起品茶，谈论文学。在楚楚和许阳认识之后，品茶谈论文学就变成了三个人坐在一起必做的事了。

六、非暴力不合作，你是受虐狂吗？

生平第一次低头跟别人道歉，他竟然不甩账，想想我还挺憋屈的。

原以为清明假期回去，再大的火气他也应该消了，然而迎接我的还是沐毅的冷漠。

"吃吗？小卖部新调的哦，超好吃。"不说话，依旧看他的书。

"你英语书借给我用一下好吗？不回答我就当你答应了哦。"没有反应，任由我拿他的书。

"昨天晚上的《仙剑奇侠传三》你看没有，茂茂好可怜，为了大家用自己身上的肉去换粮食。"回应我的是前排的同学转过身来兴致勃勃地跟我讨论"到底是景天帅还是白豆腐帅？"

"你这道题做出来没有？给我讲一下嘛？"恰好数学老师走到了我面前，很好心地帮我讲解了。

"啊。你到底是想怎么样嘛？！"在无数次的道歉加讨好无效之后，我终于爆发了。

一脚踩在凳子上，双手撑着桌面，凶神恶煞地瞪着面前一脸淡然的沐毅，"再不说话别怪我揍你！"

忍无可忍，无须再忍。

老虎不发威，你真当我是面团，好脾气随便揉。

就在我摩拳擦掌，准备暴力解决的时候，他突然笑了，然后我听见他说，"钟楚楚，你还是这样子比较可爱。"

非暴力不合作，你是受虐狂吗？早知道我还道什么歉，一开始就拳脚相向就好了，还省了很多功夫。

结束了N天的冷战之后，我和沐毅终于和好如初了。

继续一起吃零食，一起回家，一起玩闹，他不把我当女的，我也不把他当男的，成天哥俩好地混在一起，除了上厕所和睡觉，我们基本上都在一起。

十二三岁正是青春萌动的时候，男女生之间开始互相好奇，却又小心翼翼地维持着不远不近的距离，在老师和家长的三令五申下按捺着自己的小心思。

于是，在那个男女界限朦胧的年纪，我和沐毅的过分亲昵引起了所有人的注意。

班上的同学开始对我们进行猜测讨论，女生们明面上为我所不齿，认为我丢了女生的脸面，暗地里却又羡慕我的勇气。男生们惊叹于沐毅的魅力，为沐毅将我这朵霸王花拿下而欢欣鼓舞。

我一向特立独行，在班上甚至是年级上都没有朋友，加上性格孤僻，更是把不少对我好奇的人拒之门外。

沐毅和我明显不同，他阳光、帅气、脾气好、成绩不错、爱好广泛，最主要的还是一枚文艺青年，基本上每天校园广播都会朗诵他写的诗和文章，加上每次考试语文成绩年级第一，才子的名号引得很多其他班的女生前来观望，个别大胆的更是递上了情书。而那时的我，长相普通，成绩一般（上一次的好成绩在众人眼里只是运气比较好而已），加上暴脾气，更是让人对我退避三舍。

对于一个从未收到过情书的女生来说，看到沐毅每天早上从书桌里掏出情书，那感觉，说不上羡慕嫉妒恨，充其量就是好奇和一种"帅气同桌初养成"的感慨。

而收到情书的当事人，则是一种无所谓的态度，每天皱着眉头从书桌里拿出来，然后淡定地递给旁边一脸好奇的我。

我自然是不敢打开看了，只好在他"任君处置"的眼神下默默地将信撕了然后扔垃圾桶里。偶尔也大着胆子给他一些"建议"。

"这个叫林绪的还不错哦，八班的，据说唱歌非常好听。就是上次一二九晚会唱《山路十八弯》的那个。"

"没印象。"

……

"喂喂喂,这个你该认识吧,陶昕然,六班班长,我们学校数一数二的大美女。上次体育课还跟你聊过的。"

"记不得了。"

……

"那这个你该认识了吧,我们班语文科代表,经常跟你一起去语文老师家的。"

"没、感、觉。"

最后被我逼急了,这小子索性给我上了一堂思想教育课,内容是"青少年如何正确看待早恋",最后还总结一句话送给我:

"你的思想已经开始腐朽了,我只好勉为其难地拯救你。"还酷酷地摆了个造型收尾。

我趴在桌子上,笑看着他,吐出几个字。

"老虎不发威,你当老娘是病猫来着。"

于是,傲娇的岑大帅哥被我揍得鼻青脸肿、落荒而逃。

初二上学期的期末考试,我发挥得还好,年级 34 名,而沐毅总分比我高十分,排 27 名,成功将我这个班级第一取而代之。

得到成绩单的时候,这小子又皮痒了,举着成绩单在我眼前飘来飘去。

"愿赌服输,别忘了答应我的事哦。"

"放心,我记着的。"咬牙切齿地拿出圆规,在他的注视下,将三八线往外移了三分之一。"这下满意了吧?"

"嗯,很好。"沐毅随性地趴在桌子上,直接将我挤去趴着窗户,看着我吃瘪的样子,"从今天起,不得越过这条界,否则。"学着我一开始的样子,将圆规扎在三八线上。

"小人得志。"我气得直哼哼,"你就只是作文分比我高了那么几分,君子报仇十年不晚,下学期咱们再战!"

"我等着呢,可别下次考试又比我差,那你估计就只能趴在窗台上上课了。"说着,还眨巴着他无辜的大眼睛,看得我只想揍他。

士可杀不可辱,何况还是我这个锱铢必较的小女子,于是整个寒假，我都在跟各种"优秀作文""话题作文""命题作文"……作斗争，甚至还夜以继日地将四大名著给看完了，这可乐坏了我妈，因为我不仅不再闹着转学，还开始认真学习了。

她这一高兴，什么《儒林外史》《莎士比亚经典戏剧》《家》等古今中外的经典书籍络绎不绝地给我买回家来，因为书太多，那个人还给我做了一个书柜。当然，不放过任何机会骂我的老太太又开始骂我败家了，不过我已经习惯了，也懒得和她闹，倒是母亲忍不住和她吵了起来。

然而等到第二学期开学，我和沐毅就不是同桌了，甚至连同班同学都不是了。

学校狠抓班级管理，准备转化班级组建方式，将原先只有好、差之分的班级分成了"精英班""重点班"和"平行班"，按成绩排名进行分班，前三十名为精英班，三十到一百五十名的一百二十位同学分为两个重点班，其余同学进入平行班。

于是，因为几分之差，沐毅进入了精英班，我则在所谓的重点班继续浑浑噩噩。

最好的学生，最好的老师，最严的要求以及最高强度的学习任务让处在精英班的沐毅没有多余的时间和我嘻哈打闹。更何况我们一个在三楼，一个在二楼，但每天晚上下了晚自习我们都会在楼梯口等彼此，为了避免让人说闲话，往往都是教室的灯熄了之后，我们才走出教学楼。

"今天作业多吗？"

"嗯，你呢？"

"还好。"

"哦"

……

有人说距离产生的还是距离，这句话的确没错，就像我们，尽管只隔了一层楼，但却没了同桌时的热络。

"你现在同桌对你还好吧？"某天晚上，实在找不到话题，我随意问了一句。

"任何人跟你比起来都算好吧？"他一脸嫌弃地看着我，"人家又温柔又漂亮，哪像你，暴力女一个。"

我沉默着没说话。

"其实她你也认识，就是之前那个六班班长陶昕然，据说是我们年级最漂亮的女生，长得倒是真的漂亮……"

"到我们寝室门口了，你也赶紧回去吧。"连"拜拜"都懒得跟他说，我小跑回了寝室，然后瘫在床上，直到关灯了才拿起脸盆打水洗漱。

"最近怎么那么忙？都很少看到你。"某一天晚自习后沐毅问道。

"我醒悟了呗，要好好学习，天天向上。"

"就你？今天太阳没从西边升起啊。"沐毅明显不信。

"不信你就看着吧，奉劝你小心点儿，姐姐目前的目标可是赶超你。"我信誓旦旦地说道，"这样，我就可以继续……"

"继续摧残我是吧？别做梦了，这次测验我可是我们小组第二名来着，你就是快马加鞭也赶不上我好吧。"他们班进行小组教学，在合作中竞争，在竞争中成长。

"早就知道你很二啦，不用你再次强调。"每每一看到这小子一副小人得志的模样，我就忍不住想打击他，"别跟我说第一名是你那位美女同桌。"

都不用他回答我，答案已经由他那一脸的郁闷告诉我了。

"都说最毒女人心，我算看出来了，只要是跟女生挨着坐，我都没好日子过。"他没好气地瞪我一眼，"别给我幸灾乐祸，上次我们打赌的事情还没完呢，愿赌服输可是你说的。"

"嘿嘿。"趴在窗台上上课的经历，一次就够了，打死我也不想尝试第二次，"欠着，欠着，说不定下次我就赢了呢。"

"欠着是吧？那就先付点儿利息吧。"说着，"啪"的一声将厚厚的一叠书扔在我怀里，然后双手背着下楼梯，我吃力地抱着书跟在后面，活脱脱一副古代皇帝巡视图，他是皇帝，我是鞍前马后的太监。

"得嘞，您起驾。"君子报仇十年不晚，何况我还只是小女子一个，今天的耻辱我会一并还给他的。

努力了小半年，期中考试还是没超过他，只好继续任他耀武扬威，不过好歹还是爬进了前三十名，也就意味着期末考试可以跟他一间考场。

下半学期的课程愈发的紧了，尤其是精英班，每天埋首于各种试卷中，我们班虽然没有这么恐怖，但也让我充分意识到了"考考考，老师的法宝"这句话的真实性和可信度。

于是，我们连晚自习一起下楼梯的时间都奉献给了试卷，偶尔碰到他，也是看着并排走着的陶欣然跟他讨论着数学题，相视一笑后匆匆跑过。

"这样，我就继续可以和你当同桌了。"那天我想说的其实是这句话。

可是我再也没有机会说出这句话了。

因为一个凳子，我忍不住爆发了积蓄已久的"洪荒之力"，然后转了学校。

高中我和沐毅还是在同一个学校，然而高中三年，分了无数次班，我们俩都很巧合地避开了成为同班同学的机会，更别说当同桌了。

都说时间会冲淡一切，在我和沐毅之间似乎并不存在这回事儿，却也没再向前一步，或许因为太了解，我们始终维持着恋人未满、友情已达的关系，我可以为了他跟别人打架，他可以无论何时何地，只要我一句话马上赶到。

我慢慢变得斯文、和善，努力去做一个好好学习、天天向上的好学生，留起长发，换下假小子装扮，收敛起一切不符合别人眼里的女生点，把自己伪装成一个温柔漂亮的女生。

所有人都说我好，可是我这所有的转变从来都只是为了让你多看我一眼，作为一个女生，而不是你无话不说的哥们儿。

"沐毅，我想我是真的喜欢上你了。"

"我知道啊，和你一样，我也喜欢你。"

"真的吗？"还没等我问出这句话，他接下来的话熄灭了我所有的热情。

"你是我最好的朋友，我当然喜欢你啦。"

……"就是，我也想这么说来着。"尴尬的接下"朋友"这个话题，我没有勇气去辩解我和他所说的"喜欢"的含义。

爱情里最可悲的不是你爱他他爱你，而是他连你爱他这句话都不愿去思考。

从小到大，我钟楚楚的字典里都没有"放弃"这个词语，任何我想要得到的用尽手段都要得到，即便以伤害自己为前提，可是在沐毅面前，我只能小心翼翼地收好自己的小心思。

越是骄傲的人越自卑，越是孤僻的人越会依赖别人。

别人看到的永远都是钟楚楚的孤僻冷漠，没有人知道的是，我用冷漠画了一个圆，自己躲在圆里舔舐着结了疤的伤口，看着别人在圆外来来往往，兀自独舞。

沐毅就像一缕阳光，温暖了我结冰的内心。向着阳光的方向，我开始学着微笑，试着积极乐观地生活。

离开了他的照耀，我的世界重新一片漆黑，就像一个吸食了鸦片的瘾君子，即便被时间强行戒毒，往后漫长的岁月里，我依旧会隐隐作痛。

七、连哭都没有了资格

许阳师兄规规矩矩地泡茶，楚楚和蔡老师有一句没一句地聊着，因为蔡老师教她们的外国文学，所以聊得大多是西方文学。

"楚楚，你看过意大利文学家伊塔洛·卡尔维诺的小说吗？"蔡彤老师突然问道。

意大利？伊塔洛·卡尔维诺？似乎在哪本书看过关于这个作家的简介。

"看过一点儿，但那是很久以前的事情了，记不大清楚了，印象最深的是他的长篇小说《树上的男爵》，写得很有意思。"拼命地搜寻了脑袋里所有的记忆，最后只想到了这么几个关键词。

"我很喜欢这本小说，里面的主人翁是贵族家庭的长子，在12岁的时候为了逃离父亲的权威和控制而爬上了树，在树上开始了包括学习、打猎、恋爱在内的生活，65岁的时候攀住路过的热气球而消失了。"蔡彤老师习惯性地闭上眼睛，楚楚知道她又要开始她的想象了。

"你可以想象一下，一个人逃离现实社会在树上过一辈子，那是一件多么浪漫的事情啊。"

是挺浪漫的，可是这只存在于文学中而已，这你要是爬树上去，别说过一辈子，就是待一天估计都得被人认为是疯子。

当然这话楚楚只能在心里默默吐槽，是绝对不敢说出来的。

一抬头，许师兄正盯着她，坦然望过去，他意味深长地笑了笑，没说话。

"树上的世界虽然很真切很美好，但却是一个被遗忘和最终被抛弃的世界。不过，柯希莫恰恰在这里找到了心灵得以栖息的住所，这应该就是所谓'诗意的栖居'吧。不再是海德格尔所说的大地，而是空中，这里的"上"不再意味着上帝和天国，而是隔离开现实社会那个层面的世界，可以看作被她们遗弃和破坏的自然世界——一个比较原始而静谧的空间，也可以是远离社会亟待构建的一种隐喻的世界。"最讨厌咬文嚼字，然而这就是和蔡老师相处的最佳方式，尽管脑子里没有储存太多的相关的知识，但长期做餐馆服务员，辅导班招生老师以及兼职销售的经历让楚楚能够及时转移话题，对于喜欢文学的人来说，越是抽象的东西越能得到他们的认可。

"的确，但作者所构建的这种诗意的生活，何尝又不是对现实的无奈。"蔡老师将茶杯放下，一只手撑着下巴，另一只手靠在桌上，眼神里迸发出的有关思考的光芒让楚楚感觉她和自己是同龄人，而不是已经四十出头了。"他给出的是一种效仿的生活，是一种深刻的反思与焦虑。它不仅警醒人们日益丧失了真实的情感和认知，同时也指出我们身处的社会的迷误和错乱。在繁复的现代社会体系中，工业毁灭了田园，时代变得更加虚伪。卡尔维诺精心编织的这一久远的田园梦境正是对现代生存危机的反衬。"

如果说楚楚的回答是偏浪漫主义的，那么蔡老师的思考更多的是立足于当今现实，她认可她的说法，但她知道自己不能顺着她的话题去思考现实，她要有自己的想法。

"那么现实生活中我们应该偏安一隅诗意生活还是应该咀嚼着现实无奈的苟且呢？"楚楚抛出了一个问题，没等她回答，继续说道，"这又涉及中国古代一直强调的'大家'思想了，国、家、个人作为社会的基本层次，为什么她们非要在道德的捆绑下要求个人服从国、家呢？如果每个人都把生活过成了诗意，那现实就不会无奈的。"违心地说着她自己都无法认可的言论，接下来就等着蔡老师给她上思想教育课了。

既要展现出自己独特的想法，又要把话表述的不那么成熟和被人接受，这样，才能体现出老师的重要性。而适时表现出来的虚心受教的模样更能给人以满足感。

"好了，两位大美女，茶泡好了。"许阳师兄的茶泡好了，站起身来一板一眼地给她们倒茶，清秀帅气的脸庞加上百搭的白衬衫，倒有那么点儿文人雅士的味道。

"嗯。"蔡老师端起茶杯闻了闻，又抿了一口，"不错，越来越好了。"

学着她的样子，楚楚右手端起茶杯，左手掩住杯底，小抿一口，的确还不错。

"小师妹儿。"楚楚正望着杯里的茶叶发呆,被许阳一声肉麻的小师妹叫得鸡皮疙瘩全起来了。

都说了多少次了,要叫师妹就好好叫师妹,非得在前面给加个"小"字,莫名的多了几分亲昵出来,不知道的还以为她跟他多熟呢。

忍了,等出了门她再好好收拾他一顿。

"嗯。"微笑着问道,"什么事?"

有话快说,有屁快放,别给她装模作样的。

"知道这个杯子为什么要这么设计吗?"他端起桌面茶盘里的盖杯,还不忘用手去遮住杯底,眼神里藏着戏谑的笑容。

手指轻扣了桌面两下,心里组织了几遍答案,最后还是挑了最简单的说。

"天",揭开茶盖,享受地闻了一下茶香,"地",指了指茶托,继续说道,"人",然后将杯里的茶一饮而尽。

"这么简单,对于我们楚楚来说,完全不是问题好吗?"蔡老师状似无语地瞥了一眼许阳,去厨房洗水果去了。

她一走,楚楚立马趴在桌子上,长吁了一口气,一直端着真挺累人的。

"原形毕露了?"许阳边泡茶,边笑说道,"看来别人眼里的钟大才女并不是那么好当嘛。"

"关你屁事!"反正从第一次见面他就看透了楚楚的真面目,这会儿她也就不跟他客气了。"用一个字来形容你——'假'"

她以为自己已经修炼得百毒不侵了,可他讽刺的眼神依旧让她的心颤了颤,但片刻她就恢复了过来。

"知道你是一朵白莲花,纯洁无比,您可得隔我远一点儿,别一不小心被我给玷污了,可就不划算了。"楚楚把脸往他面前凑了凑,故意发出嗲嗲的声音,他的身子赶紧往后仰。

"什么划算不划算的?你们在聊什么呢?"蔡老师端着切好的苹果走了进来,好奇地问道。

"哦,我们在……"感觉就像干坏事突然被抓包一样,楚楚一时没反应过来。

"我们在聊霍达的小说《穆斯林的葬礼》，正讨论里面的梁君璧这个人呢。"许阳接上她的话题，成功地将蔡老师的注意力给吸引了过去。

"就是就是，我们在讨论梁君璧这个人到底值不值得可怜。"

"这本书我也看过。"蔡老师放下手中的果盘，从旁边的书架上取出这本书来，"无论从内容、结构还是思想内容来说，这本书都称得上是现当代小说中的经典作品，特别是里面对回族的描写。"

于是接下来，三个人就这本书的故事聊了一个多小时。

"我马上就做晚饭了，让你们留下来吃你们又不肯。"蔡老师一脸的嗔怒，楚楚取下鞋袋边陪着笑边等许阳穿鞋。

"不用麻烦您了，我晚上还有课呢。"

"我约了人吃饭，所以就不能品尝您的手艺了。"许阳一脸惋惜，又是一个说谎不脸红的人，看得楚楚真想一脚将他踹进屋去。

"女朋友？"蔡老师看着许阳微笑的样子，好奇地问道。

"您多想了。"

"那你们就慢走哈，下次再来我这儿喝茶。"

"好的，有空一定来。"

您不找我绝对没空，您老人家找没空也得有空。楚楚心里默默地哀嚎了一声。

"那我们走了，谢谢蔡老师。"许阳微微弯腰道谢，然后示意楚楚该走了。

"那蔡老师您就休息吧，我们先走了。"

等下了楼梯。

"哟，看不出来您老人家才是专家呀，说谎都不脸红的，还亏得蔡老师上次还跟我夸你老实忠厚呢。"拉开和他的距离，撇了撇嘴角，楚楚可没忘他刚刚讽刺自己来着，以牙还牙可是她的看家本领。

"比起你来，我可就差远了。"许阳学着刚刚在蔡老师家里楚楚的口气说道，不阴不阳的，听得楚楚鸡皮疙瘩都起来了。

"懒得和你说。"好女不跟男斗，免得浪费口水，楚楚加快步子向后门走去，肚子饿得呱呱叫，这都快下午七点了，中午饭还没解决呢。

"某人不是说有晚自习吗？我怎么记得这不是去中文楼的路呢。"许阳跟在后面故意问道。

"某人不也说要请人吃饭吗？别告诉我是请在后门吃啊，那你可就太大方了。"

"我只说了要请人吃饭，并没有说什么时候吃啊。"许阳一脸无辜的样子，"话说，小师妹怎么突然这么关心我，师兄我可真是受宠若惊啊。"

"自恋狂。"楚楚无语了。

走了一会儿，楚楚突然转过身来瞪着许阳。

"你跟着我干嘛？"

"这路是小师妹儿修的？还不能让人走了？"

再过一会儿，楚楚又回头来怒视着身后的某人。

"你一直盯着我干嘛？"

"小师妹儿背后长了眼睛？怎么知道我在盯着你？"

……

最后，当楚楚坐在冒菜馆里开始点菜的时候，许阳自觉地坐在了她旁边的一桌。

"你到底要干什么？！"楚楚终于忍不住大吼道。

"吃饭啊。来餐馆不吃饭要干嘛？"许阳用一种"你是白痴吗"的眼神看着楚楚，"我不介意小师妹儿请我吃饭，正好我也没带钱。"然后很自觉地移到了楚楚这一桌来，招呼老板再添一副碗筷。

看着眼前吃相斯文的某人，见过脸皮厚的，没见过脸皮这么厚的，楚楚气得真想将手里的碗一把盖在他头上。

结账的时候，某人很坦然地在一旁坐着，楚楚咬牙切齿地付钱。

"别跟着我了。"

"没跟着你啊，我只是要回自己家而已。"

楚楚躲在公寓大门后面看着许阳走远了才出来向大门外走出去。

七拐八拐的，楚楚走进一家干锅店里，放下书包，换上服务员的衣服，再将披着的头发扎成利落的马尾，开始工作。

迎客、点菜、端盘，等到最后将餐厅大塘打扫干净，再将所有的垃圾倒了,十点四十五的时候,楚楚终于可以下班了。

到寝室楼下的时候,阿姨刚锁了门准备休息,看到跑得一头大汗的楚楚,没好气地瞪了一眼。

"你怎么每天都回来得这么晚?干脆就住外面得了。"阿姨下午看见有人送楚楚回来,以为是她男朋友,这会儿回来得这么晚,自然就误会了。

"我们难道就不休息了吗?每个月那么点儿工资,要干这么多活,都这么大晚上了,还让不让我们休息了。"阿姨噼里啪啦地抱怨了一通,"尤其是你,每天晚上都回来得这么晚……"

"可是,阿姨,现在还没到十一点。"楚楚忍不住指着手表上的时间提醒阿姨一个事实。

"学生手册上规定的可是十一点关门,现在还是工作时间,所以你没有权利抱怨我。"

阿姨不情愿地将门打开让楚楚进去。

"谢谢阿姨,麻烦您了。"

"大晚上的女孩子在外面不安全,下次记得早点回来。"最后,阿姨提醒道。

"好的。"

然而楚楚依旧每天踩着点儿回来。

洗完澡吹干头发,室友们都已经睡死过去了。

楚楚拿出古代汉语书准备开始预习,手机突然震动起来。

小心翼翼地开门来到走廊上。

"喂,妈?"

"楚楚啊,你叔他又犯病了。"

"怎么又犯了?没吃药吗?"

"吃是吃了,可是一天只吃一次,说是他这病又医不彻底,光用药拖着也不是办法,而且这药还这么贵,家里又没有钱,你边读书还要边挣钱,说是对不起你。"

"那就让他等死吧。"没好气地回了一句,楚楚便将电话挂掉了。

在走廊上吹了会儿风,楚楚重新拨了电话回去。

"让浩浩安心读书，你自己也注意身体，叫他不要多想，病了就要吃药，我明天打钱回来。"没等那边回答，又将电话挂了。

预习完功课躺在床上的时候已经接近凌晨了，黑暗中，楚楚摸到了自己眼角的泪。

连哭都没有了资格，除了努力把自己伪装得坚不可摧之外，又还有什么办法呢。

"想哭的时候就用力笑，笑着笑着你就忘记了哭。"她一直都记得这句话。

八、除了坚强别无他法

接到他出事噩耗的时候，我正在物理课堂上与周公约会。

当我被同桌摇醒，在物理老师怒视的眼神下走出教室门，过道上的一阵风吹来，终于让我清醒了过来。

跟着班主任走进办公室的时候，我还以为是因为上物理课睡觉，心里默默地做好了挨骂的准备。

"楚楚。"

嗯？怎么这么和蔼可亲？班主任骂人的时候不是喜欢连名带姓吗？

没等我琢磨过来，她继续说道。

"你妈打电话来让你回家去几天。"

什么？就因为我在课堂上睡觉就让我回家思过？这是不是有点儿太大题小做了？何况我睡觉并没有影响学习啊，只是因为老师讲的内容太简单了而已。

"老师，我……"我正准备说话。

"你家里出事了。"

啊，我一时没反应过来。

"你妈打电话来说，你爸出事了，现在还在人民医院抢救。"班主任从抽屉里拿出一张假条，"请假条我帮你填好了，走吧，我开车送你去医院。"

我还是愣愣的没说话，她以为我吓傻了。

"人有旦夕祸福，别太担心了。"说着，上前拍了拍我的肩膀，"回去有什么困难随时给我打电话，二十三班所有人都支持你。"

我将假条拿起来，谢绝了班主任开车送我的好意，出门的时候还不忘把门给她关上。

然而就在门合上那一刹那，泪水再也止不住地流了下来，然后以最快的速度冲出校门，向医院冲去。

母亲坐在走廊的椅子上，头靠着墙壁，身上的衣服泥泞点点，头发散乱，眼眶红红的，明显才哭过。

我站在不远处看着她，心里蓦然涌起了一股悲哀，一时间竟不敢向前去。

"楚楚。"她抬起头来看着我，眼眸里满满的都是无助。

我张了张嘴想说什么，终究什么也没说出来，伸手搭在她的肩膀上，鼓励性地拍了拍。

她拉着我坐下，开始向我倾诉从昨天下午到现在的恐惧。

"……我怎么劝他都不听，非得跟你表叔出来搞新农村建设，又没有一门技术，只能干苦力活，年纪也不小了。"

"好好地一个人就这么从三楼摔了下来，明明早上走的时候还有说有笑的。"

"他有遗传性癫痫，之前偶尔也发，但也就一会儿，我催着他来医院检查一下，他死活不答应。"

……

母亲絮絮叨叨地讲了半天，中途时不时地被她的啜泣打断，我认真地听着，她也该发泄一下了。

"事情已经发生了，哭也没用。"最后我还是忍不住打断了她的没完没了，"摔得严重不？"

这不废话吗？都抢救了。

话一问出后，我自己都觉得有些明知故问。

"他的手……"母亲说不下去，啜泣得越发厉害了。

手摔断了吗？心里猜测着最坏的结果。

可是这不是我一直想要的结果吗？曾经每天我都盼着他出事，这样母亲就会离开他，带着我继续远走高飞了，可是为什么此刻我的胸口堵堵的，泪水也莫名地在眼眶里打转，生生被我逼了回去。

"会没事儿的。"本想接着说吉人自有天相，开口却成了"好人不长命，祸害遗千年，他不会那么早就死的。"

"楚楚你"听到我这句话，母亲下意识地扬起手。

"你打啊，反正我也好几年没被你打过了，正好皮痒了。"父亲死后她带着我四处奔波，硬性的把我塑造成一个听话懂事的孩子，稍有不是非打即骂。

"别总是一张死人脸,跟你那短命爹一样。"

"你怎么不去死,活着折磨我干嘛?"

"要不是你,我的日子不知道有多潇洒。"

"你是猪脑子吗?都跟你说过多少遍了。"

……

我永远都记得,父亲过世后的半年,母亲无法在家里待了,晚上偷偷地想跑,被村里的人抓回来,年迈的爷爷奶奶好说歹说,她才答应留下来照顾我到上学的年纪。等人一走,母亲对着床上啜泣的我一顿臭骂,因为是我半夜醒来找妈妈才引起了别人的注意,气急了的母亲开始掐我,还不准我大声哭。

第二年她又跑了,不过她带上了我,这次她终于成功地脱离了她口中的"苦海"。

等我稍稍长大开始懂事了,想办法打听到了老家的消息,才知道当年我们走了爷爷就气病了,没过多久就撒手人寰。

我偷了家里的钱悄悄坐车回到老家,没过多久她找了来,不知怎么跟老人做的思想工作,奶奶抱着我哭了半天然后让我跟母亲回去。

后来,奶奶也过世了。再回去就只有低矮破旧的茅草房迎接我了,邻居们告诉我,爷爷过世那年,每天傍晚都会站在村口眺望远方,口里念着我的名字。直到最后一刻都还在拜托大家,如果我回老家的话,麻烦他们多照顾。奶奶死的时候很凄惨,一个人病了好些时候,后来喝农药死的,尸体一周以后被人发现的时候,已经开始腐烂了,连衣服都没穿就匆匆下葬了。

我在他们的坟前哭了一个多小时,然后坐车回了母亲那里。

也就是从那时候起,我开始性格大变,再也不是那个只会逆来顺受、偷偷哭泣的钟楚楚,母亲再打我时我会毫不犹豫地出手,但结果往往是被母亲和"叔叔"联手教育以后关在黑屋子里听着屋外的母亲数落我是怎样的"不孝",怎样的"白眼狼"。

再后来我找到了制服她的方法,那就是折磨自己,其实除了偶尔打我骂我之外,她对我还是挺好的,至少我从来不缺吃少穿,她常说对我只有一个要求,就是希望我好好读书,她最开心的时候就是我取得好成绩的时候，也时常跟别人炫耀自己的女儿有多争气。

于是我开始不时的被送进医院，经常性地吃各种药，旧伤没好又添新伤，成绩也理所当然的一落千丈。

她开始求我，变着法儿的让我高兴，小心翼翼地照顾着我的情绪。也因此让她的新男朋友们落荒而逃，毕竟没有谁家愿意长久地接收我这样一个"祖宗"。

最后她的巴掌没有落在我的脸上，我靠着病房门口站了一会儿。看到他被推出来，医生说已经没有生命危险了，我就回学校上课了，连看都没看他一眼。

"楚楚，留下来陪他一会儿吧，你叔叔他……"

"我晚上还有课。"我背对着她，"你不是让我好好读书考大学吗？我这是在很认真地听你的话。"

她哑然无语，估计怎么也没想到我会用这句话来回答她吧。

晚上她打电话给我的时候我正在看书。

"说。"

"楚楚，"电话那头她的嗓子有点儿沙哑，"你能再来一下医院吗？你叔叔他……"

没等她说完我就挂了电话，拿了件外套就出门了。

"楚楚"

"说。"

"你这书能不能暂时不念了？"

昏黄的灯光下，她艰难地说出了这句话。我看着她，没说话。

"楚楚，"她看着我，泪珠不住地往下掉，"妈实在是没办法，医生说了，你叔叔的癫痫一时是医不好了，只能靠药控制。"

她的话我懂，之前家里靠他在外面打工才能勉强维持，可是以后家里没有收入了，拿什么来支付他的医药费、我的生活费，更别说上面还有一个老人，和一个快读初中的弟弟。

我能理解她的想法，毕竟就当地农村来说，我能读到高二已经很不错了,很多孩子连初中都没读完就出去打工挣钱去了。因着母亲的"读书改变将来"论我才读到了现在。

而我自己也知道,这其中也有他的默默支持,虽然他平时不怎么说话,有时连我叫他都不应声,但说实话,这几年无论我做出怎么过分的事情他都没说过一句,偶尔母亲骂我他还会吼她,生活费从来没少过我的,总是早早就存进了银行卡里,偶尔跟我说两句话都是"钱够了吗?""别省着,该吃就吃。"读到高中我成绩一向很好,他逢人就夸他养了个好女儿,听到别人说起我也只是笑而不语。

不知不觉中,我已经把他当成了亲人。尽管我并不想承认。

在家里跟母亲吵架的时候,只要他在场,我会不自觉地将声音提高一些。半夜他经常给我盖被子,以至于我住校后晚上经常踢被子导致感冒。在地里干农活的时候我总会抢着干,为的就是让他轻松一点儿。平时他一个眼神扫过来,我就立马噤声不说话……

不到三岁父亲就过世了,那时候我还不知道什么是生死离别,只会跟着爷爷奶奶哭个不停,慢慢懂事了看到别的孩子上学有父亲接送,心里特别羡慕,却也从来不会主动问母亲,偷偷拿着照片想象他在世的样子。现在父亲这个缺席的角色已经有人填补了,更是很少想起他。

可是我也不想放弃我的学业,这里面有沐毅的原因,但更重要的是,这么多年的农村生活,让我深刻明白了"读书"是农村孩子唯一的出路这个道理,我不想再像她们一样面朝黄土背朝天的劳作,更不想像他们一样一辈子困在大山里看老天爷的脸色过日子。所以我才会那么认真地学习,为的就是考个好大学走出大山。

世界那么大,我想去看看。

这是沐毅一直的信念,慢慢的也成了我的信念,而成绩单上一次比一次优异的成绩让我离这个信念慢慢地靠近了。

可是现在,一边是我的"父亲",一边是我的学业,而这个选择就等于是梦想与现实的取舍,我无力去做,却又不得不做。

"嗯。"我埋着头,努力地想表现得没那么伤感,"我早就不想读了,还不都是你逼着我。"

的确,初中的时候为了摆脱他们,我一门心思地想出去,尤其是看到同龄孩子出去一两年后回来打扮时髦的样子，心里更是羡慕得要紧，可是慢慢的懂事了，也知道打工不是长远之计，才下定决心好好学习。

"我还死不了。"门"嘎吱"一声，他扶着墙皱着眉头说道。

"你怎么出来了，医生说了你一周之内不能下床的，赶紧回去躺好。"母亲赶紧上前去扶着他，让他回床上躺好。

他站在原地，看了我一会儿，才任由母亲把他扶到床上躺好。

"下午就回去上课！"他用的是命令的口气，虽是对着天花板说的，但我知道他是真的发火了。

"可是老吴这，"母亲正在给他掖被角的时候顿了顿，终究还是什么都没说。

尽管他平日里话不多，但在家里绝对是说一不二的，外人看着以为家里是母亲做主，但只要他一说话，母亲立马噤声。

我看着他，没说话，靠在门上站了一会，去餐馆把饭给他打来的时候，赶来看望他的大姨二姨在和他说话，站在病房外的我顿住了脚步。

"楚楚又不是你亲生的，让她读这么多书干嘛？"

"就是，要不是为了她读书，你至于这么拼吗？"

"现在她还要靠你养都整天耷拉着张脸，以后真把她供出去了，她日子倒是好过，怕就怕你老了看都不看你一眼。"

"要不是为了她读书，你现在怎么会这样？"

我在门外静静地听着，说没感觉是假的，不过或许是因为听得多了，倒也习惯了，从我进他们家起，周围的人怕我不记得他的"恩情"，随时在耳边给我提醒着，尤其是大姨二姨，更是怕我以后成了"白眼狼"，每次见到都忍不住给我敲打两下，之前还会以为反感跟他们闹上两句，慢慢地就习惯了，也就觉得无所谓了。

"够了！"他开口打住了她们滔滔不绝的话语，"楚楚是我女儿，只要她读得走怎么也得让她读下去。"

"可是，"二姨还想说什么。

"没什么可是的，"或许是侧躺着不舒服，他换了个姿势继续说，"这种话就不要再说了，让楚楚听见不好。"

"你倒是事事为她着想。可是她呢，都这么多年了，从来都没主动叫过你一声。"大姨想着我平时的态度，好意地提醒他，"别忘了，她姓钟，不姓吴。"

正因为我姓钟不姓吴，所以她们才对我百般不待见，每次来家里，买了什么好吃的好喝的，都是悄悄地给老太太，然后老太太又给浩浩吃，浩浩年纪小，又是我弟弟，我倒没想跟他争些什么，但心里终归还是不舒服。

"可是她在我面前，就是我女儿！我有这个责任供她读书。"

他的语气明显有些激动，我在外面听着，说不感动是假的，他一直都把我当亲生的看，甚至对我比对浩浩好，每次出去回来总不忘给我带新衣服，有什么新鲜玩意也先让我玩了再给浩浩，只要他在家，生活费都会多给我一些，以至于母亲常说他偏心我，尽管我从来没有叫过他一声"爸"，甚至连"叔叔"都叫得不情不愿的，但我不得不承认他是个好人。

"你就惯着吧，以后后悔都来不及。"

大姨愤愤地说道，自己这个弟弟，三十几了没成家，好不容易带了个女人回来，还顺带了一个包袱，本想着等她初中读完就出去打工，哄着她帮忙挣钱回来把家里的瓦房翻修一下，谁想，钱没挣上一分，倒是使了劲地读这点儿书，钱花了不少还不领情，平日里阴阳怪气的，谁都惹不得，一个不高兴就闹出点儿事儿来，这几年下来，三弟都不知道折腾了多少次，偏还把她当亲生的疼，有好吃的好喝的全紧着她，连自己亲生儿子都顾不上，现在都躺在病床上动弹不得了，自己连说她一句都不行。

病房里一时无语，想了想，我还是推门进了去。

"大姨，二姨。"客客气气地跟她们打了个招呼，将饭给放在桌子上，将病床摇了上来，把枕头给他叠在背后。

"你妈呢？"他边吃边问，不过右手因为摔伤不方便，动作有些笨拙。

"我让她先回去休息了。"拉个凳子坐下，拿过饭盒，用勺子舀了递到他嘴边，他看着我有些吃惊，但还是老实地张开口。

大姨二姨没过多久就准备走，我送她们到医院门口，二姨拉着我的手问我的学习，我有一句没一句地回答着，最后离开的时候一人塞了两百块钱给我，说是用作生活费，让我好好学习，不要担心家里，我没要，两人也没说什么就走了。

九、蚂蚁送亲

接到许飞电话的时候,楚楚刚给一个孩子补完课准备回学校。

"楚楚,你在哪儿?"电话里传来的陌生声音让楚楚愣了愣,彼时她正打着伞在公交站等车。

"三桥公交站。"楚楚不自觉地回答了一句,这才想起问电话那头的人是谁,"请问,你是?"

"那你就在那儿等着,我马上来接你。"说完就把电话挂了。

楚楚看着陌生的号码,公交车到了也没想出来电话那头到底是谁,正好手机快没电了,索性就关了机。

明天就是愚人节了,估计是有人想捉弄自己。

上了车,楚楚也就没纠结这件事儿了,看着车外越下越大的雨发起了呆。

这个月,餐馆打工加上周末补习,还有文章的稿费,一共挣了2600块钱,给家里寄1000,自己下个月生活费1000,再存500块,剩下的100就当犒劳自己了。

"你是钟……钟楚楚?"楚楚正在整理这个月的账单,旁边有人突然问道。

楚楚抬头看,是个挺帅气的男生,戴着一副黑框眼镜,白白净净的,一身的运动装扮,手里还抱着两本书《大学外语》和《入门日语》。

"你是外语系的?"虽然是问句,楚楚用的却是肯定的语气,"我们认识?"楚楚自问不是花痴,但是像眼前这种稍有"姿色"的男生,如果认识的话应该不会忘记。

"你不认识我,我可认识你。"男生笑了笑,显然楚楚的回答在他的意料之中,"介绍一下,我是顾序之,外语系大三的学生。"

顾序之，顾序之……

这名字怎么那么耳熟呢？

"介意坐过去一下吗？"没等楚楚想清楚，顾序之已经一副很熟稔的模样跟楚楚打起了交道来。

楚楚往里面的座位移了一下，顾序之坐了下来，正好公交车突然停了下来，楚楚一个没留神，身子往前倾去，顾序之下意识地拉住了她。

等两人都坐好之后，楚楚有些不好意思的将脸转到了一边，认真地看起车窗外的雨来。

"程老师跟我说起过你。"见楚楚许久都没反应过来，顾序之提醒道。

"原来是你。"这会儿楚楚才后知后觉地想起来，自己的确听说过这个名字。

作为程老师的得意门生，程老师特别关心楚楚，这种关心不止体现在学习和生活上，更体现在感情上，在他看来，楚楚什么都好，就是感情上太过固执，读了两年大学，异性朋友交了不少，但都成了哥们儿，所以为了让楚楚顺利脱单，他老人家也是操碎了心，给别的系上课的时候，总忘不了把楚楚的大名带上，顺便把她还是单身这个点给强调一下，然后就出现了每到程老师的课，就有很多外系的男生来蹭课，实则是来一睹楚楚的"花容月貌"，顾序之就是其中一个，恰巧上课的时候他又被程老师点名起来回答过几次问题，所以楚楚有点儿印象。

有了顾序之陪她聊天，楚楚倒没了睡意，没过一会儿，公交车到了校门口，楚楚撑起伞就下了车，顾序之跟在后面。"留个联系方式吧，大家都是校友，以后多联系。"

楚楚从包里摸出手机，这才想起手机已经没电了，顾序之记下她的电话号码，准备送她回宿舍，背后突然有人叫她。

楚楚回过头来，不远处一个跨坐在摩托车上的人正看向这边，这会儿已经是傍晚了，加上淅淅沥沥的雨丝，灰蒙蒙的看不清人，楚楚一时没认出对面的人。

只见那人发动车子，没过一会儿便开到了楚楚他们身边停了下来。

"你是？"楚楚上下打量了一会儿，看着雨衣里露出的仅有的一双眼睛思考了一会儿，不确定地问道，"许飞？"

"上车。"许飞瞅了她身边的顾序之一眼，有些气闷道。

"不用了，我的宿舍马上就到了。"开玩笑，这都到校门口了，坐什么车，再说了，这么大的雨，除非自己也跟他一样包裹得严严实实的，不然坐车上不得淋成落汤鸡，再者说了，自己什么时候跟他关系变得这么好了，如果没记错的话，自己跟他顶多算得上是一面之缘吧，不对，加上初中那一次，一共只见过两次，而且两次见面都算不上愉快。

"谁说送你回宿舍了？"许飞看着楚楚戏谑地说道，"上次你可是答应过我，我过来找你的话，你负责做庄请客的。"

楚楚仔细想了一下，似乎好像是有这么回事儿，可是，自己当时只是说的场面话而已，正常人都不会当真的，这人怎么真找上门来了。

然而，不管楚楚怎么想，都只能笑着答应请客，不然还能坦白说"我说着玩儿的，你怎么就信了呢"，更别说旁边还有个顾序之在，真这么说了，自己的面子可就真丢光了。

顾序之识趣地跟楚楚告别离开了，等许飞将车停好之后，两人便去后门吃饭。

到了后门，楚楚十分自觉地选了一家鸡公煲店，三四十块一大锅菜，饭随便吃。

"没办法，囊中羞涩，只能请你在后门随便吃点儿，相信您一定不会介意的。"

既然我请客，那吃什么就得我说了算，爱吃不吃。

楚楚客气地说道，但菜一下来，马上开始不客气起来。反正这会儿她肚子也饿了，正好吃顿好的，就当是犒劳自己了。要知道楚楚平时基本上都是在食堂解决的，又便宜又管饱，至于味道如何，楚楚从来是不考虑的。

许飞看着一改刚才在校门口淑女样子疯狂开吃的楚楚，笑了笑，拿起筷子也埋头吃了起来。

楚楚是真的饿了，早上啃着个包子就出门，上午发了半天传单回到寝室倒床就睡，一觉醒来匆忙赶去补课，连中午饭都忘了吃，这会儿好不容易有吃的了，楚楚直接把旁边这个不请自来的客人给忽略了。

结账的时候许飞很仗义地掏出钱包准备付钱，楚楚死活不肯，本来就是自己请客，虽然说自己也是不情不愿的，但这钱还是该自己付，并且楚楚一直坚持一个原则，就是和人出门吃饭，要么AA制，要么自己买单，能不占别人的便宜尽量不占。当然，沐毅除外。

"天下没有白吃的午餐"，这句叔叔经常念叨的话楚楚一直记着。

"我送你到校门口。"做事要有始有终，饭都吃了，送一下就当消食了。

"荣幸之至"本来以为作为男生许飞应该是会推辞的，没想到他竟然顺承得理所当然。

然而，不一会儿楚楚就后悔了。

彼时正是华灯初上，学生们刚开完班会，路上行人不再像之前的三三两两，本来楚楚在学校有那么一点点的知名度，认识她的人本来就不少，再加上旁边还有一个高大帅气的许飞，那回头率，直接飙升，尤其是其中还有几个和楚楚相熟的朋友，纷纷用一种"哟，谈恋爱了"的眼神看着自己的时候，偏偏旁边这个大哥还十分受用地回视一眼，楚楚脸皮再厚，也巴不得钻进地缝里去。

明明20分钟不到的路程，楚楚感觉他们走了好几年的样子。

第二天一大早，楚楚还在和周公约会，边上的手机开始嗡嗡作响。

拿起手机看了一眼，号码没备注，还177开头的，想也不想，楚楚自动将它归为诈骗电话，果断掐断睡觉。

不到一分钟，短信铃声响了，楚楚嘟囔着打开手机一看，立刻惊醒了。

"我在你们宿舍楼下，十分钟之内下来。"

这谁啊？这大清早的，又是打电话又是发信息的，还让不让人好好睡个懒觉了。

估计发错了吧，嗯，继续睡觉。

然而，又一条短信发了过来。

"十分钟之后如果看不到你，我就只能喊了哦。"

至于喊什么，用脚趾头都能想得到。

要真是被一个男生在女生宿舍楼下大喊自己的名字，估计不出两小时，学校贴吧上就得出现"中文系才女被表白"这样的标题党新闻了吧。

最后迫于淫威，楚楚还是起床胡乱裹了一件大衣下了楼。

"嗨。"

女生宿舍门口，许飞靠在摩托车上悠闲地转着自己的手机，英俊的外表引得来来往往的女生尖叫、拍照和搭讪，尽管这人板着死人脸，仍然挡不住狂蜂浪蝶的前仆后继。

"有话快说，有屁快放！"如果说平日里楚楚的脾气还算得上好的话，这会儿真就是惊涛骇浪了，谁让楚小姐有严重的起床气呢。

"约你吃早餐。"某人一本正经地说着，嘴角还带着点儿邪笑，显得越发的英俊迷人，引得经过的学生谈论不已。

"别跟我说你没时间，今天上午你没课，餐馆那边中午才去帮忙，补课你安排在了周日，所以你别给我找理由。"没等楚楚开口拒绝，他已经自作主张地把后路都堵死了。

"那你给我个理由，我为什么要陪你去吃早餐？"还这么大清早的，楚楚打着哈欠不耐烦地问，这小子果然是自己的克星，每次遇到都没好事儿。

"昨天你请我吃饭，今天我请回来啊。"许飞理所当然地回答，"别不好意思，我这人啊最怕欠别人的人情，早还早轻松。"

说得好像谁求着你还人情一样，昨天自己强迫请客都还没抱怨呢，你这吃饱喝足了还不满意？再说了，谁请人吃饭请早上的啊，也是够了。

想都不想，楚楚摆摆手表示拒绝，四月初的天还未正式热起来，这大清早的更是冷飕飕的，再加上昨晚又下了雨，睡裙外面随便加件大衣就跑出来的楚楚这会儿后知后觉地冷得瑟瑟发抖。

唉，真是想念自己温暖的被窝啊。

楚楚给人的印象是善解人意，但面对眼前这个和自己有着新仇旧恨的许飞来说，她直接连装都不想装了。

"从哪儿来的滚哪儿去。"转身回走，还不忘提醒道，"如果要喊的话，门卫叔叔那儿有扩音器，但前提是你能保证自己不被轰出校门去。"

学校可是明文规定了，外校人员不得随意进入校园，更不能在校内大声喧哗。

"钟楚楚！！！"没想到楚楚刚走了几步，后面还真喊起来了，声音说不上大，至少一千米开外的门卫是听不到的，但也绝对不小，这不，寝室楼上已经有不少人开骂了。

"这谁啊，脑子有病吧。"

"大清早的，脑子有病吧？"

"这男的大早上的发什么春啊。"

……

楚楚很愉快地听着这些骂声，可是没过几秒，脸色慢慢就不好了。

"谁是钟楚楚啊，这招蜂引蝶的本领够强的啊。"

"不就是中文系那个所谓的才女嘛，据说长得还不错，追的人挺多的。"

"好像前两天晚上还有人在东区球场给她表白来着，不过她连面都没露。"

"你这一说我还想起来了，那天晚上后来还下了一会儿雨，那个男生直接被淋成了落汤鸡，怪可怜的。"

……

楚楚越听脸色越难看，谁来告诉自己怎么就成了别人眼里的"狐狸精"了？真是怪了，上次晚上下雨？有人表白？似乎好像是有这么一会儿事儿，依稀记得室友讨论过叫什么周楚楚来着，可是这关自己毛事儿啊，莫名其妙的自己就泼了一身的脏水。

都怪这个许飞，自己跟他很熟吗？怎么就像狗一样，咬住自己就不放了，难不成还记恨自己当初给他的那一凳子？所以变着法儿地报复自己？

楚楚向来是不以最坏的恶意去揣测别人的，但遇到这么不要脸的人，她自己都觉得自己太善良了，所谓的人善被人欺，马善被人骑，说的就是自己这种人。

最后，楚楚还是妥协了，但妥协的前提是只此一顿，下不再请。

要真再跟他这么请来请去的，真成了蚂蚁送亲了，她没时间没精力更没兴趣陪他继续玩下去。

为了防止他反悔，趁着许飞上洗手间的当，楚楚果断地将桌上的他的手机拿过来将自己的号码换成了自己之前用的号码。

嘿嘿，喜欢打电话是吧，那就继续打吧，有人接才怪。

接下来，楚楚心情愉快地跟他一起吃完了饭，还好心情地送他出了校门。

十、戴着面具收放自如

上个周考的中期考试成绩出来了,班主任特意打电话告诉我。

班级第一,年级第六。

除了英语差强人意,语文和数学两科都是全年级第一,上了市教育局的预测重本线。

班主任象征性地问了几句"父亲"的病情,我心不在焉地回答了,她又再次强调让我不要荒废了学业,尽量早点回学校去上课。

挂了电话回到病房,他正在睡觉,我坐在旁边的空床上发呆。

"成绩出来了?"他的声音突然响起,我看去,他依旧侧着脸闭着眼睛。

"嗯。"每次学校有重要的考试班主任都会发消息给家长,让家长们给孩子们做好思想工作,这次也不例外,不过他从来都不过问我的,倒是母亲每次都很关心。

"考得怎么样?"

"还好。"

"上线没有?"

没想到他连"上线"都知道?不过一般的"上线"都是指上本科线,学校常常用这个指标来作为教学依据,但一般家长是弄不明白的,所以班主任从来都是直接发年级和班级排名。

"上了重本线。"

我还是老老实实地回答了,我从来都不喜欢撒谎,尤其是在他面前,总觉得他的眼睛会把自己看穿,尽管这会儿他并没有看向我,我还是不自觉的选择坦白从宽。

"好。"他悠悠地睁开了眼,慢慢的试图想坐起来,奈何腰被摔伤了,这会儿使不上力来,竟然又摔回了床上。

我赶紧找到摇手,将床摇了上来,把枕头给他靠着,将凉开水递给他。

他没接,而是伸手要去打开箱子下面的门,我蹲下来打开了,里面装的是他的包,不知道是什么时候买的了,已经洗得有些泛白了。

将包递给他,看他翻来覆去地找了半天,我还以为他烟瘾犯了想抽烟,赶紧出口打住。

"我妈把你烟给收了,医生说你现在不能抽烟。"

他就像没听见我的话一般,继续翻找,索性我也不管他的啦,拿着手机在一旁看小说。

"给。"不一会儿,他的声音再度响起。

"什么?"抬起头来,他递给我一张卡,我接过来不自觉地问道。

这些年家里过得很拮据,家里的财政大权归母亲管,母亲常常都在哭穷,当然偶尔也抱怨他"没本事""挣的钱太少。"所以我压根儿就没往存款这一方面想。

"这几年存的一点儿钱,大概有三万吧,给你读书用的。"见我呆愣着不接,他有些急了,"我说过只要你读得走,砸锅卖铁都让你去读的,人家考不上的交高费都要去读,你学习那么好,必须给我好好读下去,好歹也给我们吴家长长脸嘛。"

这是我第一次见他笑,也是他第一次跟我说这么多话,我一时竟找不到反驳的话语,只能无意识地顺着他的话点头,或许是我潜意识里还是不想放弃我的学业吧,他的话让我正式做了决定。

"我会考上大学的。"为了不负你的期望,不负我与沐毅青春的约定。

"妈,老师让我回学校上课了,再过一个月就得期末考试了。"忐忑了半天,最后还是做不到理直气壮地告诉母亲我的决定,她是为了这个家庭好,所以才狠心提这个建议。

"家里的情况我知道,您放心,我可以自己挣生活费的,你不用担心我,想办法给叔叔治病吧。"

他得的是癫痫,而且还是遗传的,只能靠药物治疗,这次幸亏他只是在二楼砌砖,虽然摔得也不轻,但好歹没生命危险,但这种危险的活他是不能再做了。

母亲低着头削苹果,脸色淡淡的,看不出什么表情。

"我都这么大人了,做什么事儿自己心里有谱,你不用太担心我。"知道她担心什么,我自己和盘托出,"高一我倒卖二手书挣了三四千块钱,至少到高考之前的生活费是够了,何况还有奖学金助学金什么的,真考上大学了,有助学贷款,到时候学习再做两个兼职,我自己就可以养活自己了。"

"都坚持这么久了,我不想放弃,如果最后没考上我就不读了。"这句话是对她说也是对自己说的。

无论是打工还是继续读书最后找工作,对于我来说其实都是一样的,都是为了让自己的未来过得尽量轻松一点,所以上大学不能说是我的梦想,充其量只能说是一种坚持。坚持去看看大学里的风景,体验一把大学的生活,通过教育去填充更多的人生阅历。

接下来的高中生活,我过得很充实,每天早出晚归,争分夺秒地学习,周末和假期就去做兼职、拉钢筋、采草药、帮饭馆,甚至连捡塑料瓶子来卖我都做过。

我不多话,就连跟同寝室的室友都无话可说,老师常常找我谈话,让我不要给自己太多的压力,如果遇到了什么困难就跟他们说,他们会想办法帮助我。班主任甚至悄悄递给我钱,每次我都偷偷给他放回抽屉。

十七八岁的孩子,大多还是家里的公子小姐,于是我在这里面成了一个异类,他们不敢主动来接近我,私底下却偷偷揣测评价我的"低下"之举,但从小我就习惯了别人异样的眼光,依旧独来独往,按照自己的节奏生活。

沐毅常常来班上找我,他是年级上有名的帅哥加才子,从我们认识我就知道他招蜂引蝶的本领,上了高中以后给他递情书的更多的,他总是有自己的一套拒绝的方法,以至于别人被拒绝以后再见面还能坦然相处。在他的特别关照下,我成了全年级女生的公敌,每每他站在教室门口一叫我,总引得一阵惊呼,而当我跟他趴在阳台上聊天时,班上的女生更是偷偷地躲在教室门口偷看。

"他只在你面前才会是那个样子,你也只有在他面前才像你。"室友小玲这样说。

哪个样子？变本加厉地欺负我？话语攻击加肢体攻击？或者是张牙舞爪、以牙还牙？

打是亲骂是爱？那我们可真是真爱啊。

或许是年龄的增长，也或许是心态的改变，我慢慢地开始像个女生了。

首先从外貌开始，乱糟糟的短发换成了黑长直，非主流自我设计的服装也收了起来，从之前的张狂变为了如今的朴素大方，再加上本身底子就不错——一米六三的身高，九十斤的体重，白皙的皮肤和大眼睛，如果忽略我的怪脾气，真真应了我的名字——楚楚可怜。

学生时代从来不缺学霸和美女，但其基本守则是学霸一般是恐龙，美女一般是学渣，所以高中一开学，我就陆陆续续地收到不少情书，或许是本身性格释然，抑或者是受沐毅的影响，处理方法一贯是直接撕碎扔垃圾桶里，也有胆子大的跑过来搭讪，但往往受到的是冷冻处理。久而久之，在众人眼里我就成了奇葩，和沐毅完全相反的奇葩。

对于两个完全相反的人能够在一起谈笑风生，这本就是一件奇怪的事，而这两个人还是异性，对于大多数童年受过台湾偶像剧浸泡的高中生来说，那一切就有了解释——这两人一定是在谈恋爱。

最后导致的结果就是我们俩被请进了办公室。虽然我们不在同一个班，奈何我们两个班的班主任正好是两口子，逼供这些事当然就一起进行了。

进办公室的时候我瞪了他两眼，毕竟我这两年一直走的是乖乖学生路线，初中之后就再没被请过办公室，这次被他牵连了，怎么想怎么憋屈。不过反过来再想想，他还一次都没进过呢，怎么想都是我赚了。

从高一起，经历过好几次分班，巧合的是都是同一个班主任，加上我们关系挺好，我经常去班主任家玩，跟他们夫妻俩都很熟，平时上课一本正经，可私底下却是逗逗二人组，所以就注定了这次逼供从之前预定的"严刑逼供"变成了"连哄带骗"。加上我和沐毅都是很能忽悠人的对象，直接精神抖擞地进去虎虎生威地出来，后面两口子还不死心地嚷着"革命尚未成功，同志仍需努力"。

"你喜欢什么样的女生？"出来的时候我问沐毅。

"反正跟你不是一个类型。"沐毅傲娇地回答，还不忘摔一下发尾，尽管用发胶固定着的。

"哦，那就是学习差，长得难看，外加受气包一枚，对吧。"我若有其事地描述。

他对着我翻了一个白眼，"钟楚楚，我是你的脸，你已经不要我了。"然后急速回了教室，生怕跟我待久了也沾染上了他口中的俗气。

被光荣地请进办公室后，在众人的眼里，我和沐毅的"奸情"似乎已经落实了。以至于只要我们俩走在哪儿都能成为人群的焦点，毕竟在严厉的校规下谈恋爱还能这么的光明正大，的确有些匪夷所思，尽管只有我知道，我们两真的是小葱拌豆腐——一清二白，当然，我所谓的一清二白是我们真的没有在交往，但这并不影响我对沐毅的喜欢吧。

我们依旧在校园里打打闹闹，他会不停地损我，却也毫无怨言地给我当苦力，提水、搬寝室随叫随到，我会在他面前不依不饶，却也总是很任劳任怨地周末帮他补英语。他嗓子好，我文笔好，（上高中后，他作文就没超过我），国旗下的讲话常年被我们俩包揽，我晕车严重，他每次都会很仗义地照顾我，即使我呕吐在他裤子上也没所谓，更是常年充当了我坐班车的枕头。偶尔我也觉得他应该是爱我的，他的眼神似乎总有情深似海。但偶尔我又觉得他从来没有爱过我，他总是与我保持一定的距离。

一个人不坦然的时候要假装坦然，不怎么坦然的时候更要无比坦然。

我小心翼翼地掩饰自己的心思，在他的面前尽量表现得自在洒脱一点，我不清楚自己对他到底是依赖还是爱，但即便是爱又怎么样呢？他是那么的优秀，而我已经一步步把自己变成了曾经我们都讨厌的人，我学会了见人说人话，见鬼说鬼话，学会了人在屋檐下，不得不低头，更学会了在现实面前一退再退，越来越漂亮的长相成功帮我隐藏了虚伪的本性，走一步想三步，我把自己的生活过成了谍战剧，生活中的人都成了戏里的配角。

钟楚楚，你怎么变成了这样。很多时候我也无比地鄙视自己。为了赚到那几百块钱，我每天爬校门出去，回来还骄傲地宣称朋友请客吃饭，为了这个谎言更具说服力,我还不忘用辛辛苦苦挣的钱买零食回来给他们吃,心里疼得要命,还一脸笑地说着"没什么""小意思"。为了讨好同学,我变着法儿地逗他们笑,帮他们改作业,甚至主动承担了寝室一学期的卫生打扫。为了给老师留个好印象,上课抢着发言,下课还一个劲地夸奖他的课上得很好……

人生就是舞台,这方唱罢那方登台,我戴着面具在台上收放自如。

十一、沐毅，好久不见

楚楚最近忙着过三笔字、普通话和计算机，还有做兼职，一天到晚忙得跟陀螺似的，等好不容易到了五一节歇下来，准备好好窝在床上过上三天吃了睡睡了吃的美好生活，然而第二天一大早手机铃声就不识相地响起来了。

"喂。"闭着眼睛随手抓过手机说道。

"楚楚，"电话那头熟悉的声音让楚楚立马清醒了过来，"你还没起床？"

"沐毅？"自从开学就没联系了，楚楚倒是无数次地想给他打电话，但每每电话还没接通自己这边就挂了，后来甚至连空间也给屏蔽了，实在想他的时候就拿着手机看他的头像，如今突然听到他的声音，竟有种经年流转的感觉。

"昨天晚上在磨上睡啊，怎么想起给姐姐我打个电话了呢？"楚楚抑制住自己内心的兴奋，努力让自己的声音听起来像寻常的寒暄。"老实交代吧，是不是想姐了啊？"

"对啊，我对咱们的钟大美女可是一往情深来着，这不就想着来看看。"两人认识八年了，荤素不忌的话开起口来也变得理所当然了，因为彼此都知道那只是玩笑话而已。"不介意赏脸一起吃个饭吧。"

"不胜荣幸。"楚楚想也没想就答应了，可转瞬一想，这人在千里之外的海市，怎么会请自己吃饭呢，"你当我傻啊，有从海市来的车费，还不如赏给姐姐我呢。"

"就知道你不会相信，所以我特地来你们公寓门口接你，赶紧下来吧。"

"真的？"楚楚不确定地再问了一遍。

"我骗过你吗？"

"谁知道呢，骗子脑门上又不会刻上'我是骗子'这几个字，就姑且信你一次，楼下等着吧，姐洗漱完后马上下来。"

挂了电话，楚楚立马跳下床来，打开衣柜挨着把夏天的裙子都拿出来试了个遍，但又总都不满意，不是显胖就是太老色，不是款式太过时就是太旧，扒拉了半天最后终于扯出一条表姐给自己买的红裙子，又拿着卷发器把稍稍长长了一丢丢的短发做了个比较淑女的造型，搭上一双高跟鞋，成功变身美少女一枚。

最后出门的时候看了镜子里的一眼，脸色有些苍白，黑眼圈也有点儿重。

"文文，借你化妆品用一下。"尽管昨天上午上完课尚文就奔回家去了，但楚楚实在和她太要好了，平时要什么东西就自己拿，现在只是跟尚文的抽屉打个招呼而已。

"楚楚，怎么想起化妆了？"起床上厕所的吕洁看着楚楚一脸藏也藏不住的兴奋，好奇问道，"难不成要出去约会？"

"谁？谁？谁要约会？"听到动静的媛媛也咋咋呼呼从床帘里探出个头，不过看到下面只有楚楚一个人衣着整齐，白了一眼又倒回床上，"与其相信楚楚会出去约会，还不如相信野猪爬树。"实在是楚楚之前拒绝过的人太多了，这学期来更是把自己打扮成女汉子，争分夺秒地做兼职，所以她已经主动把楚楚化为"不知男女情爱""超凡脱俗"的那一类人了。

"昨天许阳师兄好像给楚楚打过电话来着。"仙儿也插话进来，但就是这一句没有后续的话让618寝室一下子沸腾了。

"我就说嘛，上次我还看到他俩一起吃饭相谈甚欢呢。"媛媛立马化身福尔摩斯侦探盘问起楚楚来，"钟楚楚同学，从实招来，你和许阳师兄是怎么勾搭上的？"

天啊，谁能告诉她，昨天许阳给她打电话只是提醒她端午节快到了，别忘了给他准备礼物，因为他端午节要回来，这只是之前在蔡老师家开玩笑的时候答应他的，没想到他还真记着，而且恬不知耻地打电话来提醒她。而媛媛嘴里所谓的一起吃饭只是上次从蔡老师家出来他厚脸皮地跟着自己一起去吃饭，还用他最擅长的气死人不偿命的口才让自己不得不付账，见鬼的相谈甚欢，自己当时的表情明明是想杀人好吗？

"我……"楚楚手里拿着尚文的粉，一时不知道怎么回答室友。

"你可以说话,但你说的每一句话,都将作为呈堂证供。"三人异口同声地说道。

"我真是服了你们了。"憋了半天楚楚就憋出这么一句话来,自己要真是把事实说了出来,这三只肯定不会让自己活着出寝室门的,谁让许阳是他们心中的男神呢。

"大清早的,还让不让人睡觉了。"李阳扯开窗帘嘟囔了一句,楚楚他们立刻噤声了。

自己怎么从来没发现李阳有这么厉害呢,一句话秒杀全场。

可是就在楚楚以为自己可以顺利脱身的时候,她老人家又说话了。

"不过,钟楚楚你到底和师兄有没有奸情?"还特意戴上眼镜,拿着她床上的书指着楚楚,"老实交代。"那模样,楚楚要是不老实交代的话绝对一书给扔她脸上。

天哪,谁能告诉楚楚,这还是自己认识的那个不问世事的李阳吗?看来只有"食色,性也"才是真理。

"就是就是,今天必须说清楚"

"不说清楚就不准出门!"

"你和男神今天准备去哪儿约会?"

……

电话再次响起把楚楚从室友的审问声中拉回了现实,几人赶紧凑过来听。

"怎么还不下来?我在你们寝室楼下。"

等挂了电话,对着众人的失望的眼神,楚楚摊了摊手,无奈地说道。

"我说了不是的,你们自己不相信。"

几人不甩她,跑到阳台去看楼下——一个穿着白色运动服的男生站在路旁,时不时往楼上看一眼,来来往往的学生不时的投去花痴的眼神,有几个胆子大的,跑过去打招呼,他都一一微笑着回应。

真帅啊!虽说看上去没有许阳师兄那么温文尔雅,但更多了一分阳光帅气。

几枚花痴内心默默地感叹道,等回头一看,楚楚早已经溜了,再看楼下,他们已经有说有笑的往校门口走去,男生还特别绅士地接过楚楚的包拿着。

"钟楚楚，你最好今天别回来，否则，哼哼，家法伺候。"

"早起的鸟儿有虫吃，姐今天要打扮得美美的出门。"一向喜欢睡懒觉的媛媛下决心道。

"出门勾搭帅哥啊？"吕洁问。

"庸俗，姐是那种人吗？"

"那你出去干嘛？别告诉我你是要去喝西北风？"

"姐要去图书馆，你们谁也别拦我。"

此话一出，连李阳都忍不住笑了。

"能不能不要这么小看我，从今天起，我要化身学霸，说不定还能在图书馆邂逅帅哥呢，到时候你们可别后悔。"连楚楚这种"超凡脱俗"的人都恋爱了，自己还有什么理由继续单下去呢？

"你能不能成为学霸我不知道，能不能邂逅帅哥我也不知道，但我知道的是五一放假，图书馆闭馆三天，看来你这个计划得往后推迟了。"

正在穿衣服的媛媛听到这句话，立马气球漏了气，认命地打了水将脸上刚化好的妆卸了，果断上床继续睡觉。最后还忍不住抱怨一句。

同人不同命啊，别人的假期要么回家陪老公，要么出门和帅哥约会，自己只能在梦里找周公作陪。

楚楚下来的时候，沐毅站在寝室门口，正在跟宿管阿姨说着什么，逗得阿姨呵呵直笑。按捺住内心的激动，楚楚小碎步走到沐毅面前，听到沐毅对阿姨说：

"我等的人到了，就先走了。"

然后习惯性伸手摸了摸楚楚的头，这才发现她头发剪了。

"怎么把头发剪了，之前长头发多好看，本来就疯疯癫癫的，这会儿更像我哥们儿了。"

这不是你喜欢的样子吗？

楚楚撇撇嘴，囧着一张脸埋怨道。

"您老人家特意从海市跑回来损我的是吧？真是难为您了。"

"哎呀，开玩笑的啦，你这嘴再撅都可以挂油瓶了。"沐毅最吃不住

075

楚楚装可怜，可每次楚楚都用这招。

"叫声姐姐，我就放过你。"

"士可杀不可辱，堂堂三尺男儿，威武不能屈，富贵不能淫……"沐毅努力地寻找脑海里的成语。

"你这是关公面前耍大刀，跟姐姐面前找抽呢。"尽管出门前楚楚无数次地告诫自己在沐毅面前要淑女斯文，却还是毫不意外的两分钟不到就破了功。

沐毅的电话响了，楚楚凑上前去听，可听着电话里熟悉的声音脸色却越来越不好了。

"他也来了？"

"对啊，和我一起过来的，昨天我在他们寝室住的，今天早上听到我要来你们学校就跟着来了。"沐毅耸耸肩说道，虽然他也疑惑许飞对于来楚楚学校这件事为什么比他还积极，这会儿看到楚楚听到许飞这个人明显不高兴的表情，心里大概猜到他们之间应该发生了什么，但这么多年的朋友下来，楚楚自己不说，他也就不问。

走到校门口的时候远远地就看到许飞站在那儿，距离上次不欢而散之后，他已经半个多月没见过他了，偶尔在 QQ 空间里看到他的动态，大多是"今天天气真好""食堂的打菜阿姨给我打了很多肉"这类的话题，看得出来他日子过得挺开心的，这会儿再看到他，仍旧和过年在车站一样一脸乐呵呵的笑容。

"嗨，又见面了。"许飞嬉笑着上前打招呼，楚楚礼貌地点头以示感谢。

就楚楚的平时表现来说，妥妥的一个有礼貌的好孩子，尽量地去获取老师和同学的好感，却又保持着不远不近的距离，每个人都可以从和她对话甚至交往中感受到受尊重，但又不会感觉到突兀甚至反感，久而久之，人们对楚楚形成了固有的认识：漂亮、善良、温柔、懂事、文采斐然，是个非常招人喜欢的学生和同学。

所以即便是面对前不久自己还恨不得一把把他扔到太平洋去的许飞，多年养成的好脾气让自己克制住了内心对他的不喜，笑着回应他。

"楚楚，要吃什么尽管说，不用客气。"沐毅豪气地说道。

"你这什么时候成大款了？"楚楚狠狠地瞪了一眼旁边不停给自己使眼色，还怕自己听不懂不停打手势想要敲诈沐毅一把的许飞，"到了姐的地盘儿就得听姐的，虽然姐没有钱，但请你吃一顿饭还是可以的，前提是必须听我的安排。"

"仗义！不愧是我哥们儿，那我就不客气了哦。"沐毅一副"这是你说的哈，把你吃穷了可不要怪我"的样子。

等到了地方，看着菜单上的菜，除了鱼还是鱼，而且还特别便宜，三个人敞开了肚皮吃也就在百元以内，只好认命地放弃了之前的想法。

"你们放几天？怎么想起回故乡看望姑奶奶我了？肖梦怎么没跟你一起？准备什么时候回去？"一坐下，楚楚就吧啦吧啦地问问题，无奈沐毅只好打住她。

"问题一个一个地来，你这叫我怎么回答。"沐毅蹙着眉头才抱怨了一句，楚楚一个眼刀杀来，似乎又想到之前自己内心再三保证的"斯文"又若无其事地收了回去，抱着手臂等他回答。

"好了好了。"沐毅看着三秒之内立马变了个样的楚楚，这比动手还让他经受不起，赶紧回答，"首先，我们前天就放了，放五天，已经定了回去的机票，明天早上的。其次，这不是想你了吗，所以就回来看看你呗。最后，"说到这里的时候他顿了顿，"我和肖梦分了。"

说到这儿的时候，沐毅拿起啤酒瓶子喝了一口。

楚楚看着他，尽管他脸上带着微笑，可楚楚依旧从他眼底看到了一丝若隐若无的痛苦。

"怎么？她终于想开了，不在你这颗歪脖子树上吊死了？"楚楚一副幸灾乐祸的样子，然后哥俩好的拍拍他的肩膀，"天涯何处无芳草，别伤心了，改天姐再给你介绍一个。"

"去你的。"沐毅拍开楚楚搭在他肩上的手，"姑娘家家的，斯文一点儿。"顿了几秒，继续说道，"我们之间的事情你不懂，你操心操心你自己就好了。"

"我毛遂自荐！"旁边的许飞见缝插针。

"你再说！再说我揍你！"楚楚举起手里的杯子作势要扔过去，吓得许飞忙说"姑奶奶手下留情"。

"你们俩啊,真是小孩子。"沐毅看着他们笑了笑。

"如果我记得不错的话,你好像比我小一个月来着。"许飞最见不得他总是一副老头子的口气教训自己,明明自己比他大好吗?

楚楚不说话,从认识他那天起,她就知道沐毅总是一副小大人的样子,别人看来听话懂事,而在她看来,他所表现出来的完美只是一种伪装而已。她以前懒得去拆穿他,现在自己也戴着面具生活,就更没有拆穿他的理由了。

每个人都有自己的秘密,一如他的自动铅笔刀背后的故事,一如她高中的突然反常。对方不问,自己也就不说,即便从外人那儿听到了蛛丝马迹,也只是笑笑而已。

十二、再见，我的青春和梦想

叔叔出院回家了，医生让好好休养半年，即便身体完全恢复了也只能做些轻巧活路，这也就意味着他再也不能出去干活了，家里的经济来源一下子就被截断了。

老太太70多岁了，一年到头病痛缠绕，前两年还能做做饭，现在完全不行了。

浩浩还小，加上要上学，放学也只能帮着做些简单的农活。

家庭的重担一下子落在了母亲的肩上，常常凌晨就扛着锄头下地，傍晚摸黑才回来，中饭是弟弟放了学回来给送去的。

我平时忙着学习，周末节假日忙着做兼职，为了挣生活费，暑假两个月我也没回去，等国庆节回去拿冬天的衣服，看到鬓间已经有了白发的母亲，心里塞塞的。

在家里待了两天我就忙着回学校，她没说什么，只是破例的讲房间给我收拾衣服。

以前作文课上，老师常常让我们写"父爱""母爱"，父亲走得早，我连他的面容都忘得差不多了，只能参考作文书和他平日里的行为表现编造一个出来。记得有一次我的一篇作文被老师拿在课堂上念，题目叫《我的妈妈》，里面我写了去上学的前一天晚上母亲给我收拾行李的事情，"事件很普通，但细节写得非常好，突出了母亲对她的那种爱。"当时老师微笑着这样评价道，而我坐在下面，不好意思的把头埋在桌子上。只有我知道，这完全是我凭空想象出来的。

而今天作文中的情节真的上演了，我却是不知所措。

昏黄的灯光下，她一边给我折叠，一边不停地唠叨着，"女孩子家家的，这衣服揉得跟猪尿包似的，就不知道好好折好""买的这叫什么衣服嘛，就像胎衣似的。""裤子这一个洞那一个洞的，传出去也不怕人家笑。"……

我靠在门口，手里不停地转着手机，没了昔日和她斗嘴的心思。

曾几何时，看着别人一口一句"这是我妈妈做的。""我妈烦死了，电话里不停地说，一会儿让多穿衣服，一会儿让多吃饭，就怕我冷着饿着了，可是我都这么大的人了。""这件衣服是我妈买的。"也曾经羡慕过，可是这么多年的敌对让我们连安安静静地坐下来讲几句话的机会都没有，我也就放弃了这种不切实际的幻想。

很小我就开始恨她，要不是她成天在家里哭穷，父亲就不会出去拼命干活，也就不会出意外而死。如果不是她执意要把我带走，爷爷奶奶就不会死得那么凄惨。如果不是她找了那么多男人，我就不会一直被人嘲笑。

对她的恨让我从小就很叛逆，偷东西、打人、骂脏话，她越不让我做的事情我越要做，她管不住我，就只有动手，可是慢慢的我大了，她打不了我了，就不停地哭。再加上我学会了新的方法折磨她，她每天在我面前小心翼翼的，连大声说话都不敢，生怕我一个心情不好又想到自杀。

这两年我在县城读书，老太太这几年脾气变好了不少，看到我虽不说有多亲切，但至少还能坐下来聊上几句。而和母亲，我们从来都只是相对无言。

"这衣服都多少年前买的了，怎么还留着？"她的问话拉回了我飘远了的思绪。

"这还好好的，洗干净还能穿。"我伸手拿过衣服，"我自己的东西我自己知道怎么收拾，你先出去吧。"

"我……楚楚……"母亲搓着腰上的围裙，有些不自在地说，"那好吧，我出去做饭，你赶紧收拾完。"然后走了出去。

不用回头我也知道她眼里散不开的落寞。

其实我一直都知道，她早就放下了她的骄傲，可是我真的没有办法去改变我们目前的相处方式。

第二天我醒来的时候，客厅的灯是亮着的，有声音断断续续地传进来，听不大清楚。

等我穿好衣服出去的时候,他们之间的谈话已经停了。

"我给你做了饭,你吃点儿吧。"母亲站起来去厨房给我端饭菜过来。一个炒腊肉和一个蛋花汤。

这两天通县城的路中间有段坍塌了,只能绕道,所以到学校的估计都中午了,为了肚子不闹革命,我难得听话地吃了早饭。

吃完饭,他执意要送我,我不愿意,一是担心他的身体,二是街上人多,要是被同学看见了不好,倒不是因为怕丢脸,而是怕别人问起不知道怎么解释。

他不理会我的反应,自顾自地将箱子绑在背篼上(昨天下了雨,大清早的开车不安全)。我只好随他,说实话,从家里到赶车的地方有点儿远,泥巴马路不好走,昨天还下了雨,我再提个箱子,估计两个小时我都不一定能够到赶车的地方。

到了街上,司机还没上班,车门关着的,他陪我一起等着,渐渐的下起了小雨,还伴着凉风,尽管我早有准备穿了件毛衣,还是冷得瑟瑟发抖。他只穿了一件长袖衬衫,却好像没什么感觉似的。

"你先回去吧。"实在看不下去,我开口提议道。

他看了一眼,没说话。

"这大街上的,我自己一人没事儿。"我再一次催促道,"你快回去吧。"

他依旧没搭理我。我也就不管他了。

又等了半个小时,司机终于来了,打开车门我就钻了进去,没想到他也跟了上来。

"这是你妈给你织的新毛衣,之前那件短了。"他将袋子放在我怀里,"自己在学校小心点儿。"然后下车头也不回地就走了,留下我一个人愣愣地坐在座位上。

袋子里的确是件新毛衣,折得整整齐齐的,还是我最喜欢的红色,毛线也是我喜欢的那种,毛茸茸的,摸着就特别暖和。

等到学校拿出来打开洗的时候,才发现里面夹了两千块钱和一张卡,卡是之前他给我的那张,当时我没要,悄悄给放了回去,没想到这会儿又给我了。

我是一个特别喜欢跟自己较劲的人,说了要自己挣钱读书就绝对不用他们的钱。

所以即便已经高考倒计时了,周末我依旧在餐馆帮工,老师们怕我耽误学习,找我谈了几次话,我再三保证不会让自己学习下降,他们才放心了。

可是高考前一天我淋了雨,晚上就发了高烧,第二天在考场上晕晕乎乎的,语文考试写作的时候完全拼字数,数学卷子的最后两道大题也毫无思绪。

出了考场看到班主任,我上前抱住了她,她没说话,既没安慰我也没责骂我,只是让我回去好好休息,明天好好考试。

回到寝室我倒床就睡,一直睡到第二天早晨,去食堂吃早餐的时候看到沐毅,他追问我怎么了,说昨天打电话给我我电话关机,问我室友她们也说不出个所以然来。他很担心我。我扯出一个笑容来,告诉他我什么事儿也没有,让他好好考试。

考完试的下午我拉着行李就回家了,回到家把手机关机,每天跟着母亲上山下地地干活,忙得没有时间去想成绩的事儿。

最后成绩还是出来了,果然不出所料,语文和数学差得一塌糊涂,差一点儿没及格。英语和文综还算正常发挥,总分加起来只差几分就上重本了。

尽管已经做好了心理准备,可看到成绩的时候心里还是有些落差,尤其是看到平时成绩不如自己的同学这次上了重本,总感觉他们看自己的眼光都充满了嘲笑与讽刺。

沐毅找到我的时候,我坐在教学楼八楼的阳台上,旁边放着一袋瓜子和两瓶啤酒。

他自顾自地坐下来,打开一瓶啤酒喝了起来。

"这下你高兴了吧,你终于还是赢了我。"我看着夕阳,声音里带着一丝苦涩。

他没回答我的问题,而是问我,"想好填什么学校了吗?"

"已经填完了。"反正成绩都那样了,我又不想复读,索性就早点儿填了呗,依照母亲从小跟我灌输的观念,尽管我是文科生,我还先填了两所医学院,再填了两所师范,最后参考老师的意见分别填了一所理工学校和一所综合大学。至于三本志愿,我看都没看。

"怎么填的?"他有些惊讶于我的速度。

我撇头看向他,尽管他已经十分克制了,可我还是从他脸上看出了隐藏着的兴奋。

是啊,他考得很好,超了重本线四十多分呢,可以去他一直想去的海市,也可以填他喜欢的学校和专业了。

可是他问我怎么填的这是什么意思?是觉得我还不够惨吗?还是想到我面前来展示他的胜利?让我恭喜他可以去他想去的地方上他喜欢的大学了吗?又或者,他是在高兴终于可以摆脱我了?

"楚楚,我问你呢。"他见我没说话,又问道。

"你管我怎么填的,跟你有什么关系。"我忍不住回了他一句,怕自己控制不住自己的怒意,我果断站起来离开了。

第二天早上在寝室里收拾东西,室友们填完志愿回来。

"楚楚,你真是让人羡慕。"

室友没来由的一句话让我一时没反应过来,羡慕?羡慕我考试考差了,可以去一个自己不想去的学校?

"就是就是,沐毅今天跑去问我们老师你填了什么学校,然后跟你填了一样的。"另一个同学说道。

什么?我这会儿是真的愣住了,等反应过来直接开门跑了出去。

在学校找了一圈,没看见沐毅的身影,打他电话也不接,眼看着就快到十一点了,十二点志愿填写就停止了,我也管不了那么多了,直接跑去机房,打开一台电脑,输入沐毅的账号密码(他的准考证号和身份证号我都倒背如流)。

这小子真的跟我填了一模一样的志愿。

想都不用想,我随手从旁边一个同学那儿借过报考指南,找到他喜欢的学校和专业代码,然后果断地给他填了上去。

等我走出机房的时候,还有两分钟就到十二点了。

沐毅回来知道了这件事,跟我冷战了几天,可是填报已经截止了,他也只能坦然接受这个结果。

几天后他给我发了一条短信。

"钟楚楚，不管在什么地方，我们都是最好的哥们儿。"

我拿着短信看了半天，不知道怎么回复，总是敲了字又删，删了又敲，最后只回了三个字。

"我知道。"

是啊，我知道，在你眼里，我从来都只是你最好的哥们儿，而不是最喜欢的女孩儿。

曾经或许我还幻想过我们会一直一直在一起，可是现在却再也没有这种可能了。

录取结果出来了，沐毅很顺利地收到了庆大的录取通知书，而我，很巧合地跳过了前四个志愿，被最后随便填来凑数的理工学院录取了。

沐毅的学校先开学，我送他到车站。

"姑娘，你会来海市看我吗？"他满怀期冀地看着我问道。

我抿了抿嘴，最后吐出两个字。

"不会。"然后笑着继续说，"我又不是钱烧得慌，再说了，你终于滚远了，我庆幸都来不及，怎么会巴巴地跑来看你，你想多了。"

"好吧，姑娘，我走了，希望你在大学里过得开心。"他习惯性地伸手想要揉我的头发，我躲开了去。

"本姑娘到哪儿都会开开心心的，倒是你，别太想本姑娘。"

"别太要强了，有什么事儿记得给我打电话，只要你一句话，我就是在天涯海角也会飞奔回来的。"他咧开嘴笑着承诺。

"你没有这个机会的，因为姑娘我不会有什么事。"我握着拳头锤了锤他的肩膀，"你别受了欺负回来找我给你讨公道就好了。"

"别忘了，我可是男子汉。"他挺了挺胸，秀出胳膊上的肌肉。

"真的要走了，记得多联系，希望过年回来看到你的时候能够稍稍胖一点。"上车的时候他欠揍地说道，在我抡起拳头准备给他挥过去的时候闪进了车里。

"再见。"车子里的他张牙咧嘴地冲我比划道。
"再见。"我笑着挥挥手。
车子走了,我也该回家去了。
再见了,沐毅。
再见,我的青春和梦想。

十三、我是一条追着自己尾巴的鱼

这顿饭,最后还是沐毅请的客,楚楚也不跟他争。

楚楚和沐毅漫步在湖边,许飞有事儿先回学校了,就他们两个人,尽管已经那么熟了,可还是有一丝的不自在。

"明天我送你去机场吧。"楚楚开口打破了两人之间的宁静,用的是肯定的口气。

"嗯。"他一如既往的没拒绝,似乎从认识起,他似乎从未拒绝过她的要求。

一下子又陷入了寂静。

"楚楚,其实许飞还不错,他是真的很喜欢你。"在草坪上坐下的时候,沐毅开口说道,"认识他这么多年,我看得出来这次他是认真的,你可以考虑一下。"

楚楚张了张嘴,最后憋出了一个"嗯"字。

其实刚刚那一刻,她想问他,那你呢?这么多年你喜欢过我吗?不是哥们儿之间的喜欢,而是单纯的男女之间的喜欢。

终归她还是没有勇气问出口,她怕他说不是,那样的话,以后再面对时就没有此刻这般坦然了。

晚上睡觉的时候,楚楚照例进了一次肖梦的空间,这已成了习惯。

"心情好了,天气似乎也变得可爱了。

但愿明天也是个好天气。

机场约起!"

下面配的图是兔子手机壳,和沐毅的一模一样。

这么快就和好了吗?真是不留一点儿空隙让别人乘虚而入呢?

可是钟楚楚,即便没有她,你和他也是没可能的,这个结果你不是早就知道了吗?为什么还要继续自欺欺人?

"文文，从明天开始给我介绍男朋友，听到没有？"楚楚恨恨地吐出这句话，才后知后觉地想起尚文没在寝室。掀开帘子一看，果不其然，室友们都一脸懵逼的样子。

"楚楚，你今天怎么想通了？"之前我们可是怎么劝你都不肯就范的。媛媛默默地在心里念道。

"可是，你今天不是出去约会了吗？"正在阳台上刷牙的吕洁满口泡泡地跑进来指责楚楚，"今天那男生就不错啊，你眼光不要太高。"

"就是就是。"仙儿忙附和道。

"他只是我哥们儿！在海市读书！"楚楚心烦意乱地吼了一句。

"你信吗？反正我不信"吕洁一副"你当我不懂事儿呢"的表情看着楚楚。和旁边的媛媛一唱一和的。

"我也不信，可是呢，肥水不流外人田，海市的还是就算了吧，咱们就在学校给她找一个，以后还能敲上两顿饭。"作为资深吃货，媛媛已经打起了楚楚未来男朋友的主意。

"吃不吃得成饭我倒不在意，我在意的是终于有机会把楚楚嫁出去了，只有她解决了，我们其他人才好脱单。"仙儿一副终于翻身农奴把歌唱的模样看得楚楚直接扔枕头，搞得好像自己阻碍了她们的姻缘似的。

"就是就是，每次出去，人家打听的都是楚楚，等把楚楚交代出去了，我们就又有市场了。"媛媛摸了摸自己胖乎乎的脸蛋，"从明天起，我要减肥，要瘦成一道闪电亮瞎男生的狗眼。"

楚楚实在听不下去了，耳机一塞，倒床睡觉。

楚楚昨天只是说的玩笑话而已，可她没想到室友们真的当真了，更没想到的是趁着自己去送沐毅的两个小时的功夫，将"中文系系花钟楚楚有意脱单"这个消息传得全校皆知了，等楚楚送完人回来打开手机，各种未接电话、短信、微信QQ消息不断地提醒自己，随便点开一条看，全是清一色的"钟楚楚同学你好，我是某某系的某某。"然后后面就是自荐，还搞得跟应聘职位一般，通过学习成绩、长相、未来职业规划等方面阐述自己的优势，最后清一色的希望楚楚给个机会。

"出来！"楚楚一脚踹开寝室门，"说，你们都干了什么？"

"我就只是换了个QQ签名而已。"吕洁缩着脖子老实交代。

"内容。"楚楚悠悠地吐出两个字,其实不用问猜也猜得到大致内容。

"免费出售室友一枚,有颜有才,有意者速速报名。"

无语地白了她一眼,楚楚扭头问媛媛。

"您老人家又干了什么?"

"其实,也没什么,就是吧,早上去吃早饭的时候,遇到了几个系的同学,然后他们就问我怎么这么开心。"

得了,她没说完的话楚楚都可以给她补上了。

"我只是发了条说说而已。"仙儿主动交代。

"我只是给顾序之打了个电话而已。"李阳从帘子里探出个头,慢悠悠地说道。

幸亏尚文没在学校,不然的话,就她那传播速度加红娘属性,自己非得被逼疯不可。

下午,程老师打电话来,让楚楚去他家一趟。

楚楚以为他老人家只是突然想起了自己这个许久没在他眼皮子地下晃荡的人,想找去陪他聊天解闷而已。

可是谁能告诉她,沙发上坐着的那个顾序之是怎么回事?自己电话里可是问了有什么人在他家里才来的。

程老师笑嘻嘻地将楚楚迎进去。

"这是我常在你们班上说的钟楚楚,我的得意门生,中文系的才女。"

"这是外语系的顾序之,也是个才子加帅哥。"

听着程老师的这介绍,楚楚头皮都发麻了,心里默默吐槽,程老师,你还能再刻意一点儿吗?

"楚楚同学你好,早就听程老师提过你,闻名不如见面,果然和想象的一样漂亮。"偏偏这顾序之还一本正经地跟自己打招呼,要不是楚楚清清楚楚地记得两人之前见过,都要以为这真的是第一次见面了。

"你好。"兵来将挡水来土掩,既然你要装,那我就陪你呗。

"赶紧坐下,赶紧坐下。"程老师端出瓜子水果招呼两人坐下。

"程老师偏心,这楚楚一来您这待遇就升了,我来坐了这半天您就给了一杯茶。"顾序之笑着打趣道。

"有茶给你喝就不错了。"楚楚挽住程老师的手臂,"还挑三拣四的,哼。"最后还娇俏地嘟了个嘴,"程爷爷,这种人您就不应该让他进门才对。"

"我错了,我错了,怪我嘴欠。"顾序之也懂得适可而止,忙不迭地打嘴。

"吃东西,吃东西。"程老师笑着把楚楚拉来坐好,"我就说你们两人挺登对的吧,长相、学习,就连脾气都挺配。"

就知道您老人家打的是这种算盘,不过您老人家到底是哪只眼看出来我们两个人适合的?楚楚默默吐槽道。

不过在程老师面前,楚楚一直都是可心孙女的模样,所以尽管心里是这样想的,嘴上害羞地说道,"没有没有。"

顾序之看着眼前的楚楚有些好笑,据他观察所知,这小妮子惯常心里一套嘴上一套,别以为自己没看到刚才扭头时她不屑的嘴角。

游戏似乎越来越好玩儿了。

等走出程老师家,楚楚立马拉开了自己和顾序之的距离。就刚才在程老师家他的表现来看,虽然看着挺温文尔雅的,但实际上绝是一个扮猪吃老虎的家伙,这类人,她一向是敬而远之。

"一起吃个饭吧。"顾序之主动邀请道。

"吃饭就算了吧,我还有点儿事先走了。"没等他回答,楚楚已经溜烟地跑了。

开玩笑,就这种表里不一的人,暂且不论好坏,跟他呆一起说每一句话都得小心,他不累自己还累呢。这种和风细雨的伎俩也就只能去骗骗大一那些刚进校的小师妹儿们,这不前几天楚楚还看见顾序之拉着一个女生的手压马路呢。今天还装出一副情深几许的模样,真应该去做演员。

回到寝室,尚文已经回来了,抓住楚楚就问这两天行情怎么样。

"行情?"楚楚正在想顾序之的事儿呢,一时没反应过来这个词的意思。

"就是有多少人联系你啊,"还怕说得不够清楚,又补了一句,"比如有没有人加你QQ啊什么的。"

"尚文!"她这么一说楚楚立马明白了,怪不得刚才打开QQ一下子冒出来那么多请求添加好友的，敢情是她整出来的，"你过来，我保证不打死你。"

自己一向不轻易加好友，也不喜欢莫名其妙的人加自己，所以设置了问题，如果不是跟自己很熟的人根本不知道答案，自己刚刚还纳闷怎么那么多人成功添加了自己，原来是寝室里这个卖室友为荣的家伙干的。

"我错了我错了。"知道打不过楚楚，尚文立马认错，还狗腿地掏出零食求饶过，引得旁边看好戏的其他人一阵鄙视，然后果断将尚文带回来的一大包零食瓜分了。

"你说说你这让加的都什么人啊，一来就是一句'钟同学，我喜欢你。'也是够了。"楚楚最见不得她这狗腿样，只能口头抱怨道。

"肤浅，肤浅，这些男生真是太肤浅了。"媛媛打抱不平道，"怎么也得来句'钟同学，我爱你，我们结婚吧。'才带劲嘛。"

"李媛媛，我今天非得打死你。"

于是，楚楚开始举着拖鞋满屋子地追着媛媛跑。

睡了一觉起来，下午六点多了，匆匆忙忙跑去食堂吃了饭，楚楚得去餐馆打工了。

晚上回来室友们照例已经睡了，悄悄给母亲打了个电话，告诉她这个月的一千块钱已经打卡上了，记得给他买药。

睡觉前照例进了一遍肖梦的空间，今天又更新了一条说说。

"其实我才真的是可怜兮兮。"

没配图，就这么孤零零的一句话，下面却有几十条评论，全是询问她怎么了，而肖梦却一直没回复。

第二天一早起来，楚楚就收到了沐毅的短信。

"姑娘，我应该考研还是回来工作？"

"考研。"楚楚看着短信沉默了一会儿，继续敲到，"你适合更好的。"

是啊，如此优秀的你，一切都应该更好。

请原谅我没有勇气让你回来，也请原谅我早就猜出了一切，甚至连你的试探，却只选择原地踏步。

"只要你一句话，我立马回来陪你。"

我知道你这句话是认真的，但我又怎么忍心折断你梦想的双翼呢？曾经是我亲自把你送了出去，这一次，我也只能继续把你推开。

"楚楚，我以后想考去海市，我要去庆大，我要去学摄影，你跟我一起去海市吧，到时候我给你拍很多很多的照片，十年、二十年、三十年，直到我们退休，然后我们一起相约去旅行。"

"可是我不会拍照也不喜欢拍照。"

"我教你啊，很好学的。"

海市，的确是个非常让人向往的地方，对于你来说，那里有你的梦想，而对于我来说，没有你，那儿什么都不是。

可是，我亲爱的男孩，这生活并不是我们想象中的那么浪漫，除了你，我还有母亲，还有家庭。

这世上，没有谁离开谁活不下去，所以，你加油吧，你的姑娘会在背后为你摇旗呐喊的。

闭上眼睛，楚楚想起了自己过世多年的父亲。

曾经他那么爱母亲，因为爱所以他选择了欺骗，也是因为爱，他选择了囚禁，可最后呢，他死了，母亲继续寻找她的真爱，她找到了，所以愿意洗手做羹汤。

我是一条鱼，在小小的鱼缸里，自己追着自己的尾巴，最后孤独地死去。

寂寞流光醉清欢

　　所有的饭局到了最后，季陌都只有一个感觉——无聊。
　　看了看时间，十一点半，这顿饭，已经吃了三个多小时了，在座的各位还没有散的意思，有的人开始讲起了段子，有的人开始抱怨工作的不顺心，有的人在互相吹捧，有的人诉说家庭的不幸。季陌无奈地看着对面游刃有余的言希，真不该答应陪他来，说是一个小型的聚会，人多热闹，没想到来了才发现是同学聚会，一进门，言希就开始拉皮条，挨着给季陌介绍他们班现在未婚的女同学。
　　季陌实在是不习惯这种闹哄哄的环境，跟言希说了声上厕所就出来了，一个人靠在走廊的墙上一支接着一支地抽着烟。
　　突然一个穿着正装的女人匆匆跑了过来，明显是喝多了，头埋着，披着的卷发将整张脸都挡住了，走起路来跌跌撞撞的，这不，一个不小心就撞进了季陌的怀里。
　　"小姐，你没事儿吧？"季陌向来不喜别人近身，尤其是女人，这会儿一个女人倒在怀里，赶紧扶起来站好。
　　"我没事儿，谢谢。"女人嘀咕了一句，没抬头，匆忙从身边跑过，直到走廊尽头，右转进了洗手间。
　　"我没事儿，谢谢。"这声音怎么这么耳熟？
　　季陌打开门正准备进去，又一个女人匆忙从自己身边跑过，嘴里喊着："光光，你没事儿吧？"
　　光光？季陌握着门把的手怔松了一下，继而放开了，迈着步子走到走廊另一边的拐角处，重新拿出烟，抽出一根点燃抽了起来。

　　洗手间里。
　　流光把手指放进嘴里，用力一抠，继而伏着干呕起来。

佳宜轻拍着她的背,关心地问道:"光光,没事儿吧?"

"没事儿,吐出来就好了。"她接了两捧水漱了口,又扯张纸擦干净,从包里拿出口红涂在嘴唇上,鲜红的颜色一下子让苍白的脸色似乎红润了不少。

"要不,今天就算了吧?"佳宜在旁边弱弱地建议,"他们是铁了心地把我们往死里灌,欺负我们是女人,今天怕是拿不下了。"

"拿不下也得拿,别忘了这趟我们出来是干嘛的?"流光将口红抹在手指上,继而又抹在脸上,"只有拿下了这笔单子,今年酒厂才有钱给养老院翻新。"

"可是,"佳宜跟在后面不死心地继续反驳,"身体是革命的本钱,出来的时候我哥让我看着你不让你多喝酒的。"

"没事儿没事儿,你不说我不说,他不就不知道吗?再说了,我自己心里有数,不会让自己有事儿的。"流光伸手将自己的头发挽来扎好,"你走前面先进去,我立马就来。"

流光蹲下来脱了高跟鞋,果然不出所料,已经打起泡了,从包里拿出两张创可贴贴上,重新穿上鞋,准备开门出去,外面有人推门进来,流光下意识地往旁边一闪,来人一把捞住她的腰,随之把她压在了墙上。

"你……"流光气愤得开口就想骂人,可是一抬头,到嘴边的话怎么也吐不出来。

"光光,好久不见。"季陌盯着她看,语气淡淡的,如果流光不是清楚地感受到他按着自己腰间的手有多用力,恐怕自己都会以为他只是在跟一个陌生人打招呼。

"抱歉,先生,我不认识你。"流光实在无法直视他的眼睛,将头偏向一边,"还有,这是女厕所。"

"光光,我怎么会把你认错。"季陌眼前这个自己想了念了五年的女人,和五年前总是素面朝天的样子不一样,现在的她画着精致的妆,穿着剪裁得体的正装,尽管款式有些老气,但丝毫掩饰不了她的好身材。

"抱歉,先生,你真的认错人了。"流光伸手试图推开他,却被他握住了。他低下头来,准确地找到她刚涂了口红的小嘴,嘴唇覆了上去,起初只是尝试性的轻轻吻住,似乎在确定什么,不一会儿便换成了狂风暴雨的袭击，带着惩罚的意味。流光的意识一时断了线，等反应过来，伸手想要把压在身上的这个男人推开，奈何男女力气悬殊，她一用力，牙齿准确地咬在他的嘴唇上，他只好暂时放过她。

一时寂静。

过了十多秒，流光开口打破了沉默，"先生，我还有事。"是啊，还有一桌的人等着自己呢，佳宜一个人怎么应付得了。

看着她咬着小嘴，眼睛里带着坚定的样子，他哑然无语，当初她离开后，自己到处找她，可是却发现自己一点儿也不了解她，从一开始遇见，到相爱，再到她提出分手，这段感情中，从来都是她在主导，永远都是她在身边唧唧喳喳地说着话，自己除了无奈还是无奈，五年后的今天，自己照样还是拿她没办法。

回到包间，流光耳边还回想着他最后那句话"我在酒店门口等你。"和当年一样，真是简洁又霸道啊，可他凭什么以为自己还会像以前那样乖乖听话？

"许镇长，你怎么去了这么久？赶紧的，罚酒三杯。"流光的思绪被曾经理的劝酒声拉了回来，笑了笑，也不争辩，接过曾经理递过来的酒杯仰头一干而尽。

"许镇长不愧是女中豪杰啊，来来来，第二杯。"不由分说，旁边的刘科长又递了杯酒过来。

流光笑着接过，嘴里说着"该罚该罚"，又喝了一杯。

第三杯不用别人劝，流光自己就端了起来，"最后一杯酒我敬曾经理和刘科长，"两人闻言端起酒杯，流光继续说道，"希望我们宸光酒业与贵公司能够合作愉快。我先干为敬，你们随意。"

把曾经理和刘科长送上车之后，流光终于忍不住又跑进洗手间吐了一番。

佳宜的男朋友来接她们的时候，流光还有些醉醺醺的，脑袋也像要炸裂一般，实在不想坐车，就让他们先回去，自己走路回酒店。

为了避免遇到他，她从侧门出去，果然没看见他。

这五年在基层工作，每天早出晚归，回到家随便洗洗倒在床上就睡死过去，早就没有了深夜压马路的习惯，何况乡镇一到晚上就黑不隆冬的，即便是有那个闲心，也没有那兴致。现在一个人提着包走在湖边的马路上，尽管已经深夜，路上还有不少行人匆匆忙忙地走着，超市也还灯火分明，两岸的灯火经湖水的反射，在水中形成了另一番的繁荣景色。

这座城市，自从毕业以后自己就再也没有回来过，这次要不是因为和万兴酒店谈合作，自己作为分管酒业公司的镇领导，不知猴年马月才会重游故地。

流光趴在栏杆上看着建在湖上的木头做的走廊，思绪不受支配的又回到了过去。

"季陌，季陌，你就陪我去逛一逛嘛。"流光嘟着小嘴撒娇，小手紧紧地拉着季陌的书包，"就一下下。"

季陌扭头看了一眼吊着自己的流光可怜兮兮的样子，"我要去图书馆看书。"然后伸手挨着一根手指一根手指地把流光的手掰开，"我再次强调一遍，不要再跟着我，我大学期间不准备找女朋友。"

"你不找女朋友这句话已经说过很多次了，我耳朵都快出茧子了，你不用再强调一遍。"流光厚颜无耻地继续跟在后面，"而且你不找女朋友，我找你当男朋友就好了啊。这两件事情并不冲突啊。"

最后季陌丢下一句"我懒得跟你说"，落荒而逃。

现在想想，当初的自己真够厚脸皮的，明明人家都再三拒绝了，还像狗皮膏药一样地黏着对方，人家说只要功夫深，铁杵磨成针，那时的他估计也是被自己缠得不耐烦了才答应和自己在一起的吧。

季陌远远地就看见流光趴在栏杆上，夜风吹着她的长发，身影在路灯的照耀下显得越发的纤瘦。

他将车停在一边，慢慢地走了过去，隔着好几步就听到了她轻声的咳嗽。刚要走近，就见她慢慢地弯下了身子，脸蛋皱成一张白纸。

"流光，你怎么了？"他跑过去抱住她，慌乱无措的不知道怎么办好。

"没什么。"流光看清了是他，咬着牙拂开了他的手，忍着痛站起来，颤颤巍巍地就要走。

"我送你去医院。"季陌拉住她的手，不容她挣扎拉着就往车子的方向走。

"我说不用了！"流光用力一甩，手里的包被摔在了地上，里面零零碎碎的东西一股脑地全钻了出来，她终于忍不住歇斯底里地吼了出来，"季陌，我想五年前我们就说得很清楚了，再这样纠缠有意思吗？"

"许流光，当初你是说清楚了，可你给我思考和回答的时间了吗？你把我季陌当什么人了，你想要就要，不要的时候一句'我们之间不适合，所以分手吧。'就打发了吗？"季陌看着流光一字一句地说道，"我都当你死了，可是你为什么又要出现在我的面前？许流光，你就只会使用这种打乱一池春水之后潇洒离去的手段吗？"

季陌说话的时候，流光蹲下将东西捡起装进包里，然后站起来，"那请你继续当我死了。"说完转身，挺直腰杆踩着八厘米高跟鞋毫不犹豫地走了。

等季陌看不见了，流光终于忍不住哭了起来。

回到车上的季陌掏出烟，一根接着一根地抽着。

"季陌，我们分手吧。"
"光光，愚人节早就已经过了，今天你就不要跟我开玩笑好不好？"
"我没跟你开玩笑，我是认真的。"
"可是为什么啊？"
"我们不合适，这就是理由。"

当初寒假放假的时候听到她说分手，虽然有些意外，但也只是以为自己为了考研冷落了她，寒假好好哄一下她就好了，没想到第二天自己赶去送她的时候，她同寝室的室友说她当天就回家了，打她电话也打不通，担心她出什么事情，跑去她们班主任那儿要了她的家庭住址，好不容易找到了，周围的邻居说她们一家早就不在那儿住了，只是户口还在。第二学期她也没来上学，班主任也说不出个所以然来，从此，他们彻底失去了联系。

他曾经无数次地预想过他们再见的情景，是笑着说"好久不见"，握手言欢，还是装作不认识擦肩而过，但从来没想过这样一种情景。

请你就当我死了吧。

这几年，在无数次打听未果的情况下，他的确也想过这个借口，可是连他自己都不相信，她怎么就能那么冷静地跟自己说出这么一句话？

许流光，你的心真的是石头做的吗？

回到旅店，打开门，踢掉高跟鞋，佳宜已经睡着了。

胃还是一阵一阵地抽疼，可心似乎更疼，她以为都过去了这么多年，自己早就应该放下了，何况当初是自己提出来的分手，那么就应该潇洒地离去，不管是五年前还是五年后，可是自己终究还是没有自己想的那么坚强。

找出酒和杯子来，流光一个人喝了起来。

看他西装革履的样子，现在的生活应该过得不错吧？也对，当年他就是那么一个有目标有追求的人，并且为此付出再多努力也在所不惜。这样的人，怎么可能不成功呢？

佳宜半梦半醒间，感觉到地上有个人，等睁眼一看，流光蜷缩在地上，额头上全是汗珠，旁边还摆着酒瓶子和酒杯。

"许流光，你疯了是吧？胃病犯了还喝酒，嫌活得长了是吧？"佳宜有些怒了，用脚踢了踢她，流光没反应，嘴里还嘀嘀咕咕的。

念叨归念叨，佳宜还是认命将流光拽上了床，接着去端了杯热水过来，又找出出门时哥哥给自己放包里的胃药，喂她吃了，整个人也累得不行了，瘫在床上睡了过去。

流光一大早醒来，又是头疼，又是腰酸，全身无力。

"你醒了？赶紧起来吃东西吧，桌子上。"提着早餐开门进来的佳宜安排道。

"这大清早的就玩游戏，都这么大人了，怎么还跟个小孩子似的。"流光洗漱完咬着包子无语地看着盘着腿打游戏的佳宜。

佳宜头也不抬地回答，"真不知道谁是小孩，昨晚不知道是谁喝醉了躺在地上，平时还老是说我不懂事，那会儿自己倒像个没长大的孩子，又是胃病又是喝酒的，铁打的身子也经不住这么折腾。"

"真不知道我哥怎么受得了你，平时看着一本正经的，大半夜的发起酒疯来，又唱又跳的，还一会儿笑一会儿哭，弄得我大半夜都睡不着觉。"

"有吗？"流光不相信地问道，自己这几年酒量早就练出来了，很少喝醉，喝醉了也是倒在床上就睡的那种，佳宜嘴里说的那个酒鬼绝对不是自己，流光自我催眠着。

"我确定以及肯定地告诉你，那就是你。"佳宜仰头瞪着她，"你知道昨天晚上为了伺候你老人家我有多么辛苦吗？这手都酸了，还不容易把你哄睡着了，可睡梦中你还一直不停地念着。"

"我说了什么？"流光紧张地盯着她，要是说了什么不该说的，那可就惨了。

"什么'寂寞'，我也真是够了，你寂寞？我还孤单冷呢。"

回答她的是流光大大的白眼。

咬着包子，流光又想起了和他第一次相遇时的场景。

"你叫什么名字？"记得第一次见他，是在大一刚进学生会的时候，一百多人的部门里，她第一眼就瞄准了他，等一散会，立刻上前搭讪，奈何搭讪技术实在有够拙劣，人家理都不理，直直的就从自己面前走了。

"你这人真是的，哑巴了还是怎么的？问你话呢？"流光跟在后面不依不饶地问着，什么是初生牛犊不怕虎，当时的流光就准确地诠释了这一句谚语。

"我想，我有权利选择不回答你的问题。"终于，他开口说了一句，可语气却是极其的，用流光后来在季陌面前形容的话来说，就是欠揍。

"好像是这样的。"流光若有所思地点点头。

就在季陌以为她听懂了自己的话准备离开的时候，只听她继续说道，"那我只有去问其他师兄师姐了，相信一定会有人好心回答我的。"

"你。"季陌从来没见过这么厚脸皮的女生，自己话都说到这份上了，还一副"千万别小看我"的模样，两只大眼睛骨碌碌地转个不停，他相信，自己如果真的不告诉她名字，估计下次例会自己真就要成了部门的热门话题了。

"季陌。"没好气地甩她两个字。

"寂寞?"流光忍不住笑了起来,"你别逗我了,你如果叫季陌,我就是孤单冷了。"

季陌这会儿是真的不打算再搭理她,抱着书自顾自地走了。

之前算好了行程,来回至少得三天,所以早早地就订好了车票,没想到和万兴的合作这么顺利,昨天就搞定了,所以吃完早餐流光就打发佳宜去找她小男朋友去了,自己一个人出了门,莫名其妙地走到了公交站,又莫名其妙地坐上219路公交车,最后站在了A大的校门前。

由于还在放假,校园里没什么人,流光慢悠悠地走着,一会儿看看这儿,一会儿摸摸那儿。脑海里的记忆迅速地过滤,很多以为已经忘记了的人又鲜活了起来,老师、室友、班上的同学、宿管阿姨,甚至商业街卖小吃的阿姨,与其说这几年刻意地去回避有关这儿的记忆,倒不如说流光不愿再想起他,所以连和他有关的记忆都屏蔽。

最后站在考研自习室外面,看着里面缺了一个小角的黑板,四周挂着的名人像和名言警句,摆满了书的桌子和天花板吊着的发着"滋滋滋"的老掉牙声音的电风扇,以及还有教室角落插满了数据线的插头,五年过去了,教室里的各种陈设摆置都没有变,只是学生换了一批又一批。

还记得当时自己闹着陪他来自习,那时他大三,刚做了决定想要考研,作为女朋友的她,自然要竭尽全力地支持她。再三保证自己只是在旁边看小说绝对不打扰他之后,他终于点头了。

季陌对她的保证保持怀疑,怕她耽误自己的复习进度,特意把她按在了自己斜对角的座位上。

最先的时候流光倒真的做到了自己所说的认认真真看书,可没过几分钟,她的注意力又回到了季陌的身上,索性就趴在桌子上盯着他看,看了好一会儿他没反应,自己瞌睡虫倒是上来了,趴在桌子上就睡着了。

等睡醒的时候已经晚上十点多了,教室里的人都走得差不多了,季陌还在认认真真地看书。

"走了。"流光刚站起来准备伸个懒腰,季陌就招呼道。

流光因为季陌没叫醒自己而有些生气，抱着书匆匆走出了教室，后面的季陌好笑地跟上来拉住她的手，流光的脸色才好转了起来。

"好了好了，不生气了，嗯，乖。"

"你哄小孩呢？"流光没好气地问道，突然停住了步子，没来由地问了一句，"陌陌，我跟考研哪个更重要？"然后瞪着大眼等着他的回答。

"你让我怎么回答你呢？就像爱情和面包，我当然想两者都要的好。"

流光希望他会说"傻瓜，我肯定选你啊"这样的话，但她也知道自己认识的季陌是个多么理智的人，他从来都知道自己该做什么，想要什么。但是听到这样的答案，心里还是不免有些失落。

"好了，逗你的呢，考研怎么能和你比呢？考研今年考不上明年可以继续考。明年考不上就后年继续，可是世界上只有一个你，我怎么舍得放弃？"季陌好笑地揉着流光乱糟糟的短发，"而且我考研也只是为了以后能找到一份更好的工作，好养活你。"

"哼，我才不要你养活呢。"流光冲他撇撇嘴，"我自己可以养活自己。"

"对对对，我家流光最有出息了，那以后你养活我可好？"

"这个我考虑考虑。"

离开了考研自习室，流光踱步来到了经管学院的教学楼。

A大是个普通的二本院校，这几年致力转型发展，加大力度鼓励考研，所以底楼大厅的两侧墙上张贴的全是这几年的考研优秀学子。

还在大门处，流光一眼就看到了右手边的季陌的照片。

季陌

人力资源管理2007级1班

2011年考取中国传媒大学新闻与传播学专业。

照片上的季陌穿着学士服站在田径场上，眼神坚定地看着前方，脸上没有多余的表情，给人一种冷酷的感觉。

"光光，我一定要考上中国传媒大学，这是我一直以来的梦想。"

"那如果考不上呢？"

"考不上就第二年继续，我相信总会考上的。"

"那如果一直考不上呢？又如果你考上了其他大学，你不去吗？"

"我喜欢新闻，大学我已经将就一次了，读研我不想再将就。"

流光还记得那是冬季里气候特别好的一天，晒着暖和的太阳，他们从图书馆回来，手牵着手走在校园的小道上，他突然停下来特别严肃地告诉她自己的这个梦想。

"光光，你也会考研吗？我们一起去北京。"

结束话题的时候他突然问了这样一句。

"我不确定。"流光那时才大一，压根儿还没考虑考研不考研的问题，每天规规矩矩地去上课，准时地去食堂吃饭，深夜里打开电脑一字一句地码着小说。

后来两人再没有提起过这个问题。

没有自己的日子看来他过得也很精彩嘛，流光想，前两年偶然和以前的一个同学碰见，谈话中聊到了他，知道他读完了研究生，顺利地进了省电视台，当了一名记者，偶尔也代班主持一些综艺节目，虽然外貌不怎么帅气，但很机智，口才也好，还挺受欢迎，不过流光从来没有去搜过他的节目来看，一是她实在太忙，二是她早已过了每天守着电视的年纪。

应大学老师的邀请，季陌一大早就开车来到了母校，想着好几年没有回过母校，就邀着老师和自己一起到处转转，一路上师生有说有笑的，言谈间，老师问及季陌的感情问题，得知一直单身之后，热情地准备给他介绍女朋友，季陌一时尴尬不知如何回答，抬眼却看到了教学楼大厅的流光。

"那不是你当初的那个小女朋友吗？"显然老师也认出了流光。

流光正准备离去，转身看见了不远处的季陌以及旁边的老教授，正准备趁他们还没发现自己赶紧逃走，却看见老教授招手让自己过去，流光只好硬着头皮过去打招呼。

"你叫什么光来着？"老教授年纪大了，也退休了好几年，一时想不起流光的名字。

"老师，我叫许流光。"流光低着头不敢看旁边目光灼灼看着自己的季陌，规矩地回老教授的话。

"对对对，我想起来了，你当年还是中文系的大才女来着，我还看过你写的小说，挺有意思的。"老教授想起当年的事，一副若有所思的样子，"当年你陪季陌来上课，我看着你这小姑娘就喜欢，还以为你们会一直在一起，没想到……"

"老师，这会儿太阳太大了，我们还是去大厅说吧。"季陌开口打断了老教授的话。

流光抬眸看了一眼季陌，他仍旧一脸的平静，似乎老教授的话根本勾不起他任何的回忆。

许流光，你还在期待什么？昨天你们不是已经把话说明白了吗？这会儿还能指望别人给你什么表情？何况现在的你，还有什么资格和立场去任意评判别人。

老教授赶着回去吃饭睡午觉，所以聊了十多分钟就提前走了，剩下季陌和流光两个人站在大厅里。

过了好一会儿，流光终于忍不住开口了，"那没什么事儿，我先走了。"还没来得及说拜拜，正在认真看墙上的考研概况的季陌转过身来。

"好久不见，怎么也应该一起吃顿饭吧？"

"不，算了。"流光一时不知道如何回答，只能扯出一个用烂了的借口，"我还有事儿。"

"有事儿？"季陌好笑地看着她，流光却莫名地觉得这笑容无比的讽刺，"还是说，你连和我吃顿饭都不敢？"

"去就去。"话一出口，流光马上就后悔了，却还是死要面子地补上了后面一句，"谁怕你了。"

"商业街还 OK 吗？"

"随便。"

"好。"

在去商业街的路上，流光看着季陌的后背，恨得咬牙切齿，都过了这么多年了，自己还是轻易地就跳进他挖的坑里。

到了餐馆坐下，老板递上菜单，流光才后知后觉地想起，这好像是以前读书时最常来的那家冒菜馆。

记得在一起的时候，由于两人都是农村来的，一个月的生活费没多少，大多数时候都是在食堂吃饭，偶尔也去餐馆打打牙祭，这家冒菜馆是流光最喜欢的，服务好，味道一流，最重要的是价钱还特别公道。

季陌看着坐在对面发呆的流光，也想起了当初两人一起来吃饭的情景。

"陌陌，我先去冒菜馆占位置了。"还没下课，流光就给自己发了消息。

等自己慢慢走到冒菜馆，还在门口就看到最里面的角落里向着自己挥舞的小手。

"这儿，陌陌，这儿。"

她喜欢叫自己陌陌，自己怎么纠正都不听，只好随她，可这会儿她嗓门又大，隔着喧闹的人群自己都能够听到她的声音，旁边的室友好笑地拍拍他的肩膀，"你家光光又在失物招领了。"

好不容易挤进去，还没坐下，她又开始叽叽喳喳地念叨了。

"陌陌，陌陌，我们今天就吃白菜和豆腐好不好？要不再加个肉？就这样了，便宜又管饱。"

没等自己答应，她已经把写好的纸条递给服务员了。

等菜端上来，她拿起筷子刚准备开动，又咋呼了一声。

"陌陌，我怎么忘了，我不吃豆腐的。"

然后一顿饭下来，自己碗里总是满满的豆腐。

吃晚饭回去的时候她还嘟着嘴向自己炫耀。

"陌陌，你看我聪明吧？让你吃豆腐去了，肉就都归我了。"

她以为自己不知道，她是因为自己喜欢吃豆腐才点的。

"点菜。"季陌把菜单推到流光面前，又补上一句，"随便点，请你吃顿饭的钱还是有的。"

流光微笑着拿起菜单，完美地将自己的脸挡完，看了好一会儿，上面的字一个没看进去，脑袋里想的全是他刚才那句"请你吃顿饭的钱还是有的"。

也对，他现在也算是一个成功人士，请自己在这样一个小冒菜馆里吃饭的钱根本算不了什么，自己又何必多想呢？

琢磨好一会儿，流光才拿起笔开始挨着将菜单上的肉菜全点了个遍，压根儿没想起吃饭的只有两个人。

等老板用一个特大号的盆子将煮好的冒菜端上桌来的时候，流光后悔了，偷偷瞥了季陌一眼，害怕他下面来一句，"你点的，记得吃完。"

幸亏他什么都没说，而是沉默地拿起筷子吃了起来。

或许是心情不对，也或许是时间不对，一顿饭吃下来，流光只觉得食不知味。

"我先走了。"

吃完饭走出冒菜馆，流光巴不得赶紧找个借口溜走，再跟他这座冰山待下去，自己非得冻死不成。而且这饭也吃完了，该炫耀的也炫耀完了，总该放自己走了吧。

"我送你回去。"就在流光以为他默认了的时候，他突然开口直接把转身准备开走的她吓得不轻。

"不，不用了。"怎么又结巴了，今天都第二次了，真是够不争气的，流光默默自我责备，脸上却不露声色，迅速镇定下来，"我住的地方离这儿不远，走路就好，就不麻烦你了。"

话都说到这份上了，总该死心了吧。流光默默地为自己的机智点赞。

"我去开车。"没想到人家压根儿没听到自己说完，自顾自地开车去了。

流光站在原地，走也不是，等也不是，就在她各种纠结中，季陌已经把车开过来了。

"上车。"季陌看着前方，不知道的还以为这旁边还有别人呢。

最后流光还是乖乖地上了车。

反正自己明天就回去了，以后或许再也见不到了，他再想纠缠也找不到人，何况，他或许只是想用自己现在的成功来羞辱自己而已，也罢，他要报复就报复吧，她也不想向他解释什么。

一路上车里都是低气压，季陌认真地开车，流光头偏向窗外，眯着眼睛，看上去好像睡着了的样子，其实只是不知道睁开眼该说什么。

"光光，我很想你。"突然，旁边的季陌出声打破了寂静，声音很小，小到流光不确定自己耳朵是不是出了问题。

车子继续在马路上疾驰着，没过一会儿就到了流光她们住的宾馆。

"我到了，你回去吧，谢谢。"

流光迅速下了车，弯下腰对着车里面的季陌摆手再见。

季陌看了她一眼，伸手从包里掏出手机递给她，"电话号码。"

流光思考着到底接还是不接，可是他这样看着自己，这又在酒店门口，来来往往的人又很多，流光只好认命地接了过来，然后手指飞快地将自己的号码存了进去。

等终于把季陌这尊大神送走了，流光拖着疲惫的身躯爬上四楼，打开房间门进去，佳宜跷着二郎腿坐在床上看着自己。流光想自动忽略，可是那眼神盯得她心里毛毛的。

"有什么话就说吧。"一边脱鞋，一边认命地说道。

"光光，你是不是做了什么对不起我哥的事儿？"佳宜难得一本正经地问道。

"怎么？"流光一时没反应过来她到底什么意思。

"送你回来的那个男人是谁？"佳宜并不理睬流光的装聋作哑，继续追问。

"哦。"流光尽量地让自己的回答显得不那么的刻意，"就一个大学同学而已，今天早上我不是跟你说了我要去学校转转吗？正好遇到他了，他就好心把我送回来。"

"就这样？"佳宜不相信地盯着她继续问。

"不然你以为呢？"流光一边往洗手间走一边试图把话题错开，"你不是去找你男朋友去了吗？怎么这会儿就回来了？"

"哼，别跟我提他。"流光一问起自己男朋友，佳宜就气不打一处来，"我今天不是跟他去看电影了吗？我想看《北京遇上西雅图》，他非闹着要看什么动漫。"

"然后你们就为这事儿吵架了？"流光一手举着卸妆液，一手拿着卸妆棉，无语地冲她翻了两个大白眼，"你们都多大了，谈个恋爱还像小孩子过家家似的。"

"拜托，这跟年纪没有关系好吧？"佳宜不服她的说法，反对道，"这会儿还谈恋爱就连看什么电影都不答应我，那以后真要结婚了，那还不得天天为了些鸡毛蒜皮的事情跟我吵啊。"

"算了，就当我老了，不懂你们这些年轻人的恋爱观。"用毛巾擦干净脸，将挡道的佳宜推到一旁，"昨天晚上没睡好，现在补一会儿觉，不要打扰我。"然后倒在床上没一会儿就睡死过去了。

流光一下车，就看到了来接她们的于飞。

"哥。"佳宜像只花蝴蝶般扑进了来人的怀里，"坐车累死我了，做好饭没有？"

"知道你回来就要吃饭，早就做好等你了。"没好气的点点佳宜的头，于飞笑着冲后面的流光问道，"坐车也累了，一起去我们家吃饭吧？"

"算了，我这几天都不在家，小花估计饿坏了，我得先回家看看。"或许是因为这次见到季陌的缘故，流光现在看见于飞，浑身有些不自在。

"那我先送你回去。"于飞说着自顾自地上前接过流光手里的包，又回头冲佳宜说道，"你先回去，跟妈说我一会儿就回来。"

"哼！"佳宜状似生气地把头扭到一边，"有了媳妇儿忘了妹，说的就是你。"说完又狗腿地爬过来拉着流光的袖子，"你可得小心着，等你们结婚了，我和流光一起治你。"还吐着舌头挑衅。

"臭丫头没大没小的。"于飞假装板着张脸，伸手又要打她，佳宜忙不迭地改口道，"我错了我错了，嫂子，嫂子，你看我哥老是欺负我。"

"你还真是一个臭丫头"流光没好气地瞪了一眼躲在自己身后的佳宜。

"这次万兴的合作很顺利，曾经理他们很爽快地就和我们签了合同。"流光主动提起这次合作的事。

"你一出马，我就知道没有搞不定的事情。"提着行李走在后面的于飞看着流光的背影说道，"这次真的多谢你了，要不是我……"

"这也是我的分内事，没有什么谢不谢的。"流光及时打住了他的话。

话毕，已经到了流光家门口。

"这两天不在家，小花肯定又调皮，房间里肯定乱糟糟的，我就不邀请你进去了，等改天我整理好了，你再过来。"说着话，流光伸手接过行李，转身上楼梯。

"流光。"于飞叫住了她，"姨妈问我们打算什么时候结婚？"似乎又怕流光误会什么，继续说道，"我们已经在一起三年了，何况我们的年纪也不小了。"

流光背对着他，不知道如何回答。

流光的沉默落在于飞的眼里，就成了不愿意，这么多年的陪伴，他太了解她了，她太固执了，无论是人还是事，只要她认定了就绝不撒手，他一直喜欢的正是她的这种固执，可现在无比痛恨的也是她的固执。

"于飞，没有了他，我的世界一片黑暗。"

"一个人失去了心脏还怎么能活下去？只是行尸走肉罢了。"

他清楚地记得她蜷缩在黑暗的角落里，一遍一遍地念着那个名字，直到她累了睡着了，自己才敢走近将她的泪水擦干。

他张了张嘴，没说什么，他知道，她现在只是短暂的犹豫而已，如果现在自己再问她一次，她一定会答应和自己结婚，就像当初她答应自己的一样。

"于飞，我会嫁给你的，你放心。"

"我一定会嫁给你的。"

三年前当他昏迷不醒的时候，她一遍又一遍地念叨这句话，怕自己不确定，也怕他不相信。

"于飞，我会嫁给你的，能不能再给我一点儿时间？"流光侧身看着他，眼神里带着恳求，阳光打在她的脸上，一半温暖一半绝望。

"没事儿，反正我也不想那么早结束单身，就姨妈着急而已，你又不是不知道她的性子，巴不得……"于飞笑着想把这个话题转移，流光一句猝不及防的"谢谢"让他没有勇气再继续装作无所谓。

"你先回去休息吧，晚上我来接你。"最后留下这么句话，于飞落荒而逃。

果然不出所料，流光一推开门，小花迎面扑来，她只有赶紧接住。小花伸着爪子这儿摸摸那碰碰的，最后凑上前在流光脸上讨好地亲了一口。

"又把家里弄得一团乱是吧？"一看小花这狗腿的样子，还没进门自己已经可以想象到里面是什么情形了。

无奈地摇摇头，流光弯腰把高跟鞋脱了，小花在鞋架上乖乖地坐着，双眼朦胧地看着流光，不过流光不准备理睬它。

可是当流光看到客厅里混乱状况之后，她还是没能忍住自己的怒气。

"小花！你出来，我保证不把你剁了喂老鼠！"然后拎起鸡毛掸子满屋子地追杀它。

等流光好不容易把房间打扫完瘫在唯一的一张独坐沙发上喘着粗气，小花不知从哪儿抱来了一根骨头，在旁边吃得兴起，或许是感受到了流光怨恨的眼神，小花抬头看了一眼，抱着骨头可怜兮兮地后退了两步，可流光还是盯着它看，最后小花"喵"了一声，两眼泪汪汪把自己的骨头推到流光的面前，不舍地看一眼后，壮士断骨般地扭过头不去看它心爱的骨头。

这倒把流光逗笑了，一把将小花提起亲了一口。

"我就知道小花最爱我了。"

然后满血复活爬起来去找东西吃去了。

流光一个人住，平时大多数时候都是在外面吃，很少自己做，这会儿心血来潮想做顿饭，却发现冰箱里什么都没有，最后好不容易在箱子里找到了一桶康师傅桶面，还是小花调皮藏起来的，这才解决了温饱问题。

解决了温饱问题，流光躺在床上想睡会儿，却翻来覆去睡不着，最后气得直接跳起来，一个没留意，就把缩在自己怀里睡得正熟的小花给扔在了冰凉的地板上。

"喵。"被摔醒的小花尖叫了一声，竖起尾巴，鼓着两只大眼睛瞪流光。

"再瞪，再瞪我把你眼睛挖出来喂鱼。"流光边穿衣服边出言威胁。

果然，此话一出，小花眼神立马变得温顺，夹着尾巴另找其他地儿继续睡。

等流光收拾完出了门，却在家门口犯难了，因为她也不知道自己这么热的天气要去哪儿？

想去政府办公室吧，可是今天周末不上班，去于飞家吧，又怕阿姨问及结婚这件事儿。可是算来算去，自己似乎也只有这两个地方可去，最后流光索性沿着街走。

今天不是赶集的日子，加上太阳有点儿狠，商家们要么关门回家，要么趴在收银台睡觉，要么就四个人凑一桌搓麻将，大街上很少有人走动。

流光走在背光的一旁，一会儿隔着玻璃看看这家餐馆的环境，一会儿又瞧瞧那家店里卖的床单，一会儿去这家店里试试衣服，一会儿又进那家店里摸摸裤子，走走停停，倒也悠闲，有人认出她来，恭敬地叫了一声"许镇长好"。流光笑着点头致意。

最后流光回到家的时候，肩上扛着一把大风扇。

"小花，快给我滚出来，姐买了风扇。"一进门就大吼一声，可过了好一会儿，小花还是没跑过来。

"小花！"流光急了，将屋里的里里外外全翻了个底朝天，可还是不见小花的踪迹，最后流光一屁股坐在地上，所有的委屈这会儿一股脑的涌上心头，泪水夺眶而出。

小花，连你也不要我了吗？

爷爷奶奶死了，爸爸妈妈不要我了。

还有他，也不再是我的季陌。

我一个人好累好累。

很久以前，当流光离开季陌，一个人将爷爷奶奶埋葬了的时候，她以为自己不会再哭了，实际上，过去这五年她的确没有哭过，即便是当初刚来晋水，一个人面对政府班子的刁难。

或许是情绪积累得久了，这会儿找到一个出口，便不管不顾地想要全部发泄出来。

流光哭完了，也不去找小花，一个人出门去菜市场买了很多菜。

于飞抱着小花一进门，就听到了小厨房传来的乒乒乓乓的声音。

"流光你在做什么呢？"

"宰排骨。"

宰排骨？那这排骨得跟你多大的仇恨你才至于用这么大的力啊？"于飞幸灾乐祸地看着怀里乖顺的小花，你主人发火了，你惨了。

"不是说了去我家吃饭吗？怎么自己想起做饭了？"不是于飞不相信流光，实在是流光的厨艺真的是差到了一定的境界，而流光也很有自知之明，所以这几年很少动手。

"您老人家放心，我还不至于想自己毒死自己，难得今天姑奶奶心情好，想练习做一个贤妻良母，何况，自己做的菜哭着我也要吃完，绝对不会祸害您老人家的龙体。"

"贤妻良母？"于飞抓住了她话中的重点。

流光一时不知道怎么回答，手里举起的刀一个没留心宰在了菜板上，发出了闷哼的响声。

"唉。"于飞看出了她的不知所措，叹了口气，伸手接过了她手里的刀，"你去客厅先看会儿电视，我来。"

流光没和他争，乖乖听话离开了小厨房。

流光住的这房子是一厅一室的，没有厨房，后来某一天流光兴起，找了工人来把客厅隔了三分之一出来，用玻璃分开，就成了厨房。

这会流光看着小厨房里的于飞，他正在处理鱼，神情格外的认真，倒显得身上系的印着懒羊羊围裙有些滑稽。

"给，流光，围裙。"

"怎么是懒羊羊啊？"

"因为和你很像啊"

"你才懒，你全家都懒。"

"对对对，所以你以后要进我家家门吗？"

流光不自觉地又想起了季陌，那是她第一次和他回家，在他们分手前的那个暑假，她在他家待了三天，他父母出差去了，两个人在家一起去买菜做饭，一起大扫除，一起看电视打游戏。

是不是那三天，就把这一生的幸福全花光了呢？经转流年，现在想起，那丝丝点点的温馨扯得流光的心生疼。

"喵。"小花的叫声拉回了流光的思绪，小厨房里的于飞也抬头往外面看了一眼，流光有些心虚地站起来，一把拽过小花肥胖的身躯往门口走去。

"给老娘滚出去，不准跑回来！"凶神恶煞地吼了一句，然后开门，果断地把小花扔出门外。

"流光，不要这么彪悍，要斯文。"于飞好笑的声音从里面传来，流光红了脸蛋。

"我是撕开难得闻，不是斯文。"嘴硬地反击。

"你总算有点儿自知之明了。"于飞一副"孺子可教也"的语气，气得流光牙痒痒。

"于飞，我严重怀疑我们俩性别调换了。"饭桌上流光严肃地说道。

"嗯？"正在扒拉饭粒的于飞不解的发出单音节语调。

"所以我决定了，以后我想吃饭的时候你就过来帮我做饭，至于报酬嘛，就不要你的饭钱了。"流光得意洋洋地看着他，等着他说"你这如意算盘倒打得精"，可是回答她的只有沉默。

于飞不知道该回答什么，是顺着她的话头说"想得美，区区饭钱就让我成了长期免费劳动力"，还是忧伤地看着她，"流光，你说过要嫁给我的"。终归什么都没说，只是夹起一块排骨放进流光的碗里。

"多吃点儿，都瘦了一圈了。"

"哪里？我明明觉得自己还胖了呢。"成功地把她的话题转移到了别的地方。

"流光怎么都好看。"关于胖了还是瘦了这个话题争论了好一会儿，最后于飞用这句百试不爽的奉承堵住了流光喋喋不休的嘴。

于飞的姨妈打电话来的时候，流光正埋头和一块大排骨作战。

"我们已经在吃了……嗯……好的……你自己和她说吧？"过了好一会儿，于飞把电话递给了她。

"阿姨。"流光甜甜地叫了一声，"对对，我和于飞已经在吃饭了，就不过来了，实在是麻烦您。"

于飞边吃边注意着旁边流光的动静，只看着她脸色一会儿万里无云，一会儿阴晴多雨的。

"阿姨，这件事儿能不能再给我一点儿时间。"似乎又怕说错了什么，急忙又补充道，"我们会好好考虑的。"

不用说，于飞都能猜到姨妈跟流光说了什么，但她不说，自己也不提，他可不想再像今天上午那样碰一鼻子灰。

挂了电话将手机还给于飞的时候，流光突然来了一句。

"姨妈问我们什么时候结婚。"

"嗯。"

"'嗯'是什么意思？"流光不死心地追问。

"你希望是什么意思？"于飞一句话再次堵住了流光的嘴。

吃完饭，流光主动去洗碗。

"流光，我先回去了。"于飞招呼道。

"再。"流光下意识地发出了一个单音节，于飞看了过来，最后还是硬着头皮继续说道，"这会儿才八点，再待会儿呗。"

于飞看着她，她被盯得发毛，心里不禁默默吐槽自己。

流光，你什么时候这么厚颜无耻了，不敢给他保证，却又赖着人家，就像溺水的人抓住浮萍一般死也不撒手。

"你还是走吧。"低头，继续洗她的碗。

"算了。"于飞最见不得她这可怜样，无数次告诫自己，不能再被她无辜的眼神迷惑了，自己也不能再一贯地惯着她，就像刚刚，自己一肚子火气，想要出去找个地方发泄一下，可是一看到她可怜巴巴的样子，还不就乖乖就范了。

"让你把小花给扔了，这会儿怕了吧。"她不喜欢一个人待着，每天都要抱着小花才能睡得着。

洗了碗，流光抱着小熊蜷缩在沙发角落里，于飞坐在旁边，电视里放着《伪装者》。

"于飞。"过了许久，流光先出声。

"嗯。"又是单音节语句。

"我遇到他了，在A市。"流光纠结了一天，最后还是选择主动交代。

"我知道。"于飞盯着电视回答，语气平淡无奇。

"你知道？"这倒让流光惊讶了，不过转念一想倒也想通了，她怎么忘了，佳宜是他妹妹，自己和她再怎么要好，也是建立在他的基础上。

"那你是怎么想的？"流光喃喃问道，却又怕他开口，自己接着又说"如果你……"

"没什么。"流光的话被于飞截住，他调转头看着流光，"我相信你。"

很真诚的一句话，要是别的女人听到这句话准保扑进他的怀抱热泪盈眶，可流光却觉得有些好笑。

我相信你？

你如果真的相信我，又为什么要一次次地试探我？你如果真的相信我，又怎么会在我的身边布满眼线？你如果真的相信我，又怎么不敢亲自问我？

送走了于飞回房间睡觉，在被子里发现了睡着了的小花。搂过小花胖嘟嘟的身体，流光决定什么都不想，先睡一觉起来。

深夜，季陌站在十二楼的阳台上，下面灯火分明，街道上的车辆来来往往。

深深地吸一口烟再缓缓吐出，烟雾将他的脸庞笼住。

什么时候学会吸烟的呢？

季陌也记不大清楚了，只记得和她在一起后，有一次打完篮球，她在操场边抱着自己的衣服，等自己走进，发现她臭着一张脸。

"季陌，你抽烟了？"

季陌一时没明白是什么意思，只听她继续说道，"陌陌，我不喜欢你抽烟，你的衣服上有烟味。"

当时笑着哄了哄她，事后就把这事儿忘了，没想到下一次出去约会时，她闻到了他身上的烟味，脸色立马又不好了。

其实在他看来，男生抽烟很正常，何况已经是成年人了，而且他也只是学习累了或者心情不好才抽上一支，她完全犯不着为了这件事跟自己黑脸。

可没等他开口问，她就捂着嘴巴跑进了女厕所，等她出来整个人都像抽去了所有力气一样。

"陌陌,我胃子不好,闻不得烟味。"后来她告诉自己。

也是从那天起,自己开始戒烟,直到她后来离开了,自己发了疯地找她,连续几个月睡不好觉,只能靠烟酒麻醉。

流光,你怎么那么狠心?

流光,我多么恨你,可我更恨我自己。

摸出手机,翻开通讯录找到"许流光",然后拨了出去,电话那头响起了标准的女音,"对不起,你拨打的电话已暂停使用。"

早有预料,可还是难以接受。

深抽一口烟,端起酒杯,和着烟雾一块吞下。

许流光,我已经变成了你曾经那么讨厌的那种男生。

早上刚走进办公室坐下,扶贫办的小徐就敲门进来。

"许姐,事情办得怎么样?"小徐是个刚毕业的大学生,和当初的自己一样,考了选调生,然后分配到了这儿,在扶贫办暂时当了干事。

"还好。"流光正在处理桌上的文件,头也不抬地回道。

"我就说嘛,咱们许姐是谁,巾帼英雄来着,只要一出马,什么事儿都手到擒来。"小徐殷勤地说着,然后把手中的文件递给流光,"麻烦您把这个文件也签一下呗。"

"长首市叙阳县晋水镇应届大学生创业补贴发放条例"流光抬头看了一眼小许,翻开大略看了几眼,拿起笔刷刷的两下就写上了自己的大名递给他。

"许姐。"小徐又叫了一声。

"嗯?"跟于飞待久了,也学会儿了他单音节的回答方式。

"你,"小伙子想说什么,却还没说就耳根子红了,"没什么,就过两天有个关于贫困大学生上学补助的会议,您给赏脸出席一下呗。"

"哦。"流光翻着自己手里的文件,"去灌鸡汤?如果是这样的话,让老胡自己去就行了,我没时间去做这么无聊的事。"

"呃。"小徐一时没反应过来,差点回答了"对"。

"好了，你先回去吧。"流光看他呆愣地站在那儿，不知怎么回答自己的话，不禁笑了，她想，他估计心里在琢磨自己这个所谓的领导是有多不靠谱。

其实人家小徐心里想的是，许姐可真是有够坦诚的，自己进来这几个月不管是家人、朋友和同事都告诫自己一句话"新人是块砖，哪儿需要哪儿搬。"简而言之就是一切唯领导至上，不管领导对不对都得点头说对，起初他非常不习惯，可是时间久了倒也应对如流了。这下突然遇到这样一个不打官腔的领导，不免有些惊讶。

中午的时候于飞过来接她，一起去于家吃饭，尽管流光心中万分的不愿意，却找不到理由拒绝。

进了门，林阿姨还在厨房忙活，佳宜盘着腿在沙发上狗血言情韩剧，电视里主角男的帅，女的美。刚经历生死离别、苦尽甘来抱在一起啃，天上下着小雪，明明唯美得很，可佳宜却一把鼻子一把泪的，正哭得伤心。

流光刚坐下，这丫头就凑过来把头靠在流光肩膀上，面前放着纸巾盒，继续一抽一抽地哭，认识这么几年，流光已经习惯了她对韩剧的痴迷，早就见怪不怪了。

"于佳宜，都多大人了，还看这种狗血剧。"倒是于飞见不得，拿起电视遥控就要调台。

"比起你天天主演狗血连续剧，我这算好的。"佳宜伸手抢过他手里的遥控，仰着下巴挑衅，还不忘把旁边置之事外的流光拉下马，"是吧，女主角。"

面对佳宜略带讽刺的话语，流光尴尬了，一时不知道怎么回答才好，只好呵呵笑着不做声。

"好了好了，都过来吃饭了。"终于，林阿姨的声音把流光从尴尬的氛围中解脱出来。

"麻烦林阿姨了，做这么一大桌子菜。"看着眼前这么一大桌子菜式，流光有些讶异，难道今天是什么好日子不成？面上却是不显。

"有什么好谢的，何况大家都是一家人。"

一家人？原来在这儿等着自己呢。流光夹起一块红烧肉放进嘴里，却吃不出什么味道。

"妈,"于飞用筷子敲着碗,"您不是从小教育我们要做到食不言寝不语吗?"

倒是挨着流光的佳宜夹了一筷子豆芽放进流光的碗里,"流光,你多吃点儿。"

一顿饭下来,席间的确没有人再说话,流光一个人和从小最不喜欢吃的豆芽抗争。

饭毕,林阿姨拉着流光的手问长问短,什么镇政府最近工作忙吗?什么一个人住安不安全啊?什么最近和父母联系没有啊?各种各类的问题,让流光一时不知道从何回答起来。

最后终于回到了主题。

"……我们家于飞年纪也不小了,你们交往了那么多年,也是时候结婚了吧?"林阿姨一向快人快语,完全不给流光思考的时间,继续说道,"我找算命先生给你和于飞算了一卦,说你们是天作之合,以后一定子孙满堂。十月份正好有个特别好的日子,干脆你们就把婚结了吧?"

子孙满堂?

流光只觉得自己眼前一群乌鸦飞过,这婚都还没结呢,就子孙满堂了?是您老人家想要孙子吧?而且还是想疯了那种。

"阿姨我,"流光刚要说话,再次被人打断了。

"妈,昨天不是跟你说了吗?我和流光还要考虑考虑。"于飞再次出言想要帮衬流光。

"还有什么好考虑的,要嫁不嫁就一句话的事儿。"佳宜在旁凉悠悠地来了一句,"是你的终归是你的,不是你的你等一辈子也没用,结果你已经提前安排了,又还在妄想什么?"

似乎不解气,复又扭头对着于飞说,"男一号男二号都是主演,你不要成了配角才好。"然后在于飞手里的枕头砸过去之前溜进了卧室,留下了更加尴尬的三个人。

下午坐在办公室里,处理完所有文件,流光想起了中午佳宜的话。

是你的终归是你的，不是你的你等一辈子都没有。结果你已经提前安排了，又还在妄想什么？

男一号、男二号都是主演，你不要成了配角才好。

一句是对流光说的，一句是对于飞说的。

一方面让流光放弃对过往的执着，另一方面又让于飞看清事实。

所以，于佳宜，你到底是希望我和你哥在一起呢？还是不希望？

流光想起第一次见到佳宜的时候，她大四，佳宜大一。

"这是我同学，许流光，流光，这是我妹妹佳宜"某次于飞来找流光的时候，佳宜跟着一起来。

"你好，我是于佳宜。"她点点头，淡淡地自我介绍道。

这两年，流光尝尽了人情冷暖，只是一个眼神，她就看出了面前这个女孩子对自己心存敌意，尽管她和她并无交集。

"你好，我是许流光。"流光也点头致意，彼时她忙着赶去实习单位，只好抱歉先离开。

此后时常在学校见到佳宜，她似乎没有了初见时的敌意，每每老远就跟自己打招呼，偶尔还一起吃饭，她脾气不大好，爱发火，也爱撒娇，常常让流光恼怒不已，但一看到她笑起来那单纯的样子，又什么火气都消失殆尽了。

佳宜真正冲流光发火是在得知于飞出事赶过来的时候，彼时于飞躺在床上昏迷不醒，眼睛红肿的流光日夜守在窗前。

她抓住流光的衣领，恶狠狠地告诉流光，"如果他再也醒不来了，那你也没必要再活下去了。"

她说，"许流光，你祸害的人还不够吗？为什么还要来祸害他。"

她说，"许流光，你不能仗着他爱你就为所欲为。"

她说，"许流光，你欠他的这辈子你都还不清，"

她说，"许流光，我他妈真想杀了你，可是他爱你，爱到我都舍不得伤害你。"

最后，她说，"许流光，我求求你，你和他在一起吧，我祝你们白头偕老永不分离。"

后来于飞醒了，右耳却再也听不见了，流光贴着他的左耳一遍遍地告诉他，"于飞，我会和你在一起的。"

再后来，于飞出院回家，佳宜又恢复了之前的样子，一口一个"流光姐"地叫着，那甜美的嗓音，让流光都怀疑当初那个在医院揪着自己衣领骂的人到底是不是她。

大学毕业后，流光顺利考上选调生，于飞帮忙找了各种关系，把她分到了晋水镇。又从他父亲那儿得了一笔钱开了酒厂，三年后的今天，流光成了镇长，于飞的酒厂发展也越来越好，佳宜毕业后也回来帮忙。

一个从政，一个经商，的确是天作之合，而在有些人看来，流光即便是个镇长，在家大业大的于家眼里，终归是有些高攀了。

晚上，于飞进房间的时候，佳宜正在兴致勃勃地玩她最近新迷上的一款新游戏。

"你和申在怎么样了？"于飞走到窗台，手伸去摸着仙人掌的小刺，不紧不慢地问着。

"分了。"佳宜飞快回答，注意力始终放在屏幕上。

"怎么又分了？"于飞语气中带着些愠怒。

"没感觉了。"佳宜再一次想都没想就抛出了答案。

"这都第几个了？每次一开始爱得要死要活的，巴不得当天就结婚，可过不了两个月你就分手了。"无奈地看着面前这个妹妹，于飞头疼的继续说道，"感情是可以培养的。"

"就像你和许流光？你培养了这么多年，为了她一直窝在这个小镇上，甚至连耳朵都赔上了，可她的心不还是没在你身上。"说这话的时候，佳宜语气平静得就像在超市里问导购这东西多少钱，屏幕里又杀死了一只怪物。

"于佳宜！"这会儿于飞是真的发怒了，走过去抢过他手里的鼠标摔在地上，还不忘踩上几脚。

"终于装不下去了吧？呵。"佳宜站起来看着于飞，"从小到大你都是这样，我喜欢的东西你想砸就砸，你喜欢的东西我连动都不能动，人家说于家公子最是温润如玉，全都是被你的道貌岸然给骗了。"

"我再说一遍，你做什么我都让着你，但是，"于飞掐着她的下巴，眼睛里想要蹦出火一般，"你如果伤她一分，我绝对还你十分，你千万给我记住了，还有，这一辈子，你只能是我妹妹。"然后摔门而出。

关上门的那一刻，佳宜失去了所有力气，瘫坐在冰凉的地上。

"你以后就是我于飞的亲妹妹，以后再也不会有人欺负你了，哥哥会保护你一辈子。"

她还记得妈妈牵着她的手走进于家的时候，他对自己说。

他是这样说的，也是这样做的，至少在读大学以前，他们的确是感情非常要好的兄妹。

她以为会这样一辈子，可是流光出现了，她打乱了佳宜关于未来的一切计划。

那个一向沉稳的哥哥会为了她一个电话大半夜赶去 A 市，然后帮着她操持丧事，会为了她一句"我想去晋水，我要带爷爷奶奶回他们相爱的地方"而来到这个小镇一待就是五年，会为了她一句"我好怕"而开车赶去，在半路出车祸差点儿丧命，最后失去了右耳，会为了她收敛一切的坏习惯，可是即便为她做了这么多，她的心里眷念的永远都是另一个人。

喝不到的醋最酸，爱不到的人最难，这句话大抵说的就是他们兄妹吧，他们都在爱情这条道上丧失了自我。

不知道于飞是怎样做的思想工作，林阿姨不再提结婚的事，佳宜看到自己的时候又变为了之前的和颜悦色，流光倒也落得自在。

进入了七月份，天气越来越热了，流光只想天天窝在房间里吹吹风扇逗逗小花，可上面却下达了一条指令——各级乡镇干部要切实做好"精准扶贫"工作。于是作为一镇之长，当然得冲锋在前，根据各个村提供的贫困户名单，挨家挨户地走访，往往一天下来浑身酸疼，回到家里连动都不想动。

顾及她实在太忙，于飞把小花抱回了家里，每天晚上按时按点的给她送饭过来，有时候流光还没回来，就一个人把里里外外全打扫一遍，等流光回到家打开家门还以为走错了屋子。

偶尔流光也煽情一把，对着勤劳的于飞一阵猛夸，最后免不了说上一句：

"呀，你真是居家必备好男人。"

然后于飞瞥了流光一眼，眨巴眨巴眼睛装得很可怜。

"所以说啊，流光，你眼睛瞎了。"这么好的男人都不要。

流光伸手踮着脚摸摸于飞的头，嘴里说着：

"乖，摸摸头，去把饭给我热好端过来，俺是老佛爷。"

"得嘞。"

看着于飞在小厨房里忙碌的身影，流光眼眶微微湿润。

这么好的一个男人，你怎么就爱不上呢？难道一千多个日夜的陪伴还抵不过当日那一个不经意的错误？

你自己坠入了无边地狱，就一定要拉着别人陪你面对黑暗吗？

许流光，你真的很不要脸，打着爱情的名义抛弃了季陌，你明知道他是那么脆弱和固执的一个人，又扛着责任允了于飞一辈子，可是到头来却是白白浪费别人的时间。

"流光，你哭了？"于飞看着眼眶红红的流光有些不知所措。

"于飞。"流光看着眼前这个大男孩，认识他的时候他才不到三岁，自己还未满月，今年他已经三十了，整整二十七年，他都陪在自己身边，自己又有何德何能得此深情？

"于飞，你爱我吗？"她抬头，第一次认真地问他，"无关责任，无关其他。"

"你真是个傻姑娘。"于飞知道她在想些什么，却又不知从何跟她说起，这事情的起源实在太久了，久到他自己都差点忘记。

于飞第一次见到流光的时候是在流光的满月宴上，他早学会走路，却又很懒，大多时候都扑哧扑哧的在地上爬，而流光还只是个只会吐泡泡的小家伙。

他扒着摇篮站起来，看着里面那个眼睛转个不停的小家伙，嘿嘿地笑个不停，他发誓他这一辈子从来没见过这么丑的小孩，皮肤皱巴巴的，肤色也泛黄,五官初见雏形,但怎么看也不会让人觉得这孩子是个美人胚子。

他觉得好玩,伸手捏了捏她的脸蛋,没想到这一捏就给自己捏出了一辈子的孽缘。

于飞发誓,当时他真的是轻轻用力,可是谁能告诉他,这孩子怎么哭得那么大声?然后大人们就围过来了,然后自家爹妈开始指着自己鼻子教训,摇篮里又开始笑呵呵的,于是于飞记了仇。

流光慢慢长大,一直都笨笨的,学说话学走路都很慢,甚至连看眼色都不会,而于飞却是个典型的调皮王,时不时弄点儿事儿来折腾她,偏偏流光这孩子没心眼,前一秒还哭着闹着不理他,后一秒又挂着鼻涕屁颠屁颠儿地跟在他后面,怎么都撵不走。

"许家丫头以后保准要做于家媳妇。"那时候大院儿的人都这么说,家里的大人也这么说。

于飞一直有三大美好愿望——美人、美食、美景。没承想到头来美人没得到,而且顺带让后两个也没了实现的机会。

"飞飞,你攒这么多钱做什么?"

"买房子"

"买房子做什么?"

"娶媳妇"

"娶媳妇做什么?"

"生孩子"

"生孩子以后做什么?"

"让他自己挣钱买房子娶媳妇。"

然后问话的大人沉默了,这孩子真有志向。

流光一天比一天漂亮,去上幼儿园的时候,好多男孩子偷偷给她包里放糖,于飞知道了,牛皮哄哄地买了好几袋抱着去一个一大把地发给他们,最后还撂下一句——老子有钱买糖给自己媳妇儿吃。

流光终于上了小学,于飞终于可以把她放自己眼皮子底下了,每天牵着流光的小手上学放学,坚决不让别人沾染一分,可是因为于飞比流光大三岁,所以流光三年级的时候,于飞升初中了,而流光初中的时候,于飞高中了，等流光好不容易上大学了，这丫头选了离于飞千儿八百里的 A 大。

于飞常常想，要是当年自己死活把她的志愿填成了和自己一样的大学，流光是不是就不会遇上季陌，更不会爱上他，可是啊，人生没有如果，即便真有，谁又能保证不出什么意外呢。

季陌来长首市这边采访，结束后邀了几个大学同学一起吃饭聊天，席间，不免又聊到季陌的个人问题。

"传媒大学那么多美女，你在里面读这么几年书，别跟我说你真像老和尚一样清心寡欲？"

"好好学习，天天向上。"季陌眼皮都不抬地回了这么一句特正经又特搞笑的经典句子。

"得了吧，当初我们寝室可是你最先脱单的。"以前的室友毫不留情地揭穿他的谎言，"还是外文系的才女。"

"她是自己撞上来的，我没办法。"季陌抬头灌了口酒。

"你们这一说我也想起来了，叫什么流光来着，她后来还出了书，我还买了一本，文笔挺好的，"和季陌当时在一个篮球队的小胖突然想起，"笔名叫什么'寂寞流光'来着，光听这笔名我就被秀了一脸。"

席间一阵"啧啧"的惊叹声。

季陌却充耳未闻似的，不停地灌酒。

"陌陌，如果我们分手了，我一定会把我们的故事写下来，结局一定要是大团圆，笔名就叫'寂寞流光'吧"

"傻瓜，我们怎么会分开？"

对啊，我们怎么会分开？所以你不会有那个机会去写你的言情小说。

可是啊，我们终究还是分开了，留我一人守着流光寂寞过活。

"季陌，"小胖的叫声把季陌从回忆里拉回，"那时我以为你们会一辈子，可是后来听说你们早就分手了。"说话间，小胖挑了挑眼角，略有些幸灾乐祸。

当时面临毕业，大家都在忙着找工作，就只有季陌一个要读研的在学校复习，等后来他们回来，两人已经分手了，问原因季陌打死不说，所以这就成了这群人心中的未解之谜，现在找着机会，自然是要问个所以然来不可。

"老实交代，当初为什么分手？"众人你一言我一语地开始拷问，没等季陌开始回答，他们又开始进行揣测。

"是不是当初你要去读研了，所以……"向成话没说完，大家已经脑补出一出狗血剧来了。

季陌瞥了他一眼，也不解释，继续喝酒。

"还是你觉得人家流光师妹配不上你，所以就甩了人家。"另外又有人猜测了，不过马上就有人跳出来辟谣。

"流光师妹儿哪配不上季陌了，人漂亮、有文采，重点是对季陌那么好，当初你别说你们几个没眼红过，反正我当初就想，怎么那么好一朵鲜花，插在季陌这坨牛粪上了呢。"话不多的李凯洋推了推鼻梁上的眼镜，一本正经地说道。

此话一出，不免又被众人起哄，直问当初这小子是不是暗恋流光，却一直没逮着机会下手，问得本就脸皮薄的李凯洋红透了脸，大家这才放过。

"不过，凯洋的这句话说得也挺对的，想当初人家流光师妹再怎么也算得上是清秀佳人一枚，给她送情书的人也多得是，怎么就看上你这个其貌不扬脾气还怪的小子了呢。"向成想起当初流光追求季陌的猛烈攻势，真真是将死缠烂打给发挥到了极致，在一起后也是二十四孝女友一枚。

其实，关于流光当初为什么看上季陌这个问题，季陌本人也问过。

她说："开学第一天去报道注册我就看到你了，你举着你们学院的牌子站在校门口，特别大的太阳，你一直举着，看上去好傻。"

她说："当时我就想啊，这人怎么像个傻子一样。"

她说："后来去组织部面试你坐在下面当面试官，其他师兄都盯着我，只有你低着头。"

她说："后来开会的时候，老干事带新干事，师兄们不想带唯一的一个男生就推给了你,你什么话都没说。"

她说:"你站起来自我介绍的时候,有一种无关外貌的帅气,我心里突然冒出一个声音'就是他了'。"

她从来都是一个行动派的姑娘,既然已经决定了,那就马上采取行动,所以她一散会就跑到他面前厚着脸皮问他的名字,然后就开始找各种机会搭讪。

后来在一起了,某一次两人为了一点小事儿有了分歧,流光好几天没找季陌,季陌以为她忙,也没主动联系她,最后许姑娘自己忍不住跑来堵人。

"季陌,如果你实在不喜欢我就不要答应我,我会当真的。"她双手叉着腰努力装作满不在乎地说,"想我许姑娘,纵横江湖几十年,什么样的男人没见过,放心,你不要我,多的是人排着队等我回头,我没必要吊死在你这颗歪脖子树上。"然后她转身准备离去。

纵使平日里总是给人一种超乎年纪的冷静的季陌也被流光的决绝给吓到了,追上去一把拽住她的手,然后把她拥进怀里,引得旁边来来往往的同学纷纷侧目,她终归是女生,脸皮子薄,把脸埋在他的胸膛,不敢抬起头来。

过了好一会儿,季陌放开了她,看着她泪眼盈眶的样子,心疼不已,当着那么多人的面又不好意思说什么,索性拉着她的手就一直开跑,最后气喘吁吁地钻进了校园的小树林里。

"陌陌"流光刚想开口说话,就被他推在了一棵大树上,继而,他的嘴亲了上来。

那是两人的初吻,两人都懵懵懂懂,季陌一个劲地乱啃,流光瞪着大眼睛不知所措,手更不知道该放在哪里。

"流光,我爱你。"最后季陌坐在石凳上,流光红着脸坐在他怀里,这是季陌第一次跟流光表白,也是唯一一次。

"怎么又发呆了?"小胖的询问让季陌的思绪回到了现实,他抱歉地笑了笑,举起手中的酒杯和众人一饮而尽。

最后季陌喝醉了,是小胖送他回的酒店,等小胖离开了,本来不省人事的季陌突然醒来，莫名其妙地就哭了起来。

许流光，经年流转全是关于你的回忆，你让我怎么忘了你？

流光半夜做了个梦，然后被吓醒了，满脑门都是汗。

月光透过玻璃钻进房间，落了一地的斑驳。

流光走到窗前，看着天上渐圆的月亮，这才后知后觉地想起明天就是七月十三，民间所谓的七月半。

七月半，鬼乱窜。所以你们才会进入我的梦中吗？流光想。

刚才的梦中，爷爷奶奶面目全非，浑身没有一块完好的皮肤，和自己最后看到他们的时候一样。

流光在她的小说中写过很多种死亡，或是为情而死，或是抑郁而死，或是天灾所致，但从未想象过年迈的爷爷奶奶有一天也会离自己而去，而且还是以如此惨烈地死法。

不求同年同月同日生，但求同年同月死。

这句话流光从小都不认同，不管是描述兄弟情还是爱情，她始终认为这世上没有一个人离开另一个人会活不下去，就像自己的爸爸妈妈，曾经爱得那么深，不在乎一切的阻力，可是最后呢？不还是你走你的阳关道，我走我的独木桥吗？

所以她无法相信自己那个总是乐呵呵的奶奶会在得知爷爷葬身火海的时候选择冲进火海，然后躺在爷爷身边静静地等待死亡，可是两人烧焦了的尸体给了流光肯定的回答。

"爷爷，我为什么叫流光啊？小朋友都说我的名字很难听。"

"德厚者流光，德薄者流卑，我们的小流光会福泽深厚的。"

可是，没有了你们，我一个人活着，又何来的福泽深厚呢？

半夜言希电话打来的时候，季陌还睁着眼看天花板。

"扰人清梦是最卑鄙的。"季陌按了接听键，打着哈欠说着话，一副刚从梦中醒来的语气。

"得了，别装了，这几年你晚上什么时候睡好过？"言希毫不留情地拆穿他的谎言,""放心,我不会跟你妈他们说的,这么多年,我是什么人你还不了解吗?"

"大半夜的打电话来给我表衷心的?"季陌没有闲心跟他鬼扯,直截了当地问道,"是不是有什么消息了?"

"唉,要我说,你要不就算了吧?都这么几年了,你就算真找到她又有什么用?她说不定都结婚生孩子了。"言希想着自己从老同学那儿听来的消息,为哥们儿打抱不平。

"我见过她了,那天你参加同学会的时候。"季陌极力让自己的声音听来尽量平静一点,可微颤的尾音还是泄露了他的情绪。

"那你还让我帮你找她干嘛?"言希表示不解。

"她给了我一个打不通的电话号码。"

"然后呢?"言希真是想敲开他脑袋看看到底是怎么构造的,人家都表示得这么明显不想跟他联系了,怎么这位大爷非得赶着趟儿的往上凑呢?

"到底有什么消息,赶紧说。"季陌抬头看着月亮,再过几天就是她的生日了,这些年她过得还好吗?

"万兴的曾经理是我老乡,昨天晚上我们一起吃饭。"言希终归还是老老实实地回答道,"席间他提起这次和一家知名酒业的合作,负责人是你的老情人许流光。"

"联系方式。"

"我说你……"言希本来还想逗他几句,可季陌一个"嗯"的鼻音,立马乖乖地和盘托出,"长首市叙阳县晋水镇,电话178*******。"

挂了电话,季陌想起言希最后说的话。

"都这么多年了,她如果还对你有感觉,何必给你一个假的号码?季陌,别再骗你自己了,她早就把你忘了。"

"季陌,有些东西就让它过去,何必强求。"

"季陌,她这几年过得挺好的,当了镇长,身边还有竹马陪着。"

"季陌,她要和她的竹马结婚了,你何必还揪着过往不放。"

季陌无力反驳他的话,只能选择沉默。

其实他说的季陌都懂，若是旁观者，他也有一箩筐劝人放弃的理由，可他是当事人啊，如果真能那么轻易放弃，这世间又何来那么多的痴男怨女？

这么多年，他始终不信流光是因为不爱了才离开，所以即便最后他们的结局还是没有变化，他也想要个能说服自己死心的理由。

所以，就让他再任性一次吧，一次就好。

"许姐，下班后有事儿吗？"小徐进来的时候，流光还有几个文件没处理完。

"怎么？有什么事吗？"抬头瞥了眼小徐，看表情没什么急事，流光继续埋头工作。

"我……我想请您吃顿饭，不知您有空吗？"说这话的时候，小徐脸又不争气地红了。

流光是什么人，这几年官场浸淫，早就熟知"无事献殷勤，非奸即盗"，当下略一思索，想起前两天和办公室的李姐聊天时听来的消息，大概明白小徐所求是什么了。

"小徐啊，我们镇政府还不至于那么不通人情，喜欢谁就去追呗，办公室恋情我们是支持的，但前提是不准耽误工作。"流光放下手中的文件，难得一本正经地跟小徐说。

"真的吗？"小徐盯着流光不确定地又问了一遍，"您真的不介意？"

流光这就郁闷了，你喜欢你们部门的小芳就去追呗，我有什么好介意的，

"你就大胆地去追吧，许姐支持你。"说这话的时候，为了增加可信度，流光还比了个加油的手势。

"那下班后我在大门口等你，我们一起去吃饭。"小徐一脸欣喜地看着流光。

流光这会儿直接懵逼了，自己话都说到这地步，他下班不应该请小芳吃饭才对吗？拉着自己去干嘛？当电灯泡啊？还超大瓦数那种。

"算了，你们自己去吃吧，我约了人了。"说曹操曹操就到，流光话刚说完，于飞就出现在办公室门口。

于飞象征性地敲了两下门就自顾自地走了进去。

"还有多久才忙完？"看了站着的小徐一眼，于飞走到流光旁边，"这位是？"

"扶贫局的小徐。"流光站起来给两人介绍，"这是晋酒公司的于总经理。"

"同时也是你们镇长的未婚夫。"流光介绍完，于飞补充道，为了证明身份，还特意把流光往自己身边拉了拉。

流光一时没反应过来他这什么意思，但在下属面前，又不好落了面子，只好打发小徐先下去。

"走吧，下班了。"小徐刚出去，于飞提起流光的包招呼流光，"想吃什么？"

流光坐在位子上跷着二郎腿看着他，"说吧，刚才什么意思？"

"我只是实事求是而已。"于飞耸耸肩膀不在意地回答。

"于飞，我是一个独立的人，不是你的所有物，请你尊重一下我好吗？"流光不傻，小徐对她有想法或许之前她不知道，但刚刚于飞的占有欲提醒了她，可是她真的非常讨厌他这种把自己当成"私有物"的感觉。

"那你能不能也为我想一想？有了一个季陌不够，现在还要多一个徐正阳吗？许流光，我也是人，我也会生气，也会嫉妒好吗？"此刻的于飞，歇斯底里的样子完全没有了平日里所谓的温文尔雅。

"所以，你是打算囚禁我吗？我的每一步都得严格按照你的要求去走？"流光仰头倔强地看着他。

"流光，我什么都输得起，唯独你不行。"于飞声音弱了下来，如果可以，他也不想这样逼她，天知道今天早上听到她在电话里说"我考虑好了，我们结婚吧"的时候自己有多高兴，他也不想因为这点儿小事儿和她吵，可是他已经失去过一次了，那种感觉到现在他每每想起心口都还隐隐作痛。

徐开阳看她的眼神或许她不懂，但同样作为男人，他太了解了，因为曾经在另外一个叫季陌的男人眼中他也看到过。最重要的是比起自己来说，徐开阳还那么的年轻，那么的充满朝气，何况自己当初连季陌都赢不了，现在成了残疾人，除了未婚夫这个身份，自己还有什么底气。

"算了，我们去吃饭吧。"流光向来讨厌争吵，更何况这还是在自己的办公室，虽然这已经是下班时间，但要真是被人看见总归影响不好。

于飞也识趣地不再提这件事，提着流光的包跟在后面。

"于飞，借我十万块好吗？我求你。"爷爷奶奶出事后，流光打电话给于飞，开口就是这句话。

"许流光，你怎么还有脸打电话给我哥？"接到电话的是佳宜，"你觉得我们于家的人都没长心眼吗？随便你怎么伤害，只要你一个电话马上自愿给你当牛作马？"

"我……我只是借而已，会还给他的。"电话中的流光泣不成声。

"抱歉，这个忙我们于家不打算帮。"佳宜说完刚挂电话，于飞推门而进，看见佳宜手中拿着的电话，再看她的表情，知道是流光打来的。

"给我，电话给我。"纵使于飞无数次想忘记流光，可是一遇到有关她的事立马就丢失了原则。

佳宜乖乖地交出手机，却不死心地跺了几脚发泄怨气，最后在于飞的怒视下摔门出去。

回拨电话，铃声刚响起流光就接通了。

"流光，你怎么了？"流光没说话，可丁飞这边能清晰地听到她的啜泣声，

"于飞，爷爷奶奶死了，他们死了，他们不要我了，再也不回来了。"

"流光，你在老家是吗？"听着流光的哭声，于飞只觉得自己心都快被揉碎了，却不知道如何安慰她。

"于飞，你借我十万块钱好吗？我一定还你，真的。"

于飞知道，连和自己出去吃饭都要 AA 制的流光，如果不是真的被逼到没有办法了，是绝对不会向自己开口借钱的。

他想开口说好，别说十万，二十万都没问题，可是说出口却成了，"借钱可以，除非你和季陌分手。"

然后电话那头流光没有任何声音，紧接着她挂了电话。

于飞急了，开着车子连夜赶过去，到的时候看见流光一个人守在太平间，旁边是两位老人的尸体。

"流光。"他慢慢地靠近满脸泪水的流光，将她拥进怀中，她难得地没有反抗，温顺地靠着他。

"流光，不怕，我来了。"于飞从未见过这么脆弱的流光，即便是当年她父母离婚，母亲另嫁他人，父亲远走他方杳无音讯，她的脸上也都带着笑容。

最后流光在于飞怀里睡着了，可即便是在睡梦中也蹙着眉头。

睡不到两个小时流光就醒了，然后一个人在角落里呆呆地坐着，什么话也不说，只知道点头和摇头，于飞知道她难受，也就由着她。

最后老人家下葬的时候，天上下着雨，流光终于哭出了声来，抱着骨灰盒就不放，连续好几天没吃饭，这会儿又伤心过度，直接昏了过去，等再醒来的时候流光似乎又恢复了之前的模样，高高兴兴地回学校去上学。

第二天于飞接到了流光的电话。

她说："于飞，我跟季陌分手了。"

她说："我想换学校，这儿我待不下去了。"

挂了电话，于飞握着手机久久没有放下，他当初笃定流光一定会答应自己的条件，可现在她真的听话去做到了，自己却怎么也高兴不起来。

于飞后来无数次地想，当初如果自己不逼流光，那结果会不会好一点儿，从小一起长大，他太了解流光，她是一条路走到黑的人，即便中途被迫中断，那余生她都会在黑暗中度过，一如张爱玲口中的朱砂痣和蚊子血，他不愿成为蚊子血，可那个人却成了他心中永远的朱砂痣。

流光从小就明白"人情债最难还清"这个道理，也因此她蜷缩在自己为自己打造的壳中，小心翼翼地笑着观看这个世界，然后夜深人静时用文字将之记下。

流光从小都是个很受欢迎的姑娘，可是却很少有特别要好的朋友，除了于飞，很多人第一次见面都会觉得"这个爱笑的姑娘人挺好的"，第二次、第三次也会是这样的评价，但也仅仅止步于评价。

上学的时候，班上的同学都乐意跟她打交道，不过从来都是"流光，你的复习资料借我复印一下""流光，能不能帮我去学工办交个东西"，室友们也很喜欢她，但喜欢的她理由不外乎是"流光，今天我很忙，能不能帮我把寝室打扫一下，晚上学校要检查""流光，上节课的笔记借我抄一下""流光，把我带份饭回来"，诸如此类，流光从不拒绝，她又学不会跟某个人更要好一些，总是不自觉地与人保持一定的距离，所以从小到大除了于飞，流光没有特别好的朋友。

所有人眼里看到的流光似乎总是不错，长相不错，身材不错，脾气不错，学习不错，除了写的文章某一次被老师赞了句"顶好"，而就是因为这句"顶好"，然后就在文学这条路上一去不回头了。

于飞小时候总点着流光的脑袋说，你这傻姑娘。

然后流光呵呵笑着，露出一口大白牙说，傻人有傻福。

父母离婚后流光就跟着爷爷奶奶过活，一个人很小就开始学着挣钱，学着去适应社会，早早地就懂得了吃亏是福这个道理，她知道自己的眼泪在别人眼里是廉价的，所以就使劲笑。

15岁以前的流光，每天规规矩矩地上学放学，有疼她的父母，有慈祥的爷爷奶奶，她像个小公主一样活着，15岁那年父母离婚，她丢下一句"你们去寻找自己的生活，不用管我"，然后拉着行李到了乡下爷爷奶奶家，高中3年边读书边挣生活费，她似乎活得和之前一般无二，但却收敛了这个年纪本该有的任性。

高考填志愿的时候，她放弃了一直想去的Z大，毅然选择了离家比较近的A大。由于在网上连载的小说很受欢迎，靠着稿费她完全可以养活自己，这才使她的生活稍稍安稳了一些。

后来流光无数次地想，如果自己当初没有填A大的话，自己和季陌就不会遇见，不会那般疯狂地爱上他，更不会为了他用尽所有爱的勇气，那现在的自己是否就可以毫无顾虑地和于飞结婚，然后一直走下去。

可是人生没有彩排，哪有那么多的意外可以避免？

走进小餐馆里，流光自顾自地挑了一个靠窗户的位置，外面是池塘，旁边的几棵柳树的枝条在夕阳的照耀下颇有几分徐志摩《再别康桥》的感觉，只是少了桥。

"流光。"于飞点了几个家常菜后忍不住叫道。

"我点一个豆腐。"流光没转头看他，眼睛一直盯着池塘里的几只鸭子。

"流光，我……"把点好的菜单递给服务员，看着依旧不准备搭理自己的流光，于飞想起刚刚在办公室的争吵，在来的路上不停地自我反省，有些不好意思的准备给流光道歉。

"没什么。"流光知道他想说什么，"我也不想和你吵。"

然后又恢复到安静状态，吃完饭出来。流光丢下一句"我还要回办公室处理点儿事"就急匆匆地走了。

看着流光远去的背影，于飞这才想起今天是流光的生日，从口袋里摸出前段时间出差买的戒指，于飞想追上去给她套在手指上，可却没有勇气挪动脚步，那种无力和恐慌又一股脑地涌上心间。

于飞，你当初逼她和季陌分手，后来又逼她和自己在一起，现在难道还要逼着她和自己结婚？

他比任何人都知道流光不爱自己，即便答应结婚也是抱着一种愧疚心理，他也想过放手，可是感情这东西真的不是想放就能放下的。

回到家里流光就倒在床上，连洗漱都顾不上。

这会儿才7点多，天还没有完全黑尽，窗纱遮住的屋子显得朦朦胧胧的，流光不一会儿就有了睡意。

外面的敲门声将即将投入周公怀抱的流光拉了回来，流光跳下床来，却找不见拖鞋，只好光着脚板去开门。

敲门的是房东，流光这才想起今天十七，又到了缴房租的日子。

利索地把钱给了房东，关门继续睡觉。

可是刚躺回寝室，又有人来敲门，流光有些不耐烦了。

隔着门洞看去，来人一身黑衣，头上戴了一顶鸭舌帽，帽檐压得很低，看不清楚脸庞。

想起刚才房东走的时候再三强调的话。

"最近街上不太平，你一个人晚上尽量不要出门，有人来敲门也要小心一点。"

外面的人依旧不依不饶地敲着门，流光心中警铃大作。

流光再三检查了门锁的安全性，又拉了根板凳来抵住。

可把这些做完之后，外面的人却没有再继续敲门，流光终于舒了一口气，可就在这时，兜里的手机铃声响了起来，吓得流光立马掐断。

外面的人听到房间里响起的手机铃声，确定某人就在里面，笑了笑，然后给流光的手机发了条短信。

"开门，是我。"

陌生的号码，熟稔的语气，让流光本就迷迷糊糊的脑袋直接卡了壳。

"你是谁？"

可消息刚发出去流光就后悔了。

哪个贼上门偷东西会自报家门的啊？可是也没有哪个贼要偷东西还给主人发信息的。

就在流光不停地纠结中，手中的电话响了，还是那个号码。

按了接听键，颤颤巍巍地把电话靠近耳边，只听见外面的人说道。

"光光，是我。"

光光，是我，简简单单的一句话，就像一道闪电把流光给劈了个外焦里嫩。

谁能告诉她，他到底是怎么找过来的？又怎么知道自己的电话号码？明明自己给他的是一个别人很久没用了的外省号码。

"喝什么？"说这话的时候，流光已经开了门，季陌非常自觉地走了进来，扫视了屋子一圈，最后坐在沙发上。

"有什么？"季陌挑了挑眼皮，看着明显有些不自在的流光，回答却是一本正经。

"茶和开水。"流光一向对吃喝不讲究，加上很少在家，家里只有茶叶。

"那就开水。"季陌淡淡地说。

流光把开水递给他，在一旁的椅子上坐下。两人都不说话了，一时间气氛有些怪异。

"你来是有什么事儿吗？"最后还是流光忍不住先开口问道，说这话的时候，流光低着头不敢看他。

他没有马上回答，而是端起开水喝了一口之后才慢悠悠地回答。

"电视台对你们和万兴的合作很感兴趣。"他的回答还是一贯的简略。

"这只是一次小型合作，没必要进行报道吧？"

"许镇长如果有所怀疑的话可以致电我们台长。"

流光的话刚说完就被他驳了回来，一时竟不知说什么好。

许流光，你在自以为是什么呢？人家只是来公事公办的而已。

至于住址和电话号码，当然是万兴给他的，不然你以为他是特意来找你的吗？

"那季大记者您找晋酒公司的于总才对，我只是个跑腿的而已。"流光也不甘示弱，马上反击道。

"我是应该去找于总，您是这次合作的负责人，所以还麻烦您帮忙安排一下。"季陌一副公事公办的模样，倒让流光没了多余的旖旎心思。

"现在时间已经不早了。"

"那明天早上我在政府等您。"

然后季陌起身准备告辞，流光也忙站起来。

"许镇长留步。"送至门口，季陌开口制止了流光继续向前的脚步。

"季大记者慢走。"流光也不跟他客气，站在门口看着他下了楼梯，等季陌的身影消失在夜色中，流光才关门进屋。

回到床上，流光却没了睡意。

手机再度响了起来，流光一把捞过，划了接听键。

"你还有完没完？！"大吼一声之后，电话那头却久久没有回音。

流光这才看了一眼来电显示——于飞，当下就如一盆冷水从头上浇下，流光顿时清醒了过来。

"抱歉，有点儿瞌睡气。"有些不好意思地挠挠头，流光尽量淡定地说道。

于飞愣了愣，好一会儿才反应过来，说，"流光，祝你生日快乐，蛋糕我给你放在冰箱里的，你记得吃。"

流光这才后知后觉地想起今天是自己27岁的生日，最近太忙，都把生日给忘了，连刚才房东来收房租都没想起来。

"谢谢。"流光从床上跳了下来，然后跑到小厨房里打开冰箱，果然在第二层找到了一个巧克力蛋糕。

"没什么，时间也不早了，你早点儿休息。"

往年都是于飞陪流光过生日，今年本来想给她一个惊喜，可是下午吵了架，于飞知道流光的脾气，每次吵架之后都得自己冷静半天，所以也很识相地没来打扰她。

挂了电话。流光抱着蛋糕挖着吃，平日里她一向不爱吃甜食，倒不是怕胖，而是觉得油腻腻的特别恶心。今天却破了个例，一个人差不多吃去了整个蛋糕的三分之一，最后实在是撑不下去了才放弃。

彼时已经凌晨，吃得太饱睡不着，打开电视满屏都是没什么创新的综艺节目，找出跳绳来跳了一会儿就没劲了，折腾了半天，最后流光瘫在沙发上一动不动。

第二天早晨流光看着镜子里面两只大熊猫眼的自己，无奈地叹了口气，然后找出化妆包开始一层又一层的打粉底，可是作用不大，索性就随他去了。

踩着点到办公室，办公室的小蔡来通知省台的记者来等好一会儿了。

"带他上来吧。"作为镇长，私人恩怨和公事孰轻孰重。流光心里还是清楚的。

不一会儿小蔡就领着季陌进来了。

"许镇长好。"

"季大记者麻烦你了。"流光站起来主动和他握手。

今天季陌穿了一身灰色西装，既不显得轻率，也给人一种沉稳的感觉，看上去倒真有点翩翩公子的感觉。流光反常的没有穿正装，早上起来挑挑选选了半天最后随便套了一条稍显正式的格子裙出门，和平日一样化了淡妆，只是大红的唇妆略显得有些突兀。

流光刚请季陌坐下，小蔡泡了茶端上来，一反平日里的大大咧咧，走起路来的步子、姿势都捎带了些许的风情，下去的时候还回头冲季陌抛了个媚眼。

流光偷偷瞄了季陌两眼，其实人也算不上帅，充其量也只能说得上是中上等，怎么走到哪儿都招桃花？

真是一只花蝴蝶。

流光看着，心中嗤笑，却忘了自己当初也为了这只花蝴蝶义无反顾来着。

不一会儿于飞赶到，见着办公室里坐着的季陌，再看旁边努力装作认真看书的流光，心里有些不快，却及时地压住了。

"于飞，"流光抬头瞥到站在门口的于飞，"快进来，这就是我昨天晚上在电话里跟你说的省台来的记者——季陌。"接着给季陌介绍，"这是我们晋酒酒业的总经理——于飞。"

流光硬着头皮介绍完，两人却是互相打量着对方，不出声不吭气，过了好一会儿，季陌先出声。

"幸会，于总经理果然年轻帅气。"

"哪里哪里，季大记者才是名声在外。"

两人客套了两句就坐下来，然后就直奔主题。

"这两年您的酒业异军突起，今年更是被评为全川五大知名酒业，所以这次我来呢，主要是想参观一下酒坊和给您做一个采访，您不介意吧？"

"哪里的话，你这是在帮我们酒业打广告，我高兴都来不及呢。"

旁边坐着一时插不进去话的流光看着两人皆是一副"荣幸之至"的笑容，倒觉得有些不对劲，季陌不认识于飞倒还说得过去，可于飞明明认识季陌，诶，果然是男人的心思女人别猜啊。

流光也懒得去猜他们之间的弯弯绕绕，确切地说，他们这样也挺好的，她还怕两人一见面就掐起来自己还难看，这下终于可以把心放回肚子里了。

客气了一会儿，由于飞做东，邀请季陌出去吃饭。

本来流光想找个借口不去，一是看着季陌不自在，二是看着两人在一起吃饭更不自在。

可季陌轻飘飘地丢了一句，"许镇长，难道连跟我们一起吃顿饭的勇气都没有？"说这话的时候，季陌已经站起来准备往屋外走。

流光一时骑虎难下，的确作为镇长，这是该有的礼节，可是如果可以的话，她巴不得再也不要见到他。

最后咬咬牙，流光还是提包跟上，一路上于飞跟他介绍关于酒业的大致情况，流光时不时地插上几句话。

晋水镇再怎么繁荣也只是一个小镇，除非赶集的日子，其余时候街上只有零零散散的几个人，这会儿又是盛夏，地面热得像蒸炉一样，于飞定的是镇上最有名的晋财餐馆，离政府只有十来分钟的路程，索性就没有开车。

等进了包间坐下，流光脑门上的汗还不停地往下滴。

"给，擦擦。"于飞递了张湿巾过来，流光正在想事儿，一时没反应过来，等额头上传来一阵清凉，才后知后觉地发现于飞在给自己擦汗，而对面坐着的季陌自顾自地喝着茶。

"你看你，都当镇长了，怎么还像个小孩子一样，出了这么多汗也不擦擦，在外人面前多不好。"

流光怎么觉得于飞特意强调了"外人"这个词呢？一时间流光不知怎么回话，平日里在官场上的长袖善舞一时也使不上来，只好尴尬地站起来说了声"我去趟洗手间"，然后逃似的出了包间。

浇了捧冷水在脸上，流光的脑袋终于接上了。

想着包间里那两只，再想到于飞刚才的话里有话，流光又开始头疼起来。

可是季陌那反应，是不在意还是根本人家就没在意过？这次来真的就只是工作而已？

可是之前在A市又是怎么回事？还有昨天晚上？

可是转念一想，又觉得有些搞笑，之前在A市只是恰巧碰上，昨天之所以先去她家也可能因为他真的只有自己的联系方式。

所以，许流光，你到底在想些什么？

一方面希望人家对你旧情复燃，一方面又希望人家忘得一干二净。

啊啊啊，流光觉得自己都快要疯了。

最后总结，女人真是这世上最纠结的动物，没有之一。

包间里。

两个男人默默无言，一个看着手里的手机，一个转着手中的杯子。

"你早就知道了吧？"于飞先开口问道。

"如果你所说的知道是指她是你'未婚妻'这件事，那么我恰巧知道。"季陌依旧看着手里的时间，语气淡淡的，不带一丝波动。"并且我还知道，她似乎好像并不是很愿意跟你结婚，至少现在是这样。"

挑衅的话语果然让于飞脸色一变，却也是转瞬间的事，马上又恢复笑容，"她说过这辈子会一直在我身边，有这一句话就够了。"

此话一出，季陌捏着手机的手不禁紧了紧，脸上却笑了笑，"这句话，我五年前就已经听你说过。"

五年前。

季陌看着坐在自己对面的西装革履的男人，自己确定自己并不认识他，可是刚才自己出图书馆就被人叫住，然后就到了这儿。

"喝什么？"男人问道。

"说吧，有什么事儿？"季陌并未回答他的话，而是挑了挑眼角反问道。

"你是季陌？流光的男朋友？"与其说是问句，倒不如说他早就知道答案，眼神上下扫视着季陌，语气里明显有些不屑。

季陌并未回答，对方并没有表明身份，但从他的问话中他也大概猜到了一些，看对方这架势，他知道即便自己问了，估计也得不到回答。

"你和流光不合适。"男人盯着他放在桌子上的考研书籍，继续说道，"她需要的不应该是你这样毫无能力的男人。"

那时的季陌尽管平日里看起来像个大人，终究还只是一个学生，听到别人对自己的爱情指手画脚，难免有些气急败坏，"适不适合是我们之间的事，你算老几，有什么资格在这儿妄下定论？"

"凭她说过这一辈子都会在我身边，有这一句话就够了。"对面的男人丝毫没有恼怒，而是端起茶抿了一口，语气里的势在必得彻底惹怒了季陌。

季陌脸色涨得通红，想说些什么，却什么也说不出来，他知道自己应该相信流光，却又止不住地想去确定这句话的真实性，想到流光这两天到底去哪儿了，电话打不通，信息也没人回，更加让他心烦意乱。

"相信我，你们之间真的不适合，流光会看清这一点的。"季陌抱着书起身准备离开，那男人再次强调了一句。

"季陌，我们真的不合适。"

"季陌，我们分手吧。"

没有人知道流光消失那几天他是多么的担心，也没人知道流光打电话约他在操场见面的时候他是多么的兴奋，见到她连责备都舍不得说一句，就被流光绝情的话语伤得体无完肤。

尽管已经过去了五年，每每想起那场景季陌依旧心口隐隐作痛。

"五年了，"季陌看着于飞叹息了一声，"如果她要嫁给你早就嫁了，何苦还等到现在。"

"两年相爱，五年等待，足够我去了解一个人了，何况我从来就不相信当初流光真的是因为不爱了。"

"你不用问我为什么如此笃定，因为她是我爱的流光，所以我为什么不相信。"

流光走到走廊要推门进去的时候，正好听到季陌的话。

心里一时间百味杂陈，不觉间已是泪流满面，站在门口进也不是不进也不是。

"许姐，您怎么了？"流光经常出入这里，所以餐馆的人都认识她，这会儿服务员来上菜，见流光有些奇怪，不解地问道。

"没。"屋里的两人听到声音已经往门口看来，尤其是季陌，目光灼灼的，更是让流光连手脚都不知往哪儿放了，最后一咬牙一跺脚，丢下一句"我有事儿先走了"匆忙离开。

此后几天，于飞和季陌都没出现在流光面前，流光惴惴不安地吃饭睡觉、上班下班，似乎生活还是那样，一切都没发生过。

第六天是佳宜的生日，流光提着礼物走进于家，是林阿姨来开的门，依旧笑意嫣然，佳宜见了自己也和往常一般无二，流光这才把心放了下来。

问及于飞，林阿姨解释说出差去了，得后天才赶回来，至于去做什么，两人都说不清楚。回家的路上流光用手机查了一下于飞，首先跳出来的就是季陌写的专访，文章写得很中肯，也未提及于飞的耳朵问题，下面的读者纷纷评论"又是一个帅气的青年企业家"。

这会儿心情好不容易放松了一些，路过小学的时候，听到操场传来的广播声，想着回去家里空无一人，索性就进去加入队伍，跟着中年大妈们跳起了广场舞。

"许姐也来跟我们这群老太太跳广场舞啊！"不一会儿就有人认出了流光，因为平日里流光一向好说话，做事儿也实在，没事儿就爱瞎转悠，见着人一口一个"大爷""大娘"的，大伙儿都很喜欢这个年轻姑娘，加上她平时喜欢让政府的年轻干部们叫她"许姐"，久而久之，但凡认识她的人都跟着叫许姐。

"多多锻炼身体好，活到一百不算老。"流光边学着大妈们左扭扭右妞妞，一边笑着和大家聊天，"那个王大娘啊，你家孙女儿考上大学没有？"

"考上了考上了，超了重本好几十分呢。"

"那就好，李大娘您家媳妇儿快生了吧？"

"离预产期只有一个多月了，这不，我待会儿还得早点儿回去给她做饭呢。"

聊得大多是些家长里短的事儿，当然，也有不少热心的大妈想着给流光介绍男朋友。

"姑娘啊，前几天咱不是在家家乐超市见了吗？旁边的是我侄子，在县城医院工作，你要是觉得还行的话，大娘帮你张罗。"

"就你那侄子，许姐估摸着看不上呢，我瞧着啊，跟咱们于总凑一对儿倒差不多。"

每每说着说着话题就会不自然地转到于飞身上，往日里流光笑笑就过了，可今天听着却有些刺耳。

"不忙，不忙。"眼瞧着大妈们又要将话题扯远了去，流光赶紧出声，"陈奶奶，上次您不是让我给您孙子介绍一个对象吗？我倒是有个不错的人选，就我们政府的，人长得漂亮能干，脾气也好，家还就在咱们镇，您瞧着什么时间合适，让他们一起吃个饭。"

"是吗，那可真是麻烦您了。"老人笑得合不拢嘴，旁边的大妈们也纷纷关心起陈奶奶的孙子。

出了一通汗，在操场的椅子上吹了会儿风，肚子就开始闹革命了，索性又去了趟超市，买了一大袋零食，准备待会儿边看电视边吃。

流光住得有点儿偏僻，进了巷子要拐几个弯才能到。

往常流光也经常大晚上才回来，可今天刚走进巷子，流光莫名的就有种特别怪异的感觉，却又说不出来。

"或许是这两天是鬼节的原因吧，瞧你这多大点出息，想东想西的。"流光默默地进行自我安慰，抬头挺胸的向巷子深处走去。

一路上安静得要命，两旁的灯光也朦朦胧胧的，一路走过来，竟然连个人影都看不到，只听见树叶被风刮得呼呼作响，更给这寂静无声的小巷增添了丝丝恐怖气息。

流光向来是不怕鬼的，但这世上很多时候人比鬼恐怖，想起前几天房东再三嘱咐的晚上不要出门，最近这地段不大安全，心里又有些发怵，随便在路边捡了一块砖头，打着手电筒小心翼翼地走着。

眼见着终于到了家门口，悬着的心正要放下，又瞧见家门口旁边的小花坛坐了一个人，那人低着头，看不清楚脸，一身黑色打扮，流光顿时又警觉起来。

尽量压低自己的呼吸，流光举着砖头一步步地靠近，十、九、六、四、三，闭眼、咬牙，流光使劲就要砸去，却被那人抓住了手，然后一个旋转，流光就被堵在了冰凉的墙壁上，紧接着嘴也被堵上了，手里提着的零食应声而落。

卧槽，你这不是劫财是要劫色啊。流光脑海里不合时宜地出现了这句话。

"唔、唔、唔。"流光四肢被固定，他背对着灯光，根本看不清他的脸，流光想骂人，但只能被迫发出单音节语调。

男人边吻着手还径直地伸进流光牛仔裤的后包里，流光自然不肯，一着急嘴跟着用力，然后两人的嘴里多了一抹腥甜，对方吃痛，忙放开了她。

"流氓。"终于呼吸到了新鲜空气，流光气不打一出地骂道，可就在看清他脸的那一刻愣住了。

"每次都是这一招,还真是只野猫。"说着话,季陌自来熟地用钥匙开了门,然后瞥了眼后面呆如木鸡的流光,"你这是不打算邀请我进去?"

流光没好气地翻了个白眼,您门都开了,我说不让你进去你就不答应了?不知道的还以为这是你家呢。

进了屋换了拖鞋,季陌自来熟地拿杯子接了开水,然后大咧咧地瘫在沙发上。

"麻烦把电视开一下。"最后还命令正怒视着他的流光帮他把电视打开。

"你!"拜托,大爷,这是我家,能不能稍稍客气那么一点点。

人家根本充耳不闻,直接拽过流光扔在桌子上的零食袋。

"都多大人了还吃辣条。"

"这种垃圾食品中的顶级垃圾你也吃得下。"

"啧啧,光看这包装就离过期不远了。"

挑挑拣拣了半天,最后拿起一包薯条撕开,抓了一把扔嘴里,还嘟囔着:"怎么买这个牌子的,难吃死了。"

"有肉吃还嫌毛多,有种你给我放下!"

流光看着他挑剔的样子,恨不得把他踹出门去。

"还有,"季老爷又开始吩咐了,"肚子饿了,有什么吃的帮我弄点儿。"说得那叫一个理所当然。

"休想!"流光想都不想就拒绝,笑话,真当我是你家保姆,你让干嘛就干嘛。

"那给我泡桶方便面,"某人继续命令,流光正想甩他一句"没门",可他接下来说了一句:"我都一天没吃东西了。"然后流光乖乖地接水泡面去了。

站在饮水机等着水烧开,流光第一万次吐槽自己奴性不改,五年前是这样,五年后还是这样,真是中了一种叫作"季陌"的毒了,似乎还中毒不轻,五年后的今天还余毒发作。

"吃了赶紧滚。"把泡面递给他,流光恶狠狠地说了句,然后盘坐在地板上看电视。

季陌没回话,接过面埋头吃了起来,然而两口之后又放了下来。

"流光，我要泡菜。"

听着他可怜兮兮的语气，流光控制住想打人的冲动，瞪了他一眼，认命地站起来去厨房给他夹了一小碗泡菜，还顺便给他拿了一罐老干妈。

"流光。"

"闭嘴。"

他又想说什么，流光想都不想就给他堵回去。

流光忽然觉得命运很奇妙，五年前分手就以为不会再见面的人，一个月前突然出现在自己面前，现在还登堂入室了。

虽然流光眼睛看着的是电视，心绪却不知道飞到哪个国家去了，悄悄瞥了季陌两眼，灯光照耀下的他，褪去了五年前的青涩，多了一丝成熟男人的魅力，身材很好，尽管穿着黑色外套也能看见里面若隐若无的肌肉，皮肤比五年前黑了点儿，五官算不上精致，但也还算得上立体，属于那种第一眼看上去不会觉得他帅，但越看越耐看的那种。流光自诩从来不是为色所迷之人，当初之所以喜欢他也不是冲着他的外表去的，但不得不承认，现在的季陌比起五年前，实在优秀得太多。

他正一门心思的和泡面斗争，和五年前一样，尽管肚子很饿，可吃东西的时候还是那么斯文，如果忽略刚才可耻的奴隶主行为，此时的场景，倒也算得上赏心悦目。

等季陌吃完了，流光还好心地给他倒了杯水，季陌继续瘫在沙发上，看着某人虽然不悦却又只能乖乖地收拾，眼睛里溢满了笑意。

流光收拾完回来，看了看时间，已经十一点多了，可某人还瘫在沙发上丝毫没有准备离去的意思，而且似乎好像还睡着了。

"喂，"不好意思地拍了拍闭着眼睛的某人："别装睡了，时间不早了，赶紧起来给我回去。"

然后某人翻了个身，背对着她继续睡。

"喂，"流光不依不饶地继续叫着，"我这儿没地方给你睡，你赶紧回去。"本来想说孤男寡女的，刚要出口又被流光生生咽了回去。

"别闹。"某人似乎睡梦中被吵到了，伸手一把抓住流光，往自己怀里一搂，还把流光不安分的头按了按，"让我睡会儿。"

流光脑袋再一次死机了，就这样任由他抱在怀里，又开始怀念起了曾经的过往。

可是单人沙发实在太窄，本来人高马大的季陌坐在里面就已经很考验它的承受力了，现在还加个流光，根本没有支撑她的空间，所以流光除了脑袋算是间接靠在沙发上，下半身是悬空着的，保持这样的姿势不到三分钟，流光就受不了了。

伸手把箍在自己脖子上的手臂抬开，又把按着自己脑袋的手给搬开，小心翼翼地把脑袋从他身上抬起来。最后终于重获自由。

看着熟睡的季陌，流光叹了口气。

算了，就让他在这儿待一晚上吧，都这么晚了，出去也找不到住的地方了。

进房里给他拿了条薄被给他盖在身上，简单洗漱一下，流光也去睡了。

第二天早上流光起来的时候，他已经离开了，留了张纸条在桌子上。

"光光，我先去办点事儿，别担心。"

鬼才担心你，去了就再也别回来才好呢。

嘟囔了两句，流光去厨房下了碗面当早饭，吃的时候又拿起纸条看了几眼。

诶，这怎么像丈夫出门给妻子交代一样呢？

呸呸呸，许流光，你到底想到哪去了？人家只是客气一下。

就在流光还在为自己刚才的想法所不齿的时候，外面有人敲门，流光跑去开了门，敲门的是于飞。

"吃早饭了没有？我给你带了刘记的包子，趁热赶紧吃。"无视流光呆愣的表情，许飞提着手里的东西进了屋里。

流光关了门跟在后面，"你这几天去哪儿了？也不提前说一声，昨天我才知道，打你的电话也不接，短信也不回。"语气有些埋怨。

"去了趟北京。"于飞边说边去厨房拿了个盘子将包子装好，又拿了杯子将豆浆倒出来递给她。

流光接过豆浆喝了一口，奈何太烫，烫得她差点儿跳了起来。

"这么大人了，喝之前不知道先用手试一下温度吗？"接一杯冷水递给她，于飞看着伸长了舌头的流光颇为无奈。

好不容易冷静了下来，流光又想到了什么，一把抓住于飞问道，"你耳朵能治好了？"

于飞看着她着急的样子，眼神暗了暗，却也只是转瞬的事，复又恢复了正常，"只是去检查了一下，半个月后回去做手术。"

"那医生怎么说？能治好吗？会不会有后遗症？"

将激动的流光按坐在凳子上，"你的问题我之后再慢慢回答你，你现在着急的应该是赶紧吃完饭去上班，不然该迟到了哦。"

"啊！"果不其然，流光一看时间，还有不到十分钟就到上班时间了，"不吃了不吃了"叫嚷着不吃却又伸手抓了个包子塞嘴里，手里还又拿了两个，"待会儿走的时候记得帮我把门关上。"然后飞奔出门。

中午下班回来，刚打开门就闻到一阵饭香。

退两步看了看大门及左右，确定没走错之后才进了屋去。

厨房里季陌正忙着，听到流光的脚步声，头也不回地说了句，"你先等一会儿，马上就开饭了，我再做一个汤。"

"你怎么进来的？"流光讷讷地问道，自己走的时候跟于飞说了让他把门关上，这人到底是怎么进来的？打死她也不相信于飞会给他钥匙让他进来。

"在你窗台的花盆里刨出来的钥匙。"说着，季陌还回头冲她得意的一笑，"你总是爱忘了带钥匙出门，为了方便，所以就喜欢把钥匙藏在某个地方以防万一，所以我就到处找了找，没想到我运气还挺好，一下子就找到了。不过我还是得提醒你，钥匙不要乱放，今天要是别人找到进来，这会儿你回来屋子里估计都一清二白了。"

可除了你也没人闲得无聊会去刨我的花盆啊，无语地瞪了他一眼，以前就只是随口跟他说了一次，他还就记了这么多年，幸亏他没改行当盗贼，否则自己被偷了还不知道人家是怎么进来的。

坐在沙发上，流光突然觉得不自在，明明是自己的屋子，现在倒弄得好像自己是外人似的，而季陌，本不应该在这屋里的人，现在穿着她的懒羊羊围裙，在厨房里忙碌着，倒让流光想到一个有点儿不合时宜的词——家庭煮夫。

许流光，你又在乱想些什么呢？

别忘了你现在名义上可以人家于飞的未婚妻，你和季陌早就已经是过去式了。

现在季陌都登堂入室了，你让于飞知道了要怎么想？这做人要将心比心，要你是于飞，你能接受吗？

可是人家已经来忙了半天了，怎么着也得让人家把饭吃完再走吧？谁说分手了就一定要老死不相往来啊。

"来了来了，最后的汤好了。"最后一个汤上桌，季陌瞅了流光一眼，"你站在那儿干嘛？不知道去取碗筷啊。"

就说这人狗改不了吃屎吧，这一说话就现原形。

懒得和他顶嘴，流光听话地去取了碗筷来，然后把饭盛上给他老人家放面前。

"我说你厨房里怎么连淀粉、姜和大蒜都没有啊？怎么过日子的？"一落座，季陌就开始熟络起来了，"还有你那个煤气灶，多久没用了？上面都好厚一层灰尘了……"

吧嗒吧嗒的，说起来还没完了，最后流光实在没耐性再听下去了，"close you mouse！"然后夹起一块红烧肉给他塞嘴里。

流光真是觉得这个世界玄幻了，五年前都是自己吧嗒个没完，然后他一脸的不耐烦，现在倒整个颠倒了。

"食不言寝不语。"最后甩他这么一句话，然后埋头吃饭。

季陌果然老实不说话了。

"话说，你不是采访完了吗？现在来干嘛？"过了一会儿，流光觉得这气氛让人有些不自在，开口问道。

季陌低着头扒拉着饭粒，表示自己正在"食不言"。

"说话。"流光再度翻了个白眼，她真的怀疑再这样下去，自己不成斜眼也得郁闷死不可。

"休年假"三个字，非常符合他一贯的说话风格。

"休年假？"拜托这才八月份，休什么年假啊？再说了，你休年假跑我们这个边陲小镇来干嘛？喝西北风啊？

"放心，我就是单纯地觉得这边的风景挺好的，过来玩几天而已，并不是冲你来的。"

这话说得，好像自己多期待似的，好吧，流光不得不承认，刚才的某一瞬间，自己倒真是想过这一点儿。

吃完饭，流光便开始赶人了。

"我说，季大记者，您老人家既然是来度假的，那就应该去宾馆，我这庙小，容不下您这座菩萨。"说着，开了门，"好走不送！"

季陌坐着不动，还把流光的笔记本打开。

"宽带密码是多少？"

流光咬牙，加大音量，"没听见我让你离开吗？"

季陌终于站了起来，却是径直走向冰箱，然后打开拿了罐加多宝。

"有汽水，要喝吗？"

"我说的话你听不到吗？"流光再次加大了音量。

季陌瞅了眼处于暴怒边缘的流光，慢悠悠地说道："放心，我还不想当残疾人。"然后坐下来，"当然，我会开你住宿费的。"

拜托，这不是来不开住宿费的问题好吗？而是我根本就没有打算让你住下来。

"先说好，晚上我睡沙发。"

这是什么意思？还怕我夜晚对你做什么不成？

"听见你说，朝阳起又落，晴雨难测……"季陌的手机铃声响起，他拿起手机看了一眼，然后挂了。

突然听到这熟悉的难听的铃声，流光心里那根很久没有拨动的弦"啪嗒"一声断了。

在一起时第一年季陌的生日，流光早早就在网上买了礼物却没有及时收到，当天一大早就爬起来去市中心买，可跑了一整天也没找到满意的，回来的时候钱包和手机都掉在了车上，等好不容易找到已经天黑，回到学校的时候季陌在女生公寓门口着急得不停转悠。

"你这一整天跑哪儿去了？"季陌冷着一张脸审问。

"那个……"流光心里自责，低着头，手背在背后不停地绞着。

"快递还没到,我跑遍了市中心也没找到你喜欢的,"流光声音越来越低,"回来钱包和手机搞丢了……"

"唉。"季陌无奈地叹了口气"你怎么那么傻呢,看来得把你看紧一点,免得那天搞丢了找不回来。"

你才傻,流光皱着小脸,却只能在心里默默吐槽。

"阿嚏。"惨了惨了,又得被念叨了,流光可怜兮兮地看着季陌,希望他能口下留情。

"下雨了你不知道找地方躲啊?你说你是不是傻?"果不其然,季陌伸手摸了摸流光的湿透了的衣服,虽然心疼,但还是忍不住责备。

"赶紧回去把衣服换了,不然明天有你难受的。"

"那你等我,我换了衣服就下来。"流光边跟他说话边倒退着走,一个不留意崴了一下脚,趁季陌还没开始说教赶紧溜了。

差不多半刻钟,流光就换了身衣服下来了。

"陌陌,我给你唱首歌吧。"流光拉着季陌的手不好意思地建议道。

季陌挑眉看了一眼有些不好意思的流光,综合某一次她室友抱怨时说的她从不唱歌,心下了然,却也没打击她的热情。

"我只会唱一首歌。"流光弱弱地说道,"他们都说难听,其实我个人觉得还不错。"

顿了顿嗓音,接着就开唱了。

"听见你说,朝阳起又落,晴雨难测,道路是脚步多……"

怎么说呢,季陌发誓,他活了二十多年,那是他听过的最特别的嗓音,有些沙哑,还有些跑调,然而却是唱得最投入的。

"怎么样怎么样?这可是我第二次给人唱歌。"第一次是小学某一次班会被老师点名唱的,不过没唱完就被老师叫下去了,然后流光就发誓这辈子再也不当众唱歌。

"很好。"季陌还算中肯地给了两个字的评价,歌好听不好听不要紧,重点是你唱的,那就足够了,何况,你也说了"如果仅有此生,又何待再从头",所以,我们会一直一直在一起的。

手机铃声再度响起,把流光飘远了的思绪重新拉回了现实。

季陌看了眼流光，拿着手机走到窗户口接听。

没承想他把当时自己唱的这首歌录了下来，还用作铃声，想着每一次有人打进电话，听到这首歌他就会想起自己一次……流光不敢再想下去，她怕自己再想下去会忍不住改变自己最初的定位。

"让你接电话。"季陌把手机递过来，流光看了他两眼，确定是叫自己接电话后接过手机。

"喂？"

"流光？"

电话那头传来的熟悉的嗓音一下子又把流光拉回了过去。

"许流光，做人不能太自私！"

那是流光和季陌说出分手的当天，言希把流光堵在女生寝室门口。

"……当初是你非得追着季陌，可现在你说不合适就想抽身离开，你当他是什么？他为了你，本来可以保研去北京读书的，现在却选择考H大的研究生，你怎么可以说分手就分手？"

"他不是说他要考中传吗？"

"他是怕你知道心里不好受，其实他早就决定留在省内读研究生，就为了守着你，守着如此狼心狗肺的你。"

"我和他已经结束了，你还是劝他继续他的中传梦吧。"

然后转身，忍着流泪的冲动，拉着行李离开。

曾几何时，言希和她关系也很要好，他们一个是季陌的女朋友，一个是他最好的哥们儿，两人经常凑在一起商量怎么捉弄季陌，现在想起，当初的那些回忆还历历在目。

那时的流光特别喜欢欺负言希，言希受了委屈总跑去季陌那儿告状，可每次得到的回答总是一句"……为兄弟两肋插刀，为流光插言希两刀。"然后言希只能无奈地找个角落画圈圈诅咒这对无良的情侣。

"流光，"电话那头言希的声音再度响起，"这些年你还好吗？"

言希的声音出奇的平和，就像久别重逢的朋友打招呼一样，光听声音实在无法把当初那个把自己怒骂一顿的言希和现在电话那头的人结合起来。

"挺好的，你呢？"流光忍不住瞟了一眼旁边那个抱着电脑玩游戏的男人，怎么也没想到五年后的今天他们还能这么安静地待在同一间屋子里。

"还不是一样的被你家，"意识到自己嘴快差点儿说错了话，言希及时打住，"被他压迫，天天只想唱'小白菜啊，命里苦啊……'"

某人明显是听到了电话里有人在控诉他，"言大美人，小心我回来揉烂你那张臭脸。"

然后电话那头立刻打住不唱了，"季陌，你那就是赤裸裸的羡慕嫉妒，哼。"

"流光师妹儿啊，想当初你怎么就没爱上我呢，好歹我也比某些人长得英俊帅气啊。"

"你那叫妩媚动人。"

一句话秒杀，没看见言希流光也知道，这家伙这会儿绝对气得直跺脚，谁让他有两大恨事，一是讨厌别人叫他美人，而是痛恨人家说他长得妩媚动人、妖颜祸水。偏偏刚才季陌两句话都提到了。

果不其然，言希丢下一句"下次来A市记得找我"后就匆匆挂了电话。

把电话递给季陌的时候，随便瞥了眼季陌正在玩的游戏，虽然看不懂，但看他的手速，似乎好像还蛮厉害的。

"你下午不去上班？"季陌突然问了句。

"要啊。"流光猛然一惊，然后看一眼时间，"糟了，要迟到了。"然后迅速把拖鞋一甩，套上高跟鞋，拿上手提包，飞快向政府冲去，以至于忘了自己家里的沙发上还坐着一个外人。

"唉，都这么大人了，怎么还毛毛躁躁的，一点儿时间观念都没有。"

季陌无奈地摇摇头。

"哎呀，陌陌，我今天早上又迟到了，被老教授逮了个正着，下课十分钟还被教训了一顿。"

"陌陌，我早上第一节课趴桌上睡着了，然后突然被老师叫起来，我连问题都没听清楚，这让我怎么答嘛。"

"陌陌，我们席上有讲座，我睡过头了，然后我就迟到了，再然后就被系上通报批评了。"

……

"陌陌,要不然你每天早上给我打电话叫我起床,晚上提醒我睡觉,这样我就不会迟到了。"

在跟季陌抱怨了无数次之后,流光终于想到了一劳永逸的办法。

可是第二天流光就后悔了。

早上六点,手机准时响起,还在睡梦中的流光就不得不从被窝中爬起来去陪季陌跑步。

晚上最迟十一点半就必须睡觉,不然三分钟一条短信,五分钟一个电话,流光只能关了电脑上床睡觉。

流光也知道"早睡早起身体好"这个道理,可是对于她这个夜猫子来说,早睡早起是多么大的煎熬.

没想到过了这么些年,爱吃爱睡爱玩的流光还是老样子,一样的傻。

摸出手机,是言希来的电话。

"什么事儿?"

"我说小陌陌啊,你怎么对我就这么的冷酷无情呢?真是可怜了人家对你一片痴情。"

"如果你打电话就是要向我诉衷肠,那么你可以滚了。"说着就要挂电话。

"好吧。"电话那边的言希无奈地打住自己的调侃,"我说你丫的不说一声就跑去约会老情人,留我在这儿给你收拾残局,说话怎么还这么硬气呢?"

"我挂了。"他再废话一句,季陌绝对挂电话。

"这回真不开玩笑了。"言希终于恢复了正经,"你到底什么时候回来?你家老太太一天几通电话打来盘问,我话说在前头,我最多只能顶住两天,不然到时候我忍不住招了的话……"

"我准备再待五天。"泡了杯茶放在桌上,"如果你真的忍不住告诉你妈了,那么我相信你会很自觉地选择切腹自杀的。"

"拜托,那是你妈!"

"可她也是你爸的老婆。"看了下时间,快到约定的时候了,"就这样，挂了。"然后利落地挂了。

"你来得挺早的嘛。"
"我一向准时。"季陌看着来人嘴角微微带着笑，但笑意不达眼底。
"于总，您喝什么？"老板娘上前询问，显然于飞是这儿的常客。
"来一杯菊花茶吧，顺便清一清火气。"
季陌转身看向湖面，此时虽是下午，炙热的太阳还在高空挂着，可在这树荫下，看着旁边一片各色的小花，湖面波光倒影，倒显得格外的寂静清凉。

服务员端了茶来，于飞小酌了一口，"说吧，你到底要怎样才肯放手？"
"这话该我问你才对吧，于总？"季陌把皮球又给踢了回来。
"她是我的未婚妻。"于飞再一次强调这个事实。
"可也只是未婚妻。"季陌站起来走到栏杆边，"你应该知道她一直爱的都是我，而你，她从来都只是把你当哥哥看待。"
"爱？"于飞大笑起来，"你有什么资格在这儿说爱，我为了她可以付出一切，你呢？"
季陌转头看了他两眼，"如果你所说的爱就是用恩情绑架别人，那么我的确不如你。"
于飞一时不知如何作答，尽管他非常想自信坦然地反驳季陌，可是他比任何人都清楚，流光对他从来都只是报恩，当初离开季陌是如此，而答应和自己在一起也是这样，就连现在结婚也是如此。

可他爱了流光快三十年，从很小很小的时候就知道她就是自己将来的要娶的女人，为着这个信念他不断地努力，可为什么他还是走不到她的心里。

"不。"于飞站起来指着季陌，"我们一起长大，一起读书，我们会结婚，将来还会有孩子，你只是插曲而已，一切终将过去。"这话与其说是对季陌说的，倒不如说是于飞自己说给自己听的。

的确，他成功地勾起了季陌的嫉妒，他只要一想起流光和他认识了二十多年，他们一起吃饭，一起玩闹，一起上学，他就嫉妒得要命，尽管他非常相信流光心里一直有自己，可同样的，于飞在她心里也有很重要的位置，而且这一辈子都不能抹去。"

季陌按捺住心中的嫉妒，尽量表现出一副不在意的模样，"已经存在的事情我不会否认，可还没发生的事情谁都说不定，我或许没有你认识流光的时间久，但我们相爱过，这就足够了。况且流光不是一件东西，不是我们说是谁的就是谁的，她有自己做选择的权利。"

我们相爱过，这就足够了。

这句话彻底点燃了于飞的怒火，但他知道自己如果真被他激怒就输了。

回来的时候流光还没下班。

坐在沙发上，想着于飞最后说的话，季陌又是一阵胸闷。

"我不在乎过程，只要结果是我想要的就好了。"

"至于你说的什么恩情之类的，只要能达到我想要的结果，我不介意。"

"你参与她人生两年，我不介意未来的几十年陪着她忘记。"

尽管季陌对他恨得咬牙切齿，但他不得不承认，就流光那德性，如果于飞让她立马嫁给他，即使她心里不愿意，但出于人道主义，她还是会答应他的。

季陌实在坐不住了，翻箱倒柜了半天，家里连瓶酒都没有，季陌索性就出门去超市买了酒回来，然后一个人喝了起来。

等流光回到家，打开门就闻到一大股酒味，里面还夹杂着烟味，季陌在地板上躺着，旁边还有横七竖八的空瓶子。

忍着胃子的不适走进客厅。无奈地冲地上的季陌瞪了一眼。

"起来。"用脚踢了踢，没反应。

"我叫你起来！"凑他耳朵边吼了一声，终于有点儿反应了，却是转个身继续睡。

流光本来想就由着他在地上睡的，但又想着虽然是夏天，可晚上地板凉，要是明天起来有个什么头疼脑热也不好。

最后还是没忍心让他在地板上过一夜，开始动手把他弄上床去。

别看季陌平时看起来挺瘦的，实则属于那种典型的穿衣显瘦、脱衣有肉的类型，这不，流光一向自诩女汉子，可弄了半天也没把他弄起来。

"你说你吃什么长的，一身的腱子肉。"最后流光直接一屁股坐地上，冲一点儿反应都没有的季陌吐槽，"你说你，长得又不帅，嗯，起码脸蛋一般，学习也不好，更没有什么特殊的才能，在一群理工男中一点儿都不打眼。"说着还不解气，还伸手拍打他的脸，"哼，言希都比你好看，何况脾气还不好，一天到晚板着张脸，搞得好像谁都欠你钱似的。"说着，胆子越发大了，一双手不停地在他脸上揉啊捏的，"你说我当时怎么就对你一见钟情了呢？还迷得七荤八素的，现在想想我都觉得太委屈了。"

　　流光自顾自地唠叨着，完全没意识到某人已经醒了，确切地说从她踢他就已经醒了，看她准备怎么办，没想到这小妮子又一会儿拖一会儿拽的，还抱怨个不停。

　　"我说你别总是皱着眉头好不好，才二十多岁的人，跟个七八十岁的老头子一样。"季陌只是觉得身下有什么东西咯着自己，皱了下眉头，流光扭头正好看到了，边骂还边用手指戳他的脸，"我跟你说过无数遍，吸烟有害健康，你说你这人怎么不听呢？抽吧，哪天暴毙而亡我最高兴了。"

　　说得口干了，流光随手端起桌子上的一杯水一饮而尽。

　　"噗"马上吐了出来，"你丫的，把酒当水喝啊？"骂了一句，却是仰头继续灌了一口，"不过这什么牌子的酒，怎么那么难喝啊？"

　　难喝你还喝？要好喝的话你还不把瓶子也给啃了。躺着装醉的季陌听了这话无力吐槽。

　　流光又喝了两口，然后站起来，继续拖季陌。

　　"看在你中午做了一顿饭的份上，姑奶奶今天大发慈悲收留你一夜，但你给我记住了，明天早上醒来，从哪儿来的回哪儿去。"完全忘记某人还醉着呢，又扯着他的耳朵强调了一遍，"听见没有？"

　　疼啊！

　　流光用的力自然不小，尽管季陌一个大男人皮糙肉厚的，心里还是疼得要命。

　　终于拖到床边了，流光累得气喘吁吁的，不过革命尚未成功，只能咬着牙继续用力。

　　一、二、三

　　甚至还喊上了号子。

　　等终于把他扔在了床上，弯腰把他鞋给脱了站起来，季陌正两只眼睛大大地瞪着自己。

糟了！

流光暗道不妙，"呵呵，你怎么醒了？"边说边退着往外走。

下一秒，

"啊"一声大叫之后，流光已经被季陌拽回到了床上。然后整个人被压制住。

"嘿嘿，"流光眼睛滴溜溜地转着，笑容那叫一个灿烂，"你才刚醒，脑袋还晕吧？我去给你倒杯开水醒醒酒。"说着就要爬起来。

可季陌是谁，早就看清了她的小把戏，摁着她的手让她动都不能动。

流光这会儿心里那叫一个哀嚎啊，早知道自己刚刚就不要那么猖狂了嘛，不过，等等！

"敢情你丫的早就醒了，却还装醉，觉得我力气多得没法儿使是吧？"流光终于找到了重点，秉着一向恶人先告状的作风，在季陌控诉自己之前，先为自己击鼓鸣冤。

"在这之前，我们还是先说一说刚才你对我的脸做了什么。"季陌一眼就看穿了她的把戏，重逢之后，她对自己就跟防狼似的，今天好不容易本性毕露，怎么可能这么轻易就放过她。

果然，此话一出，流光一张笑脸马上变成了苦瓜脸。

"如果我记得不错的话"季陌拿起流光的右手，"似乎好像刚刚就是用这只手打的我。"似乎怕流光听不明白，还一字一顿地说。

只见他托着那只手，翻来覆去地看，看得流光心惊胆战的。

"要打就打，我要是说一句不我就，"然后眼睛骨碌碌地转了一圈，本来想说不信许的，可怕自己真的忍不住叫出来，"我要是说一句不我今天就不吃晚饭。"对，不吃晚饭，就当减肥了。

"似乎除了手，这只脚也踢了我。"季陌的眼神从流光的手移到脸，然后又移到脚，弄得流光心惊胆战的，"而且还踢了好几下。"

哎呀我的妈啊，他不会把我手和脚给卸了吧？早知道自己就不应该管他，现在还落了个费力不讨好。流光真心觉得自己不适合做好人，偶尔发善心都会搬起石头砸了自己的脚。

季陌把身子支了起来，看着床上表情视死如归的流光，缓缓举起了手。

流光本来已经把眼睛闭上，准备要打要骂任君处置，可是好半晌没有动作，控制不住好奇心微微睁开了眼，正好看到季陌举起手。

妈妈呀，千万不要打脸，不然怎么出去见人，也不要打手，明天还要处理文件，脚也不能打，明天上午还要下乡呢。可是如果脸、手和脚都不能打，难不成打屁股？可是士可杀不可辱不可辱，这么丢脸的事情坚决不能让它发生。

就在流光还在纠结季陌到底会打哪里的时候，撑着身子的季陌看着流光那张不断变化的脸，忍不住笑了。

丫的，笑屁的笑！

流光怒了，猛然睁开了眼，季陌正好伸手过来，她一把拉住，就准备来招鲤鱼打挺。

季陌本来是想拉她起来的，毕竟把她惹毛了自己也没好果子吃，更何况现在自己还寄人篱下，到时候姑奶奶一个不高兴非得把自己撵出去，那就得不偿失了。

可没想到流光一把拉住自己，见势就要把自己摔在地上，季陌怎么可能让她计谋得逞，只见他一把抱住流光，然后两人就直奔地面。

幸亏流光当初租了房子后把房间里的地板砖重新换成了木地板，为的就是怕自己半夜睡着睡着就滚到地上。饶是如此，这会儿两个人抱成一团滚到地上，还是发出了"咚"的一声，而且更可悲的是，刚好落在了掉在地上的一本留言册上。

耳边传来一声惊呼，流光抬头看了一眼季陌，只见他疼得脸色都青了。

"你没事儿吧？"流光着急地问，落地的时候季陌把流光箍在怀里，也就等于说季陌负担了流光的重量，光看季陌的脸色都能想象得到到底有多疼。

"你如果再趴在我身上的话，没事儿都要变成有事儿了。"

流光这才意识到自己还趴在季陌身上，赶忙想要站起来，可刚站稳身子，脚下不小心又勾着季陌的脚，然后又倒在了季陌身上，季陌又痛呼了一声。

"对不起对不起，我真的不是故意的。"这次流光直接摔懵了。

"我可不可以认为，这是你想谋杀我，还是说你在投怀送抱？"

一听这话，流光立刻清醒了，然后以最快的速度站起来，为了避免刚才的悲剧再度发生，赶紧退后两步。

"还有心情开玩笑，说明摔得还不够重。"心里担心归担心，可流光看着他一脸的笑就讨厌，本来想把他拉起来的，现在看来没这个必要了。

季陌是真的疼，即便看不到自己的后背，自己也能猜到肯定青紫一片，也没有心情再跟她说笑。

流光终归还是不忍心，脚都快跨出房间了又退回来，然后板着脸上前去，伸出手，"还不起来，真准备在地上睡啊？"

季陌拉住她的手，想要努力站起来，却发现自己一使劲背就扯着疼，实在是有心无力啊。

流光也看出来他的情况不对劲，尽管怀疑他这是苦肉计，而且就在十几分钟前，某人不还装醉让自己当免费劳动力吗？可怀疑归怀疑，最后还是弯腰去抱他。

终于把他扶到了沙发坐下。

"再说一次，把衣服脱了"流光叉着腰凶神恶煞地冲沙发上的季陌吼道，而某人扯着自己的衣服。

流光好说歹说，这人就是不脱衣服，还可怜兮兮地看着自己，这情景，越看越像逼良为娼，而某人就是那被逼的良家妇女。

"不脱算了，痛死你活该。"恨恨地丢下一句，流光找衣服洗澡去了。

洗完澡出来，某人竟然自觉地把衣服脱了，然后直勾勾地看着自己。

流光直接无视他的眼神，端了个小凳子坐下，"给我把身子转过来。"

季陌的背上果然青紫一片，特别是被留言册的棱角咯到的地方，还隐隐出现了血丝。

"没什么，过两天就好了。"好半晌流光都没动作，季陌偷偷瞥了背后一眼，流光表情严肃，眼神里大写着"心疼"二字。

"闭嘴！"流光吼了一句，然后用药酒把棉签打湿，趁某人还在为自己的发现暗自高兴之时，用力按了下去。

"嗯——"没做好心理准备的季陌忍不住痛呼了一声，但流光听得出来他在极力克制。

"一会儿就过去了。"流光象征性地安慰了一声，但手下却毫不含糊，又按了上去，不过这次季陌有了心理准备，所以情况好多了。

终于给他抹完了。

"今天晚上就不要穿衣服了。"流光站起来，又想到了什么，"还有，今天晚上我睡沙发，你睡床，背给我小心点儿。"流光边装医药箱边恶狠狠地嘱托道，"还有，这几天背不能沾水。"

季陌看着她凶巴巴的样子，想起当初她在自己面前每天除了笑容还是笑容，到底这几年受了多少苦她才变成了这个样，还是说她本来就这样，只是自己不了解而已。

心下一动，季陌伸手拉住了流光，没等流光反应，就把她拽进自己怀里。

"你的背！"流光惊呼，然后就要站起来，季陌自然不肯。

"我就抱一会儿，一会儿就好。"话语里充满了疲惫。

流光挣扎了几下无果，又怕碰到他的背，只好随他的意，就让自己任性一次。

过了一会儿，头顶上传来了某人的轻笑。

"笑什么笑，摔傻了啊？"流光不解，出口照旧没有好话。

季陌并不回答她，只是低下头来看着她，看得直让她不好意思。

"放开我！"实在受不住他的眼神，那里面有太多东西，流光明白，却又不想明白。

"流光，"季陌突然郑重其事地叫着自己的名字，"承认吧，你一直都爱我，尽管是五年后的今天。"

流光下意识地就想反驳他的话，可张了张嘴终究什么都没说出来。

流光想起下午快下班的时候于飞去找自己。

"流光，我们去把证领了吧。"他进门就直奔主题。

流光正在整理文件，听到此话，手里的文件滑落在地，流光忙蹲下去捡。

"怎么突然这么着急？"是啊，怎么突然这么着急，尽管之前决定跟他结婚的时候就意味着自己没有回头路了，可流光还是不停地欺骗自己，只是定下而已，又不是马上结婚，而且于飞明明就已经答应自己不急的，怎么突然就要去领证了？

于飞看着她的反应，心里已是凄凉一片，是因为那个人出现了吗？所以她才会又开始犹豫不决？那她是不是也会后悔当初答应嫁给自己呢？

"流光，我们先去把证扯了，婚礼办或不办，什么时候办，在哪儿办，我都随你，你只要今天跟我去把证领了就好。"于飞看着流光，再次说道。

流光听出了他语气里的忧伤，也知道他迫切地需要自己的一个答复，而自己的理智也告诉自己应该答应他，可是动了动嘴，最后憋出了几个字。

"让我再考虑考虑好吗？"

他真的已经足够优秀，年轻、帅气，还自主创业，用现在年轻女孩子的话来说就是高富帅，更何况他脾气也好，对人对事极有分寸，对自己更是没话说，这样的男人，本应该是受众人追捧的对象，却甘心为自己放弃一切，要说流光不感动是假的，可是感动不是心动，爱情也不能用时间来计量，看着他忧伤的背影，流光努力地试图叫住他，可最后什么都没说出来。

没过一会儿，佳宜急匆匆地冲了进来，指着流光就开骂。

"许流光，你还想怎样？既然已经答应了和他结婚，那就应该言而有信，我哥他对你这么好，你到底还想要怎样？！啊？"

眼见着其他办公室的人全都聚了过来，流光忙拉着她离开来到了小学的操场，这会儿早已经放学了，操场上没有人。

"现在你可以接着骂了。"流光放开佳宜的手。

"许流光，你的心真的被狗吃了吗？你怎么忍心一次又一次地伤害他？你知不知道当初你答应要嫁给他，他兴奋得几天睡不着家？怕因为耳朵的原因你心里有负担，他一个人悄悄跑去北京做手术？明明知道那个人这两天就住在你那儿，担心你为难，忍着杀人的冲动不去看你，你到底还想怎样？"

对啊，她到底想怎样？其实流光也说不清楚。

佳宜骂的这些她都知道，而且每天早上起来都会提醒自己一遍，可是爱情这件事谁又能说得清楚呢,她也为自己这种犹豫不决、言而无信的行为感到可耻,可有些东西不是自己能够控制的啊。

"许流光,你如果还有心的话,我求求你不要再伤害他了好吗?"最后佳宜哭着求流光。

佳宜,我也不想伤害他,可是我又有什么办法呢?就像你,明明知道他是你不该爱也不能爱的人,可你不还是没有办法吗?

"季陌,"流光推开他,坐了下来,"你看见窗外那盆昙花了吗?"

这是重逢以后流光第一次正儿八经地和季陌说话。

她说:"为着昙花一现,她吸取了多少养分,可开了花之后呢,不还是要归于泥土吗?"

她说:"等归于泥土之后,一切终将忘记,既然如此,又何必开始呢?"

她说:"有时候我觉得我们都特别可笑,为着一瞬间的灿烂丢弃一辈子的依靠,等到老的时候,即便后悔了也得咬着牙说一句'青春无悔'。"

最后,她说:"季陌,我累了,你能不能放过我?"

季陌等她说完,拿了纸巾帮她把眼泪擦干,然后一字一句地问道,"那么,光光,我放过了你,谁又来放过我呢?"

是啊,人生不像放电影,可以随时开关、循环播放,很多时候我们都知道自己不应该那么做,可是还是选择一条路走到黑,即便最后粉身碎骨。

当初你不顾我的决绝闯入我的世界,又在我不知所以然的情况下挥手告别,五年来,我何曾不想忘记你,可是爱情是一场浩劫,从一开始我们就没有了退路。

第二天流光顶着熊猫眼出现在客厅的时候,季陌已经做好早餐了。

"赶紧去洗漱。"季陌背对着流光命令道,语气一如既往的平淡无波,似乎昨晚什么都没发生过。

"你的背,"流光站在门口,犹豫了半天,还是开口问道,"好些了吗?"

昨天晚上流光一直哭,连什么时候睡着的都不知道,今天一早醒来发现自己躺在床上,也就意味着季陌又在沙发上将就了一晚。

"没什么大事儿。"回头瞅了流光一眼，然后蹙起了眉头，"别告诉我你准备就这身打扮去上班？"

"这身打扮怎么了？"刚想接着说"不懂审美就不要开口说话"，可低头一看，自己怎么把衬衫给穿反了？

穿好衣服出来，季陌的葱油拌面已经好了。

昨天中午一顿饭，流光已经能够接受季陌厨艺非常好这个事实，所以也不客气，自己拿了筷子就开吃。

"喂，我说你这葱油拌面怎么做的，怎么那么好吃？比面馆里的还正宗。"流光边吃边感叹，自己平时也煮面，但大多数时候都是老干妈拌面，充其量就是给自己加个蛋犒赏一下，跟他一比，流光突然觉得自己作为一个女人很失败。

"这有什么好稀奇的，我上初中就自己住，也是从那时开始学做饭的。"季陌无所谓的回答让流光有些受伤，自己也一个人住了这么多年，怎么就没学到一手好厨艺呢。

不过，上初中就自己住？

"你不是还有你妈吗？"流光记得上大学哪会儿季陌她妈妈来过学校，还一起吃了顿饭，到现在流光都还记得他妈妈的样子，实在是太年轻了，打扮又时髦，和季陌站在一起完全看不出是母子。

季陌接了杯水递给流光，"我还读小学她就嫁给了言希他父亲。"

"哦。"怪不得你和言希关系那么好，原来是兄弟，"当年我都没听你提起过。"

"有什么好说的。"季陌站起来收拾碗筷，"再说当年你也没跟我说过你家里的事啊。"如果你当年说了，我帮你分担一些，我们是不是就不会分离这五年。

流光突然觉得有些尴尬，当初不是不相信他，而是事情发生后需要一大笔钱赔偿给人家，当时季陌还只是个学生，说了又有什么用呢？

"快八点了，我先去政府了。"流光提起包就准备溜。

"流光，我希望你是我的一辈子。"到门口的时候，季陌突然来了这么一句，幸亏今天要下乡所以流光穿的是平底鞋，不然非得把高跟鞋的跟给崴断不可。

晋水近年来大办酒席的风气越来越严重，除去婚丧嫁娶之外，什么老人过寿、孩子满月、修房子、毕业酒、谢师酒等，名目不胜繁多，去年更是兴起了耍酒，有事儿没事儿挑个日子就办一场，这会儿八月，高考的孩子们拿到录取通知书，各种升学宴又登场了。

农村人本来没什么钱，今天这儿随一百的礼，明天那挂一百的账，有些日子好，一天得吃四五家的酒，一旦有点儿亲戚关系，那份子钱就成了衡量关系的重要砝码了，三千五千那是起底，一万八千的那是正常，三万五万那才叫够义气。

人多的地方矛盾也多，所以酒席多了闹事的也多，有喝醉了耍酒疯的，有打牌输了不服气干架的，有亲戚间为了钱闹掰的，无非就是上次我送了你家一千，这次你只送我八百，上次你家嫁姑娘我给你买了一根毯子，现在我儿子娶媳妇你两手空空，所以一到寒暑假各种打架闹事的案子频发。

前些年县政府就下了"限酒席令"，除婚丧嫁娶之外，其余酒席统统下岗，一旦被逮着，轻则把你摆好的桌子掀了，把做好的菜给你端了，重则直接让你去派出所待上几天。

然而你有张良计，我有过梁策，所以尽管再怎么宣传，怎么打击，依旧有人顶风作案，有的人晚上办，有的人在别人家办，而且这个别家还不止一家，你家给我蒸饭，你家负责凉拌，然后在他另一家收情，所以即便政府人员得到消息赶过来，可人家就是不承认，即便承认了也是破罐子破摔，你拿他根本没有办法，总不可能真把人家拉去派出所吧？罚款也只是三五几百块钱，不痛不痒的。

自从上任以来，每次开会都把这件事拿出来讨论，也想了不少办法，什么罚款、拘留都用过，可就是不管用，今年镇上上百个学生考上大学，八月份又得是酒席月了。

其实流光也能理解他们，家庭困难的，想着办酒席收几个钱送孩子读书，家庭还算富裕的，虽然不缺那几个钱，可这就像放贷款一样，借着这个由头回收一下而已。可理解并不代表支持，乡村大操大办酒席的风气真该打击一下了。

七月份的政府大会上流光就宣布了县政府的最新政策，婚丧嫁娶一切从简，其余明目的酒席严禁，其中针对升学宴还特别强调，一旦举办被举报，免除有关该生上大学的一切补助，包括助学贷款、栋梁工程等，流光还提议组建一个监察组，从八月份开始每天开车下乡，严厉打击一切大操大办的行为，就这几天的成果来看，效果还是挺不错的。可流光知道这还远远不够，她太了解这些乡民了，无论政府力度多大，总有人以身试险。

前几天都是小徐带队，流光一直在忙着处理低保的事儿，现在忙完了，作为镇长，即便天上下冰雹，自己也得跟着下乡去看看。

上午阵地主要是小水村，据小道消息，今天村里有三家摆酒设宴，两家升学一家搬家，升学的一家孩子是复读考上重本，一个是应届只走了专科，搬家的是前几年在外面买了房子，现在家里的老人病了，儿子回来伺候，顺便办酒席。

流光昨晚醉酒，这会儿有些头疼，上了车打声招呼就靠在座位上睡着了。

"许姐，许姐，醒醒。"刚进村，一起来的小陈就把流光摇醒。

为了不让村民们提前得到消息，然后收摊跑人，一行五人下了车走路，不过今天太阳有些大，又是泥泞马路，这才走了两分钟，汗水就止不住地往下流，流光小时候大多随爷爷奶奶在乡下住，所以尽管有些难受但还算受得住，可队里的另外一个女生小陈就没那么幸运了，又是头晕又是脚痛的，一张小脸惨白惨白的，流光让她回车里等着，可这姑娘坚决不听，咬牙前进。

一行人今天打扮得都比较朴素，一路走来倒也没有人怀疑，只当是来吃酒的。

隔得老远，流光他们就听到了徐文才家里传来的喧闹声，看来还挺热闹的，大家收住了笑脸准备扮恶人，老李先走前面，流光他们拿着喇叭紧跟其后。

"各位群众注意了！"

小徐清了清嗓子，中气十足地来了一声。

还没等他说下一句话,乡民们有些赶忙就散了,也有些留下来看热闹的。

"我们是镇政府的。"

流光在旁边赏了他一个白眼,就你这架势,他们早知道了。

"政府早就规定除了婚丧嫁娶之外,一律不准办酒席!"

你直接说结婚死人就好了嘛,还婚丧嫁娶,也不怕人家听不懂。

"徐文才在哪儿?"又冲围观群众说了声,"办升学宴的,政府关于大学生的一切优惠全部免除。"

然后冲角落里的老李使了个眼色,只见下一秒,老李端起一大盆已经炒好的菜直接倒了,为了避免烫到别人,还特意端到外面来倒。

浪费可耻,流光在旁边看着那叫一个心疼,可心疼归心疼,她也知道,不做得过分一点这些人根本不长记性,所以只能忍着。

老李端起第二盆的时候,主人终于出来了,拦着老李不让再倒,流光旁边的小陈见势走进摆桌收情的地方,从收礼人手里抓过一叠钱,这下徐文才直接急了眼。

"明天来派出所一趟。"最后流光甩了这么一句话,拿着钱走了。

当然这钱肯定是要还给徐文才的,但也只是大部分而已,总要扣一些以示教训,扣下来的钱就发给养老院吧,正好给老人们改善一下生活。

离开徐文才家,流光他们又去了另外两家,不过他们之前已经接到了风声,人们都散了,做好的菜也端去藏起来了,钱更是收来放好了,流光也没为难他们,只是让明天去派出所一趟而已,还特别强调得带上罚款。

回来的时候已经下午了,大家随便在餐馆点了几个菜填了下肚子,吃完看时间已经过了下班的时间,就回家休息去了。

打开门,把鞋子脱了往地上一扔,流光四仰八叉地倒在沙发上。

消失了几天的小花不知从哪儿钻出来,蹲在流光脚边舔着她的脚背,流光受不住痒,弯腰把它抱在怀里,眯着眼没一会儿就睡着了。

于飞进来就看到在沙发上睡着的流光,小心翼翼地走近,小花听到动静睁开了眼,看了一眼来人,闭上眼睛继续窝在主人的怀里睡觉。

看着流光极其不雅的睡相，于飞无奈地摇了摇头。

弯腰把她抱回寝室，刚把她放在床上，流光反手抱住了他。

"于飞。"

她叫的是自己的名字，于飞有些兴奋。可接下来的一句话就像一盆冷水浇在头上一样，让他瞬间清醒了过来。

"我会和你结婚的，我答应过你的，你放心。"

我放心？你让我怎么放心？早就知道她是因为承诺才会答应自己，可这会儿从她嘴巴里说出来，于飞心里还是止不住的悲戚。

"季陌，季陌……"

最后，流光叫着季陌的名字恢复了平静。

你终究还是忘不了他，无论我怎么努力，无论过去了多久。

"哥，"佳宜开了门，看到门口喝得醉醺醺的于飞，"你怎么这么晚才回来，还喝了这么多酒？"

好不容易把他扶进屋坐在沙发上，刚要起身给他倒杯水，于飞就开始吐了起来，沙发和衣服上吐得到处都是。

"幸亏老妈没在家，不然你又得被骂了。"

佳宜打了水来准备给他洗漱，费劲刚让他坐正，拧好毛巾回头一看，又倒在沙发上了。

"起来"一只手拿着毛巾，一只手去拽他，于飞迷迷糊糊的感觉有人在动他，嘴上不停地念叨着什么，却又听不清楚。

"咱们先把脸洗了好不好？洗完了咱们就去睡，啊。""流光"扶着他，用毛巾给他擦着脸，不停地哄着。

朦胧中于飞好像看见了流光，她正温柔地看着自己，还和自己说话，语气特别温柔。

"流光。"于飞一把抱住了佳宜。

"哥！"佳宜慌张地去推他，奈何于飞力气太大，根本推不动。

"流光。"于飞看着眼前的流光，从来没觉得她那么温柔过，平时自己连拉她手一下她都会反射性地弹开，"让我抱抱你，一会儿就可以了。"

佳宜停下了所有的动作，任由他抱着，泪水却是止不住地往下流。

"佳宜，姨妈呢？"

宿醉的结果就是第二天起来头痛欲裂。

"回家去了，爸这几天身体不好，妈回去看看，暂时不回来。"佳宜端着早餐进来，"赶紧来吃早餐，你也是的，平时自己都说那些酗酒的人没有道理，怎么你也成了酒鬼了？"

"一不小心酒喝多了。"于飞冲佳宜呵呵笑，这个妹妹什么都好，就是太唠叨了，一点小事都可以给你反复念个半天，不知道的还以为她是他妈呢。

"幸亏妈不在家，不然有得你受的。"举起手里的筷子作势要打过去。

"小丫头片子，没大没小的。"于飞反给了她两个爆栗，"对了，这几天我要去北京那边，厂里的事儿就拜托你了。"

"流光陪你去吗？"佳宜下意识地反问道，却又觉得这话不该自己过问，"我的意思是，你一个人去终究有些不方便……"略有些尴尬。

流光……

于飞呆愣了一会儿，反应过来佳宜正盯着自己。

"我都多大人了，还要人照顾什么？再说了，大不了我可以请个陪护吧？这点儿钱我还是有的。"

佳宜看着强撑笑脸的于飞，心里有些苦涩，低下头默默地扒拉着碗里的稀饭。

经过上一次的"杀鸡儆猴"，最近镇里大操大办的风气减弱了很多，至少没有人敢明面上办了，但私下还有多少，那就不得而知了。

流光他们继续严厉打击这股歪风邪气，每天开着车在各个乡镇转悠，很多心里还打着算盘的乡民闻风而掐灭了心里的小火苗，到了后半个月，才把这股风气暂时压了下去，流光他们又开始政策宣传，每天忙得天昏地暗。

于飞再次出现在她面前的时候已经是二十天以后，流光这才想起似乎很久没有见过他了。

其实夜深人静的时候流光也想了很多，关于她和于飞、她和季陌的事情,也终于意识到她还爱着季陌,只有在他身上她才能找到那种安心的感觉,而对于于飞,更多的是一种亲情。

明白了这个事实,她也想像言情偶像剧里的主人公一样,义无反顾地冲进季陌的怀里,可是她没有资格这样任性。

"……他本身就发过癫痫,虽然控制住了,但这次的车祸又造成了脑震荡,一定程度上加重了癫痫再发的可能性,一旦再发,谁也不能保证能够治愈。"

也就是说一旦再发,于飞下半辈子就只能疯疯癫癫的。

或许有人会说流光矫情,也或许有人说流光是玛丽苏、圣母玛利亚,可流光就是这样一个纠结的人。

纠结的结果就是,流光打定主意和于飞结婚。

"我们去把结婚证领了吧。"

说出这句话的时候,流光心抽痛了一下,但立刻恢复了正常。

于飞很意外,可来不及高兴,就瞧见了流光眼中一闪而过的痛苦,随后又像下定了什么决心似的,脸上恢复了笑容。

"你认真的?"

于飞看着她问了一句。

"你觉得我像开玩笑的吗?"流光极力让自己表现得真诚一些。

听到这样的回答,于飞本应该高兴才对,而且也在脑海中无数次地演绎过自己接下来应该做的事:拉着她去民政局领了结婚证,然后找个安静浪漫的地方向她求婚,最后再准备一个豪华浪漫的婚礼。

可真的听到了自己的回答,于飞却开始犹豫了,他太了解流光了,她不爱自己这个事实自己早已经接受,可从来没有像现在这一刻这样明白清楚过。

"哥,你真的已经决定了吗?"

于飞突然想起了出门时佳宜说的话。

"流光说话从来都是算数的,她说要嫁给你就一定会信守承诺,你又何必……"

何必临脚一门又突然放弃?

于飞知道她想说的是什么，曾经他也这么认为的，可这次在北京做手术生死一线的时候，自己突然想到了流光，想到了她哭的样子。

自己如果这就这样死了，她会不会伤心？

答案是肯定的，自己喜欢了那么多年的女孩，从来都是善良得不愿伤害别人一丝一毫。

他突然想明白了，爱一个人不一定就要得到，远远地看着她幸福就好。

"流光。"于飞上前抓住流光的肩膀，直直地看着她。

流光被他看得有些不自然转开了头。

"我们年纪也不小了，拖了那么几年，也该结了。"她走到饮水机旁接水，"你不必担心我，我仔细考虑过了，也相信你会对我很好的。"

"可是流光，你只是相信我，而不是爱，这样的婚姻又有什么意义呢？"

流光背对着他，看不清楚表情，不过于飞看到她的全身僵硬了一下。

于飞继续缓缓说道，"很小很小的时候父母就告诉我，你是我长大要娶的新娘，母亲过世的时候我很伤心，你一直在旁边陪我，那时你说'于飞哥哥，我会一直陪着你的'，后来姨妈嫁给父亲，我和他们闹，一气之下自己去了苏州；那时才十岁的你一个人坐着车去找我，看到我的时候，你说'于飞哥哥，你还有我呢'。就那时起，娶你成了我的人生信念……"

"可是青梅不一定竹马，这个事实五年前我就应该明白了。"

"你是我的信念，却忘了你从来只当我是哥哥。"

"我有信心可以给你幸福，可如果这幸福不是你想要的，那又还有什么意义。"

"你不必有负疚感，我所做的一切都是我自己心甘情愿的，还有我的耳朵，也已经好了，你该去追求你想要的生活。"

"无论何时都请记住，我一直在你背后。"

流光一个人走在街上，今天镇上赶集，即便已经快天黑了，还能嗅到几丝喧闹的气息。

没了束缚，没了羁绊，流光心中却是一片苍凉。

想着刚才于飞走时落寞的身影，她不知道自己以后该怎么去面对他，还有佳宜。

更不知道如何面对季陌，和那段在记忆中一直盘旋的过去。

小时候算命的先生说，这小姑娘注定一生孤独，尽管身边有爱她的人陪着她。

那时流光嗤笑他的不合逻辑，既然有人陪着，又为何一生孤独。

现在想来，那人说得极对，一个人如果对生活充满了不信任，太过小心翼翼，那又何谈幸福？

季陌再度回到流光家里的时候，流光已经离开了，只留了一封纸条在桌上。

陌陌：

我累了，想出去走走，没有计划，也没有终点，你们不必挂念，对不起，就让我再任性一次。　　　　　　　　　　　　　　　　流光

有人说，要么读书，要么旅行，身体和心灵总要有一个在路上。流光从来没有觉得自己这么畅快过，她去了北京，站在北京天安门城楼上感受了一把毛主席当初的风采；她到了西藏，看到了歌词里说的天苍苍野茫茫的景象；去了新疆，和漂亮的新疆姑娘一起跳舞；去了澳门，上澳门塔体验了一把高空跳的刺激；去了香港，见识到了所谓的纸醉金迷……

围着中国转了一圈，刚到达离A市不远的H市，季陌发了信息来。

"栀子花开，可缓缓归矣。"

流光笑了，他又不是肖奈，学着人家拽什么文采。

刚下高铁，就看到了来接车的季陌。

白衬衫配西裤，衬衫还被汗水浸透了，显然是刚从电视台赶来，想到自己刚才在车上给他发的信息，流光不禁笑了。

"半小时后下车，如果你没到我就买票回家啦。"

看一下表，才二十八分钟，他比预测的还要早。

季陌看着对面拉着箱子向自己走来的女人，这三个月，自己忍着不

跟她联系，每天早中晚逛一遍她的QQ空间，她每一天都会发一条说说，大多只是图片而已，看着照片中笑容灿烂的她，季陌终于从她身上感受到了那份已经消失了五年的古灵精怪。

"诶，发什么呆啊？"呆愣间，流光已经走到季陌面前。

季陌看着她，三个月不见，她黑了不少，也瘦了不少，突然有些心疼。

流光被季陌猝不及防地抱在怀里，看着旁边来来往往的行人不时侧目，顿时把红透了的脸埋进他的胸膛。

"玩够了？终于想到回来了。"季陌牵着她的手出了车站。

"回来了，再也不走了。"流光认真地回答。

但这认真维持不了三秒，当流光看到季陌新换的车的时候，"季陌，老实交代你是不是去抢银行了？"

"如果真去抢了，请问小姐还敢跟我走吗？"季陌打开车门，绅士地弯腰等流光上车。

流光耸耸肩上了车，"下次还要去的时候记得叫上我，我辞职了，积蓄也花光了，就差挂块牌子上街乞讨去了。"

"这么危险的事情你就算了吧，"季陌坐上驾驶位置，扭头认真地说，"我养你一辈子。"

流光害羞地扭过头看着路边花坛里的小花。

"走咯。"

季陌也不再逗她，反正他们来日方长。

梨花白

―― 文/梦醒一叹

一、没有了爱，哪还有恨？

  再次踏上这片土地，看着眼前破烂不堪的家——茅草盖的屋顶几乎全部塌陷，满是虫洞的木质房梁摇摇欲坠，透过倒塌的土墙看进去，屋里面的杂草已经人高，上了铁锈的锁还坚守着它的岗位，他伸手用力一推，大门应声而倒。

  "谁？！"耳边传来女人的声音，陌生而熟悉。

  没想到她回到了这里，八年了，原来这八年她一直在这里。

  他的心里一阵波涛汹涌，有重逢的惊喜，有心灵的慰藉，但更多的是比任何时候都更加强烈的内心的拷问。

  "谁在那里？出来！不要装神弄鬼的！"声音越来越近，他闪身蹲在了墙角，塌了一半的土墙刚好把他完美遮住。

  "可能是风太大把这门给吹到了，别自己吓唬自己，唐三妹，你什么时候成了胆小鬼了？"过了一会儿，声音再次响了起来。

  她还是和当初一样，一个人的时候总是自言自语，记得十年前第一次见面的时候。

  那时候，她才不到17岁，跟自己一样早早地就辍学打工，婴儿肥的脸蛋上满是对新事物的好奇。彼时，自己已经在多个厂里混迹多年，过着三天打鱼两天晒网，有一天没一天的生活。

那是个制衣厂，老板曾经也是个农民工，这几年挣了点儿钱自己租了个场子单干，资金少，员工也不多，为了省事儿省钱，所幸就从厂子三分之二的地方用木板隔开，外面生产，里面用作员工宿舍，而男女之间也是留了一条道后用木板隔开，为了避免尴尬，双方的门都开在了最边上。一到晚上，男生们洗完了澡赤条条地趴在床上，中间摆上张桌子就开始搓麻将。

"妈的，老子这牌下不去手。"

"自摸自摸，这麻将就跟女人一样，好不好，摸了才知道。"

"今天运气真是背到家了。"

……

男生那边荤素不忌，女生这边就没有那么和谐了，关系好的凑在一张床上聊着对面的男人，其他人要么大眼瞪小眼，要么为着鸡毛蒜皮的小事儿你一句我一句地讲嘴，要么就低头玩手机。三妹刚进厂，年纪又小，在寝室里总是被排挤的对象，没人跟她说话，她也不玩手机，加上她平时总是勤快地把寝室卫生搞了，做事儿也规规矩矩没有半分差错，也没人跟她吵嘴，下班之后她总是一个人蜷缩在放成品的角落里，自己跟自己说着话，有对家人的想念，有对这一天工作的总结，有对未来的畅想，更多的是诉说自己遇到的开心事儿。

出去上厕所的时候听到成品间里传出了一阵阵的笑声，他以为遇到了鬼，吓得跑回了寝室，室友们不信这世上有鬼，打着灯一起去看看他所说的"鬼"，没想到看到她的时候，她已经靠在衣服堆睡着了。

她长相真的很一般，矮个子，略显病态的皮肤，圆脸盘，粗壮的四肢，齐刘海短发，套上白色的大号工作服，即便是在唐朝那个以胖为美的时代她也算不上美女，更别说在现在这个满大街美女的社会，男生对她不可能产生任何不良想法。而他之所以追她，完全是因为那天之后和室友喝酒时打的赌。"你要是能把唐三妹拿下，我包你一个月的酒。"

那时的他，母亲又重新找了一个男人，女朋友嫌弃自己穷得叮当响离开了，他看透了女人爱钱和风流的本性，抱着随便玩一玩儿的态度，应下了这个赌约。

去不起高档餐厅，他就每天给她打饭，开不起奔驰宝马，他就骑着自行车带着她到处转悠，买不起鲜花，他就用折纸花……比他预料的还快，不到一个月她就弃械投降了，而他，轻而易举地赢得了赌约，奖品是一个月的酒和唐三妹这个傻女人的心。

"你是谁？躲在这儿干啥？"

声音把他从过去的记忆里拉出来撞向了现实，三妹已经走到了他的面前，而他始终低着头，映入眼帘的是一双泛白的黄胶鞋和挽起的裤腿，腿肚子上那个伤疤依旧那么狰狞。面前蹲着的人久久没有回声，从三妹的视角看去，只看到一头浓密的黑发和微微露出的脖子上的黝黑的皮肤，格子衬衫和泛白的破洞牛仔裤的打扮与周围的环境格格不入。

"我问你话呢？"三妹看着他蹲着的身影，在这微风裹着细雨的三月显得分外单薄，"去我家喝杯茶暖暖身子吧？别这样蹲着，一会儿，"她想了想，把"脚麻"这个方言词语收了回去，"脚抽筋了就难受了。"在这里待了这么多年，家乡的方言都快记不得了，更别说普通话。

"我家就在这附近，你……"话声戛然而止，三妹手臂上挽着的篮子也应声而掉，"你……"她颤抖地指着面前这张熟悉得不能再熟悉的脸庞——眼角的泪痣、忧郁的眼神、时常抿着的嘴唇，以及手臂的那一条蜿蜒的伤疤。她永远都不会忘记，这条伤疤是他为了给自己追回钱包时被小偷划的，也因为这条伤疤，她才下定决心跟他回来。

记忆和现实重叠，他似乎还是当年的模样，如果硬要找出一丝岁月的痕迹，那就只有眼角那若有若无的皱纹。而自己呢？这几年面朝黄土背朝天的劳作，时间的刻刀将自己雕刻成了曾经自己最不敢想象的模样。

"三妹……"华子目视着眼前这个身高只及自己胸膛的曾经在一起过的女人，沟壑纵横的皱纹遍布脖子和脸庞，身上穿的是早就过时的缝纫机上打的衣服，棕色的确良料子，仿中山服的款式，中分头发梳得光溜溜的，用一毛钱两根的橡筋带挽成了丸子头，风儿打上面经过，一个不留心也得跌跤。暗色系的服饰和沧桑的容颜，才不到三十的人看起来似乎已经四五十了。

两个人就这么站在原地沉默着，三妹是惊讶中带着些不知所措，她无数次想过如果再见时是什么情景，是冲上去给他几个响亮的巴掌？还是潇洒地告诉他自己过得很好？抑或是装作不认识？但真到了此刻，她却说不清心里的感觉，是恨吗？她是恨他，恨他骗了她的感情，恨他不负责任，更恨他的无情与歹毒，甚至一度她连做梦都恨不得吃他的肉，喝他的血。但她更恨的是她自己，恨自己的不争气，恨自己的心软，恨自己的逆来顺受。

　　恨其不争，怒其不幸，这句话说的就是她自己。

　　"三妹。"他的声音拉回了她的思绪，回过神的她忍住眼眶里打转的眼泪，尽可能平静地蹲下身子去捡散落在地上的纸钱和香烛，可是风将纸钱吹得太散，三妹只好蹲着捡几张向前走两步，捡几张又再走几步。

　　唐三妹！你哭什么哭？是他对不起你，而不是你欠他的！

　　可是眼泪顺着脸颊流了下来，怎么都停不住。

　　"三妹，别捡了，就几张纸钱而已。"瞧着她探出身子去够挂在石坎边上的纸钱，他赶紧叫住，然而她似乎没听见似的，坐在地上，一只手扒着石头，另外一只手费力地伸出去够那两张纸钱。

　　好不容易够着了，三妹将所有的东西全装进篮子里，像忘了旁边还站着个人似的，挎着篮子从他面前淡定地走过。

　　"三妹。"他叫她，她不应，只好跟在她后面。

二、对不起有什么用？

　　望着面前这两个坟堆，用泥土和石头简单堆砌而成，小小的，杂草丛生，后面的坎子垮塌下来的泥土将中间的空隙淹没了，两个坟墓乍一看合为一体，旁边栽种的油菜，在微风的撩动下，绿油油的一片，和刚塌的黄色泥土形成了色彩的反差。

　　才一眼，他就知道这下面埋的是自己苦命的爷爷奶奶。

　　"嘭""嘭""嘭"他给两个坟磕了三个响头，最后跪在中间，哭着不停地说道，"公、婆，孙子不孝啊。"

　　三妹拿出篮子里的香烛摆放好，一张一张，慢慢地撕着纸钱，面无表情。最后她拿出打火机将纸钱烧完，收拾好东西站起来准备离去。

　　"三妹。"他叫她，她的脚步顿了顿，继而继续走。

　　"三妹。"他一把抓住她的手，紧紧的，就像溺水的人抓住救命稻草一般，用尽了他所有的力气。

　　"放手！"她没有回头，只是冷冷地吐出两个字，被他抓住的手挣扎了几下没有挣脱，也就放弃了。

　　"三妹，当年是我错了。"说出这句话的时候，他羞愧地低下了头，手上的力量却愈发紧了。

　　"呵，你错了？简简单单的三个字就能抹掉过去的一切吗？"她突然扭头看向他，隐藏了半天的情绪终于爆发了出来，眼睛因为愤怒瞪得大大的，脸部的青筋就像要崩裂一般，右手指着他的鼻子，谁也不敢保证下一秒她不会往他脸上扇去。

　　"我知道我对不起你，这几年我也不好过，我……"

　　"你对不起我？呵呵，一句对不起有什么用？"三妹尽量克制住想杀人的冲动，一字一句地质问道，"一句对不起就可以抵消这么多年我对你的恨吗？！"

"我……"华子想说什么，开口却什么也说不出来。

"何况你最对不起的是这里面埋着的爷爷奶奶！"她打断他诉苦的话，指着长满杂草的两个坟堆，"如果不是你音讯全无，奶奶就不会因为绝望而喝农药自杀，更不会死了四五天都没人知道，等我发现的时候，满屋子都是尸水，脑袋肿成了一个水球，身子更是连寿衣都穿不进去，更别说装进棺材了，只能买个大塑料袋裹起来给埋了。还有爷爷天天坐在梨树底下，一遍遍叫着你的名字……"

"不要说了！不要说了！"

"怎么？觉得自己的良心过不下去？当初爷爷病危的时候给你打电话，你一会儿说没路费，一会儿又没买到票，一会儿又说大雪封了路，爷爷等了你八天，八天啊，可是直到最后落气的时候你也没到。"想到老人家死的样子，三妹忍不住啜泣了起来。"他死了眼睛都是睁着的，怎么都合不上……"

三妹的话就像一把匕首，向华子的心窝扎去，一寸一寸地推进，却又不轻易让他死去，就这样，慢慢的耗尽他全身的气力，而那些埋藏在内心最深处的回忆一点点儿地开始浮现。

"华子，奶奶给你做好吃的。"

"华子，你还有爷爷奶奶呢。"

"我们家华子最听话了，长大后一定特别孝顺我们。"

三岁的时候，爸爸就因为瓦斯爆炸永远埋葬在了土里。第二年，弟弟被人拐卖后，妈妈也受不了生活的艰辛跟着别人跑了。而自己，就只能和爷爷奶奶相依为命。那时候家里很穷，可奶奶每天都像魔法师一样给自己变出不同的菜式，爷爷用竹子给自己编各种玩具，后来到了上学的年纪，家里一年的收成全卖了给自己当学费，每天还给一毛钱买零食吃，家里和地里的活爷爷奶奶从不让自己碰，在外面和别人打架，人家家长找上门来，奶奶把人挡在门外劈头盖脸就是一顿臭骂，回头还怕自己受了惊吓。

那时的自己，虽然没有爸妈，可是有爱自己的爷爷奶奶，有一个幸福的家。

初一辍学出去打工，在社会上讨生活的日子并没有自己想象中的那么轻松，没有学历，没有经验，没有技术，就连最基本的苦力活也坚持不了，只能三天打鱼两天晒网地混日子，好不容易挣了几个钱，全用在了女朋友身上，过年过节回到家，奶奶看到自己总是一遍遍地问："在外面吃得饱吗？""怎么比去年又瘦了？""打工累不累啊？"，每次离开家的时候，奶奶总是准备了大包小包的特产，还悄悄给自己塞了路费，爷爷坐在门槛上"吧嗒吧嗒"地抽着旱烟不说话，走了好远往回看，爷爷佝偻的身影还在原地。

"爷啊，奶啊，我对不起你们，华子没脸回来见你们。"回忆将他淹没，抓着三妹的手也不由自主地松了开去，整个人瘫坐在地，裤子衣服沾上了稀泥，边哭边擦眼泪，手上的泥巴也擦在了脸上。

三妹看着他哭天抢地的样子，眼眶里的泪水也不由自主地流了下来，她在责问他的时候，何尝不是在拷问自己？

如果自己多留意一下两位老人，奶奶不至于死了5天才知道，爷爷更不会到死的时候都没个人在跟前，就算自己有再多的无奈，对他有再深的仇恨，可老人在世时对自己终归是好的，就连自己改嫁给了别人乱了辈分，周围人都对自己指指点点，他们却什么都没说，只是埋怨华子的不是，而自己呢，看着两个老人背不得挑不得，碍于婆婆的责骂、老公的沉默，除了心疼之外只有旁观。

三、又是一年梨花白

　　雨依旧淅淅沥沥地下着，风却越发大了，旁边的梨树的枝丫在风中摇曳，花瓣随风飞舞，缓慢地、回旋婉转地舞出生命最后一曲悲歌。他们静静地立在原地，梨花落在他们的头上、肩上和鞋上。

　　这颗梨树是华子出生的时候爷爷栽种的，华子不在家的日子，两位老人每天都要看很多回这颗梨树，每年七月份，梨子熟了，村里的孩子们巴巴地盯着这颗梨树，趁老人不在的时候猴子般迅速地爬上去，孩子们知道老人们不容易，也不贪心，一个人摘一个就下来了，却总是将梨树下的栅栏弄坏，那时奶奶还在世，傍晚干活回来，叉着腰就着大嗓门开骂，祖宗十八代都给你问候一遍，总是能把那几个参与偷梨的孩子吓得躲在屋子里不敢出来。

　　后来奶奶走了，爷爷没事儿的时候就端把椅子坐在树下，"吧嗒吧嗒"地抽着烟，一坐就是半天，又到了梨子成熟的季节，他早早就把栅栏撤了，孩子们想吃梨的随便去摘，他在地上仰头看着树间那几只小猴子，嘴里不住地念叨着，"小心点儿啊""没人跟你们抢""哎哟，小心别掉下来了。"等孩子们下了来，脱了衣服将梨子包好，挑出最大最黄的给他送去，他总是摆摆手说自己牙都掉了，咬不动了。"不过你华子哥要在家，那绝对一口气能吃好几个。"他总是想起他漂泊在外的孙子，想着他小时候摘梨的样子，眼睛里泛起了泪花。

　　乡邻们都知道两个老人死的时候最放不下的就是华子，所以就把两位老人埋在了梨树旁边，看着梨树，就好像他们的孙子在他们的身边一样。

　　时候不早了，三妹擦干眼泪，收拾好心情，挎上篮子，准备回家的时候，华子说话了。

　　"三妹，过去是我不是人，你给我一个机会，我们好好过日子，好不好？"声音中带着点小心翼翼，几年不见，他知道三妹可能已经成家了，心里还是怀着一丝期待。

"好好过日子？"三妹莫名地觉得好笑，当初自己为了爱情毅然决然地跟他回到这个地方，一没钱二没房，然而她认定了他这个人，再苦再累她也不曾抱怨过，可是他呢？抽烟赌博，一出门就好几天，没钱了还伸手问两个老人要，奶奶拄着拐杖背着豆子去街上卖了钱给他，他还嫌少，摔门拍桌子的，自己看不下去劝他戒赌，可是他却对自己拳打脚踢，跟着他生活的那几年，自己身上常常青一片紫一片的。

"胡华子，这会儿你让我跟你好好过日子？当初我求你的时候你是怎么做的？啊？"三妹想到曾经自己所受的那些伤害，心里就像有一把小刀，一下又一下地刮着，疼得她无法呼吸。

"我……我对不起你。"除了对不起，华子再说不出别的话来。都怨自己当初太混账，每天只知道赌，欠了一屁股的债，债主们天天打电话催，如果自己不及时还就要砍一只手抵债，自己被逼得没有办法，只好打起了卖老婆的主意。想到这里，华子自己抬手给自己几巴掌，"我不是人啊，三妹，我不是人。"

"八千块钱，就为了八千块钱，你就把我卖了。"当初他说出去打工，自己还以为他想通了，傻乎乎的跟着他出去，幻想着两口子好好挣钱回来修房子，孝敬两个老人，可是等自己一觉醒来，看到的是一个流着口水叫自己"婆娘"的傻子。

"你的心是被狗吃了吗？我跟了你那么多年，给你做饭，帮你洗衣，还给你照顾老人，你说没钱养孩子，我就去把孩子给打了，我从来没抱怨你一句，而你呢？"想到自己所受的委屈，三妹再也无法抑制自己的情绪，回头冲着华子就是一顿拳打脚踢，等打累了，蹲在地上抱头痛哭。

三妹永远无法忘记自己醒来后的情景，四肢被绑着，身上的衣服被人换了，一个胖乎乎的流着口水的男人不住地叫自己"婆娘"，所有人都告诉她，这是她男人，除了哭之外什么都做不了。

她逃过很多次，山上干农活，夜里起床上厕所，没事儿串门，她逮着一个人的机会便跑，却总是还没有出村就被抓了回来，每次被抓回来总免不了一顿毒打，之后就饿着不给饭吃，她伤心绝望过，甚至想过自杀，却意外发现自己有了孩子。

孩子是华子的，她恨孩子那不负责任的父亲，却没办法狠下心来做一个不负责任的母亲，当然，前提是逃出那个抬头看天的地方。

她开始认真照顾傻子老公，承包所有家务活动，搞好地里的庄稼，和乡邻处理好关系，这些转变让傻子一家对她放下戒备，趁着赶集，三妹搭了个车，终于逃了出来。

都说时间可以治愈一切的伤痛，过去的八年时间里，她以为自己已经释怀了，就算还有所情绪，也只是为自己感到不值而已，而当他再次出现在自己面前，记忆的潮水再次涌来，她发现自己并没有想象中的那么坚强，曾经的痛苦在八年后的现在似乎更加深了不少。

"是我的错，所以老天惩罚我，这几年我也不好过。"华子低着头不住啜泣，"把你送走以后我就去山西找李顺，他在那边开了一个煤场，生意还做得挺大的，没想到他只是个中介，把我们骗到那里后就消失了，老板将我们关在煤场里，一天工作十五六小时，吃住都还凑合，不让我出去也不给我发工资，有人试着悄悄跑出去，被逮回来就是一顿拳打脚踢。"说起这段经历的时候，华子看着对面的山，当初那种陷入绝境的痛苦似乎还没过去。

"你……"三妹很想甩他一句"你活该"，等开口的时候却又生生刹住，变成了"你是怎么逃出来的？"

"我逃了好多次，每次被抓回去都被打得几天爬不起来，你最了解我，我从来都不是一个能吃苦的人。"说到这儿的时候他抬头心虚地往三妹那儿偷瞄了一眼，三妹依旧面无表情。他顿了顿嗓子，继续说道，"暗无天日的日子我足足待了六个月零四天，也将地形路线给弄清楚了，大半夜趁大家都睡着了悄悄溜了出来，没想到守夜的人发现了我，管事儿的带着一帮弟兄来追我，差点儿我就永远回不来了。"

三妹静静地听他说完，没有同情，也没有幸灾乐祸。

"等我逃出来的时候，身上一分钱都没有，一个老乡告诉我我爷和奶都死了，村里的人帮着把他们都安葬妥帖了，所以我就没回来。"他的声音越来越小，最后直接像蚊子叮的一样。

"我找到买你的那家才打听到你已经跑了，这几年我一直在找你，贵州、福建、云南，我把能想到的你能去的城市都跑了个遍，却怎么也没想到你回到了这儿。"

"没想到吗？呵呵，我自己也没想到我还会回到这个地方。"三妹自言自语，是啊，当初逃出来的时候，自己一个人四处流浪，想着天大地大总会有自己的容身之处，可转来转去，自己还是回到了这个地方，一待就是八年。

"你说什么？"华子没听清，追问道。

"没，没什么，过去的都过去了。"

"可是……"

"时间不早了，我真得走了。"她背对着他说完这句话，匆匆忙忙就离开了，如果仔细看，你会发现，她匆忙的脚步声中带着一丝颤抖。

四、她不是姐姐是侄女

"姐姐,我用竹球跟你换嘛。"一个小脑袋探上前去,两只眼睛骨碌碌地转着,手里抱着的竹球编得十分精致。

"这是妈妈给我打的,不能给你。"小女孩扯着脖子上的围巾,对着才到自己肩膀的男孩小声地说道。

"我不管,我就要。"小男孩将竹球扔在一边,冲上前去抓着女孩子的围巾就不放,女孩子死死地攥着,却不敢对小男孩动手。

"哇、哇、哇……"突然,小男孩松了手一屁股坐在地上,号啕大哭起来。

"胡月月,你个死丫头,又把豪豪怎么了?!"厨房里传来一声怒问,不出 3 秒钟,一个 50 岁出头的中年妇女已经冲了出来,手里的猪勺还来不及放下。

"豪豪,怎么哭了?"女人将猪勺扔在一旁的地上,一把将地上坐着的男孩抱了起来,不住地哄着。"不哭不哭,豪豪最乖啦,婆在这儿呢,是不是胡月月欺负你?我帮你打她,不哭不哭哈。"边说边在她屁股上拍了几下。

胡月月低着头,双手攥着自己的围巾,往后退了两步。

"我……我要围……围巾,她不给……我。"小男孩带着哭腔说道。

不由分说,女人上前一把抓住月月的围巾,月月不给,她用力一拽,围巾便到了她手上。月月两只眼睛瞪着她不说话,那眼神,如果是刀子的话,估计女人已经被碎尸万段了。

"吃里爬外的东西,跟你那个妈一样没教养。"女人边给自己的宝贝孙子围围巾,边骂到,"还敢瞪我?胆子大了哈。"

"那是我的!"月月冲她歇斯底里地吼道,从小到大,除了妈妈,家里人买东西从来都只有胡豪的份儿,自己只有捡他不要的,以前自己不懂事儿，每次都和他抢，免不了就是一顿臭骂，连带着妈妈也被骂得狗血淋头。

"你的？你吃的穿的都是我家的，还敢和豪豪抢东西，白眼狼一个。"

"月月，你又跟弟弟吵架了？"三妹才走到门口就听到婆婆的骂声，心里叹了口气，进了屋将女儿扯到自己面前问道。

"他抢我的围巾。"月月低头摆弄着自己的衣摆低声说道。

"抢？"中年女人即李润珍指着月月问，"你今年8岁了，我家豪豪才4岁，说出去谁信啊，别什么都赖在豪豪头上，你妈惯你，我可不管。"扭头又冲三妹大声吼道：

"唐三妹，管好你女儿，一天到晚只知道和我家豪豪抢东西。"女人手有些酸了，便坐了下来，将孩子靠在自己怀里。

"妈，您说的这是什么话啊，月月不仅是我的女儿，也是您的孙女啊。"

"别，我可承受不起。"女人手摆了摆，"她是你女儿，但不是我孙女，你自己心里清楚她是谁的种，不要把辈分给搞混了。"说完这句话，又给月月交代了一遍，"不准叫豪豪弟弟，要叫幺叔，听清楚没有？"

"妈……你……"三妹皱着眉头打住婆婆的话，婆婆平时不待见月月也就算了，只要不要太苛刻她也都忍了，可是每次豪豪和月月一吵闹，婆婆就拿辈分教训月月，时时教导豪豪"月月是侄女"，月月虽然才7岁多，可是已经知道在奶奶眼里自己和弟弟是不同的，很多事情上都是让着豪豪，今天要不是豪豪抢她的围巾——这条围巾是两年前的冬天自己熬夜给她织的，尽管比不上商店里买的那些漂亮，月月却把它当成了宝贝儿，洗干净了悄悄藏在自己的枕头里，时不时拿出来看一看。婆婆和老公都很疼爱豪豪，毕竟这是他们胡家的命根子，吃的喝的穿的一概按着最好的来，往往这时候，月月默默地站在旁边羡慕地看着。

"你什么你？就是你这个当妈的成天鼓捣她，小小年纪就知道装可怜。"李润珍手指着月月的鼻子骂道，"啧啧啧，成天这幅可怜巴巴的样子，别人看了不知道的还说我怎么不待见她了。"说得激动了，老人家抱着豪豪边说边跺脚，吓得月月脸色惨白，一动不动。

"妈！"三妹一把将月月揽在身后，"手心手背都是肉，月月年纪小，您别吓着她了。"蹲下身子给月月整理了一下衣服，拿过围巾继续说道，

"我知道您疼豪豪，可是总要有个度吧，这围巾本来就是我给月月织的，她大冬天的走路去读书，又远又冷，小脸冻得通红，再说了，你和他爸已经给豪豪买了好几条围巾了。"说着严肃了起来，"豪豪，妈妈教过你，没有得到别人的准许不准拿人家的东西，更不能抢，赶紧给姐姐道歉。"

"呜呜……"胡豪被三妹正经严肃的模样给吓哭了，脸埋在奶奶的肩上，哭得一抽一抽的，那样子，分外可怜。

"哦，哦，宝贝儿宝贝儿不哭了，乖，妈妈不对，我帮你打她。"抬手示意地拍了一下三妹的肩膀，又冲着三妹吼道，"我家宝贝孙子想要什么没有？需要别人施舍？别给我扯那些有的没的，我只认豪豪这个孙子，至于胡月月，我们家可没这个福气。"

胡豪哭累了趴在她肩头就睡着了，李润珍抱他去床上休息。

三妹将围巾给胡月重新围上，顺带给她理了理乱糟糟的头发——自己早上出去的时候她还没醒，估计是自己扎的，左右两根不对称的小辫子栽在小脑袋上，随着小脑袋前后摆动，加上她总是耷拉着脸严肃的样子，两相对比莫名的给人一种喜感。

"怎么撅着小嘴儿不说话？"手指刮了刮月月的小鼻子，"因为弟弟刚刚抢你的围巾？还是被奶奶骂了？"

月月不说话，两只手局促地捏着衣角，憋了半天终于吐出一句话来，"她不让我叫她奶奶，我也不想叫她奶奶。"

"这孩子，说什么呢？"看来这孩子真开始懂事儿了，她慢慢地理解奶奶对她不待见，"你是奶奶唯一的孙女，她也是很疼你的。"说着，怕她不信，赶紧又加上一句，"你的书包还是奶奶给你买的，奶奶每次去赶集不是都给你带了东西吗？弟弟比你小，奶奶多疼他也是正常的，小时候你也是奶奶背大的。"

"妈妈，他们说我不是爸爸的女儿，还骂我是野种……"月月的声音越来越低，三妹这依稀听到"不是、野种"这类的词眼。

"他们是谁？"

"王娟、陈灿他们，他们说我不是爸爸的女儿，所以奶奶才不喜欢我。"

这回三妹终于弄明白女儿说的话了，以前豪豪还没出生的时候，虽然婆婆也不喜欢月月，但态度也还算好，自从生了豪豪之后，婆婆看着月月就各种不爽，她知道月月不是自己儿子的骨肉，月月是胡华子那个臭小子的，而自家跟华子他们家还是族亲，华子和自家儿子从小就光着屁股长大的，自己也把他当孙子，可是，儿子和所谓的孙子先后带了同一个女人回来，村里人明里暗里风言风语的，这让她这个好强了一辈子的女人怎么受得了？

　　所以每每在外人面前提起的时候，总是连名带姓地叫月月，不仅不准月月叫她婆，还不准叫豪豪弟弟，大人们私底下也爱拿这事儿打趣，小孩子些听多了，在学校就拿这件事儿说月月是野孩子，月月年纪小，自尊心重，常常跟人家打起来，回来免不了又要被老太太数落一顿，三妹也常为这事教育她，这孩子倒憋得住气，怎么也不说出个为什么。

五、都是没钱惹的祸

李润珍坐在床头,看着孙子熟睡的脸蛋,长叹了一口气,要是自己第一个孙子还在的话,这会儿估计已经上小学了吧?八年没见了,不知道长多高了?不会还像小时候那样瘦吧?当年要不是那个女人狠心,现在自己和儿子也不会连孙子在哪儿都不知道,儿子也不会找了这么一个女人,还给人家养孩子。

归根结底还是因为没钱,不然那个女人的爸爸也不会嫌弃自己儿子,那个女人也不会因为受不了苦而走了,但是在这农村有什么办法呢?出去打工的女生就直接嫁在了外面,好不容易还有一两个留在家里,一开口聘礼就要好几万,光靠卖粮食的钱那得攒多少年啊?索性就在外面找了带回来,不给聘礼还不办婚礼,家里能省不少钱。可是这些城市里来的女孩子,大多娇生惯养,到了农村来根本不习惯,最多待个三五两年把孩子一生,找个机会就又跑回去了,有些没良心的还把孩子和家里的钱全带走了。

"妈,中午饭做好了没有?"儿子胡杰的声音拉回了她的思绪,"我都快饿死了。"

刚下班的儿子走了进来,怀里抱着胡月,手里拿着新编的竹球逗得她咯咯直笑。

"我说,你先把身上的衣服的木屑抖一下,小孩子的皮肤……"三妹跟在后面进了门来,抬头看见婆婆,赶紧将自己口里的埋怨刹住,可是已经来不及了。

"都做了半天活了还不累啊?她都几岁了还要人抱?自己没长腿吗?这死丫头就是你惯的,再惯下去估计要上天了。"果不其然,开口就没句好话。

她在说话的时候,月月已经从爸爸的怀里下来了,乖乖地站在一旁,两只眼睛滴溜溜地转,小手局促地揉着衣角。

三妹动了动嘴皮子,最终什么都没说。

估计是声音太大,床上熟睡的胡豪迷迷糊糊叫了一声"奶奶",老人家赶紧打住了话头,嘴型示意三妹去厨房炒菜。

三妹拉着月月进了厨房,胡杰被他老妈拽到门外来教训。

"不是我说,你看你婆娘,大早上说出去补大石庄那块地的包谷,这会儿才回来,肯定是怕回来做饭,躲在哪个旮旯里偷懒。"说这话的时候,老太太就像亲眼见到儿媳妇偷懒一样,那语气,那眼神,不知道的还以为是古代地主老财的监工呢,"一天到晚事儿不知道做,就知道跟那群婆娘嚼东嚼西的,还有那个小杂种,就是她惯的,小小年纪。"

"妈,三妹不是那种人。"胡杰无力地打断道,他最清楚自家老娘的脾气,一丁点儿事都要念叨半天,一时半会儿没瞧见三妹,就疑心她偷懒去了,挨家挨户地去找,要看见在哪家坐着,那话头就开始不好听了。

"不是哪种人?我说你昨天怎么想起问我要你这两年的工资了,是不是她又在你面前说了什么?我早就看出来了这女人没有看上去那么单纯,这几年她挑拨我们母子关系的还少吗?"

"妈。"眼见自己老娘声音越来越大,胡杰赶紧叫住,厨房里的三妹要是听到,估计又得出事儿了。

"你怕什么?男子汉家家的,还怕个女人不成?"老太太最见不得儿子这幅窝囊模样,以前多听自己的话,叫他往东不敢向西,自从这个女人进了家门,儿子慢慢就与自己疏远了,前两年唐三妹叫嚷着要分家,他竟然也赞同,要不是自己坚决不答应,这会儿早就两个灶头煮饭了。"我可跟你说了,你这钱我得给你放着,等以后豪豪上学用,要是给了你,你转手就给了那女人,要是哪天她揣着钱跑了,你就人财两空了。"

"妈,三妹都来我们家八年了,她要想跑早就跑了。你在这儿瞎担心什么啊!"胡杰真的不知道怎么说自己母亲了,这几年总是像防贼一样防着三妹,就怕她哪天把家里的钱和孩子带走。

"八年?你还记得李华去年跑的那个婆娘吧?孩子都读高中了,一晃就要喝儿媳妇茶的人,还不是跑了,我跟你说你还不相信,真要哪天跑了,你都没地儿哭去。"换了个坐姿继续劝诫道,"当初她跟了胡华子那么久，孩子都生了，最后不还是和胡华子分了吗？才分了不就又和你在一起，让你捡了个便宜爹当，你还高兴得跟什么似的。"

胡杰不说话了，他太了解自己老娘了，你越是反对她的观点，她说得越起劲，要是让她去参加辩论赛，估计一开口就没其他人什么事儿了。

"我好好跟你说呢，你还别不信，儿子，你要知道，妈我才是你最应该相信的人。"

"知道了知道了，我自己知道怎么做，你老人家就不要操心了。"

"怎么可能不操心？养儿一百岁常忧九十九。我……"

六、故人相见分外尴尬

"请问,"突然出现的男声打断了老人家的说教。

两母子往坝子里看去,顿时呆在了原地。

"大婆,你怎么不认识我了,我是华子啊。"他激动地走上前来,将手上提的东西放在地上,"幺爷,你不会也认不得我了吧?我俩可是从小光着屁股长大的。"

老太太很快反应了过来,忙招呼他进里屋坐,脸上有些不自然,好在华子没留意。

胡杰也回过神来,或许是因为三妹的原因,他有些不敢看胡华,机械地给他泡了一杯茶。

胡华端着茶环视了屋子一圈,"这屋子还是跟小时候一样,没什么变化。"又指着地上盖着盖子的苕洞,冲胡杰说道,"想当初我们还躲在这下面睡了半天,急得我奶奶拿着棍子在村子里到处找我。"他说着,眼前又似乎浮现出了儿时的欢乐时光,眼睛里都带着笑,"时间是把杀猪刀,这一晃我们都一把年纪了。"他自顾自地沉浸在自己的回忆里,压根儿没注意旁边脸色苍白的胡杰。

抬起茶杯喝了一口,华子突然站了起来,冲李润珍和胡杰各鞠了一躬。

"你这是干嘛呢?赶紧坐赶紧坐。"胡杰赶紧站起来将他按回座位。

"这礼是该补的,这些年我到处跑,感谢你们帮我照顾我的家人,尤其是幺爷你。"

这话一出,胡杰原本只是苍白的脸直接红了,脑门儿上全是汗,手脚不停地打颤,嘴唇更是泛起了黑色,李润珍也不好意思地站起来不住地给华子添茶。

"你这说的哪里话,你的家人就是我的家人,你的责任就是我的责任。"说这话的时候胡杰微微低着头,心里不住地打鼓,厨房里传来一阵切菜声，隐隐约约还能听到月月的说话声，更是让他局促不安起来。

"这些年多亏了你们，要不然她们……"

"她们，她们都挺好的。"胡杰怕他再说下去，赶紧截住了话头，憋了半天编出了这么一句话，急得他老娘在桌子底下偷偷踹了他一脚，直给他使眼色。

这时，厨房里传来三妹的声音，"妈，淀粉你放哪儿了？"

这下可把胡杰娘俩给着急的，就怕华子听出声儿来，心里慌乱，面上却故作镇定。胡华子见这娘俩奇怪的表情，打趣道，"这家里是藏了个什么仙女儿还是咋的？怎么都不出来见见？"又扭头继续说道，"结婚几年了？孩子多大了？上学了没有？"

"不是在碗柜上那个盆子里吗？"担心三妹再问，赶紧又补上一句，"我马上过来给你找，不知道脑子里装的什么，灶房里就那么一块儿地方，找个东西都找不到。"老太太慌忙站起来，手不小心绊到了桌子上的茶壶，这水直直地就往华子的脚倒去，只听得"啊"的一声，华子的鞋面已经冒着热气了。

虽说水烧来放着好一会儿了，可还没有完全冷透，这往脚面烫去，怎么也不好受，这不，华子脸上的冷汗都出来了，脚掌更是疼得咬牙切齿。

"怎么了？怎么了？三妹听到客厅里的叫声赶紧过来，一推开门看见的就是这样一副画面：前夫斜靠在桌子上，丈夫端了刚才自己的洗脸水正在给他冷敷，婆婆正在翻箱倒柜地找碘酒，被吵醒的儿子哇哇大哭。

反应过来的她准备马上关门，怎料她还来不及就看到华子扭过头一脸惊讶地看着她，月月也跑过来一把抱着自己的腿说道，"妈妈，锅糊了。"

等三妹去把锅端起来放在灶台上再回到客厅来，前夫、丈夫和婆婆围着炉子坐了三面，婆婆怀里坐着豪豪，月月挨着爸爸坐着，她自觉地坐在剩下的一面。

沉寂，一室沉寂。

终于，华子开口了，"这孩子是我女儿？"他指着月月问道，虽然是问句却是用的肯定语气，也是，只要是眼睛没出问题，所有看到月月那张克隆似的脸都会和华子联系起来，更别说月月今年快八岁了，简单推算一下时间也知道到底是谁的女儿。

虽然很不想承认，但三妹还是点了点头。

"什么叫你女儿？这孩子从小吃我家的用我家的，你这冷不丁一回来就想当爹，这世上怕没有这么好的事情。"既然事情已经扯开了，索性就把所有事情全摊开了来说个清楚，虽然这孩子自己怎么看怎么不顺眼，可好歹已经养了七八年了，多少也有了点儿感情，想到这里，李润珍冲华子大声吼道。

"当初你怎么没跟我说你已经有了？"华子直勾勾地看着三妹，想问她要个解释，自己这几年到处找她，没想到她回到了自己的老家，还跟了胡杰，虽然是自己对不起他，但他就是咽不下这口气，现在最需要理清的是孩子的事儿。

"告诉你？告诉你又怎么样？就不把我卖了吗？与其跟着你天天挨打受骂，我还不如自己生下来养。"说到这儿，三妹想到当时那些情景，眼泪不禁再次涌上眼眶。

"我不管，她是我女儿，亲生的，这谁也没权利拆散我们。"曾经以为自己孤苦无依，现在再度遇到自己以前的婆娘，还多了一个乖巧懂事的女儿，可是婆娘女儿全都是别人的，这叫他怎么咽得下这口气？

"胡杰，朋友之妻不可欺，你竟然连我的女人都敢搞？你还要不要脸？"对着胡杰就是一通乱骂，气急了还随手抄起桌上的茶杯就往胡杰身上砸，三妹和李润珍赶紧拉住了他。

"胡华子，你给老娘滚出去，不要在我家里撒泼，唐三妹是自己愿意跟着我儿子的，没人逼她，再说啦，你是死是活都不知道，难不成还要她为你守一辈子寡？也不撒泡尿照照自己。"李润珍一见自己儿子受了欺负，暴脾气直接上岗，抄起门后的扫帚就要向胡华子身上打去，胡杰见状赶紧拦下。

"是我对不起你，当初我们都以为你出事儿了，所以……"沉默了半天的胡杰终于开口解释，不料却被胡华子打断了。

"所以你就抢了我婆娘和女儿？真他妈的够义气哈，亏我还感激你前几年对我爷爷奶奶的照顾，说不定还是你们两个奸夫淫妇把他们给气死的！"

"胡华子！"三妹气得站了起来指着他骂，"我跟你在一起那些年，你对我拳打脚踢,后来还把我卖了,即便是曾经有一点儿夫妻情分也被消耗完了,所以,你现在没有立场,更没有资格在这儿指责任何人,我请你立刻马上给我滚出去。"

"好啊,这么几年不见,你脾气见长啊。别以为我不知道,当初你们两就你一眼我一眼的,说不定早就勾搭上了,呵呵,胡杰,你可真有出息,我玩过的女人你也要,你也不怕臊得慌,祖宗天上看着,怎么就不劈死你呢。"华子看着眼前这对奸夫淫妇,气不打一处来,怪不得唐三妹这臭婆娘不跟自己过了,原来是早就找好下家了。

"胡华子,你给老娘积点儿口德,当年要不是我们家,你爷爷奶奶他们死了都没人知道,要不是我儿子,连个戴孝的人都没有?你这会儿还好意思跑到这儿来跟我们算账?真是天大的笑话。更何况,就是祖宗真要劈死人,也的先把你这个不孝的子孙给收了再说。"

李润珍一边不住地骂着,一边把华子往屋外推,华子脚刚被烫,老人家很轻松地就把人给推了出来,然后"嘭"的一声关上了大门。

"老子去找政府,唐三妹你别忘了,老子跟你还没扯离婚证,你生是我的人死是我的鬼,老子还不信这天底下没有王法了……"

华子瘸着脚一蹦一跳地离开了,屋里面李润珍瘫坐在靠窗的板凳上,胡杰抱着月月沉默不说话,三妹不住地啜泣着。

"摆饭来吃吧。"好一会儿,三妹擦干泪水站起来,自顾自地将饭菜摆上桌来。

"气都气饱了,还吃什么吃!"老太太想着胡华子的话,估计他是要将这件事闹大了去,自己的老脸得往哪儿搁啊。

胡杰抬起碗胡乱吃了一点儿就出门了,月月赶紧上去抱着他的大腿,"爸爸,你去哪儿?你是不是要把我送给刚刚那个大叔?"

听着这话,胡杰的泪水再也忍不住了,一把将月月抱起来向门外走去。

"你永远都是我女儿。"

七、争夺

　　华子去了政府诉说了自己的冤屈，相关工作人员告诉他，他和三妹已经分居了八年，婚姻关系已经没有了法律效力，即便是走法律程序也得不到他想要的结果。

　　华子站在政府门口大骂了一场，直到晚上门卫来关门才瘸着腿回村来。

　　茅屋已经倒了，是怎么样也住不下人了，华子只好厚着脸皮去旁边的堂叔家，堂叔是个光棍，前些年出去挣了些钱回来把房子盖了，这两年就在家做点儿农活养活自己。以前华子还在家的时候，因为三妹的原因和堂叔吵过几架，骂得最难听的时候连祖宗十八代都抬了出来。

　　这会儿到了他家门口，抬起手准备敲门，却怎么也没勇气敲下去，正巧堂叔开门出来倒洗脚水，瞧见了站在门口都快冻成冰人的他，赶紧拉了进去，又给他烧水做饭，一句也没提当年华子冤枉他和三妹的事。

　　"这次回来准备住多久，要把你公、婆的坟给包了再走吧？"吃晚饭后两人坐在客厅里，堂叔抽着旱烟问道。

　　"我……"华子不知道怎么回答他，回来房子没有，这两年到处转悠，挣得钱自己都不够花，更别说给公、婆包坟了。

　　堂叔看出了他的窘境，也就没再继续这个话题了，只是说道，"这段日子就在我这儿住下吧。"实在是想着这个孩子可怜，从小就没了爹娘，现在连公、婆都没有了，一个人连个窝都没有。

　　过儿一会儿似乎想起了什么，又继续说道，"有些事你可能也知道了，过去的就过去了。"

　　华子知道他说的什么，心里却是无法接受他的观点。

　　"婆娘孩子都是我的，这事儿怎么也过不去。"说着有些激动地站了起来，"是他胡杰不仁，就别怪我不义。"

　　"华子，算了吧。"堂叔看着他这样子，有些无奈地劝解道，"当初……"

"叔，你也来指责我？"华子有些气愤地瞪着堂叔，却又马上想起自己现在还住他家，垂下头来，"叔，孩子是我的，从她出生到现在八年了，我没见过她一次，更别说听她叫我一声爸。叔，您是知道的，我从小就没了爸，后来我妈也不要我了，现在我好不容易有个女儿，你叫我怎么放下啊。"说着，华子啜泣起来。

"可是……"堂叔想劝他，却又不知道从何劝起，指责他吧，自己又有什么立场呢？当年自己不也干了和他一样的混账事儿吗？

"没什么可是，唐三妹我不管，可是我自己的女儿我怎么也得要回来。"华子下了决心，他不求堂叔能够认可他的决定，尽管他非常希望他能支持自己，因为法律途径走不通，自己就只能找族亲和村里的干部来说理，堂叔在族里还算说得上话，如果有了他的支持，自己就好办多了。

堂叔理解华子现在的固执，那是一种不甘心，就像一个溺水的人抓住浮萍，即便他知道自己最后还是会被淹死，还是舍不得放弃最后一丝生的希望。

"睡了吧，有什么事儿明天起来再说。"

第二天早上堂叔起来的时候，华子已经离开了，拨了几遍他的电话，都提示对方手机已经关机。

此时的华子正在奔波于各家族亲，说服他们站在自己的立场，帮自己把孩子要回来。

可是大家都不好表态，毕竟华子和胡杰都是自己族里的，而且还是叔侄，这帮谁都不对，但也扛不住华子一把眼泪一把鼻涕地哭泣，只好答应到时候一定到场。

晚上六点，大家聚集在胡杰家，连村长和书记都来了。

老太太把豪豪送去了女儿家，月月白天一个人玩累了，刚睡着就被客厅里的说话声吵醒了，自己穿好衣服刚出来，就被人抱在怀里，"女儿、女儿"地叫着，吓得才八岁的她不知所措。

"你吓着她了。"三妹走过去想要接过月月，华子紧抱着不放手，勒得月月大哭起来，边哭还手脚并用地打抱着自己的这个陌生人。

"华子，孩子还小，她不认你也是正常的。"族里一个上了年纪的老人伸手把月月接了过来，孩子到了他怀里立马安静了，两只大眼睛骨碌碌地转着，眼里充满了对华子的防备。

"在场的汪书记和陈村长，你们也看见了，这孩子明明是我的亲生骨肉，可是因为唐三妹和胡杰的隐瞒，现在她连我是谁都不知道，我现在回来了，孩子就应该还给我，让我自己抚养了。"华子看着月月出声说道。

"你抚养？"李润珍跳了出来，"那你给我把这八年的抚养费给算清了再说。"眼见着因为这句话华子脸色一白，"一年打一万算，八万块钱给我拿来，我就把孩子还给你。"

"妈。"三妹在旁边听着自己婆婆说的这话，着急地开口。

老太太没理她，继续指着华子说"还有，你必须保证自己有能力养活这孩子，虽然不是我家胡杰亲生的，可是在我们家我们可没亏待她，你别这会儿吵着闹着要回去，到时候房子没得住，书也没钱让她去上，再给我家送回来，抱歉，我家不是二手回收的。"老太太说完，立马觉得最后一句话说得有些难听了，继续补道，"养恩大于生恩，你要是没有能力养活她，今天就别想从我家把孩子要回去。"

三妹站在旁边，听到自家婆婆说"二手回收"的时候脸色一白，旁边的胡杰在下面拉了拉她的手，她才反应过来。

"你们。"华子听着李润珍的话，一时不知道怎么回答，自己的确没钱，别说八万，连八千都没有，"月月，我是爸爸啊，你亲生爸爸，到爸爸这儿来好吗？"既然大人说不动，那就先讨好孩子，只要孩子愿意跟自己走，一切就都好办了。"

"爸爸？"月月不明白眼前这是怎么回事儿，更不知道自己怎么突然多了一个爸爸出来，以为胡杰不要她了，哭着从老人家怀里跳下来，跑去抱住胡杰的大腿，"爸爸，你不要我了吗？"小声不确定地重复了一遍昨天的问题。

听到月月叫自己爸爸，胡杰眼眶有些湿润起来，旁边的三妹已经哭了。

"没有，爸爸怎么会不要你呢。"

屋子里的人看着胡杰和月月父女情深的样子，都有些触动，之前不愿表明立场是谁都不想得罪，可是这会儿看着哭得泣不成声的孩子，大家又有些不忍心了,华子他们从小看着长大,本性是怎么样的大家都清楚,要真是把这孩子让给他来养,估计得受不少罪,更何况胡杰这边也不会轻易同意。

"华子。"刚才抱着月月的老人首先发言道,"月月虽说是你的女儿,可是这些年你一点责任都没尽到。"看着华子就要出口反驳,老人继续说道,"当初是你抛弃了三妹,所以她现在要跟什么人一起生活你也就没有权力说什么。胡杰也没什么错,更何况这些年你不在家,要不是有他们照看着,你公、婆怕是连个收尸的人都没有。这做人啊,要有良心。"最后,老人家语重心长地说道。

"就是就是。"

"他幺爷说得对啊。"

"当初你都不要她们娘俩了,现在又回来闹腾什么。"

……

众人纷纷你一口我一口地出声附和道,只听得华子脸皮发烫。

最后汪书记站起来发言,代表村委会支持胡杰抚养胡月月,这件事儿才算落下了帷幕。

第二天一早,有人看见华子离开了村子,至于去了哪里,谁也不知道。

傻丫的婚姻大事

一、候哑巴抱养的女儿是个傻子

"丫丫，你好好地看着家，灶台上给你热着饭菜，肚子饿了就把那边的凳子抬过来，站在上面去抬来吃，听到没有？"

"唔，唔，唔。"一手苹果一手脆糖左右开弓地我只能发着重复的单音节语调来回应母亲不厌其烦的嘱托。

"还有，我和爸爸还没回来之前无论哪个来敲门都不要开门，记住没有？"

"哥哥，哥哥。"

"你哥哥去大舅家了，今天不回来。"

"唔，唔。"往口里塞了一把花生米，母亲刚给剥的，吃得太急给卡在喉咙里上不上下不下的，声音也发不出来，只能使劲地将胖手在回风炉来回拍打着，弯着腰扫地的母亲抬头就看到呛得满脸泪水的我。

"哎呀，我的小祖宗啊。"母亲把扫帚扔了，赶紧跑过来蹲下身子给我顺气。"说了多少次，这炉子烧着火，不小心就烧着你了。"明明恨铁不成钢，又怕吓着我特意将声音压了下来，"你看妈妈这手就是小时候调皮烧的。"母亲再一次以她烧成锤子的手给我重复从小到大不知道听了多少次的血的教训，"当初啊，要是……"母亲又陷入了她痛苦的回忆，而我，瞪着大眼睛喘着粗气。

好一会儿才透过气来，伸手就去抓桌子中间的水杯，无奈个子太矮，"啪"的一声杯子掉在地上粉身碎骨了。

"妈妈，妈妈。"

母亲似是没听到我认错的呼叫，使劲将110斤的我抱来坐在沙发上，捡起扫把清理玻璃碎渣。

隔壁家的王三来催母亲起身，其实按辈分来算我应该叫她大娘，可是我莫名地讨厌她看我的眼神，就像现在，她抱着手臂靠在门前打量沙发上眼泪汪汪的我，脸上挂着淡淡的微笑，眼睛里尽是对我这个傻子的轻蔑。

在成滚坡的这个地界，没有人不知道候哑巴抱养的女儿是个傻子。

候哑巴是我爸爸，那个傻子就是我。我不仅傻，还又矮又胖。有多矮多胖呢？1米的个子，110斤的体重。

看什么看？没看过又矮又胖的傻子吗？

我一眼给她瞪过去，凶神恶煞的眼神使她打了个冷噤，随口骂出的"烂母狗"更是让她脸色阴沉了下来，不过马上又恢复了正常，估计她心里这会儿正在想着"跟个傻子计较什么劲儿"。

在我有限的智商里，别的记不住，但是诸如烂母狗等骂人的话我却是过耳不忘，而且还将名字也附加了进来，瞅谁不顺眼就开骂，偶尔我的哑巴父亲在放音响，我还会和着音乐骂人，越骂越起劲。

对于一个20岁的正常女人来说，开口乱骂别人是绝对不被允许和忍让的，轻则会被对方骂没家教，重则还会被扇耳光，不过，谁让我是傻子呢，傻子的特权就是吃了就睡，睡了就吃，高兴了就蹦蹦跳跳，不高兴了就骂人摔东西，即使像上次那样把爸爸的眼镜摔坏了，爸爸也只是看着我叹了口气，然后比划着责骂哥哥没看好我。

妈妈换好衣服出来，对着墙上的镜子整理，虽然已经60多岁的老人了，头发也基本白完了，但母亲总是收拾得利利落落的，用她的话来说就是这样看着精神，她自己精神也就算了，还要把我这个傻子也给拾掇得精精神神的，本来农村就穿不了干净衣裳，再加上我又是个傻子，一会儿工夫不见就弄得一身灰，母亲忙完了地里的活回来把饭给煮来吃了，还要把我身上的脏衣服给换来洗了才休息。

"丫丫，我给你说的记住了没有，饭菜在哪儿记得吧？"

我用手指了指灶上。

"必须拿凳子去垫着才行，还有不要开门让人进来，不要摔家里的东西，知道吗？"

我自顾自地使劲蹂躏着手里的小熊似懂非懂地点点头。

再三确定我这个傻子女儿真的把她说的话都记住了，她才把门拉上又反锁了两道才放心地和王三一起吃酒去了。

二、我的哑巴爸爸、妈妈和哥哥

　　成滚坡，这是我生活了 20 年的地方的小地名，准确地来说，是 20 年 5 个月。先来详细地介绍一下这个地方的方位吧，万寿河从中间把一座山平均劈成两半，我们这边的地名一般是按地形来去的，比如说山形像马的鞍部取名马鞍山，地形看上去像是一个葫芦就叫葫芦寨，顾名思义，成滚坡就是坡很陡，爷爷在世时曾告诉我，有人抱个大南瓜从马鞍山顶滚下来，可以径直地滚到坡底的万寿河里，虽然有些夸张，但足以证明名字与地形是多么的名副其实了。

　　今天是 2015 年腊月十三，小雨，微风，从马鞍山平整光滑的水泥路分叉下来九转十八弯的小路上黄泥巴湿裹着拳头大小的小石头，一眼望去，从坡顶到坡脚，似乎穿上了一件脏乱不堪的泥衣，只有中间大片大片的绿色和点点的炊烟还提醒着人们，这是还有人类居住的地方。

　　今年的冬天格外的冷，早上起来漫山遍野的白色将我迷迷糊糊的精神一下子给唤醒，推开正给我穿衣服的母亲就跑出去。

　　"妈妈，妈妈，我的苹果树呢？"

　　"冬天了，天老爷怕她冷就给她穿上了一件大棉袄，她躲在里面睡觉呢。"母亲伸手扒开了"棉袄"，我的小苹果树果然耷拉着头在睡觉。

　　"那屋子、马路也盖着被子睡觉吗？"没等母亲回答，我踮着脚尖小心翼翼地回屋子，回过头看到跟在身后的母亲一脚一个鞋印，"妈妈，你轻点儿，别打扰马路睡觉。"我最讨厌就是大清早的母亲就将我从睡梦中拉出来。

　　"妈妈，天老爷真不懂事，怎么就给白色的被子呢，这踩上去多脏啊。"嘟着嘴扯着自己身上的棉衣炫耀道，"还是爸爸好，知道丫丫最喜欢红色了。"

"是是是，爸爸最疼丫丫了。"弯腰给我系鞋带的母亲不知道想到了什么，眼眶一下子噙满了泪水。

"妈妈不哭，妈妈不哭，丫丫懂事儿，丫丫懂事儿。"笨拙地扯着袖子给母亲擦脸颊上的泪水，母亲的眼睛却像是开了闸的水龙头，怎么也止不住。

"我的傻女儿啊。"突然，母亲一把抱住了我。突如其来的举动加上母亲莫名其妙的泪水吓得我也跟着哭了起来，这不开始还好，一哭起来拉长的声音立马超过了母亲，"啊、啊、啊、啊"，或许是平时合着音乐骂人的次数多了，连哭腔也莫名奇妙地带上了曲调的感觉，如果你仔细听，绝对不会认为我是在伤心，而是在进行某种行为艺术。

如果让我去学音乐的话，或许我这个傻子还能成为一个音乐家呢，毕竟俗话不是也说了吗？上帝关上你的一道门绝对会给你开一扇窗，他把我的门和窗户都关死了，总归要给我留个缝儿透透气吧。

哦，忘了给你们介绍我的哑巴爸爸了，如果前些年你打成滚坡这个小到地图上怎么找也找不到的地方经过，或许你会经常看到一个背着装了斧子、墨斗、刨子、锯瞪各类木匠工具的老头，之所以说是老头，实在是我的哑巴爸爸年纪委实不小了，抱养我那年他就已经 40 出头了，虽然我又矮又胖脑袋还不精灵，但在他和我亲爱的妈妈的爱护下还算是健健康康地度过了 20 年的光阴。

我很想具体地向你们描述一下我的哑巴爸爸，但对于我这个学历水平仅仅只是五年级的傻子来说，如果你们寄期望于我笨拙的口舌，那你们肯定会失望的。你们肯定都看过电视剧《搭错车》吧？就是今年开春热播的电视剧，没错，我的爸爸长得和剧中那个哑巴爸爸很像，一样的个子不高、满头银发、微躬的背，当然，最大的相同点是他们都无法发声，与人交流的时候只能费力地比划，但最大的不同就是电视剧里的哑巴爸爸捡了一个聪明可爱的女儿，而我，又矮又胖，还是个傻子。

我的哑巴爸爸是个木匠，虽然很累，但这在当地来说还算是个不错的手艺，包吃、薪酬较高还能照顾家庭，最主要的是对于一个哑巴来说，尤其还是一个上了年纪的哑巴来说，离家太远无法与人有效沟通不算，受了欺负也只能打掉牙齿和血吞。

我的家庭除了我、我的哑巴爸爸和我亲爱的妈妈之外，还有一个家庭成员——我的哥哥，他是个真正阳光帅气的小伙，结合了爸妈所有的优点，聪明、懂事、亲切，最值得我们一家人骄傲的是他是我们这个地方第一个考上大学的人，村里那些长舌妇们常常私底下偷偷说："侯哑巴家儿子真是块读书的料。"当然，后面不可缺少地会跟上一句："就是捡的那个女儿，哎。"所有人都为我的哑巴爸爸和妈妈惋惜，当初因为他们膝下没有子女，思虑再三才决定领养我这个嗷嗷待哺的女儿，但没过三个月就检查出母亲已经有了两个月的身子，八个月后我就多了一个比我小的"哥哥"，为什么叫他哥哥我也记不得了，反正从小到大就是这样叫过来的，你怎么能指望我一个傻子能够回想起那么久远的记忆呢？

有了亲生儿子，又有我这个抱养的女儿，哑巴爸爸和锤子妈妈算是儿女双全了，却慢慢地发现我和其他孩子不一样，总是哭，两岁了还没有学会说话，甚至连小我八个月的"哥哥"都学着走路了我还站不起来，总是把屎尿拉在裤子里。

爸妈发觉了我的不对劲，背着我去各种医院检查，结果无一例外的全说是先天不足，也就是人们常说的痴呆儿、傻子，出人意料的是还检查出来我患了侏儒症，这辈子怎么也长不到正常人的身高。

"你这自己也有了儿子，何必再捡这么个麻烦来担着。"

"她要是正常的话，多一个人吃饭倒没什么，可问题是……这是天生的，你就是砸锅卖铁给她医治也医不好，白白地拖累了你们一家人。"

"要么送人，要么就……是死是活就看她的造化了。"

……

三大姑八大姨、街坊邻居集体出动劝说我的哑巴爸爸和锤子妈妈放弃我，爸妈除了沉默还是沉默，哥哥出生后镇上就有一家人前来看过我，家里条件还不错，也是一直没有子女，希望能够抱养我，还允诺会支付一笔钱作为之前抚养我的生活费，爸妈答应考虑一下，我可能感受到了那种即将到来的再一次被抛弃的命运，哇哇哭个不停，不吃饭，不睡觉，一天到晚只知道哭,旁人看了戏说道"这女娃儿将来肯定聪明得很",最后妈妈在我耳边反复重复说他们不会不要我,我才停止了抗争。

　　哪想到我不仅不聪明,甚至连一般的孩子都比不了,指不定当初准备抱养我的夫妇暗地里怎么庆幸没摊上我这么个包袱。

三、候丫丫上学记

我是个傻子。

还是个又胖又矮的傻子。

直到 7 岁我才真正确定了这个事实。

"我的丫丫是这个世界上最聪明的孩子,是妈妈最心爱的小棉袄。"

每天我在妈妈唱的摇篮曲中睡去,在她温柔的呼唤中醒来,她总是在我耳边说这一句话。

哑巴爸爸不会说话,但他总是温和的眼神包裹着我幼小敏感的心灵,高大的身躯总是把一切风雨阻隔在我的世界之外。

妈妈偶尔抱着我叹气,偶尔看着我流泪,她哭我也哭,我哭了她却笑了。

爸爸经常悄悄地告诫哥哥,在家要让着我,在外面要保护我。

"我不是你哥哥!我不是你哥哥!还要我给你说多少遍?你这个……"

哥哥对父母这种差别待遇不满,偶尔实在忍不住了就冲我大吼大叫,每次他都差点把"你这个傻子!"脱口而出,但是自从有一次被爸爸听到扇了他一巴掌,并让他跪着反省了一晚上之后,他再也没有把"傻子"这个名词说出来。

哥哥从不愿意我跟他一起出门——尽管我很少出门,父母把我管得很严,出门必须跟他们寸步不离,时时刻刻拿双眼睛盯着我,总给我一种"我是易碎品"的感觉,父母不在家的时候,要么把门反锁着,——锁的高度是我够不着的,只有找了凳子来垫着才将将能够着,然而我基本上不干这种事,因为我太胖了,对于一个胖子,还是一个矮胖子来说,这种需要付诸体力的事情我是万般不愿的。有时候哥哥在家,父母嘱托他看好我，然而他总是很忙，一会儿和同学去打篮球，一会儿关在自己房间里写作业，他总是想方设法地让我尽量不出现在他的视野里。

7岁的时候，我上学了，没有上幼儿园，直接上一年级，那时我虽然矮，但除了身材比较肥硕之外，和同龄人相差还不是很大。

是一个叫石安逸的老头领我进的学校，我倒现在都记得他的名字——前面我已经说了，我这个傻子对把名字搭配各种不堪的词语骂人的事情总是乐此不疲。

"她是候丫丫，以后就是我们班同学了。"石老头简单地说了两句，下面的孩子们坐得规规矩矩的，就像我家门口栽种的两排柏树一般笔直。

"哥哥，哥哥。"

是的，你没猜错，我这个傻子又犯傻了，就在这个所有人都等着我做自我介绍的时候，当然，这不能怪我故意捣乱，实在是处于一个孩子的天性使然，到了一个陌生的环境里，不自觉地会去寻求一种安全感，而下面坐着的哥哥就是此时能够让我安心的人。

"轰"的一声，下面的孩子们全都笑了，你一句我一句叽叽喳喳地说着，尽管我听不清也听不懂什么意思，但一个傻子的直觉告诉我——准没好话。

"哥哥，哥哥。"

石老头站在上面拿着黑板擦用力地拍打着摇摇欲坠的讲桌，试图让这个混乱的场面冷静下来，我自顾自地跑到了最后一排我哥哥的位置拽着他的衣角——又忘了告诉你们，我哥哥从小就比别的孩子长得高，现在19岁都一米八几了。

哥哥有些尴尬，他不想承认也不愿承认我这个傻瓜妹妹，整张脑袋都快钻到了课桌里。

"哥哥，哥哥，我要坐这儿，挨着你坐。"我蛮横不讲理地一把推开哥哥的同桌，背对着两只手搭在板凳上撑着身子，试图一口作气坐上去，奈何身高实在不高，学校又是高板凳，这一用力，板凳往后移去，我一屁股摔在地上。

"哇、哇、哇……"屁股传来的痛觉让我大哭了起来，一声比一声高亢，一声接着一声地充满了韵律感。

"轰"的一声,本来已经稍稍安静了的教室,这下又闹开了锅,石老头赶紧扭着和我一般肥硕的身材小跑到我面前,伸手准备拉我起来,哭得正有劲的我完全无视他伸出的粉笔灰掩盖下布满干茧的手,继续忘我地哭着。

哥哥看不下去了,低着脑袋小声冲我说了声:

"再不起来待会儿不买糖给你吃。"

话音一落,我的哭声随之戛然而止,下一秒我已经自己站了起来,并拢双脚,双手规矩地放在身前,低着头,嘟着嘴,活脱脱的一副受了欺负的样子。

哥哥最受不了我这样子,为了让我不继续丢人现眼,站起来把圆滚滚的我抱来坐在板凳上。

"老师,她就坐在我旁边吧。"他回过头冲石老头说了声,也不等他答应,就将刚刚被我推开的那个小女生的东西一并抱到了第一排靠讲桌的位置,那个位置是班上的特殊位置,一般只有极其调皮的孩子才有幸坐上去,而那个被我推开的瘦小斯文的女生被迫成了这个幸运者。——十多年前的乡村小学,每个班上满满当当的几十号人,所以除了那个空位置,教室里再放不下一张桌子。

"上课不准说话,不然不给你买糖!"

然后我只好睡着了。

"睡觉不准打呼噜,不然不给你买糖!"

然后我只好耷拉着眼皮开始了与周公的漫漫作战之旅。

哑巴爸爸每天都会给我们一毛钱,偶尔高兴或者节假日之类的也会多给一点,虽然钱不多,但往往哥哥只要给我买一根棒棒糖或者泡泡糖我就能打发整整一天,偶尔多余的钱就被哥哥贪污了。

四、傻子的朋友是疯子

石老头是个很慈祥很有耐心的老头，他的一生都奉献给了这个乡村小学，带过了多少学生他也记不得了，只有教师办公室外边的手动摇铃见证了他几十年的教书岁月，他的三个女儿都很争气，通过读书陆续走出了成滚坡这个小山村，在外面更广阔的世界里落地扎根，老头早就过了退休的年纪，女儿们准备接他出去养老，他舍不得这个载满了他所有青春记忆的地方，又因为学校师资不足，又回来继续教书。

当我的锤子妈妈把我带到他面前，千万交代让他对我这个傻子宽容些，是的，这些年的求医问药之后，父母已经完全接受了我是个傻子这个事实，之所以送我到学校学习，初衷并不是要让我学会多少知识，仅仅只是让我混混日子而已，作为正宗的面朝黄土背朝头的庄稼汉，随着我的长大，他们不忍心也不放心再把我锁在屋子里，只好把我送到学校里，他们认为有老师和同学照看着我，远比把我关在家里放心得多。

"班上来了个候丫丫，又胖又丑还傻瓜，逗得大家笑哈哈，笑呀笑哈哈！"

孩子们的想象力总是极其丰富的，再加上大人们适当的点拨，第二天关于我这个傻子的歌谣就产生了，不过却对我的生活没有任何影响，吃饭、睡觉、骂人和吃零食，不过傻归傻，作为一个人的基本本能，我还是交了一个朋友。

我的朋友是一个 40 多岁的女人，她是一个疯子，经常躺在校门口睡觉的疯子。下面我就借用哥哥的一篇关于疯子的作文向大家介绍一下我的这位朋友。

一头野草般疯长的头发，宽鄂大嘴凹鼻，配上一双充满稚气的眼睛，两只耳朵似风扇一样，西瓜头稳稳地扎在细而满是污垢的脖子上。隔着河我一眼便认出了她。原本军绿色的大衣变成了黑色，套在她瘦弱的身躯上颇有几分萧索感。搭上一条不知从哪个垃圾堆里淘出来的牛仔裤，显然裤子太大，扎了根或许是她经过某家农户时顺手牵羊的草绳，俨然一副葫芦娃造型。我知道她是疯子，可蹲在河边认真看鱼儿游动的样子，又让我不禁怀疑她不是疯子。意识到我要经过她身边，心中警铃大作。

"惨了，这是要死无葬身之地的节奏啊！"快速制定迂回路线，求上天让我安全经过。

"哗啦！"落水声拉回我的思绪，定睛一看，疯子正在水里手舞足蹈着。

"赶紧跑！"片刻犹豫后，"水不深，淹不死她，淹死最好。"

"幺儿，幺儿。"我知道她又把我当成她那局长儿子了，十多年了，她总喜欢乱叫，没人会答理她，因为大家都知道她是个疯子，都很宽容，不计较。

"幺儿，幺儿，幺儿。"她还不死心地叫着，心有不忍，正要回头拉她一把。

"啊！"一张葵花脸毫无预兆地出现在我眼前，吓得我赶紧后退，直到抵到石坎，她还没有停下，我忙双手交叉放在胸前，巴不得来上一招葵花点穴手，九阴白骨爪，降龙十八掌，恨不得屠苏附身，直接一剑劈死她。

可现实中我就一手无缚鸡之力的小孩子，"好吧，伸头一刀缩头也是一刀，十八年后又是一汉子。"可看到她缓缓抬起的右手时，眼睛还是很不争气地闭上了，"哎呀，这是要揍我啊。"

可为何过了好几秒还没有痛楚？"难不成疯病又犯了？这敢情好。"小心翼翼睁开眼，只见她手心里躺着一个满是污泥的核桃。

"这……给我？"我指了指核桃又指了指我，不敢置信地问道。"嘿嘿，幺儿乖乖。"这疯子，又不正常了，她不停地傻笑着，手冲我伸着，我忙伸出手指夹了过来。

见她转身离去，忙不迭地将核桃扔进河里，"扑通"一声，心里却像压了一块沉甸甸的石块，令我喘不过气来。

"世上只有妈妈好，有妈的孩子像个宝……"耳际传来疯子的歌声，不禁想起了小学时，每天她都会坐在校门唱歌，一遍又一遍地唱着"世上只有妈妈好"我总会摸出一根一毛的棒棒糖递给她，也因此常被别人骂我笨。如今我总算聪明了。

经过五叔家门口过，五叔忙端出一大盆未熟透的核桃招待我，见我疑惑，五叔忙解释说，"疯子天天从核桃树下过，你婶怕她偷了去，就全打了下来……"看来这世上的聪明人还挺多的。

好几年不曾见到疯子了，有人说她死了，也有人说她儿媳妇嫌她丢人把她关了起来，究竟如何我无从知晓。爸爸曾跟我提起疯子，说她原是个教师，因为生产落下了毛病，后来不知怎的就疯了。今年过节我倒是在茶馆看见了她儿媳妇，身材肥胖，穿金戴银的，顶着一头方便面头，时不时听到她赢钱的笑声……

我原是准备问她踪迹的，但还是算了吧，就当她去了个全是疯子的地方了吧，这里聪明人太多。

这是哥哥读初中的时候写的关于疯子的文章，据说得了老师的夸奖，还被拿来在课堂上朗诵，这都是哥哥回家来跟爸爸妈妈说的，是不是真的我不知道，只是我的哑巴父亲看了以后长叹了一口气，或许是想到了我这个傻子女儿了吧，当然，这都是后话了。

哥哥从小就很有灵性，特别是对于写作，自从三年级语文老师教我们写文章以来，每次哥哥的作文总会被当作范文来读，而我的试卷要么是空白，要么就画满了小花，可是怎么办呢，谁让我是个冥顽不灵的傻子呢？但是哥哥这篇关于疯子的文章却不完全是真实的，至少给疯子棒棒糖这种傻事儿只有我这个傻子会去做。

我很喜欢疯子，不仅是因为她歌声很好听，更重要的是她很真实，每每给她一丁点儿好处她就手舞足蹈起来，一头乱蓬蓬的头发上下飞舞，那种满足的神情，给人感觉她拥有了全世界。她总是把我认作她的幺儿，一见到我就跑过来试图抱住我，哥哥赶紧拦住她，可是他忘了我是个和她没什么区别的傻子，我对迎面跑来的与众不同的人充满了兴趣。在这个学校，除了哥哥和石老头，其他人要么对我敬而远之，要么拿我逗趣，他们以为我只是个傻子什么都不懂，但他们不知道的是，傻子比常人更敏感，我能看到其他人的笑容里隐藏着的不屑与讥笑，能感受到他们偶尔好心也只是怜悯。而疯子的眼睛则告诉我——我们是同类。我们可以随意坐在校门口，唱着一首又一首红色歌曲，我们可以以天为被以地为床想睡就睡，我们高兴时一起高兴，哭泣时一起哭泣，没有人管我们，也没人能管我们，于是，一个疯子和一个傻子成了朋友。

五年级的时候，疯子死了，有人说是饿死的，有人说是病死的，还有人说是被车撞死的，我没看到她的尸体，但依旧能够简单想象出她死的惨象，然后我哭了，心塞塞的，吃不下去饭，几天折腾下来瘦了一圈儿。

五、傻子就是傻子，被骂了还赔笑

疯子死了，伤心也只是暂时的事，这世上没有谁少了谁就活不下去，我的日子还是要照常没心没肺地过下去。

我爱上了画画，只要给我一个本子一支笔我就能安静地坐上一上午，尽管我也不知道自己画的是什么，但还是不停地画，最初石老头试图让我对画画的热情转移到课本上来，那谁不是说过吗？"世上所有的问题儿童，总有一项超乎常人的特长。"然而我依旧我行我素，把我惹火了，直接开骂。

"石安逸，老子咒你不得好死！"

……

上面已经说了，骂人是我为数不多的特长，也是我表达不满情绪的一种方式，当然，我还将一哭二闹三上吊、骂人撒泼摔东西练得驾轻就熟，石老头即便再有耐心，也禁不住我坐在办公室门口一骂就是半天，最后终于放弃了让我改邪归正的念头，不过每次踱步到我面前时还是忍不住叹口气。

我能应付得了石老头一个，却应付不了学校除了哥哥以外的其他学生。

小孩子是这个世界上最天真、最好奇和最喜欢说真话的生物，尽管我也只是一个孩子，可我还是无比痛恨我周围的同学们。

"傻子"这是他们对我的称呼，每每他们这样叫我的时候我感觉他们眼睛里都带着笑，透过他们的眼睛，我看到了嘲笑，对的，嘲笑，我不知道什么意思，但却无故地让我不舒服。

"傻子是夸我家丫丫聪明漂亮的意思。"回家问我的锤子妈妈，她这样告诉我，"丫丫是个懂事的孩子，所以下次有人这样叫你的时候，一定要记得微笑哦。"

……

"哈哈，真是个傻子，我们骂她她还笑得出来。"

"所以她是个傻子啊。"

"傻子就是傻子，骂了她她还赔笑。"

即便我再不懂人情世故，对着这么多成天对我指手画脚的人，慢慢的我知道了"傻子"这个称呼的真正含义。

于是，我意识到了我是傻子这个事实。

"我不是傻子！"

……

"我不是傻子！"

……

我一遍又一遍对每一个人重复这句话，可是，我犯了这个世界上最好笑的一个错误——傻子说自己不是傻子，我愈发成了众人的开心果，有事儿没事儿来逗逗我，然后欣赏我炸毛般的表情，如果幸运的话，还可以有幸目睹我边砸东西边破口大骂的场景。

最后，我退学了，石老头打电话让我的哑巴爸爸到学校来把我领回去。

"我真的没能力教好她。"石老头向我爸爸道歉道，"她已经严重地违反了学校规定，实在是不适合继续上学了。"其实他心里应该还想说，"反正都已经这样了，读再多的书又有什么用？学校又不是托儿所。"

哑巴爸爸牵着我的手回到家的时候，厨房里做饭的妈妈拿着锅铲看了我一眼，长长地叹了口气，等到吃饭时又恢复了平日笑吟吟的模样，但眼睛里的无奈越发浓重了。

除了我不读书之外，爸爸依旧早出晚归在外面做木工，妈妈在家里侍弄庄稼，哥哥在学校里认真读书，一切都安稳得不可思议。

生命有太多的变数，就像你永远不知道今天闭上眼睛明天还能不能睁开迎接太阳，你不知道风浪什么时候会来，浪头有多大，会不会轻易地把眼前所拥有的一切都打翻，然后让人生的某一段旅途蒙上黑暗。

爸爸老了，耳朵不怎么好使，手脚也不灵便了，再加上本来就是个哑巴，做起活来当然赶不上他的那些年轻气壮的徒弟们，我的哑巴爸爸深知这一点，所以自觉降低自己的薪酬，有的人家信赖父亲的好手艺，偶尔也有些生意，虽然比不上以前，但也勉强能够维持一家人的生活。

慢慢的，爸爸再也不能继续出去做木工了。

随着科技的发展，木工已经不再是一个纯粹的手工活，爸爸早早就买了一台刨床，这冰冷的机器果真省事不少，但也为爸爸，为我们家带来了一场不小的灾难。

雇主家的孩子大拇指被刨床锯断了。

这个噩耗传来的时候，母亲坐在客厅里在给我缝补衣服，我趴在窗台上画画，我听到母亲"哇"的叫痛声跑进去的时候，母亲被针刺破的手指正在流血，我走过去把母亲的手指含在嘴里，用力地将死血给吸出来，母亲呆呆地坐着，半天才说了一句"这日子可怎么过啊"。

最后事情处理下来，虽然是孩子自己跑去打开开关受的伤，但是父亲也要承担一部分责任——赔偿医药费和其他费用三万二千元。

有人为父亲打抱不平，认为这不该是他的责任，父亲沉默了半天比划道："我会想办法把钱攒齐。"

如果说之前我们家的生活还算是安逸的话，这下直接举步维艰了，卖粮食，卖年猪……家里该卖的都卖了，还在外面借了一部分才把钱凑齐给了人家，又遇上房子漏水、后墙倒塌，不得已得修房子，哥哥上初中住校读书，这一切都需要钱，然而，我们家最重要的收入来源也失去了，面朝黄土背朝天的劳作根本无济于事。

那段时间家里成天处于低气压状态，爸爸每天早出晚归，妈妈从早到晚唉声叹气，哥哥也吵着不读书要出去打工，最后还是被爸爸拿藤条逼着回学校的，只有我依旧还是过着我单调的生活，吃了睡，睡了吃，偶尔画一下画，每天从爸爸那儿领着一毛钱的零花钱，也是在这样的生活下，我一天比一天胖，身高却是到了1.1米就没再长过，以至于我真的成了现在这样一个又胖又矮的傻子。

六、媒人为傻子操碎了心

我已经是个 20 岁的大姑娘了，如果我不是个傻子，这会儿我已经是孩子的娘了。

你可别笑我，我这说的可都是实话，这不，隔壁家的小丽初中刚毕业就结婚了，还不到 17 岁，还有我表叔家刚过门儿的儿媳妇，初中跟我哥一个班的，这会儿孩子都能打酱油了，在这个高扬晚婚晚育主旋律的今天，农村的早婚早育却是更肆无忌惮了，没办法，谁让九几年的时候国家计划生育抓得那么严，导致农村男女比例严重失调，又加上自古女生高嫁的说法。农村的男生成为光棍的几率大大增加，先下手为强就成了所有家里有儿子的家长的共识，外貌无所谓，性格无所谓，家庭条件也无所谓，反正不管你黑猫白猫，逮着耗子就是好猫，也就是说，只要一个女的能生孩子，甭管什么样的，统统能够嫁出去。

所以，即便我是个又矮又胖的傻子，即便我已经蹉跎到了 20 岁，但是只要我满足是女的，能生育这两个条件，媒人依旧会上门来为我的终身大事"操碎了心"。

第一个上门的是隔壁村的王大婆，她到了屋角，瞧见我正坐在门口打盹，胖脑袋一上一下地点着，旁边趴着睡觉的大黄两只耳朵竖着，警惕地看着四周，一旦有人来马上"汪汪汪"地大叫起来。这是我和大黄这么多年养成的默契。

如果要说这世上谁最了解我，那绝对是大黄了，三年前我把他从马路上捡回来的时候它还只是小黄，小得我都不敢使劲，唯恐不小心伤到了它，三年过去了，它长成了大黄，又肥又壮，人都说狗是通人性的，这三年来狗和我形影不离，早上大黄跑到窗前拱我的被子，让睡梦中的我悠悠醒来，晚上我睡床上它睡地上，一有个风吹草动马上发出狗吠声将我叫醒。我摸摸它的毛，它就很温顺地趴在地上，一伸出手它就伸出爪子跟你握手，我经常对着它说话，除了父母外只有它不嫌弃我是个傻子，很有耐心地听我说那些别人眼中的胡话。还时不时摇摇尾巴向我示意它在认真地听。

在我知道我是个傻子后，在疯子死了之后，大黄是我最好的朋友。

然而村里不少的人却想打杀了它，美味的狗肉是一方面，最主要的是大黄是条疯狗——别人一笑我是个傻子，它马上冲上去"汪汪"大叫，如果对方骂我，它逮着就咬，非得为我"报仇雪恨"。最严重的一次是王大婆到我家猪圈里看猪，我拉着不让她看，她笑说了一句"你这个傻子"，大黄上去冲她大腿就是一口，弄得她大半年不敢来我家，偶尔路上看到我也绕道走，也因此爸爸想把大黄杀了，我死活不肯，最后才不了了之。

王大婆绕过客厅门口，从厨房进了屋去，妈妈正在厨房做饭。忙关了火，洗了手，将王大婆迎进客厅。

"他二嫂啊，我跟你说个事儿。"估计怕将打瞌睡的我吵醒，王大婆压低了声音。

"什么事儿这么神神秘秘的？"

"小声点儿。"王大婆探身透过窗了看了一眼重复做着点头运动的我，坐下来一脸笑地说道，"我啊，想给你家丫丫说个婆家。"

"这……"妈妈有些惊讶，虽然女大当嫁，村里的跟我同年出生的女孩子都出嫁了，她和哑巴爸爸偶尔也商量这件事儿，但是谁家要一个傻子啊？

"这男娃儿是我娘家的一个侄孙，家里条件还不错，家里就这么一个独子，房子修好了的，爸妈身体还很硬朗，两个姐姐的婆家也不错。"突然，话锋一转，"就是男孩子有点儿老实。"

"比如呢？"虽然说女生高嫁，但妈妈心里也知道就我这条件，人家男生要是没什么大的缺陷的话是绝对不会看上我的，尽管在她心里我一直是最好的。

"就是脑子有点儿空，不会理事儿，但力气很好，还去外面打工挣钱呢。"王大婆瞧了瞧我妈妈的脸色，"你放心，绝对不是残疾，要是残疾我也不会上门给你介绍啊，你说对吧？"

妈妈没答话，她有些急了。

"说句你不高兴的话，丫丫都这个样子了，你能给她选个什么样的？总不可能一辈子养在家里吧？即便你和哑巴是这样想的，可是你们都60出头的人了，一只脚都进棺材了，你们活着倒是能带着她过一天算一天，可是你们死了呢？"

"对啊，我们死了呢？到时候谁管丫丫，小灿吗？他以后有自己的家庭和事业……"这个问题妈妈不是没想过，只是不敢想，这下被拿到台面上了，就不得不去想了。

"好歹你也给个话呗，如果你这边没什么意见的话，男方后天就过来看看。"

妈妈沉默了一会儿，答应再考虑考虑。

这个晚上爸爸妈妈房间里的灯凌晨三四点才熄灭。

七、丫丫的第一次相亲

今天是个很特别的日子,大早上起来妈妈就给我收拾打扮了一番,红棉袄、短靴子配上两根黑辫子,镜子里笑得傻里傻气的我完全就是个没长大的孩子。妈妈忙着杀鸡做饭,放假回家的哥哥也忙前忙后地收拾屋子,屋里屋外焕然一新,爸爸还上街买了花生瓜子和糖果。

"过年,过年"在我有限的记忆里,这样的日子只能是过年了。

"傻孩子。"蹲着给我理裤脚的妈妈声音有些哽咽,站起来的时候一个晕眩差点向后倒去,我下意识地赶紧拉住她的手,妈妈才不至于摔倒在地。

中午,王大婆带了两个人上门来,一男一女,女的上了年纪,收拾得利落精明,男的30出头的样子,呆呆的,坐在女人旁边,低着头不说话。

爸爸将我抱上板凳坐着,往我碗里夹了我最喜欢的红烧肉,我津津有味地吃着。

"只要你们同意,礼钱不成问题,婚礼的费用也由我们承担。"

"你们放心,我们绝对会把丫丫当亲生女儿对待。"

……

耳边不停地传来大人们的谈话声,他们似乎在谈论什么大事儿,那女人时不时看我两眼,好像我是一件货物,她给我估一个合适的价钱,她儿子依旧呆坐着不说话,哥哥坐在我旁边,神情少有的严肃。

"……两年之内,只要丫丫生下一男半女,我们马上支付另外的两万块钱,即便没有生下孩子,我们也会好好待她……"

"啪"的一声,哥哥的饭碗摔在了地上,他忙蹲下身子去收拾碎渣,一不小心割破了手指,妈妈忙带他去房间上药。

我吃饱了,双腿向下一蹬下了板凳,扭着臃肿的身子往房间走去——我想去看看哥哥。

"……丫丫不是货物,他们就是拿再多的钱也不能答应,你们是嫁女儿不是卖女儿。"我站在门外,哥哥的吼声传来吓我一跳,记忆中哥哥很少火气这么大。

"丫丫那个样子,不这样怎么办呢?总得给她找个归宿啊。"

"你也看到了那男的那个样子,年纪大不说,还流哈喇子,连钱都认不得,光有把蛮力气有什么用?这就是你认为的好归宿?再说那老太太,从进门就吧唧吧唧说个不停,说的比唱的好听,真要把丫丫嫁过去,估计过不了两天就鼻子不是鼻子眼睛不是眼睛的,最重要的是,他们还要去丫丫嫁过去两年之内就得生孩子,要真的生了,她都是个孩子,生了孩子怎么养,靠两个老的?要是两个老的死了呢?那孩子不得造孽一辈子,要是丫丫生不了孩子,两年过后再给送回来?虽然她不是你们亲生的,虽然她不是正常人,但是她是你女儿啊,妈,你怎么忍心将她推进火炉里。"

"我也不忍心啊……"妈妈的哭声响起,我赶紧推门进去。

"妈妈,妈妈,"我过去抱住妈妈的大腿,她蹲下身来揽过我的身子,我伸出手边哭边擦眼泪,"不哭,不哭,丫丫都没哭。"

"丫丫,丫丫最听话了。"妈妈说着,眼泪更加汹涌起来。

身高一米八的哥哥站在旁边,太阳光射在他和我们的身上,落了一地的斑驳。

下午那个女人和她儿子要走的时候,塞给母亲一个红包,母亲眼神坚定地还了回去,那女人讪讪地笑了笑,再拉了几句家常后牵着她儿子的手离开了。

然后,哥哥回校继续上课去了,连续几日,爸爸和妈妈眉头紧缩,家里陷入了一股前所未有的沉寂,当然,我还是原来的我,吃吃喝喝睡睡。

……

"他爸啊,你得想个办法啊,手心手背一样的肉,可是,"母亲欲言又止,"可是这不给丫丫找个归宿,以后她这日子怎么过啊。"

爸爸不说话，当然他也说不了话，沉默地抽着他那发出老水牛叫声般的"吧嗒、吧嗒"的水烟。

多愁善感的母亲想着想着眼泪水又流了出来，顺着她脸上沟壑遍布的沟痕慢慢流，最后落在地上，打出同样"吧嗒、吧嗒"的声音。

八、丫丫的第二次相亲

　　三个月过后，第二个媒人黄大嫂又上门来了。

　　说起这黄大嫂也是个可怜人，从小家庭优渥，偏偏不爱读书，初中毕业就跑出去打工，不幸遇到人贩子，一哄二骗地就给拐卖到我们这个山旮旯来了，男人比她大了十来岁，属于一人吃饱全家不饿的类型，起初她也试图逃跑过，每每总是被抓了回来，然后就是一顿拳打脚踢，时间一长，她竟慢慢对这地方生了感情，加上又有了两个孩子，就再没生过逃跑的心，所幸她是个理家好手，男人也是一把好劳力，在她的管制下，没出几年，二楼小洋房就修了起来，儿子女儿也听话，还张罗着开了个小卖部，日子过得红红火火的，这时她娘家的人找上门来要把她接回去，她倒死活不肯了，家里人留下来住了几天之后就回去了。

　　"候婶儿，我上门来给你家丫丫找门好亲事，准保您满意。"这黄大嫂话匣子一打开，完全没有其他人说话的份儿，"那人家条件好得不得了，城里人，父母都是有工作的，有车有房，男孩子比丫丫还小几个月，还有一个姐姐和一个弟弟，姐姐是大学老师，弟弟在北京读重本大学……"

　　"你直接说这男孩子有什么缺陷得了。"母亲打断她吹捧的话，有句话怎么说来着……媒婆的嘴是最不能听的，他们可以把死说成活的，丑的说成美的，美的直接说成神了。

　　"这孩子就跟丫丫一个样。"黄嫂没料到母亲如此的单刀直入，愣了两秒还是老老实实地回答道，"不过你别担心，丫丫要是嫁过去，这一辈子绝对吃穿不愁，更受不了委屈。"

　　母亲皱着眉头考虑了一会儿，还是答应让对方来见上一面，还特意跟黄嫂打招呼让人来就好，什么东西都不要买。

第二天，家门口停了一辆车子，车上陆续下来了四个人，两男两女，一老一少的两位女士打扮时髦，老的男人挽着自己妻子的手，年轻的男子拉着年轻女子的衣角。

中年妇女下了车来，取下墨镜，画了眼妆仍旧松弛无神的大眼睛扫视了面前的房屋一眼，接着将视线落到我的父母身上，当她目光扫过我时，拽着妈妈的手低着头自顾自地玩着手指的我莫名地打了一个寒噤，抬头看了眼面前几个陌生人，只见他们目光都盯着我，吓得我忙往妈妈身后退了退。

父母将他们迎进了屋里，端了凳子来让他们坐，只见年轻的女人从手提包里摸出一张纸，挨着将四个凳子仔细擦了两遍，一家四口才坐了下来。母亲倒了茶来，中年妇女端起来闻了闻继而放下，年轻女人摇了摇手里的饮料示意不用，中年男人端起来浅吟一口，只有那个呆呆的年轻男人似乎特别口渴，仰头一气喝完。

中间人黄大嫂简单为双方作了下介绍后，中年妇女开口说话了。

"我们不要求她"估计是一时想不起我的名字，伸手指了指蹲在门口啃苹果的我，"生孩子，只是想给我家浩子找个伴儿而已。"她微仰着头，施恩似的说道。

这话说得，敢情不是给她家儿子找媳妇儿，而是找玩具，就跟条宠物狗似的养着，主人一招手马上摇头摆尾的，主人不喜欢了就一声不吭地蹲在角落里。

"坏，真坏。"我傻里傻气的声音猝不及防地传来，大人们纷纷掉头看了趴在地上正在逗蚂蚁的我一会儿，笑笑不说话，年轻男人却是很有兴趣，跑到我面前来蹲着，和我一起逗蚂蚁。

"只要你们愿意，在我们能力范围内尽量满足你们的条件。"

父母没说话，紧锁的眉头显露了他们几分不满的情绪。虽然他们很想给我这个傻女儿找个归宿，但也不会像卖猪卖狗似的，卖家觉得不错，价钱差不多，交了定金过几天就可以来撵去杀了。

"哈哈，哈哈……"我被蚂蚁的"装死"行为逗得哈哈大笑，笑声再一次打断了大人们的谈话。几个大人掉过头来看着我，我趴了会儿身体有些不舒服，所幸一屁股坐在地上，妈妈开口阻止的时候，白色的衣服上已经沾满了灰。

不管答应不答应人家，这饭总是要做来吃的，交代黄大嫂陪着几位客人，爸妈去厨房忙活了起来，我难得如此又耐心地盯着蚂蚁看了这么半天。

中午太阳懒洋洋地从山头现身出来，难得的为这陡峭的春寒增一分温暖，我忙屁颠儿屁颠儿地端了小凳子出来坐在门口的坝子里，爸爸妈妈做好饭叫我的时候，我脑袋已经昏昏沉沉得快要睡过去了。

我有严重的瞌睡气，也就是我要睡觉或者睡得正香的时候除了妈妈之外谁要是来打扰我，我绝对发火，加上平时脾气就不好，心里一个不顺心就生闷气，可以连续几个小时不说话。这瞌睡气一上来，逮着人就一巴掌扇去，抓着东西就砸，所以哥哥在家时最不情愿做的事情就是叫我起床。

眼睛微微睁开了一条缝。

嗯……头发是短的——那就不是妈妈。

紧接着"啪"的一声就扇了过去，可是刚一下手我就马上清醒了，因为我打了我的哑巴爸爸，不过我倒不懂得什么愧疚心理，愣了两秒后继续手锤脚蹬的，口里还不住地发出"嗯，啊"的不满声。

爸爸把我抱进客厅的时候我的瞌睡已经完全消失了，一见到桌子上的菜，鱼香肉丝、夹烧肉、卤猪肚等，都是我喜欢吃的，不管三七二十一，爬上桌子端着碗就开吃，这个不符合我的口味，我往旁边移，那边我喜欢的隔得太远，干脆下了座位绕过去将想要吃的菜给夹在碗里，够了几下坐不上板凳，索性一屁股坐在地上，然后就像打棉絮一般吃起来不换气。

"丫丫，"妈妈一向很重礼仪，虽然这会儿她心里对客人也不满，但面子上的功夫总还是要做的，所以见我这么不礼貌赶紧呵斥道，"站起来坐好！"

我从小最怕妈妈，虽然她平时说话都细声细气的，但一生气起来，脸子一拉，声音加大，整个人的气场完全变了，每每这个时候我都吓得不轻。

我知道妈妈生气了，抬头看了一眼妈妈阴沉沉的脸，弄不清楚她发火的原因，心里一急，哇哇大哭起来了，边哭还边脚蹬地，手上的饭碗也被我扔到旁边去了，幸亏是个胶碗——平时总爱把碗打碎，所以家里人就给我专门买了摔不碎的碗。

哑巴爸爸最见不得我哭了，只见他冲妈妈眼睛一瞪，妈妈无奈地转过身去，他伸出手来，我泪眼汪汪地投入爸爸的怀抱。

"不哭了，丫丫乖。"爸爸给我擦了泪水，用手比划着，"吃饭的时候不要光吃自己喜欢的，这对身体不好，你跑过去夹也是不礼貌的行为，还有，给你说了很多遍了，地上脏，不要坐在地上吃饭，最后，不要你妈妈一吼你你就只会哭，知道没有？"

我重重地点了点头。

爸爸重新给我舀了一碗饭，夹了菜递给我，我咬唇低头不说话，他知道我已经吃饱了，也就不管我了，"你们继续吃，待会儿菜凉了。"转过身对着旁边的四个人比划道。

中年妇女把碗一放，示意自己吃饱了，妈妈忙倒了茶来，女人接过放在桌子上，打开她的饮料来喝，我感到她看我的眼神充满了鄙夷。

吃完饭坐了一会儿客人们就要走了，父母送他们上了车，双方没说什么，我站在门口冲他们说"慢走，再见"——这是唯一能够证明我是一个有礼貌的傻子的地方。

九、恢复正常的傻子

两次相亲都失败了，第一次是我的父母不放心对方，第二次是对方看不起我们。

日子继续过着，母亲继续她的长吁短叹，父亲仍旧不言不语地干活。似乎并没有什么改变，可又似乎有什么地方不同了。

一天，早上起床的时候，我竟然下意识地冲正在做饭的妈妈正正经经地叫了一声，正在切菜的她惊讶得合不拢嘴，更让她惊讶的是，我竟然自己穿好衣服下了床，还自己打水洗漱，和平日迷迷糊糊的我判若两人。

是的，我不是一个纯粹的傻子了，不知道什么原因，从这一天开始我的脑袋不像以前那样混混沌沌的了，尽管恢复正常的我也只是个聪明的傻子，但父母还是特别高兴，母亲更是抱着我"丫丫、丫丫"地叫个不停，就怕只是个梦，梦醒了，我又像以前那样傻不隆冬的了。

尽管我变聪明了，但在别人眼里我依旧还是个傻子，依旧是候哑巴那个只会吃了睡、睡了吃的傻女儿。

妈妈开始教我洗衣、做饭、打扫卫生——既然我不是个傻子了，就不能再继续过着一个傻子的生活，过去的 20 年对于我来说就是一片空白，如今的我就像刚学会走路说话的孩子，对周围的一切都感到新奇，充分将不懂就要问这一天性发挥到了极致，有时候把妈妈问得烦了，等晚上休息的时候她就冲我爸抱怨，我爸笑着"吧嗒、吧嗒"继续抽他的烟，笑着不说话。

太过旺盛的儿童般的好奇心也让我惹了不少祸，比如看电视看着看着就在琢磨里面出现的人是怎么回事儿，问了爸爸也问不出个所以然呢，趁着他们不在家就悄悄地把电视机给拆开，然后又装不回去了，爸妈回来看到少不了就是一顿骂加跪着写反思。还有看到蛇、蟾蜍这类东西觉得好奇就跟在后面，还捉了来看，兴高采烈地拿回去给爸妈看，才知道是条毒蛇，尽管毒性不大。不过最令父母头疼的却不是这个，而是每天上门来告状的人，"今天你家候丫丫打了我家娃儿……""你家候丫丫扯了我家园子里的菜。"

　　妈妈有时候无奈地看着我，重重地叹气："还是以前好带，省心不少。"

　　我也知道打人是不对的，但是谁让他们总是骂我呢，什么"有爹生没娘养""候哑巴的憨包女儿"之类的，以前听了不舒服也只是骂人，现在骂人都懒得骂了，直接开打，一般都是做做样子而已，但是一次不听下次再乱说的话，那就是来真的了，每每把人家孩子给打了，他们哭着回去告状，家长们骂骂咧咧地就来找我爸讨个公道，爸爸安静地听他们说完，并没像他们想象中的把我"教训"一顿，等人走了，爸爸板起脸一副很生气的样子，我怕得直往门后缩，妈妈赶紧开口责骂爸爸吓着我了，等爸爸比划完，原来是担心我打不过人家吃亏，劝我以后忍不下去了就回家来跟他们说，千万不能以暴制暴。

　　这回轮到妈妈生气了，当然她不是冲我，而是觉得爸爸太纵容我了，怕给我惯出个无法无天的毛病来。爸爸懒得听她唠叨，起身拿起烟枪就串门去了，妈妈这才开始好好给我"讲道理"。

　　哥哥打电话回来说他找了女朋友，是他们学校的同学，人挺不错的，放假了想带回来看看，还发了照片来给我们看，照片中的女孩子一脸灿烂的笑，身材娇小的她站在高大的哥哥旁边，一看就是乖乖女类型的。

　　爸爸妈妈特别高兴，尽管还只是女朋友，但也可能最后能修成正果成为正式的侯家儿媳呢，所以第一次见面尤其重要，距离放假还有十来天爸妈就开始着手准备了，反复打电话询问哥哥她的爱好，买了墙纸来将客厅打扮了一番，又把屋子打扫了一遍又一遍，被子床单也换了，甚至连当天烧什么菜都商量好了。

十、未来嫂子

哥哥带着女朋友下午才到家,上午下了点小雨,空气中弥漫着一股闷闷的感觉,我正在午睡,耳边有人念念叨叨的,就像几只苍蝇一样"嗡嗡"乱叫得让人心烦,不情愿地睁开眼来,妈妈拉着一个女孩子坐在旁边家长里短地聊着。

我转过身,拉了床单蒙在头上,堵着耳朵,刚要继续睡过去。

"都醒了还不起来,准备睡到什么时候,早……"妈妈赶忙刹住了嘴,将她的口头禅及时吞了回去,"早死三年常得睡"她没说完我也知道,以前还是个正宗的傻子的时候,我想睡到什么时候就睡到什么时候,自从成了一个聪明的傻子之后,妈妈就不允许我睡懒觉了,巴不得我闻鸡起舞。

我不情愿地坐了起来,磨磨蹭蹭地把衣服穿好,闭着眼睛就要去打水洗脸,从他们面前过的时候,我明确地感受到了母亲的不悦,尽管我知道她这是责备我的不礼貌,但多年傻子的身份已经让我对瞌睡气这个不好的习惯产生了更可怕的依耐性。

爸爸和哥哥在厨房里做饭,哥哥不停地说着学校里的趣事儿,爸爸只是听着,偶尔抬头冲他笑笑,夕阳的余晖打在他的身上,满头的白发,佝偻瘦弱的身躯,还有那总是出问题的身躯,直到此刻我才真切地感受到,我的哑巴爸爸真的老了,是啊,他已经60多岁了,别人这个年纪已经子孙满堂,而他,一家人沉甸甸的重担仍旧压在他的肩上。

"爸,"我想我是被风迷住了眼睛,不然眼睛里怎么会有泪水呢,"哥,你们在做什么好吃的?"我走过去踮着脚尖努力看桌上盆子装的菜,"有红烧肉吗?"

哥哥直愣愣地看着只到他腰部的我,不敢相信他那个傻子姐姐真的不傻了，尽管爸妈早就打了电话告诉他这个消息，但他还是觉得不可思议，于是出现了以下的对话。

"你叫什么名字？"

"候丫丫"

"我叫什么名字？"

"候灿"

"你叫我什么？"

"哥哥"

……

越问哥哥越懵了，这要是还是傻子吧，绝对不会如此口齿清晰地回答他的问题，如果正常了吧，这会儿我就不会叫他哥哥了，因为我的的确确比他大。

懒得搭理他，就让他愣着吧，我转身回到客厅，妈妈和哥哥的女朋友还在聊个不停，真是佩服她们的嘴巴，说了这么久还没罢工。

见了我，妈妈这才向我正式介绍了哥哥的女朋友：李晓娜，合海人，跟哥哥是一级的，哥哥学得临床医学，而她学的护理专业，父母是小学教师，巧的是她竟然跟我是同一年同一个月出生的，不过我俩站在一起倒像是母女俩，论身高她是我母亲，论长相我们就得颠倒了。

她长得很漂亮，一袭白裙将她瘦小的个子衬得高挑起来，原本的齐刘海用发卡撩了上去，露出光洁的额头，越发凸出了瓜子脸和一双大眼睛，微微一笑，浅浅的酒窝若隐若现，再加上她身上不自觉地发散出来的淡雅的气息，别说妈妈喜欢，就连我这个脑子不怎么灵通的人也立马喜欢上了。

母亲招呼她坐下，两人继续聊刚刚被我打断的话题，我坐在旁边无所事事，只好上下打量这位未来嫂子。

只见她侧对着我，柔顺的头发一丝不乱，小巧的耳朵上一个戴了一颗亮晶晶的耳钻，修长的脖子不做多余的修饰，裙角刚好到她的小腿，露出了纤细的小腿，红色高跟鞋将一双小脚紧紧地包裹住。再看她坐的姿势，背部打直，微微向前倾去，与母亲保持了半条手臂的长度，两只眼睛认真地注视着母亲，很安静地听着，偶尔点一下头或者"嗯""哦"，双手重叠置于膝上，手上带着一根手工绳——哥哥手上也戴了一根，修长的手指真应了"指如削葱根"这句修饰。

"真不错，候灿要么走狗屎运了，要么就是祖坟埋得好"我心里想着。

吃晚饭的时候，所有人都开动了她才开吃，不紧不慢，温文尔雅，才小半碗饭就下桌了，哪个人的碗里没饭了她第一时间站起来添饭，爸妈吃好了放下饭碗她赶紧端上了漱口水，等大家都吃完了，她又抢着收拾，最后爸妈拗不过她，只好让她和哥哥去收拾。

妈妈很喜欢她，这完全不用说，自从未来嫂子上门之后，她脸上的笑容就一直没断过，如果我曾经不是一个傻子的话，估计我这唠叨老妈又得抬出"别人家孩子"这个中国传统对比教育模式来打压我了。

未来嫂子在我家待了一个星期，哥哥带着她把我们这边好玩儿的地方都逛完了，好吃的东西也尝了个遍，她也很喜欢，每天晚上总要和妈妈聊很久才去睡觉。第八天的时候她家里打电话来催了——原来她是瞒着家里跟我哥回来的，她的家人甚至还不知道我哥这个人的存在，当然这也很正常，对于依旧很传统的中国人来说，儿子放养，女儿精养，如果有女生打电话到男生家，男生的父母绝对兴高采烈的，巴不得第二天就带回家瞅瞅，但如果是男生打电话到女生家，那就完全不同了，尽管你只是一个普通的朋友，女生父母也要把你十八辈祖宗全部问候个遍。

十一、我的傻哥哥

　　未来嫂子走的时候我没去送她，一是父母怕我出状况，二是怕我哭着不让她走，尽管我现在已经 20 出头了，但还是一副小孩子脾气，眼泪说来就来，她的脾气很好，和每个人都相处得来，不仅仅是我们家人很喜欢她，就连街坊邻居也直说哥哥有福气，她给我梳头发，带我玩儿，买零食给我吃……对于一个曾经空白了 20 年的傻子来说，短短的几天工夫，我已经完全把她当成了自己的亲人，所以如果我去送她的话，估计拽着她的手就不放，哭着闹着不要她走。

　　昨天晚饭的时候妈妈在旁边随口说了一声"姐姐要回去了"，我就伤心得饭也吃不下去，一个人坐在门口生闷气，大黄静静地躺在我旁边，时不时用它的舌头舔一下我的手。

　　晓娜出来坐在我身边，她叫我，我没心情理她，噘着嘴不说话。

　　"别生气了嘛，丫丫生气最不乖了。"

　　哼，不理她。

　　"哎呀，我都要走了，你竟然都不理我，真是好伤心。"

　　继续装作没听见。

　　"我又不是不回来了。"她佯装生气地说，"不过看你这样子怕是不想我再回来了。"

　　"你真的还要回来？不准骗我！"我终于忍不住问道。

　　她伸出小指头，"来，我们拉钩"，我伸出手指去，"拉钩，上吊，一辈子不准变，谁变谁是小狗。"

　　……

　　"丫丫我跟你说，我在你抽屉里给你放了棒棒糖，不准告诉你哥哥哈。"我最喜欢棒棒糖，然而家里人却不让我多吃，说是对牙齿不好。

"我也告诉你一个秘密。"我凑到她耳边小声说道,"哥哥的私房钱总是放在他背包夹层的缝儿里。"为了防止我拿他的钱,他也是够用心的。

"你两个在那儿鬼鬼祟祟地说些什么呢。"突如其来的声音吓我们一跳,抬头一看,哥哥抱着手一脸无奈地站在我们面前,没办法,我和晓娜其中一个就已经够他头疼的啦,现在还联合了,他完全可以预想到他以后暗无天日的生活。

"我们说……"我脱口就差点儿把我和晓娜的秘密告诉他,晓娜赶紧捂住我的嘴,"呜呜"我只好无奈地哼叫着。

晓娜脸皮薄,而我又不善于说谎,一时间两个人的脸都红了,幸亏哥哥并没有追问。

……

"嫂子什么时候到我们家来?"

晓娜走了之后,每天我都会问一遍这个问题,起初妈妈和哥哥还会很耐心地告诉我她回家去了。后来不知道怎么,他们对这个人就闭口不提了,而以我还停留在小孩子阶段的记忆,两周后,我已经忘记这个人了。

每个人都有每个人的生活轨道,有的会交叉纠缠,有的会一辈子平行没有交接点,而有的只是曾经幸运的擦肩而过。

……

"阿灿,我爸妈知道我们的事了。"

"嗯,然后呢?"

"然后……"

"他们觉得我配不上你?"

"不是。"

"那就是我们家太穷?"

"不是。"

"还是我父母是残疾人?"

"也不是。""他们也是为我好,没有人愿意自己的女儿以后嫁出去还带着姐姐生活……"

"可是,你不是也知道……"

"我爱你,所以我理解,但是我不能不顾及我父母的感受啊。你看能不能……"

"不行!那是我姐!即便她又矮又胖,还是个傻子,她也是我姐!"

……

这个夜晚,我梦见爸爸妈妈、哥哥,还有我,我们一家人坐在一起,爸爸抽着他"吧嗒吧嗒"的烟枪,妈妈带着老花镜给我缝衣服,嘴里不住地念着"都说了多少遍了,不要一句话不对头就跟人家打起来"。哥哥在一旁幸灾乐祸地笑着,还趁我不注意把遥控器抢了过去换成他喜欢的武侠片,而我,追着他满屋子地跑。

审判

　　穿过一条又一条小巷，直到路的尽头左拐，绕过小叶榕，穿着一身黑的送餐服务员低着头走进了"私奔"网吧。

　　一身红色装扮的网吧主管阿喵正在补妆，她是一个极有风情的女人，这点儿从她的梳妆打扮就能看出来——烟熏妆、烈焰红唇、大卷发、低胸吊带和超短裙，外面套了一件同样红色的棉大衣，一米六八的身高，身材前凸后翘，眼睛时而冷峭，时而弥漫着妩媚的色彩。

　　戴着鸭舌帽的服务员进去，脖子缩在高高的衣领里，依稀只能看见两只眼睛，抬头向阿喵微微笑了笑，阿喵放下口红，冲他招手。

　　他走过来，把手里的盒饭放在柜台上，点点头以示谢意，然后退到一旁，将鸭舌帽又压低了些。

　　"外卖外卖，烧腊饭，点了的都来领哦。"阿喵嗲嗲的嗓音一出，网吧里的男性全放下手里的鼠标，迅速聚集到前台。

　　"阿喵，给我一份烧鹅饭。"一个初中生模样的男生对阿喵招呼道，与年龄不符的眼睛像把机关枪把阿喵从头到脚扫视了个遍。

　　"好嘞。"阿喵拂了下刘海，露出了光洁的额头，拿起盒饭冲他眨了一下，男孩子被电住了，乖乖拿着饭盒回了座位。

　　"阿喵，随便给我一份。"另一个男子隔得老远招呼，还自认为帅气地挑了一下眉角，"阿喵，你穿红衣服真漂亮。"

　　"难道我穿白衣服的时候不漂亮？"阿喵嘟着嘴，一副不依不饶的样子。

　　"阿喵穿什么都好看。"人群中的一个 30 多岁的男人朗声笑道，一身的西装革履把他和旁人区别开来，"如果不穿就更好看了。"一双狐狸眼盯着阿喵，似乎她真的没穿衣服一样。

阿喵掩唇一笑，"齐哥可真会开玩笑。"然后扭着腰去倒了杯水递给男人，"您漱一漱口。"

男人接过水杯喝了，过一会儿才后知后觉地骂道，"你个臭婊子，竟然说我嘴臭！"声音之大，整个网吧都能听见。

"齐哥，抱歉了。"阿喵发出"咯咯"的笑声，然后冲门外点了一下头。

只是下一秒，门口就出现了两个彪形大汉，接着，齐哥被抬出了网吧，并被下令从今以后不能再踏进"私奔"。

众人见怪不怪，继续领着盒饭，每人还顺便拿了一瓶阿喵推荐的饮料。

戴着鸭舌帽的服务员一直站在旁边低着头不说话，等盒饭全部领完之后，阿喵从抽屉里数了钱给他，"45 五盒，900 块。"

他伸手接了，点头致谢后提着装饭盒的箱子转身出了小巷。

凌晨 6 点，阿喵媚笑着跟网吧里还在继续奋战的男人们告别，然后踩着 12 厘米的红色高跟鞋离开。

出了小巷，阿喵拐进了一间出租屋。

等出来的时候，一身学生打扮，白色校服、双肩背包、黑色直发、素面朝天，尤其是眼角的那颗泪痣，更是给人一种楚楚可怜的感觉，完全无法把她和刚才那个妩媚勾人的阿喵联系起来。

拿出手机照了照，后知后觉地想起自己少拿了一样装备，赶紧回去把厚底无度数的黑框大眼镜戴上，可站在镜子前，莫名地感觉屋里有双眼睛在看着自己，可里里外外检查了半天，除了邻居家偷跑进来偷吃东西的老花猫什么都没有。

可能是自己最近太累了，没休息好，所以出现幻觉了吧。自我安慰了两句，背上书包向学校走去。

进校门的时候看到前来值班的保安，她还有礼貌地说了声，"叔叔早上好。"

到数信大楼的时候，大门还没开，她便在旁边的亭子开始背单词。

"伊梦，怎么又这么早来背书？"起床开门的门卫叔叔见怪不怪问道，"现在的女孩子要是都像你一样就好了，我家女儿刚上高中，一到周末她妈怎么都叫不起来。"

"雷叔早上好。"照例笑着问候一声，提着书包上了楼。

到了教室，书包往书桌里一塞，伊梦趴在桌上一会儿工夫就睡着了。
"梦梦，梦梦。"
听到有人叫自己，伊梦一个机灵立马醒来，下意识地摸一下自己的嘴，幸亏没流口水，不然丢脸死了。
"你晚上都不睡觉的吗，怎么现在还瞌睡连连的？"室友依依看着面前这个耷拉着眼皮的室友，昨天下课本来准备拉着她一起去购物的，可是这丫头说自己晚上有兼职就先溜了。
"嘿嘿，我一向瞌睡多，你又不是不知道。"伊梦打着哈欠回道，没有一丝黑眼圈的脸蛋极具说服力。
"梦梦，我可跟你说哈，昨天阿姨查寝，咱们差点儿就露馅了，幸亏露露机智，在你被子里塞了个枕头说你睡着了，不然你就惨了。"
夏至在旁边一副幸亏菩萨保佑的样子。
"女侠救命之恩，小女子无以为报，只能以身相许了。"伊梦眨巴着眼睛看着后排的米露，手指做下跪样。
"别在那儿眨巴你的大眼镜了。"米露忍不住伸手取下她的眼镜，"明明不是近视，非得整副眼镜戴着，真是搞不懂你的脑回路。"
伊梦抢回眼镜戴好，"你们是不能理解作为美女的痛苦的，怕你们嫉妒，我只好掩饰外表靠内涵了。"撑着下巴，一副"赶快感谢姐吧"的欠揍表情。
"可是，你即便戴上了眼镜，还是一个美女啊，而且还是极其招蜂引蝶的那种。"依依望着天花板感叹道，"露露，我打赌，不出两分钟，肯定有男生来坐你旁边的座位。"
"这位同学，请问这个座位有人吗？"果不其然，依依话刚说完，就有男生抱着书前来询问，眼睛时不时往坐在最里边的伊梦看。
无视伊梦的眼神暗示，"没有。"米露回答道，"夏至，你要去厕所吗？"夏至还来不及回答，就被米露拖走了。
无语地看着消失在教室门口的两人，伊梦打开书开始复习上节课老师讲的知识点。

"那个，"旁边的男生有些犹豫的开口，"肖同学，你，你好。"

"你好。"来而不往非礼也，伊梦抬头冲他打了一声招呼，然后继续埋头复习。

"我是中文系的曹兴，很高兴认识你。"

"嗯。"

"那位同学，"上课老师突然抽人起来回答问题，"就是你，那位穿黑色棉衣的男同学，请你起来回答一下这个问题。"

伊梦低着头为曹兴默哀，虽然说这道题不难，可是众所周知，中文系是不上高数课的，所以任凭你再是才子，也肯定回答不上来。

果不其然，曹兴不好意思地站起来，极为认真地看着黑板上的题，一副认真思考的模样，眼神却一个劲地向伊梦求救，旁边的米露也不停地撞着伊梦的手肘，可老师一直盯着这边，伊梦就算有心也无力啊。

"老师，他不是我们学院的。"后面突然有人说道。

"哦？"

"他是中文系的"又有人补充道。

顿时老教授看着曹兴那叫一个欣慰啊，没想到自己的课讲得那么好，连中文系的都吸引过来了，下了课还特意把曹兴叫住，趁此机会伊梦赶紧溜了。

下了课回寝室的路上。

伊梦走在前面，不用回头都知道后面那三只这会儿的模样。

转身回头："有什么想说的就说吧，"停顿了一会儿，"但我不一定全部回答。"

"快说快说，你什么时候勾搭上曹兴的，据说他可是中文系数一数二的才子哦。"侬侬首先抢问。

"就是就是，昨天我还在校报上看到他发表的一首情诗，写得那叫一个深情款款，感情是写给你的。"米露抓住伊梦的肩膀摇啊摇的，"就今天他看你的眼神，一定暗恋你很久了。"

就连一向相对理智的米露也开始八卦，"这曹兴长得帅气又有才，最重要的是，人家中文系的巴巴爬来陪你上高数课，老实交代，你动心了没？"

"要换作我我都要动心了，你不知道刚刚他站起来的时候，要不是怕你事后打我，我都想补上一句'人家是来追我们班花的'。"

"停！"伊梦实在是受不了自己这群室友了，每天除了八卦就是八卦，"首先，我压根儿不认识他，所以不存在勾搭；其次，他写他的诗，至于是写给谁的，这与我无关。最后，这会儿我的确动心了，可对象是食堂的饭菜。最后，你们谁要是敢乱说，小心姑奶奶我撕了你们的嘴。"

说完，伊梦果断冲向食堂。

打完饭刚坐下，米露又开始咋呼了。

"快看快看。"兴奋地指着人群里正在排队打饭的人，"齐老师也来五食堂打饭诶。"活像发现了埋藏在地下几千年的宝物一样。

"哇，男神就是男神，连打个饭都那么帅。"依依一脸花痴样，连吃饭都忘了。

伊梦瞥了一眼她们口中的主人公，此时他正在端着餐盒让到一边，示意后面的女生先打，她笑了笑，谁能想到平日里衣冠楚楚、受人爱戴的齐老师私底下又是另一副嘴脸。

突然有个人走到伊梦的旁边坐下，不用抬头，就知道是某个混世魔王了。

今天出门一定忘记看风水了，不然怎么好死不死地遇见他了呢。

"麻烦您去别的桌坐可以吗？"沉默了三秒过后，伊梦还是忍不住说道，"这是我室友的位置。"

"好。"他竟然难得地答应了，伊梦已经做好了和他斗争的准备。

"从今天起，我改变战略了，相信我，我一定会把你这副恶心的嘴脸给撕下来的。"站起来端餐盘的时候，他伏在伊梦的耳朵边轻声说道。

伊梦神色不变，依旧吃她的饭，等他走到自己背后的时候，轻飘飘地吐出了三个字，不用回头，伊梦也能感受他全身泛着的怒气。

伊梦发誓，她真的没招惹过申墨这个人，可是，不知道为什么从上学期开始，他就跟自己杠上了。

一个学的是金融数学，一个学的是心理学，一个是三好学生，一个是混世魔王，一个年年拿奖学金，一个挂科是家常便饭，要真要找一点共同点，那就是两人都很出名，这两人怎么看都是八竿子打不着的那种，可偏偏还就结下梁子了。

上学期，伊梦帮辅导员送份资料到教科学院去，回来经过操场的时候，篮球直直地往自己头上砸来，在倒地那一刻，她清楚地看到了跑过来的申墨眼睛里得意的笑。

从那天开始，伊梦时不时在商业街、后门、食堂和图书馆看见他，不过每次都没好事，要么莫名其妙被撞，要么莫名其妙地被绊倒，要么莫名其妙地书被人拿走，要么刚打的饭一转眼就空了……反正各种突发意外层出不穷，却又没有证据证明是申墨做的。

某天再在商业街遇到他的时候，伊梦终于忍不住了。

"同学，你到底想怎样？"尽管没有证据，但伊梦确定以及肯定罪魁祸首就是他，"我们根本就不认识，你这样针对我好意思吗？"

谁知申墨竟然无动于衷，绕过挡路的伊梦就要走。

"同学，我在跟你说话呢！"

他终于停住了脚步，"你都说我们不认识了，所以我没必要回答你的问题。"

"那你为什么针对我？"

他转身笑了笑，走近伊梦低下头来看着她，"看过蒲松龄《聊斋志异》里的画皮吗？"

伊梦身子下意识地往后面退了退，尽管她极力想保持平静，可眼神里的慌乱还是被申墨捕捉到了。

阿喵是吧？真是个有趣的女人，但愿你一直都这么有趣才好。

申墨，性别男，教科系心理学专业学生，脾气火爆，极为叛逆，不善与人交流，父母家庭不祥。

关于申墨的信息，伊梦打听了半天就只得到这么些，最让伊梦好奇的是——父母家庭不祥，怎么个不祥呢？没人知道他父母是谁，也没人知道他家在哪儿，平时穿着打扮极其简单，上课永远坐在最后一排，从不逃课，但每次考试都是全班倒数，课外时间大部门都待在图书馆，就是这样一个奇怪的学生，让人觉得更奇怪的是上课老师的态度，课上点名从不点他，但申墨常常会不分场合地站起来反驳老师的观点，平日里脾气火爆，总爱一言不合就动手，可学校从未处罚过他，甚至有一次在课堂上和老师直接动手了，到最后竟然以息事宁人结束。

这一切只能用一个理由来解释，那就是他家境不是一般的好，好到他可以在学校横行霸道。

伊梦在学校一贯奉行的是低调做人、高调做事，尽管长得很有做花瓶的潜力，可她硬是在高手如云的数学系闯出了一片天：大学三年，三年学习和综合素质排名本专业第一，年年拿奖学金，各种比赛获奖无数。就是这样一个"校霸"级的人物，除了本班的同学，学校很少有人把她的名字和长相联系起来，她很享受这样的学习生活，也希望能这么度过最后一年。

可自从和申墨有了过节之后，她在学校的日子开始不那么平静了。

首先是走在路上会时不时听到有人提到自己，而内容大致有两个版本。

第一个版本：

"教科系的申墨看上了数学系的伊梦？你开玩笑吧？"

"我也是才知道的，啊，这个世界玄幻了。"

第二个版本：

"教科系的申墨盯上了数学系的伊梦！哈哈，这下有好戏看了。"

"看来混世魔王要辣手摧花的啦，为伊梦默哀三分钟。"

甚至还因此带动了学校的表白狂潮。

……

男生："小小，我喜欢你，我们在一起吧。"

女生："我们不适合。"

男生："连申墨和伊梦都在一起了，我们还有什么不适合的？"

……

男生："婷婷，我喜欢你，给我一个机会好吗？"

女生:"好，就等你这句话了。"
男生:(弱弱地问了一句)"这次你怎么答应得这么爽快？"
女生:"我怕申墨盯上我。"
……
最后，学院领导、班主任和辅导员依次出马跟伊梦做了一次深刻的谈话。通通都是以"理解"开头，"但是"结尾，然后补充四个字——好好学习。

对付申墨这种人，你越是跟他较真他就越是不依不饶，你不搭理他他蹦跶几天后就消停了，所以伊梦果断采取冷处理的方法，依旧白天往返于三点一线，晚上去"私奔"上班。实在在学校遇见了，直接无视。

可和伊梦预料不一样的是，无论怎么冷处理，他还是时不时出现在自己面前，每次总是一副欠揍的嘴脸，俗话说小不忍则乱大谋，想着"反正不是一个学院"，伊梦心里才好受一些。

可没想到的是，这学期他竟然跑来数学系蹭课，还每次坐在最后一排靠门的位置，什么时候来的不知道，什么时候走的也不知道，但每次伊梦只要一举手或者被老师点起来回答问题，他总会及时出现，每每都能用他的方法让伊梦回答不下来。

饶是脾气再好的人也受不了了，可偏偏伊梦还像个没事儿人似的，每次都是平静地坐下，下了课也是径直回寝室，完全把申墨当空气。

"我们走着瞧。"下课伊梦还在收书，申墨走到她面前拿起她正往包里装的书，翻了两页，然后"啪"的一声拍在桌子上，吓得旁边的三只身子不禁一震，可伊梦眼皮子都没抬一下，自顾自地收了装包里。

"麻烦让一让。"冲挡在道上的申墨说道，可他纹丝不动，伊梦转身走后门出去。

"私奔"是A市最大最贵的网吧，却也是A市唯一一个只针对男性开放的夜间网吧，在这里你有绝对的隐私，在这里你可以完全放纵自我。夜间一小时一百，整夜七百，这样的价格对于上网来说，完全是贵得离谱，可只要一个男人第一次走进这里，就会喜欢上这个网吧。

走进"私奔",在门口取下一张你喜欢的面具戴上,然后在前台选择你喜欢的风格——狂野、庄重、清新、简约、混搭,然后拿着号码牌去你自己的独立网吧间,打开进去,里面是你所选的装修风格,除了电脑等一应配置之外之外,还有沙发、水、水果、花等,把门关上,房间是隔音的,你可以哭可以笑,可以唱歌可以跳舞,如果心情极度不好的话,还可以额外支付费用去特定的房间泄愤,但出了房间你就必须遵守"私奔"的规矩,打架闹事的一概打入黑名单,永远不许踏入"私奔"半步。

要喝饮料和酒可以自己去前台拿,肚子饿了可以叫外卖,如果不是网吧指定的,那么自行付费,也就是说,"私奔"给客人最大限度的自由,让他们在家庭和工作之余有个相对私人的场所,可以尽情地发泄。

而网吧的主管阿喵更是成了"私奔"的一道风景线,除了漂亮和知性之外,神秘也是吸引这些人的因素,她就像一个黑夜幽灵一般,晚上十点出现,凌晨离开,没人知道她的真实姓名,也没人知道她住哪儿,更没有知道她到底是做什么的,她的服装常年只有两种颜色,红色和白色,红色妖艳知性,白色清丽柔美,而与之相对应的则是穿红衣的那天脾气火辣,白色那天则是温婉乖巧。都一样的勾人心魄,不少人因此拜倒在她的石榴裙下,甚至有人还大着胆子表白,可结果是红色衣服的那天直接把你扔出门外,白色衣服那天委婉拒绝,如果还不死心,还是把你扔出门外,久而久之,阿喵就成了一朵带刺的玫瑰,只可远观而不可亵玩。

死党小洛打电话来的时候,伊梦正躺在出租屋里呼呼大睡。
"喂。"
"小梦梦。"入耳就是可怜巴巴的声音。
"说。"简单明了一个字,直接打断了某人心里的小九九。
"那个,我在你门口,能不能先给我开个门?"
"门口?"伊梦立刻惊醒,披头散发就去开了门,然后把正在风中瑟瑟发抖的小洛拉进门来,"你傻不傻啊,来了就直接开门进来啊,又不是没有钥匙,还打什么电话,也是够了。"没好气地给她两个白眼,自顾自地接了杯开水给她，然后倒在床上继续睡。

"梦梦。"

"等我睡醒再说。"好不容易到周末，可以好好睡一觉，大清早就来扰人清梦，要不是怕她感冒，打死也不开门，"要么自己上网，要么就来陪我睡一会儿。"

等伊梦醒来的时候已经中午了，小洛在厨房里乒乒乓乓的，揉着鸡窝头洗漱完出来，小洛已经把做好的饭菜摆上桌了。

"你到底多久没进厨房了？到处都是灰尘，洗了半天才洗干净。"小洛看着眼前这个顶着鸡窝头，穿着睡衣，非常自觉地坐下开始吃饭的伊梦，唠叨模式开启，"跟你说了多少遍，让你不要总吃外卖……"

"打住！"伊梦啃着鸡腿打断小洛的唠叨，"你找我到底有什么事儿？"瞥了她一眼，只见她眉头一蹙，不用说也知道她又要开始装可怜了，"别给我装可怜，直奔主题。"

"我妈她让我去相亲。"

"噗。"这下伊梦也惊讶了，刚喝进去的一口水直接喷了出来，呛得她咳嗽不停。

"你没开玩笑吧？"可看她表情也不像开玩笑啊。"你这才多大，阿姨就着急把你嫁出去了？"

"拜托，只是相亲好吗？"怎么就一下子跳到结婚去了，"反正我跟我妈说了，你比我还大，除非你结婚了我才去相亲。"

"这又跟我有什么关系啊？"伊梦无语了，看着眼前纠结的小洛，"所以你来找我，是想在我这儿避避？"

"就是想你了，所以准备在你这里住一段时间，顺便暂时脱离一下我妈的魔掌。"小洛笑嘻嘻地给伊梦夹了一块红烧肉，"多吃一点，你看你都瘦了。"

伊梦才没被糖衣炮弹给弄晕了头，托着下巴一本正经上下把小洛打量了个遍，"其实吧，许阿姨也是为你好，你说你这又没读书了，成天待在家里算怎么回事儿嘛，还不如早早找一个好人家嫁了。"

"你能不能别老拿不读书这件事来说我，一个我妈就够烦的啦，再加上一个你,这日子还能不能过了。"小洛耷拉着脸佯装生气,"难道不读大学日子就不过了吗?想当初你不也闹着休学?所以啊我们俩半斤八两都差不多。"

这时伊梦扔在床上的电话响了。

"糟了糟了,绝对是我妈,你可千万别跟她说我在你这儿哈,不然我又是一顿骂了。"

"嘘。"伊梦示意她小声点儿,然后划了接听键。

"……是的,她在我这儿呢……好……您不用担心……"小洛侧着耳朵想听,伊梦一巴掌把她推倒在床上,然后拿着手机到卫生间里去接去了,还把门反锁上,急得小洛跳脚。

等伊梦出来的时候,只见小洛趴在餐桌上怨恨地看着自己,伊梦并不搭理,自顾自地坐下来开始吃饭,不时还评价两句,"这土豆丝太生了""这西红柿鸡蛋汤盐放多了""红烧肉火候掌握得还挺好。"

最后气得小洛筷子一扔,跑床上生闷气去了。

"得了,赶紧起来陪我去街上逛逛。"碗筷收拾完以后,伊梦过来踢了踢她的腿。

"睡着了是吧?那就可惜了,还说带你去商场买两套衣服,既然……"话还没说完,原本闭着眼睛睡着的某人猛地跳起来了。

"梦梦,你说什么?没骗我吧?我妈真的让我在你这儿待一段时间?"小洛激动得抓着伊梦的肩膀不停地摇,"到底是不是真的?你说话啊。"

"停!"无语地看着眼前这个变脸比翻书还快的女人,"你再这么摇下去,马上我就亲自把你押回去。"真的力气够大的,脑袋都给自己摇晕了。

"我错了,还不行吗?"金小洛立马低头求饶,"大不了接下来你每天的伙食我都包了,成了吧?"

"算了吧,这都期末了,我要回学校复习准备考试,你帮我看着一下'私奔',放周末的时候我再回来。"说着,把网吧和家里的钥匙都递给她,"一定要记得我跟你说的。"

"记得记得,多办事,少说话,不惹事,再说了,我又不是第一次去，这点儿规矩我还是知道的"小洛立正像模像样的敬了个礼，"下官一定不负所托。"

"错，重点是不要让任何人认出你来，也不能透露出一点儿我的信息，如若不然你就自行了结，哼哼。"

"知道了知道了，我这么聪明，一定不会露馅的啦。"

"那走吧。"找了一件外套披上，伊梦推着小洛出了门，"今天看到什么喜欢的，姐姐通通买给你。"

"嗨。"

有句话怎么说来着，越是不想见到的人他越是像只苍蝇一样天天在你面前打转，看着面前这张放大的脸，伊梦真的非常想一巴掌把他拍进厕所里淹死。

"怎么？不认得我了？昨天我们还……"

"昨天我们什么都没发生！"伊梦及时打住了他的话，再让他说下去，待会儿回去又得被某人拷问了。

"梦梦，你……"旁边听得一头雾水的小洛看着难得紧张的伊梦，又看看突然出现的这个打扮怪异的男生，似乎明白了什么。

"需要我回避吗？"弱弱地问道，没等回答就往一旁的凉椅移去。

"你，"伊梦急了，这会儿她真是跳进黄河也洗不清了，看了一眼比自己高出一个头的申墨，"有事儿吗？"

"没事儿。"申墨是真的没事儿，只是随便在街上走走，刚觉得没意思准备回去，就看见刚从公共厕所里出来的伊梦。

"没事儿？"没事儿你不也能找点儿事儿来吗？按之前的经验来说，没事儿才是最大的事儿呢。

"真没事儿。"申墨一副坦荡荡的样子，但让伊梦越发的怀疑了。"找个茶馆喝杯茶吧，好歹是同学，不会这个面子都不给吧？"

无事献殷勤，非奸即盗。

伊梦脑海里浮出这么句话，刚想开口拒绝，本来回避的小洛跳了出来抢在伊梦之前帮她答应了。

最后伊梦只好无奈地被小洛拉着进了茶馆。

看着自己面前聊得正起兴的小洛和申墨，伊梦无语地甩了两个白眼，然后埋头认真玩开心消消乐。

"伊梦同学怎么不喝茶啊？难不成我还能在里面下毒不成？"戏谑的声音响起，伊梦抬起头撞进了他单纯真挚的眼眸中，明明昨天还故意把自己撞倒在地，今天却又是一副什么事儿都没发生的样子。

"梦梦一向不喝茶。"旁边的小洛扯了扯呆愣中的伊梦的衣角，不好意思地向申墨解释道。

申墨抱歉地叫了服务员来，让服务员给伊梦倒了杯开水，"没想到伊梦同学竟然不喝茶，真是可惜了。"然后若有所思地看了一眼小洛放在旁边的购物袋，然后端起茶优雅地抿了一口。

"比不上您高贵的品位。"淡定地回了一句，伊梦站了起来，"小洛，时间不早了，我们该回去了。"

"可是……"

"要觉得可惜的话，你慢慢喝，我先走了。"伊梦实在是一分钟都不想和申墨多待，然后转身就往门走。

"唉，梦梦，你等等我嘛。"小洛也急了，提着购物袋就要追去，回头冲申墨歉意道，"她就这样，你不要介意啊，还有，谢谢你的茶。"然后快步追去。

申墨看着走远了的两人，坐下来端起茶继续品尝，嘴角露出了一抹微笑，却是转瞬即逝。

"早啊，伊梦同学。"

星期一上午只有一节课，伊梦记错了时间七点多就来了，又不想回寝室，就一个人在教室背书和做题打发时间，申墨从走廊经过的时候刚好看到她。

伊梦站在窗前背对着门，放着英语单词的耳机堵满了她的耳朵。

申墨扯了扯嘴角，没再打扰她，心情很好地消失在教室门口。

已经听了将近一个小时的英语了，应该让耳朵休息一下，刚摘下耳机，只听"唰"的一声，一盆水从楼上泼了下来，幸亏伊梦刚才往后退了两步，不然这会儿绝对成了落汤鸡。

趴在窗户往上看，正对着一张幸灾乐祸的脸。

"肖同学，早上好。"

饶是再好脾气的人这会儿也忍不住爆发了，更何况伊梦本身脾气就不好。

装了一大号塑料袋的水，伊梦"踏踏踏"地爬上三楼，一脚踹开304的大门，迎面就给靠在窗户边背对着自己的人泼了过去。

可是，谁能告诉她？万恶的申墨去哪儿了，为什么出现在这儿的是院长？而更让她觉得恐怖的是，自己竟然泼了他老人家一身水。

"对不起，刘院长，对不起，我真的……"短暂呆愣之后伊梦赶忙道歉，人老教授临退休了还被自己泼一身，光是想想伊梦连死的心都有了。"我给你擦擦，这大冬天的，里面的衣服没打湿吧？别感冒了才好。"伊梦这会儿真是急得团团转，虽说今天晒着太阳，可这样一月份的天，再被水淋这么一身，院长要是真感冒了，自己的罪过就大了。

越是这么想着，伊梦越是不知所措，胡乱摸了半天包竟然没带纸，索性把外套脱下来给老教授擦。

"算了"刘院长看着面前这个不断躬身道歉的小姑娘，摆手让她停止自己手里的动作，"就当洗个凉水澡了，没什么事儿。"

说着朝门口走去，还不忘回头戏谑伊梦："你这姑娘眼神和力道还挺准的，刚好给我泼脸上，要是硫酸的话，我这张脸就该毁容了。"看着伊梦抱着衣服依旧紧张地站在那儿，"你赶紧回去换身衣服吧，别我没感冒你倒是弄感冒了，影响考试就不好了。"

一向习惯等人走得差不多再走的伊梦这次竟然离下课还有十分钟就收好了书，等下课铃声一响，马上冲了出去。

"依依，我是不是眼花了？"米露不确定地问旁边同样一脸惊讶的依依。

"我确定，那就是我们一向靠内涵的学霸伊梦。"夏至托着下巴肯定地回答她们，"事出蹊跷必有妖，不过呢，我们还是先考虑一下咱们中午到底是吃三食堂好呢，还是五食堂？"

"有什么区别吗？"把书包往背上一背，嫌弃地说道，"还不都一样的难吃。"

"怎么会一样？三食堂男生多，重点有体育系的帅哥可以看，五食堂偶尔也能看一会齐大帅哥，可是他已经很久没去食堂打饭了。"一副怨念的口气，要是伊梦在旁边，估计又该嗤之以鼻了。

"我决定了，我们去吃六食堂。"最后米露一拍大腿决定。

"六食堂？"学校什么时候多了个六食堂出来。

"就是商业街啊。"米露一手拉一个往门外走，"听说最近新开了家馆子，味道还不错，怎么样？咱们打包回去吃？顺便帮梦梦带一份。"

"走起。"两人齐声答应，"不过你买单，别以为我们不知道你最近又赚了一小笔，所以，富婆，求包养啊。"

伊梦其实是忙着回去换衣服，刚才打扫完教室里一地的水，只差几分钟就上课了，根本赶不回寝室换衣服，自己里面只穿了一件短袖，外套湿嗒嗒的，一节课下来冻得实在难受，隐隐约约都感觉头有些笨重了。

"肖同学，"突然一个人笑嘻嘻地拦住了伊梦，"走这么快干嘛？一起吃午饭呗？"

不用抬头，她就知道是谁了，不过此刻她没心情跟他吵架，直接绕过他继续往寝室的方向走。

偏偏这人还不依不饶了，又跟了上来，"不就一起吃个饭吗？肖同学难道有什么不想让我知道的事，所以才每次都对我避如蛇蝎？"

他刻意加大了音量，这会儿又是下课，不一会儿就引来不少来来往往的同学的驻足围观。

"滚！"简单利落一个字，然后再次绕过他继续走，若是平时自己可能还会努力心平气和地回他一句，可是这会儿她什么都顾不上了，大姨妈突然驾到，她得赶紧回去换衣服。

申墨没有再继续追上去，而是两手插包慢悠悠地往五食堂走去。

阿喵，你终于装不下去了是吧？我很期待你的本来面目哦。

晚上八点，"私奔"网吧。

另一个阿喵小洛无聊地坐在前台，脚有一搭没一搭的前后摇摆着，一身白衣和伊梦的红色阿喵比起来，多了几分清纯。

九点钟送餐的鸭舌帽服务员又来了，照旧把盒饭往台子上一放，然后站到旁边去了。

小洛之前听伊梦说着这个服务员是个哑巴，还特别害羞，所以惊讶归惊讶，不一会儿就平静了，赶紧招呼大家来领盒饭。

发盒饭的过程，男人们有一句没一句跟小洛说着话，小洛微笑着笑着回答，声音柔柔的，听起来让人格外舒服。

如果有人仔细看送餐的服务员的话，会发现被帽檐遮住的嘴角挂着一丝略带讽刺的笑容。

"40盒盒饭，一共800块钱。"小洛算账给他，他一直低着头，看不清他的表情，"对了，你这会儿有没有时间？再帮我送两件啤酒过来吧。"

他点点头，接过钱然后离开。

大约半个小时后，他送了两件啤酒来，照旧在旁边等着，小洛算账的时候有人过来拿啤酒，小洛一时腾不开手来，他弯腰拿了一瓶递给人家，起身的时候不小心碰到了柜台，鸭舌帽被碰落了下来，露出了没有一根头发的头颅，而且上面伤疤纵横，就像癞蛤蟆的皮一般凹凸不平。

"你……"拿酒的男人被吓到了，手里一松，啤酒瓶掉落在地，"哐当"一声把小洛的思绪拉了回来。

服务员慌忙把鸭舌帽捡起来戴上，然后转身仓促离开。

"喂，还没给你钱呢。"小洛拿着钱追出门口，已经不见人影，夜晚的巷子里，除了旁边的宾馆还开着灯，静谧得吓人。

往日伊梦上班的时候，早上如果忙着去上学，大多是让隔壁宾馆的刘叔帮忙照看网吧，八点准时关门，而网吧所谓的保镖，也只是刘叔的两个儿子，偶尔用来杀鸡儆猴，每个月阿喵也会多少给他们一些工资，而上网的人半夜要吃夜宵，阿喵直接就在刘叔家定，彼此也算是互利共赢了。

就连阿喵现在住的房子也是刘叔家的房子，不过当初阿喵是以小洛的名义租的，加上阿喵平时出入都很小心，所以到现在连刘叔都不知道其实有两个阿喵。

小洛高中落榜以后不愿复读，闹着要出去打工，可她父母又觉得她性子又单纯，怕她一个小姑娘在外面吃亏，所以就一直拘着她，不过这姑娘天生不是一个安静的主，时常往市里跑，自从伊梦开了网吧之后，更是十天半个月的不回家去，伊梦自小和她感情好，根本拿她无法，只能帮着她忽悠她父母，说是在市里给她找了份工，有她看着，两位大人也就放心了。

网吧从来都是个鱼龙混杂的地，虽然"私奔"从开业以来一直都是规矩分明，很少有人闹事，可哪个人心里没点儿肮脏事儿呢，而且来的又大多是为了发泄心情的，一个不留心，可能就惹了一身骚，所以从一开始伊梦就没打算让小洛接触"私奔"。

可有一次伊梦痛经，又加上感冒，躺在床上根本起不来，更别提去网吧了，小洛说让她去，可伊梦不放心，小丫头拍着胸脯打包票，还自己画了个"阿喵"的妆，还别说，本来两人高矮胖瘦差不多，连头发颜色、长短都一样，这会儿再把妆一画上，就这么坐在那儿，连伊梦都觉得太像阿喵了。

在小洛再三打包票之后，伊梦只好无奈地答应让她去试试，不过必须按照自己说的来，还找了自己的衣服给她穿上。

直到第三天伊梦好些了才去网吧，连常来的熟人都没看出什么不同来，甚至还笑称伊梦有两个分身，一个是红色"阿喵"，一个是白色"阿喵"。之后有事儿的时候就由小洛去，阿喵也按月给她工资，比她打工划算多了。

伊梦连续在学校住了两天，最后还是不放心小洛，加上临近期末，学校图书馆座无虚席，索性就把书抱回小租屋复习。

打开门进去的时候，小洛还在呼呼大睡，旁边桌子上的方便面盒子都没扔，估计是累坏了，连鞋都没脱，妆也没卸就睡着了。

无奈地叹息了一声，找了卸妆棉和卸妆液来给她卸妆，刚一碰到她她就醒了。

"你不是刚走吗？怎么又回来了？"

小妮子声音还不小，可眼睛还是没睁开，不过说出来的这话就让伊梦不明白了。

"谁刚走又回来了？"

"那你又是谁？"无意识撇撇嘴，就是不正面回答她的问题。

"强盗，劫财又劫色，你最好乖乖交出来。"伊梦捏着鼻子沙哑地吓唬道。

没想到这姑娘听了这话完全没反应，翻个身继续睡，还吧嗒两下嘴。

"喂！伊小洛。"真是无语了，就她这警觉，要真是强盗进来，估计把她抱走了她都没感觉。

"吵什么吵！别打扰我睡觉。"睡得迷迷糊糊的小洛还发起脾气了，眉头皱得跟什么似的。

算了，熬夜之后的确很累，只是自己太过小心翼翼了而已，总不能要求每个人都跟自己一样吧。

把她身子翻过来，头放在自己腿上，伊梦开始给她卸妆，本来化的妆就厚，不及时卸了就睡觉的话，对皮肤有很大的伤害，自己跟她说了很多次，可这丫头就是听不进去。

小洛醒的时候已经是下午一点多了，睁开眼就看见伊梦坐在地上复习，沙发上一大沓书，直看得她脑仁儿疼。

"醒了？"伊梦站起来倒杯水递给她，"醒了就起来了，还赖在床上干嘛？你看，我好好地一张床都被你弄成狗窝了。"边埋怨边弯腰整理床铺，小洛只好移到沙发上继续瘫着。

"什么时候来的？你不是说这个周不回来吗？"走的时候伊梦说了要在学校好好复习，暂时不回来，没想到才两天就回来了。

回头瞪了她一眼，"再不回来你那张脸就该毁了，都说了多少次了，让你一定要记得卸妆，那么厚的粉底，你知道对皮肤的伤害有多大吗？啊，我说的话……"

"得了得了。"小洛打断她的话，免得她继续唠叨下去，不满地撇了撇嘴，"一天到晚跟个老太婆似的，就跟我一个模样，一唠叨起来就没完没了，能不能每次别总是训我啊。"

"你要是省心一点的话，我至于说你吗？"伊梦将手里刚拿着的书往炉子上一拍,"这两天网吧没什么事吧?"

小洛喝了口水,慢悠悠地回答,"能有什么事儿?按您老人家吩咐的,我就乖乖地坐在那儿,能不说话就尽量不说话,昨天倒有一个叫齐什么的喝醉了到网吧来大骂,被刘涛他们兄弟给轰了出去,不过看起来斯斯文文的,长得还挺帅气。"

看来外人眼中温文尔雅的齐老师昨天真被自己刺激到了,竟然不顾形象跑到网吧去闹,可他没想到的是,那是自己的地盘,要昨天是自己在网吧的话,可就不只是把她扔出去了。

"梦梦,你怎么了?据说是你们学校老师来着,不会有什么事儿吧?"小洛看着发呆的伊梦,不确定地问道。

"能有什么事儿,那种斯文败类,下次如果再这样,你管他是不是老师,直接给我扔出去。"

想起昨天的事儿,伊梦就一阵恶心,当时自己的第一反应就是一把抓住他的咸猪手,然后一个过肩甩把他摔倒在地,看着他在地上疼得滚来滚去的样子,伊梦真想拍张照发学校贴吧。

自从上学期他上伊梦班上的课的时候,他就瞄上了伊梦,每节课抽她起来回答问题,下课还把她叫到讲台上聊天,当时伊梦也没想什么,加上之前听系上师兄师姐对他的评价,只当是他作为老师关照学生的方式而已。

可慢慢的伊梦就觉得不对劲了,这关照得也太过了吧,还把她一个人叫到了办公室,一进去就把门关上,还嘘寒问暖的,知道伊梦父母双亡的时候还准备拉住伊梦的手,吓得伊梦赶紧找个借口逃了。

没想到这学期依旧死性不改,既然这样,伊梦也不客气了,要知道自己的跆拳道可不是白练的,本以为他应该死心了,没想到这位齐老师站起来后,竟然还恬不知耻地威胁伊梦,扬言要把伊梦告到院长那儿去,让她吃不了兜着走。

就在伊梦寻思怎样才能让他闭嘴的时候,没想到申墨开门走了进来,看了一眼一旁疼得龇牙咧嘴的齐尧后,径直走到伊梦身边,然后一把搂过伊梦,伊梦下意识地就要挣扎开去,可这丫的竟然威胁自己:"院长就在楼上，你要再动的话，我不介意让他老人家下来看一眼。"

看了安静下来的伊梦一眼，申墨抬眉看向对面的人。

"齐老师，我记得我提醒过你的，可你竟然把主意打到我女朋友身上，呵呵。"突然邪魅地笑了起来，然后摸出手机，"你说我是打给我爸爸好呢，还是打给你老婆好？"

只见刚才还一副势在必得的样子的齐尧"咚"的一声跪在了地上，"申墨，我求你，我求求你，我以后再也不敢这样了。"

可申墨完全不搭理他，看着他的眼神就像看一个小丑一样。

齐尧知道求他没用，只好转头求伊梦，"伊梦同学，我错了，我真的错了，你放过我这一次好不好？"

伊梦抬头正想说什么，申墨抢先说道："放与不放你说了算。"

放？开玩笑，她可从来都不是善良的主，不放？她不确定申墨会怎么弄齐尧，可不用想都知道结果绝对不轻松，虽然她不知道申墨为什么突然好心帮自己，可天下没有白吃的午餐，她还想平平静静地读完大学呢。

伊梦索性不说话，直接开门离开，爱怎么处理怎么处理，她才懒得管。

"赶紧起来把衣服换了，我们出去吃饭。"小洛的眼神看得伊梦毛毛的，要是这事儿让她知道了，估计又得编排自己和申墨了，她是真的不想和申墨扯上一点儿关系。

不情不愿地站起来伸了个懒腰："你都来了这么半天了，冰箱里还有菜，怎么连饭都不做，真不知道你以后怎么嫁得出去。"

"知道你有当贤妻良母的潜质，要不要我赶紧给林阿姨打电话让她给你看一户人家？"

门外突然响起一声轻微的"咣"声，似乎什么东西掉落在地上，伊梦的话头不自然地顿了一下，向小洛使了个眼色又继续说起来："让你赶紧嫁过去，好好地相夫教子。"

小洛明白她的意思，小心翼翼地往门口走去。

"别不好意思啊，咱们小洛长得这么漂亮，肯定好多人抢着娶，你放心我到时候一定帮着给你好好选一个最好的。"

话声刚落，小洛猛地拉开了门，可外面什么都没有。

伊梦把屋子前前后后都看了个遍，什么都没有，除了隔壁家的老花猫站在路口一声接着一声地叫唤。

"估计我们多心了吧？这么冷的天，谁没事儿跑来听墙角啊？"小洛拉着眉头紧锁的伊梦往屋里走，"我们去吃'知了'涮火锅吧，大冷天吃火锅最暖人了。"

不放心地回头再看了两眼，"你赶紧去换衣服吧。"边说伊梦弓着腰掀起窗帘角往外看。

大约过了一分钟左右，从旁边的巷子出来一个穿得一身黑的高高瘦瘦的男人，衣服帽子把他脑袋完全遮住了，根本看不清正面。

"梦梦，你看我这一身合适不？"小洛难得穿了一身红，红红的颜色衬得她整个人都明艳了不少，而自己今天穿的是白色，倒和晚上的红白阿喵颠倒了。

"非常好看。"伊梦使劲扯出了一脸笑，站起来把她的包递给她，"走吧，咱们出去浪。"

晚上小洛去网吧了，伊梦一个人在屋子里，不知道是太敏感还是咋的，自从下午那件事儿后，她总觉得随时都有双眼睛盯着自己。

又站起来确定一遍门窗都锁好了刚坐下来，一直没人住的楼上连续发出两声声响，声音很小很弱，一会儿就恢复了平静，这会儿外面风声开始刮得"嗞嗞"乱响，伊梦实在无法静下心来学习。

最后索性找了一套中性的服装出来，又找了之前买的黄色假发，对着镜子拾掇了半天，一个英俊帅气的小伙子出现了，而鞋子实在找不到合适的，就只能低跟皮鞋将就了，裤筒一放，不仔细看完全看不出来是女士穿的。

准备好后背上书包，慢腾腾地往网吧走去。

这会儿是晚上九点左右，一路走来，巷子里很少有人走动，伊梦呼着气慢慢走着，听着旁边的人家家里吆喝吃饭、嬉笑打闹的声音，在这寂静的夜里越发显得温暖。

耳边有脚步声响起，踩在雪里的声音一高一低的，不用回头也知道是给网吧送餐的服务员。

伊梦低着头往旁边移了移，好让他走前面去，可这人倒是不慌不忙的慢慢走在后面，丝毫没有超到前面去的意思，于是，狭窄的小路上，两人一前一后走着，中间始终保持着一段距离。

"你……"

小洛抬起头看到站在网吧门口的人，虽然换了装扮，但她还是一眼就认了出来，着实吓得不清。

"阿喵，给我开一间简约风格的。"

伊梦"咳"了一声，然后哑着嗓子淡定地招呼道。

"好呢。"小洛看到跟在伊梦后面的送餐员，淡定地把房卡递给她，"二楼最里面一间。"

"谢谢。"低头示意一声，然后接过房卡往楼上走，转角的时候伊梦瞥眼往门口看了一眼，正好对上送餐员的投过来的眼神。尽管他迅速地收了回去，伊梦还是捕捉到一丝丝的挑衅和得意，嘴角还有一丝浅浅的冷笑。

挑衅、得意？

难道他看出了自己的伪装？或者说他连"阿喵"也知道？光是想想，伊梦自己都打了个冷噤。

开了门进入网间，把空调开上，放上舒缓放松的音乐，随意地瘫在沙发上，却没心思复习。

那个眼神，怎么有几分熟悉呢？就好像在另一个人身上也看到过，可伊梦却一时想不起来那个人是谁。

鸭舌帽是什么时候开始给网吧送餐的呢？

伊梦记不得了，只知道去年自己很少点他们店里的餐，偶尔一次他们也是两个人一起送来的，每次鸭舌帽都站在一旁，高一点儿的那个男人负责发盒饭，后来就只剩鸭舌帽一个人来送了，可他每次来了也不说话，到点了上网的男人自己会下来领，起先伊梦以为是他害羞，慢慢才发现他是个哑巴，看他每次来了站在那儿等着也挺可怜的，所以主动帮他发盒饭。

"阿喵，麻烦帮我拿瓶汽水上来。"打了电话给前台，让小洛上来一下。

没多一会儿门响了，开门让小洛进来。

"你怎么跑网吧来了，不是说要在家里好好复习吗？"一进来，把汽水扔给伊梦，两人挤在单人沙发上。

"哥哥来查岗的。"伊梦一副放浪子的模样搂上小洛的腰，挑着她的下巴，"怕你定力不够被哪个野男人把魂儿勾走了。"

"切。"无语地看着眼前把头套取了，男不男女不女的人，"就这些货色，姐姐还看不上。"

"那你告诉我，你喜欢什么样的？说出来哥哥帮你留意一下。"

"嗯。"小洛一副认真思考的样子，然后撇撇嘴，"我就喜欢你这样的，可你又不是个男的，唉。"

"真为你感到可怜，你这一辈子注定要孤独终身了。"伊梦叹息着摇头，"姐姐暂时还不搞同性恋，而要找像我这么优秀的男的，那就更难了。"一副颇为可惜的口气听得小洛只想给她两个爆栗。

"伊梦，"小洛一本正经地叫道，然后指着自己说，"我是你的脸，可是你不要我了。"

"你才不要脸。"被伊梦抓着就是一顿狂揍，揍到小洛最后求饶为止。

"暴力女。"小洛边整理妆容边吐槽道，"真不知道是吃什么长的，一身的蛮力气。"

伊梦却没有再跟她斗嘴，而是静静地坐在沙发上，点了一支烟吸了起来。

"唉，怎么又抽上了，不是老早就戒了吗？"小洛上前把她指间的烟接过来学着她的样子狠狠地吸了一口，马上呛得她泪水都出来了，"和六年前一样，都那么呛人。"

对啊，六年了，总以为时光难熬，可还不是一样熬过来了。

小洛看着眼前这个呆呆的没有灵魂的伊梦，心疼得要命，想说什么，可动了动嘴皮什么都没说出来，只是坐下来把她揽进怀里。

"要哭就哭吧，别什么都埋在心里。"

可伊梦什么动静都没有，过了好一会儿，她才开口说道，"你先出去看着吧，别他们找不着人。"

小洛听话地站起来，看了她一眼，伊梦挑眉扯出一脸笑容。

回到前台，小洛想起刚刚关了门听到的一声声呜咽，她以为她真的忘了，今天才发现她记得比任何人都清楚。

小洛永远也忘不了事发后自己找到她的时候的情形，她蹲在墙角，抱着头，满脸泪水。

"不是我，小洛，真的不是我。"

她抓着她一遍遍地哭着诉说，似乎这样就一切都没有发生。

"小洛，你要相信我，我睡着了，什么都不知道。"

那时的小洛也才只十五六岁，她什么都不知道，也什么都不敢确定，可看着好友如此伤心，只能不停地点头。

最后伊梦哭累了晕倒在自己怀里。

再醒来什么都记不得了，医生说她是选择性遗忘，他们都不信，可她醒来该吃的吃，该喝的喝，问她什么都不知道，多问一会儿就抱着头大哭大叫，五年中她从来没有主动提起这件事，有人提起也一副什么都不知道的样子，慢慢的，连她都以为她真的忘了。

后来某一次看到她一个人在角落里抽烟，神情落寞，可看到自己的时候又是一脸笑。

拿起手机走到门口拨了一个陌生的号码，不一会儿那边响起了一个男人的声音。

"阿瑞。"小洛叫了一声。

"嗯。"那边的男声低沉中带着些嘶哑。

"她都知道，她一直都知道。"小洛说。

"她给我打电话了。"

一句话，堵得小洛哑然无语，好半天才继续说道，"放手吧，真的，我们都太累了。"

是啊，这六年我们都太累了，所以放手吧。

男人挂了电话，取下鸭舌帽，走到镜子前，伸手去摸着自己头上的伤疤，莫名地笑了。

这算什么，到底算什么，费尽所有心思，到头都成了一个笑话。

"阿瑞，我知道是你，很早就知道。"想起刚才电话里她说的话，他愤怒地将帽子扔在沙发上。

"我太累了，你要怎样才甘心？只要你说出来我都可以。"

伊梦，你问我怎么才甘心？我连自己都不知道。曾经我以为我拥有全世界，可后来什么都没有了，就连你，我唯一的一束光明，也再不愿照在我的身上。

这世上谁能没有点儿肮脏事儿，而我最肮脏的记忆就是爱上了你。

他永远都记得六年前自己从网吧回来的那个深夜，那场大火烧得天都红了。

当时他的第一反应是想到了她，想都没想就冲进了火中，找到她的时候她睡得正熟。

等把她抱出火堆再回去的时候，父母已经严重烧伤，送到医院第二天一早就永远离开了。

"阿瑞，以后你一个人一定要好好活着。"

临终前妈妈看着他用尽了所有的力气说了这句话，而这句话六年来每当夜晚躺在床上就会在耳边响起。

伊梦从懂事起就知道自己没有父母，也没有任何人知道她父母是谁，连领养她的阿瑞的父母也不知道。

小时候其他孩子骂她野孩子的时候，她也想过去寻找自己的父母，可后来慢慢就习惯了跟着阿瑞叫爸爸妈妈的生活。

汪家夫妇对伊梦很好，可这种好中又莫名地带了一分客气，无论她再怎么努力，她永远得不到阿瑞所有的亲昵和宠爱，陪伴她的只有满屋子漂亮的洋娃娃，但她从来不嫉妒阿瑞，就像学渣阿瑞从来不羡慕自己的学习一样。

伊梦和小洛是13岁的时候认识的。

那是秋天的下午，伊梦趴在挨着窗户的桌子上，任阳光穿过自己张开的五指落在自己的脸庞。

"你就是伊梦？"眼前突然出现了一张陌生的面孔，她的笑容晃花了伊梦的眼，她不自觉地点了点头。

"我们当朋友吧。"自来熟的小洛拉起伊梦的手，"我知道你会答应的，所以我们去操场打球吧。"

小洛的热情让伊梦无法拒绝，等她反应过来的时候，她已经站在了操场上。

一来二去，两人熟了，伊梦才知道当初小洛找上自己的原因。

不喜欢学习的小洛喜欢上了同样厌倦读书的阿瑞，写了一篇又一篇的情书，却又始终不敢送出去，于是作为阿瑞的妹妹的她就成了最好的媒介。

小洛和阿瑞在一起三年，初中毕业两人还约定好了双双辍学，连伊梦都为他们的爱情感到疯狂。

可是不久后小洛哭着找到伊梦，告诉她他们分手了，而原因是阿瑞一直喜欢的都是伊梦，和她在一起只是逃避现实而已。

而就在同一天有个陌生的男人找到伊梦，自称是她父母以前的好友，他告诉伊梦是汪华强逼死了她的父母，还给她看了很多证据，而汪华强之所以收养她，只是因为心中有愧而已。最后离开的时候他给了她一笔钱，据说是她父母生前的财产。

伊梦不知道她是怎么回到汪家的，也不知道自己一个人躲在房间里哭了多久，等醒来的时候一切都变了：自己莫名其妙地躺在了医院的病房里，阿瑞头部被烧伤，而汪家夫妇抢救无效死亡。

她说不出什么感觉，是伤心吗？或许也有吧，毕竟他们养了自己十多年，可他们同时也是让自己失去父母的人。昨天回去进门的时候还看到的汪妈妈，还有总是叫自己小梦的叔叔，现在永远也看不到了。

可更多的是无措，不知道怎么面对的无措，所有人都在指责阿瑞的行为——为了一个没有血缘的女人而放弃救自己的父母，而被他救出来的伊梦心里更是煎熬。

没有任何人知道伊梦为什么大晚上点蜡烛，在所有旁观者的眼里，伊梦成了汪家的罪人，要不是她任性的在停电的深夜点了一支蜡烛，要不是她睡觉之前没有把蜡烛熄灭，那么它就不会烧到窗帘，然后一直沿着木质栏杆烧着出去，那么就没有这场火灾。

半个月后伊梦选择失忆继续读书，而小洛也回来陪她一起上高中，似乎一切都恢复了平静，只有被人接走的阿瑞再也没了消息。

"梦梦。"早上八点，小洛和伊梦一前一后走在小巷里，小洛突然叫道。

伊梦没做声，低着头继续往前面走。

"梦梦，对不起。"小洛小声地说道，"我真的……"却不知道怎么说下去，想说的话连她自己都觉得矫情，又怎么让她相信呢。

"我知道。"是啊，她早就知道，只是不想拆穿而已，"我早就知道。"

两人之间一时陷入寂静，走了好一会儿，小洛叫住前面的人，"他真的爱你，真的。"

"爱？"伊梦莫名的想笑，可眼前涌出的泪水却又让她笑不出来，"散了吧，一切都散了吧。"

是啊，散了吧，爱与不爱又如何，最后都成了折磨。

"小洛，我没有你那么勇敢。"

听了这话，小洛却觉得莫名的讽刺，勇敢又如何？到头来不还是费尽心思得不到自己想要的吗？也是，连她自己都无法接受这么肮脏的自己，又何谈其他人呢？

"你知道我有多么羡慕你吗？"看着伊梦消失在拐角的身影，小洛自嘲地笑着，"羡慕到我以为可以把自己活成你。"

转身，眼泪终于忍不住流了出来，泪水花了妆容，不过那是阿喵，不是她金小洛。

下午考完试走出教室，远远地就看到站在操场的申墨，定定地看了两秒，扬起微笑慢慢走近。

"好久不见。"第一次伊梦主动跟申墨打招呼。

"是啊，好久不见。"申墨依旧是往日那副玩世不恭的模样，除了那消失得极快的僵硬。

伊梦向前又走了一步，抬起头瞪大了眼睛看着他。

他仍由她看着，旁边来来往往的人走过，不时投来揣测的目光，不过都被两人无视了。

过了好一会儿，伊梦低头后退，"我从来没想过。"她的声音很低，不过申墨还是抓住了她的话语。

"我一直都等着这一天。"他回答。

"到此为止吧，好不好？"她语气带了轻微的乞求，"你想要什么我都答应你，你放手好不好？"

他看着她，大大的眼睛里泪珠不停地打转，这么多年过去了，她还是老样子，每次只要她这么看着他，他就马上弃械投降了。

"好。"

等了很久，就在伊梦快要放弃的时候他答应了，听着越来越近的警笛声，伊梦却再也忍不住哭了。

"傻丫头，哭什么，我不是都答应你了吗？"

是啊，你是答应我了，和以前一样，可这一次我却开心不起来。

A市的冬天一向都是阴雨绵绵，今天却是难得的放了晴。湛蓝天空缀着几丝流云，阳光灿如盛夏，虽不暖和，却将天地都照耀得透明澄澈起来。风很大，树梢落叶间吟游流连，悠悠然唱着独属于这座城市的歌。出租车向北开向郊外，伊梦看着路边的楼宇和阴影一排排掠过去，收音机里突然响起以前常听的旋律——

突然落下的夜晚　灯火已隔世般阑珊

昨天已经去得很远　我的窗前已模糊一片

大风声　像没发生　太多的记忆

又怎样放开我的手

怕你说　那些被风吹起的日子

在深夜收紧我的心

日子快消失了一半　那些梦又怎能做完

你还在拼命地追赶　这条路究竟是要去哪儿

大风声　像没发生　太多的记忆

又怎样放开我的手

怕你说　那些被风吹起的日子

在深夜收紧我的心

咿呀 时光真疯狂 我一路执迷与匆忙

依稀悲伤 来不及遗忘 只有待风将她埋葬

咿呀 咿呀 待风将她埋葬

伊梦在离监狱最近的一站下了车,看着背后投来的审视的目光,伊梦笑了笑,突然想起儿时自己也是有梦的,周围人多是和善的,心是相对纯粹的,世界似乎是比现在美好一点的。

其实,人总是那群人,自己当时年幼无知罢了。

阳光大好,好得伊梦的眼睛有点刺痛。

地方太偏僻了,常年少有人来造访,除非是犯了事或者有亲戚在里面,否则谁也不会没事儿来这儿,而里面服刑的,刚来的时候家人还三天两头地来看望,慢慢的,热情也就淡了,一两个月都难得看到人影,狱卒们也习惯了这样孤单的生活,常常几个人聚在一起打麻将斗地主,也没人管他们,他们倒也落得自在。所以当伊梦又出现在探监室的时候,麻将搓得正热火朝天的众人朝里面多看了两眼。

"小姑娘,又来看你哥哥啊?"年纪最大的纪警官边搓麻将边冲伊梦问道,"这天儿这么冷,你也是有心了。"

"我来给他送两件衣服,天气预报说过几天还有大雪。"伊梦把装着衣服的袋子递进检查窗里,回头冲他们笑了笑。

申墨出来了,看到伊梦,眼睛亮一下又暗一下,然后慢慢走到对面坐下,拿起听筒笑了笑。

两人隔着监狱里防弹隔音的玻璃对讲窗。

"怎么又来了?""我在这里面挺好的,吃得好睡得好。"

"试考完了,想着来看一看你。"

"有什么好看的,不还是那样子。"

"不,你比以前更帅了。"

"我也觉得我挺帅的,嘿嘿。"他笑着,露出一口的大白牙。

"疼吗?"伊梦突然问出这个她一直回避的问题,出口就后悔了。

他愣了愣,"就是割那儿补这儿,没什么大不了的,反正都是我的肉,第一次出现在你的面前我还怕你认出我来呢,没想到你什么反应都没有。"

伊梦一时不知道怎么回答,只是定定地看着他。

"小洛怎么样了?"他突然主动问起小洛。

"挺好的。"想起今天出门时小洛的眼神,她知道她的心思,只是还迈不出那一步而已,"把'私奔'关了之后她就在超市里找了一份工作,看她做得挺开心的。"

"你把'私奔'关了?"申墨抓住她话里的字眼。

"对啊,想找点其他的事儿做。"伊梦抬头笑着,"女孩子嘛,总是熬夜也不好。"

离开的时候文警官送她,两人一前一后走在苍凉的路上。

"文警官来这儿多久了?"她突然侧头问道。

"今年五年了。"

"还习惯吗?"她笑着再问。

"刚来的时候怎么都适应不过来,每次打电话回家里,通过家人的声音她似乎都能看到南方响晴的天空。几年下来,倒也习惯了。在这里待久了,每逢节假日,坐公交进入市区,从一片枯黄换为灯红酒绿,我倒有些不知所措了。"他看看她瘦小的身子,知道她想说什么,"你放心吧,他在这里面我会帮你照看着的。"

"文警官,"她转身看着他,"如果,我说如果,如果用钱可不可以给他减刑,多少我都可以凑,真的,我哥,他还年轻。"

文警官笑了笑,下意识地想伸手摸摸她的头,可又想起她是个比自己小不了几岁的大姑娘,按捺住了自己的冲动。

"故意伤害罪和恐吓罪两罪并罚,判他坐十年牢已经很轻的了,你又何必?"你又何必再倾尽身家帮他减刑?

伊梦起身端来两杯红茶,砂锅早凉透了,很伶仃地墩在餐桌正中。小洛等她开口,却只听到她静静的安稳的呼吸。厨房的窗似乎没关紧。风大了,紧了,挤过窗缝变成狂野奔放的呜咽,时不时一个变调直上九天,听得人心愈加凄凉。日光带着午后的角度倾泻而下,铺得地上一层金黄。

阳光明明已经这么好了，风听着怎么还是这么苦呢。地上怎么还是有这么多难过的人呢。

"小洛，你恨我吗？"伊梦的手像是怕冷得厉害，一直捂在杯子上。

"我有什么理由恨你，是他自己选择的。"

"是啊，他太傻了。"

"今天我把医药费跟齐家送过去了，齐尧还没醒过来，她老婆一直在骂阿瑞。"

"她应该骂我才对，如果不是因为我，阿瑞就不会……"

"你别想太多了，我们应该庆幸齐尧还没死。"

又是一阵沉默。

"小洛，我是不是个坏人，你看，我爸妈死了，阿瑞的父母也因为我死了，现在阿瑞也因为我坐了牢。"她看着小洛，一字一句地说道，"该死的那个人应该是我才对。"

"别，你别那么想。"小洛看着伊梦，其实她也不知道怎么回答。

伊梦怔怔地直望着小洛，呼吸都没了，眼里慢慢笼上一层水雾。刹那间水雾凝成雨簌簌地落下来，砸在小臂上结成了露。小洛伸手过去，她突然站起身，端着砂锅走进厨房转了两圈，又端出来放回原位，看也不看小洛，深一脚浅一脚探进客厅摔进沙发，胳膊肘撑在并拢的膝盖上，两手捂住了脸。

小洛走过去。伊梦整个身体筛糠一样地抖，压抑的呜咽从指缝挤出来。小洛坐到沙发边，手掌覆上她肩头。伊梦忽地转过身搂住她脖子，头抵着小洛肩窝，不出声地抽噎一下，又一下，越来越快。

肩上的衣料瞬间湿透。一个人怎么能有这么多泪？全身的水简直都化成了泪。小洛扶着伊梦的双臂低头看她，伊梦头发沾着眼泪糊了一脸，胸腹剧烈地收缩，张着嘴大口大口换气，像搁浅在岸上的鱼。嘴唇惨白，里边空洞的黑。小洛看着她，不知道该不该说"想哭就哭出声"。

这真是要把五脏六腑都呕出来。

最后，哭累了，小洛坐在沙发上。伊梦枕着她的腿侧卧着，渐渐地终于止了抽噎，安静下来。屋子里全是静默。一个人的静默，也许是窘迫，是愧疚，是感伤，是很多东西。

天黑了。一个好月亮。月光水一般洒进来，客厅汪成一潭银亮的湖。

"小洛，"伊梦微微沙哑的声音，湖面上激起一小圈涟漪。

"你还爱他吗？"

"嗯""那你呢？"

"他是我哥，我永远的哥哥。"

两人都不再说话

伊梦皱皱眉又抿抿嘴，终于合上眼睛，过一会儿气息深了长了，小洛知道她进入了深沉的睡眠，拿了毯子给她盖在身上。

月上中天。

月光打在伊梦脸上。伊梦身子蜷紧了些，如水的夜将她深深地包围。万籁俱寂，只有月光轻颤着，似乎发出一声隐秘的叹息。小洛用目光描摹着她熟睡的容颜，心想：明天就好了，只要睡到明天就好了。风停了，外面一丝云都没有，明天肯定是个大晴天。

我是怎样的爱你

她躺在床上，面容憔悴，双目无光，看起来很虚弱，隐隐约约看见胸脯在微微抖动证明着她还活着。突然，她的手掌抖动了一下，继而被子下的整个身躯开始颤动，她挣扎着想要起来，尽管全身一点儿力气都没有，要是有人看到这时的她一定会非常惊讶，因为绝对没有人可以把眼前这个双眼瞪圆、青筋鼓起的女人和刚才医生口中所说的那个大限将至的女人联系在一起。

她因为病痛而萎缩的干瘪手臂撑在床沿，头垂着，被子下的腿使劲的往上蹬——尽管这点儿力气小得可怜，牙齿死死地咬着，额头已经开始冒汗，因为动作幅度过大，但她的表情似乎没有一丝的变化，不过这或许只是因为她真的太瘦了，脸上似乎只有一张皮松松垮垮地挂在骨头上。可是她的目光里充满了坚定，就像战场上的战士赴死前的悲壮一样，她在和死神作斗争。

终于有人听到屋里的动静进来了，是养老院唯一的工作人员，大概40来岁，身材有些胖硕，走起路来一抖一抖的，两只大乳房更是左右摇摆，头发为了方便挽成了一个髻，光生得很，她穿着大褂，以前是白色的，可是现在已经成了青黑色，里面套了一件棉袄，大红色的，衬得她被冻得发红的脸颊越发的红润了。

"干什么干什么呢？"她推开门，房间里的臭味一股脑涌了出去，她连忙往后退了几步，捏着鼻子歪着头看里面的情况，里面的老人看到她扯出了一个笑容，艰难地想要抬起手来招呼她进去，可是她实在是太虚弱了，手刚抬起来就没力地垂了下去。

女人心烦地看着里面那个看着自己的老人，思考到底要不要进去，请不要怪罪这位妇女的犹豫，实在是房间屎、尿、腐烂物、剩饭等混合的味道太难闻了，还有那个老人，身上盖的被子已经完全看不出原本的颜色，下面垫的棉絮更是被耗子咬得东一个洞西一个孔的，更别说老人的面容和身上的衣服。

最后这个善良的妇女还是忍着心里的恶心进去了：和之前每一天早上来房间看老人一样，她找了两个塑料袋把自己的鞋套着，去房间里拿了自己做饭时用的口罩，再用手套把自己的手也包裹起来，武装完毕，她垫着脚尖小心翼翼地走了进去。

终于走到了老人旁边，老人看着她动了动嘴，说了句什么，女人却什么都没听到，她只好忍着，耐心俯下身子去听老人的临终遗言。

"我……死……了……你……一定……记得……要……帮……我……把……信……寄……出去……谢谢……谢谢你。"

说完最后一个字，老人似乎被抽去了所有的力气，身子缓缓地倒在了床上，五指依旧抓着床单，眼睛看着天花板，嘴微张着。女人打开抽屉，里面放着几叠信，每叠大概 20 来页的样子，内容都是一样的，只是字却越来越好了，最底下的那叠字写得很潦草，就像小孩子涂鸦似的，最面上的一叠，老人的字笔画很轻，偶尔一两处把纸都戳破了，但字体却很娟秀，排列得特别整齐，就像小学生画方格写出来的一般。信的落款日期是今天，日期下面是老人的名字——方红。

女人把最上面的那叠信对折放在衣服包里，离开的时候试着将老人的眼合拢，却怎么也闭不上，最后女人在她耳边轻轻地说了一句，"我一定会帮你寄给他的，你就安心地去吧。"再把手放上去，老人的眼睛终于合上了。

出了门去，女人打了电话给院长，让他找人来处理老人后事，就匆匆去了邮局。

可是女人到了邮局，工作人员让她填信封信息的时候她才想起自己并不知道收信人的信息，只好无奈地走出了邮局。

坐在邮局外的椅子上，这会儿太阳难得出来露了个脸，要知道这个小镇已经连续下了五六天的雪了，四处都是白皑皑的一片，马路早就被封了，街上只有几个人走动，冷冷清清的。

女人打开了信读了起来——请不要怪罪她的不礼貌，她只是想从信里找出收信人的相关信息。

亲爱的齐铭：

请原谅我的突兀，因为你可能早就已经记不得我了，或者说你从来没有记得过我。

你收到这封信的时候，我可能已经永远闭上了眼睛，养老院的院长正领着这里面的其他老人商量如何安置我的后事，要么把我送到县城殡仪馆去火化，要么就随便找个地方把我埋了，反正我已经死了，他们怎么对我这具身体我已经无所谓了，苟延残喘的日子我已经活够了，要不是有对你的思念维持着，我可能早就坚持不住了。

你这会儿一定穿着你那件最爱的军大衣坐在炉火边想着我是谁，你那才五岁大的外孙女应该已经伏在炉子上睡着了吧？旁边还蹲着你的小花猫，它可能正眯着眼打盹，也可能兴奋地啃着烤红薯，再或者它只是单纯地打滚，今年雪那么大，你窗外的那颗柿子树一定结得很好吧？

小李又在叫我了，她是我们这儿的厨娘，做饭棒极了，人也特别热情，我生病的这段日子全亏了她给我送饭，不然我可能等不到把信写完就去了，前段时间我腿摔伤了下不了床，左手也动不了，她每次在窗户外跟我说话的时候，我多么想开口跟她说声谢谢，可是我的声音实在太小太沙哑了，她听不到也听不懂我的话。

你这会儿肯定很好奇我是谁？为什么给你写信？说来实在抱歉，我从来都没想过要打扰你的生活，可是现在，我躺在床上，看着医生给我检查身体后叹了口气，然后把小李带出去了，我知道，我的生命即将走到尽头。我的心控制不住地想你，脑海里一遍又一遍地播放着曾经的回忆。

还记得第一次见你的时候，我已经在那所镇中学工作五六年了，而你那时才上初中，十一二岁，满脸都是对新环境的好奇，我永远也忘不了我第一次去你们班上听课的情形，你趴在最后一排的位置上睡着了，脸向着窗外，阳光透过树叶打在你的脸上，你的嘴角微微笑着，应该正在徜徉在梦乡，那模样，任谁都不忍心将你叫醒，而事实上，坐在你旁边听课的我直到下课也没舍得打扰你。下课铃声敲响之前我已经提着凳子走到了门口，回头看到刚睡醒的你，站起来伸着懒腰，双眼迷蒙的样子，真的可爱极了。

看到这儿的时候你一定觉得我很恶心吧，认为我完全丧失了作为一名教师应有的职业道德和廉耻心，说实话，要是谁在这之前告诉我我会喜欢一个比我小十五岁的小孩子，我一定会觉得她疯了，可是怎么办，我实在是克制不住我心的跳动：从第一次见到你之后，你就深深地吸引了我。尽管我一次次地告诉自己不可以，可是每次走过你们教室后门的时候我都会不自觉地往里面看上一眼，有时你在和同学们打闹，笑得很开心；有时候你一个人静静地坐在座位上发呆，长睫毛一眨一眨的，白皙的皮肤几近透明；有时候你不在，阳光下只有你的桌子和凳子。好几次你下楼上厕所回来，爬楼梯爬得气喘吁吁的，双手叉着腰从我面前走过，还不忘弯腰向我叫声"老师好"，每每这时，我都赶紧走过，怕你听见我心跳如雷的声音，尽管你并不懂。

接下来我又去你们班上听了几次课，或许你是真的讨厌数学——你们数学老师评价你是'榆木脑袋，一窍不通'，所以每次都在趴着睡觉，那时的我把对你的好感归结于只是对孩子的喜欢，所以坐在你旁边听课的时候我就描画了你的面容一遍又一遍。那些画，直到现在都还锁在我的箱子里，它们将永远陪伴着我，即便我死了。

我爱你，当我明白这个事实的时候，我自己都吓了一跳，我怎么、怎么可以爱上你，你那么小，还是个孩子，而我，如果结婚得早些，我的年纪都可以当你妈妈了。和你现在的心情一样，我为我自己而不耻，觉得自己玷污了教师这个高尚的职业，也玷污了你，一个单纯天真的孩子。我开始刻意地不去你们楼上——而事实上，我负责的班也不在你们楼上。每天让自己埋首与作业和试卷中，节假日出去相亲，那时我同龄甚至比我小的亲戚朋友都成家了，我还连场正经的恋爱都没谈过，父母着急上火得不得了，奈何家中只有我一个女儿，我从小一直都是乖乖女，过去的二十多年都是在他们的安排下过来的，这是我第一次反对他们决定。无论他们怎么给我做思想工作，我都一概拒绝。这次我突然主动去相亲乐坏了我的父母，他们发动了我的亲戚、朋友和同事，极尽所能的给我安排适合我的相亲对象，老师、医生、公务员等，各行各业的人都给我安排了个遍，可是我却一点儿感觉都没有。

我以为忙碌会冲淡我对你的思念，可是等夜深人静躺在床上的时候，一闭上眼睛，我满脑子都是你的身影，我努力地克制自己不去想，可是思念就是潘多拉盒子里的贪婪，吸去了我的一切精力。上课上着上着我想起了你，这时的你应该又在睡觉吧，真不知道你晚上干什么去了，怎么这么爱睡；吃饭的时候想起你，这时的你是不是也在吃饭呢？食堂的饭菜那么差，你还吃得习惯吗？深夜批改作业的时候想起你，此刻你是不是已经睡着了？睡梦中又会遇到谁呢？我想我真是疯了，作为一个老师，一个应该给予学生母爱般关怀的老师，竟然偷偷地喜欢上了学生，这就像母亲喜欢上自己的儿子一样，我羞于承认自己有恋童癖，但我又明确地知道这是禁忌，即便再过几百年，也不会被人们所承认的禁忌，而正是这仅存的一点儿理智，让我愈加的痛苦，我无法放弃对你的思念，更没法不在乎别人眼光地去喜欢你。

你从来都不是一个安分的学生，只是之前你安静了一段时间而已，等你踩熟了学校的地皮，你就开始迟到早退、不交作业、公然在课堂上和老师杠上，逃课翻墙出校门，极尽一切坏孩子所能为之事。班主任试图感化你，可是你听都不听，德育主任实行棍棒教育，每次你也不甘示弱，可最终的结果就是被打得趴在德育处办公室的门口，可是过不了两天等你身上的伤好了，又继续调皮捣乱。年级主任年纪大了，不忍心看你被揍，只好把你叫到办公室苦口婆心地教育，每每这时，你总是低着头、撅着小嘴，双手背在背后，摆出一副听话的样子，可是等年纪主任说完了，你早已经进入了梦乡。而坐在对面埋头认真批改作业的我，不得不佩服你的绝顶睡功。

之后的很长一段时间，你天天到办公室报道，办公室的老师早已经见怪不怪，只有我在每次你进门的时候都忍不住抬头看你一眼。和第一见到你相比，你似乎长高了不少，还是一样瘦，皮肤也晒黑了不少，主任扔给你一本语文书，让你去角落里站着，你听话地过去站着，短而宽大的衣服套在你的身上，配上你一脸招牌式的微笑，完全无法把你和平日里调皮捣蛋的孩子王联系起来。

我爱你，已经爱得无法自拔，当你第十二次走进办公室时我无比清醒地意识到了这个问题，请原谅我的不矜持，也请原谅我的不道德，可是我喜欢你有什么错呢？我首先是个人，其次才是一个老师，而作为人，我有正常的情感需要，我有追求爱情的权利，没有哪条法律规定老师不可以喜欢学生。何况，我只是单纯地喜欢你，并没有一丝一毫想打扰你的意思，我为什么要自我惩罚呢？

想通了这一点，尽管我们不可能在一起，但再面对你的时候，我坦然了不少。我仍然装作不认识你的样子，装作不经意地从你们的教室门口经过，听着你和同学们打闹的欢声笑语；打操场经过，不经意瞥见你帅气投篮；在食堂吃饭，看着你讨好打饭阿姨以便能给你多打点；偶尔从你们班主任埋怨的语气中了解你最近的"丰功伟绩"；偶尔在楼梯上听到你们班的女同学窃窃私语，我听到的都是有关你的消息；偶尔在办公桌上看到你写的检讨，钢笔字歪歪斜斜、大小不一；偶尔瞧见你的作业，翻开全是一把把红叉……

我已经28岁了，家里人越发为我的婚事着急，连一向和蔼的父母都因此向我发脾气，学校的领导也参与了逼婚队伍，我只能听话地接受一次又一次的相亲，可是有的人嫌我年纪太大，有的人嫌我不够漂亮，有的人看不惯我的穿衣打扮，有的人怀疑我有缺陷，甚至有的人觉得我走路太难看，借口千奇百怪，倒也正合我的心意，谁说年纪大的未婚女人就是夜市菜场的菜，必须微笑着迎接别人的挑挑拣拣。

在繁忙的工作和连续不断的令人烦不胜烦的相亲中，你的笑容是唯一消除我疲倦的良药，在教室门口、操场里、楼梯上、寝室门口、食堂、甚至厕所门口，每当我们擦肩而过的时候，我都能瞧见你嘴角的笑意，你一笑，阳光洒在白皙的肌肤上，眼睛眯着，嘴角上翘、淡淡的酒窝若隐若现，即便是极其平凡的寸头，也能让人一下子在人群中看到你的存在。我偷偷想着，现在已经有那么多女生偷偷给你递情书送礼物，再过两年，你比现在更高大、更健硕的时候，那该迷倒多少女生啊，只要一想到那个情景我就无法接受。

慢慢的，我发现你每天的作息时间都很规律，早上七点踩着晨读铃声进教室，下课十分钟飞奔下楼去买蔡老师家的包子，第二节课下课你总是趴在桌子上睡觉，第三节你会下楼上厕所，上午最后一节课还剩五分钟你就收拾好了，只等铃声一响，你立马以百米冲刺的速度冲去食堂，下午你会比别人早一点儿到教室，然后在黑板上写写画画，第五节课你会兴奋地和同学们打闹，第八节课又成了你的睡眠时间，最后一节课照例第一个冲出教室奔向食堂，十分钟解决完饭菜之后，你会和男生一起去球场打篮球，直到上晚自习前十分钟，晚自习就成了你的图画课，不停地埋头画画，你坐在最后一排，同学们打扰不了你，老师也不管你，你可以连续不休息地画到下晚自习。于是我每天早上七点钟按时来上班，尽管我或许并没有课，第一节课下课去蔡老师家买和你一样的肉馅包子，第二节课下课去巡视楼道，第三节课在厕所门口和你擦肩而过，最后一节课早早地就去食堂教师专用二楼打好饭坐在窗前，下午早半个小时去学校批改作业，第六节拉着你们班主任聊天，大多是关于你们班级的事情，第七节趴在办公桌上休息一下，最后一节课下了吃了饭和同事们围着操场散步。

没过多久，我交了第一个男朋友，他是一名医生，比我大两岁，帅气有型，绅士温和，自己还开了一家大型药店，父母在政府工作。连我都不得不承认，他条件真的很好，在父母眼里，我更像是十辈子修来的福气，才会遇到这么一个好男人。也正是迫于父母的压力，我答应和他接触试试看，当然，我也希望能够通过和他的相处慢慢减少我对你的关注。尝试着去接受他，我打起心情和他约会：一起吃饭、一起骑自行车、一起逛街、一起做饭，慢慢的，我发现他并不像外表看起来那么的优秀，他特别保守，接触了两个多月连叫我的名字都不敢，总是一口一个"方小姐"，更别说牵我的手，尽管我也不愿意；他特别爱抽烟喝酒，而我天生对酒精过敏、对烟味敏感。他特别暴躁，常常因为一点儿小事就发脾气，说不过还扬着手臂要打人；他的父母也并不是看起来那么恩爱和谐好相处，尤其是他母亲，总是用一种看仇人的眼光审视我。可是我能怎么办呢？双方父母已经在商议我们的婚事，甚至连日期都定了下来，再过半年我就要嫁给这个我并不喜欢的男人。

我深深陷入了我们的爱情中，请原谅我这样说，我实在无法控制自己去猜测，猜测你也对我有好感，你对着我微笑、对着我说话、对着我耍帅、对着我发呆、对着我难过，我会因为你的一个微笑而一整天积极工作，因为你一个难过的表情而一整天无精打采，因为你发呆而苦苦思考。啊，因为你，我都不是我了，可这似乎又才是真正的我，一个会哭会笑会难过的我，这或许就是爱情的魔力吧，它让我从骨子里变了一个人，我不想再活在父母的注视下，开始反对他们的安排；不想再总是跟在同事朋友的后面，永远只会说"随便""无所谓""看你们的"；不想再在所有人面前永远保持一副微笑的表情，尽管心里委屈得不行；于是，我开始和父母争吵，他们之间早就没有感情了，却一直不选择离婚，从小到大，母亲总是在我耳边念叨："要不是因为你，我早就跟你爸离婚了。你要是也不听话的话，这日子真没法儿过了。"爸爸也爱抱怨："不是想到你们的话，我早就跟你妈过不下去了。"其实，我很多次都想冲他们大吼一声"要离赶紧！"可是我又总是鼓不起勇气，每次都会努力用更好的成绩去补偿他们。上学的时候，同学们总是习惯理所当然地向我索要，零食衣服，只要他们说一句"喜欢"我都会给他们，哪怕心里极其不愿意。每次考试，我认认真真做地笔记，总是会无条件地奉献给其他同学，还得不到一句感谢。寝室里的卫生永远都是我在打扫，班里事务我永远都最热心，出去逛街我永远都跟在后面提包，打开水打饭我总是一马当先，可最后我得到的永远只是他们在背后笑我傻气。我试着去拒绝他们的请求，他们就开始骂我自私自利、小心眼，似乎我就没有拒绝的权力，任何事和要求我要做的就是点头称是。我厌倦了这样的生活，我试着去逃离，去一个没人认识我的地方，去找回自己说不的权利和勇气。可是最后我被分配回了老家，又开始活在父母无休止的责备下。

到了工作岗位，我试着去改变自己，想要在新的环境中去塑造一个新的自己，可是我又怕被别人所孤立，所以我努力的工作，每天徘徊在教室、厕所、食堂和寝室的四点一线，努力地去当一个领导眼中的好下属，同事眼中的好同事和学生心中的好老师。遭遇不公的时候我不再一味忍让，即便我做不到当场反击，事后也会通过一些小手段去让别人得到惩罚，最后还会跑去安慰别人，这样的我很虚伪，却意外地收获了好人缘，看着别人憋屈想哭的样子，我心里充满着报复的快感。

这会儿你应该对我这个人些许印象了吧？是不是也像我一样为自己所不齿，是的，戴着伪装面具的我或许会得到一些安慰，可是事后想起我总是在自责中难以自拔，真的，我讨厌如此虚伪的我，却又习惯和享受这样的过程，我以为我会就这样在挣扎中过一辈子，可是我遇到了你，你是那样的可爱，那样的真实，那样的对生活毫无保留，请再次原谅我，我在你不知道的情况下调查了你，知道了你那带着残疾的单亲母亲和你那嫁了人对你们不管不顾的姐姐，知道你为了生计过早地承担了生活的重担，那么小的你，那么纤弱的肩膀，生活的苦难让你早早地就尝遍了世间的人情冷暖。可是你又是那么的固执，固执得不肯低头。你应该知道只要你肯说出来，学校给你一些帮助，尽管这些帮助微不足道，并且还打着高尚的旗号，可是你至少可以轻松一点，可是你没有，你选择了自己默默承担。或许你在某个不为人知的角落也曾哭过，可是出现在人前，你永远都将自己的伤疤隐藏着，笑着面对别人的审视。

因为你，我为自己内心的黑暗而自卑。我出生在小康家庭，读书一帆风顺，工作也是我所喜欢向往的，在别人眼里如此幸福好脾气的我，却在背地里不停地抱怨，默默地谋划着如何惩戒别人。你的出现就像一束阳光，穿过层层树叶的阻隔，最后照亮了我黑暗的内心，于是我的视线开始跟随你，开始试着去了解你，爱上你是我始料未及的，可是我从未后悔，直到现在。

他每天中午晚上都会来学校接我，偶尔也和我一起在食堂吃饭、在操场散步，尽管我拼命压制对你的思念，可是只要你一出现在我的眼前，我总是不由自主地去关注你，有人说，一个女人的眼睛是最容易出卖她的，尤其是喜欢一个人的时候，是啊，我那么的喜欢你，喜欢得巴不得时时刻刻看见你，眼里的情意又怎么藏得住呢？所以我被揭穿了，开始面对他的歇斯底里，我想没有哪个男人能够忍受一个恋童癖的女人，而且还是为了掩饰这个事实而嫁给自己的女人吧，于是就在婚期倒数的第八天，我们分手了，作为他不把这件事宣扬出去的条件，由我单方面悔婚，即便是三十年后的今天，一个悔婚的女人都是得不到社会的宽容和理解的，更何况是八十年代，可是我能怎么办呢？相处那么久，我太了解他了，他是那么追求利益的一个人，怎么会为了我这样一个女人而有所退让，尽管我的悔婚或许会让他一时落了面子，可最后大家只会把他放在一个被同情者的位置去看待，而我面临的就是父母的辱骂，同事的不理解以及社会的不承认。这一切我都知道，可是我能怎么办呢？不接受他的条件，那么我爱你的这件事就会被宣扬出去，尽管我无数次想让你知道我的心意，可从来都不是以这种方式，我自己怎么样没关系，可是你还小，尽管这件事情的责任在我，可别人难保不用异样的眼光去看待你，光是想想，我都无法接受，我是那么的爱你，爱到无法容忍别人伤害你一点点，即便那个人是我也不可以。

如我所预料的，当我向父母提出不结婚了的时候，他们都认为我疯了，这样的一个好男人我竟然选择放弃，他们不愿失去这样一个好女婿，开始给我做思想工作，希望我及时幡然醒悟。亲戚朋友也轮番上阵，一遍遍地给我强调这样做的后果，可是当时的我已经没有后路了，只能坚持悔婚到底。于是父母开始向我展开新一轮的攻击，用他们的白眼、怒骂以及冷暴力，最后我实在受不了了搬到学校住，父母因为我这样的举动彻底寒了心，扬言和我断绝关系。

住到了学校，我以为自己可以放松下来，可是我又要开始面对同事们异样的眼光，三个女人一台戏，学校的女老师又何止三个，尽管平时在办公室里他们都一脸的微笑，可背地里却暗暗揣测我悔婚断亲的关系，有的认为我只是一时的想不开，有的认为我可能是因为婚前恐惧症，但更多的是认为我不守妇道，肯定是做了什么苟且的事被未婚夫抓住把柄，才会选择悔婚，也因为这样，我的父母才会和我断绝关系。相比前两个理由，第三个理由似乎更有说服力，所以没过多久，这个猜测就传遍了整个学校，大家对我也从之前勉强的和颜悦色直接变成了敬而远之。甚至我的学生们，也在背后偷偷议论我，家长们找到学校，向学校领导要求辞退我，他们不放心把自己的孩子交给我这样的老师来教。最后我还是被请进了校长办公室，他委婉地给我说明了情况，希望我能理解学校所作出的决定，并再三强调作为一个明智的领导，他根本不相信学校的传言，并且他非常欣赏我，辞退我实在是无奈之举，如果我能够主动请辞，那么学校会给我一些补偿，等到事情过了，我依旧可以回学校继续上课。

我笑着听他说完所有的话，从包里掏出辞职信，这是我早就写好了的，校长为我的识时务而高兴，并推荐我去县城她姐姐开的百货超市帮忙，我谢绝了他的好意，提着行李走出校门的时候，正好在校门口看见你，那天你穿了一件青色的确良衬衫，翻领中山式的，下面搭了一条条纹的灯笼裤，旁边的同学正在和你说话，你们匆匆忙忙地就从我身旁跑过，我转过身来，看着你的背影消失在教学楼，然后加快脚步离开了。

那一段时间我真的太累了，承受了来自各方的压力，可我连辩解的理由都没有，除了忍受了别无办法。等我离开了学校，我开始了一段说走就走的旅行。黄果树、九寨沟、泸沽湖、乐山大佛、腾冲、康定，我围着川南三省转了一圈，走到一处就停下来住上几个月，这期间我做零工维持生活，这样忙碌而充实的生活让我暂时摆脱了生活的无奈，偶尔夜深人静的时候也会想起你，但想起你的次数越来越少了。母亲打电话来告诉我他们离婚了，我沉默地听着，最后还笑着祝福她尽快开始自己的新生活，她以为我不知道，很久以前她就和林叔叔在一起了，父亲在外面也有了人，这下离了，天高任鸟飞，他们终于可以开始自己新的生活了。

两年后我回来了，本来我的计划里还想继续就这样走走停停下去，可是父亲打电话告诉我乡下的奶奶病危，临终前想看我一眼，我只好放弃旅行赶回来，可还是没能见到她最后一眼，大姨告诉我奶奶在病中一遍遍地念叨着我，操心着我的婚事，直到临死那一刻，嘴里都还叫着我的名字，我号啕大哭起来，为着我的任性，也为着我的不孝。

等操办完奶奶的婚事，我想起了你，原本我以为过去两年的流放我已经可以忘记你了，可一踏上故乡的地，你的音容笑貌又一股脑地涌进我的脑海，对你的思念也像泛滥的洪水一般开始肆虐，我托人打听你，得到的却是你母亲上半年过世了，你也就没有再继续读书跟着人出去打工了，至于去了哪里，有人说是广东，有人说是福建，也有人说在湖南，谁真谁假我已无从去分辨，我只要一想到你一个人独自承受失去至亲的痛苦，一个人背井离乡出去打工，我就心痛得无法呼吸，我无数次地埋怨自己的任性，如果我没有去旅行，那是不是可以帮你减轻一点呢，哪怕只是一点点，可是立刻我又否认了自己这个想法，即便我在，我又能做什么呢？我的身份又允许我做什么呢？只会让自己更加的难过而已。

我留在了乡下，就住在奶奶生前所住的家里，每天日升而出、日落而归，闲下来的时候想想你，旁边有人给我介绍婆家，要么家庭贫困娶不上老婆的，要么之前从外面带了女人回来后来女人跑了的，有老婆去世的，有残疾的，当然也有年轻的时候眼光太挑剩下的，各式各样，我一概回绝了，我知道很多人在背后说我眼光太高，也有人损我不知道自己是什么货色，以前我或许还会不舒服，可这么多年过去了，我已经习惯了，偶尔听到也只是当个笑话就过了。这一辈子，关于爱情和婚姻我已经不抱期待，人这一辈子总要遇到一个人，这一个人会让你刻骨铭心，我生命中的那个人我已经确定就是你，尽管你一辈子都不会知道我爱你。

五年后你回来了，带回了一个女人，我得到这个消息的时候已经是三个月后了，我赶去你所在的村子想看看你，被人告知当天你正好给你母亲修坟，在别人的指引下我来到了墓地，却也只是远远地看着你。你变了，变为了一个真正的男人，一米八的高个，健壮的肌肉，黝黑的皮肤，脸像刀削的那般立体，眼神深邃，鼻梁高挺，嘴巴微抿着，一身牛仔服饰衬得你越发的年轻帅气。我低头看看我自己，这几年的劳作把自己彻彻底底地改造成了一个村妇，身上穿的是农村最常见的花衬衫，套着一条小脚裤和一双黄胶鞋，一晃四十岁了，头上已经有了白发，脸上的皮肤更是松松垮垮，还长了很多黑斑，这副面容，连我自己都难以接受。再看看你旁边站着的女人，十七八岁的样子，也是一身牛仔打扮，白皙的皮肤，脸上大大的眼睛、小巧的鼻子和樱桃小嘴组合得很好，说不上漂亮，却也算得上是一个清秀佳人，她凑在你耳边说着什么，眉眼之间带着些俏皮，你低声应和着，脸上的笑容是我从未见过的淡然。是的，曾经你也爱笑，可眼神中若隐若无地透着些许的不甘和倔强。

我生君未生，君生我已老。脑海里突然冒出这句话，是啊，我已渐渐老去，而你风华正茂，这个事实让我不敢再去看那边站着的你们，我承认，我吃醋了，过去的一千多个日夜里，我每天都在为你祈祷，祈祷你身体健康、事事如意，也希望有个人能够了解你、关心你、照顾你，可现在这个人出现了，就在我的眼前，而且她还那么年轻，那么漂亮，我的祈祷也算实现了，可是我却无法高兴起来，这就是女人啊，得不到的也不希望别人得到，可我也清楚地明白，你并不是东西，你是一个有自主意识的人，我无法摆布你，也从未想过将你据为所有，所以，请原谅我心底暂时涌起的仇恨吧，谁让我只是一个女人呢？

此后的每年腊月二十八，我都会去你们村里一趟，因为我知道你一年大部分时间都在外面打工，只有过年才会回家一趟。第一年我去的时候你和她正在忙里忙外地打扫卫生准备迎接新年的到来——对不起，请允许我实在无法说出"你老婆"这个代称。那年雪下得很大，你们俩在雪地里堆雪人，堆着堆着就打起雪仗来了，我裹着大衣躲在墙角看着，不争气的泪水流了出来；第二年我去的时候你们孩子已经出生了，她正坐着月子，透过窗户看进去，你正抱着孩子哄，抱人的姿势并不熟练，把孩子弄得哇哇大哭，旁边的她笑看着你，我一直站到脚都冻麻了，才依依不舍地回去；第三年我去的时候你女儿已经在开始学走路了，但小家伙很懒，你牵着走几步她就往地上滑，然后往外面爬，小胳膊小腿的，五官有几分像你，调皮的性子也和你一模一样，一会儿工夫不见，就爬到屋子外面来了，你在后面念叨着追过来，骂着要打屁屁，可小丫头冲你咧嘴一笑，你就下不去手了，赶紧亲都来不及；第四年我去的时候她躺在床上，我听村里的人说她得了癌症，手术费需要好几万，你一边要照顾她，一边又要拼命挣钱，幸亏孩子懂事，才三岁就知道哄人开心，你没在家的时候给妈妈端茶递水看家，我准备回去的时候你回来了，恰好碰个正着，你看了我一眼，不疑有他，匆匆忙忙地就过了，跟上一年比起来，你似乎老了十岁，脸上的笑容不见了，浑身透着疲惫与无奈，才20出头的小伙子，头发乱糟糟的，胡须也很久没有剃了，眼睛就像一个死湖一样，掀不起任何的风浪，我回去以后将这些年存下的积蓄用信封包着给你们村长，让他想办法将这笔钱给你，信封上没有署名，也没有填地址，相信你收到这笔钱的时候一定很高兴吧，尽管你并不知道是我。第五年我再去的时候，她已经不在了，你和女儿在准备过年的物品，两父女说说笑笑的贴春联、包饺子、洗肉、打扫卫生，画面看起来十分和谐。

今年已经是第二十五个年头了，过去的二十四年里，我看着你辛辛苦苦把女儿拉扯大，前几年女儿嫁到县城去了，再三让你去跟着一起住，你坚持不去，一个人独居在乡下，后来她把女儿送到你这儿来，说是让你帮忙带着，其实就是怕你一个人孤单，这小孩子一张小嘴跟他妈妈一样，总是哄得你呵呵直笑，你也娇惯她，女儿给你的零花钱全买了好东西给这小丫头吃。去年我去的时候，正巧看见你风湿犯了，一个人坐在院子里，额头上豆大的汗珠，那种痛楚我非常熟悉，过去十多年我也是这样过来的，只要忍一会儿就好了，终归我还是不忍心，敲了隔壁你邻居的门，可没等对方来开门我就逃走了，因为我怕他问我我是你的谁，那我该怎么回答呢？老师、爱人、故人？我自己都无法定位，更何况你早就不记得我这个人了。

去年上半年我突发疾病，幸亏邻居发现得早，及时把我送进了医院，这才继续活了下来，考虑到我年纪大了，又没什么亲戚（父母过世后我就再没和哥哥们联系了，他们觉得我丢了他们的脸，我也不想连累他们）。一个人生活不方便，就把我接进了养老院，一开始我是不同意的，我实在无法承认自己已经老到连自己都照顾不好，更何况，养老院是收留那些没有儿子或者老光棍的地方，如果我这样一个没结过婚独居的女人住进去，就意味着必须接受众人的指指点点，我无法说服自己去接受。就这样，我又在家里待了半年，这半年里，我的腿出毛病了，没钱去医院，只好在小诊所里随便拿点儿止痛药吃着，可是根本不起作用，反而发作的频率越来越密了，后来只能拄着拐杖走路，有一次又犯病了，自己一个人躺在床上，连爬起来做饭的力气都没有，被子盖着都觉得浑身发冷，身上的衣服裤子记不得什么时候换的，上面的味道我连自己都闻不下去了，这时我才明白为什么母亲当年那么急迫的要我结婚，如果我听她的话成了家，有了孩子并把他养大，现在好歹也有个人过问着，不至于像现在这般凄凉。可是这条路是我选的，早就没有后路可退，那么就让我这样静静地死去吧，人死万事空，我不想再这么痛苦地活着。

我太累了，闭上眼睛想睡一觉，最好永远不要醒来，可是你又出现在我的梦里，你笑着向我走来，嘴唇动着，我听不见你在说什么，只能凭你的口型大致推测，你叫我的名字，你说让我不要死，你说你会来看我的，你说你一直知道我的存在。我睁开了眼睛，泪水顺着眼角流了下来，打湿了枕头，这是我无数次想象过的情景，可是你却从来没有在我的梦里出现过，在我已经生无可恋的时候，你出现了，你说不让我死，那我就继续活着，即便这只是梦境。也就是从这个时候起，我想给你写信，写一封长长的信，就让我自私一回，以生命为代价。

村委会的人又来劝我去养老院，这次我答应了。第二天就被接去了养老院，乡村的养老院很破旧，只有两层三间的小楼，鉴于我的腿脚不方便，院长把我安排在了西面底楼，门朝东，一大早就沐浴着阳光，慢慢的我腿好了一些，可以拄着拐杖在街上转上一圈。晚上就和其他老人们聚在火炉边聊天，养老院的老人聊天无外乎几个话题，一是这个月政府又发了什么东西，二是自己今天做了些什么事儿，三是追溯自己年轻的时候怎么怎么样，四就是自己的儿女怎么的有出息，他们大多是有儿女的，要么是儿子不孝不管他们，要么是儿子早死，还有就是只有女儿，女儿外嫁了，自己不好意思去跟着住，有几个无儿无女的都是男人，我夹在他们中间的确有些尴尬，大部分时间都是坐在角落里听他们聊他们的儿女子孙。

　　腿脚好多了，我就开始闲不住了，以前在家的时候还能种种粮食，喂喂鸡，现在在养老院一天到晚吃了睡睡了吃的日子我实在受不了，索性就上街买了些布回来做布鞋，人老了，眼睛也不利索了，一双布鞋至少需要三四天的工夫，赶集的时候拿到街上去卖，能卖五六十元，虽然钱不多，但也够我平时散用了，而且还能打发时间。等到冬天的时候我又买了些毛线来打毛衣、围巾和毛线鞋，拿到街上去竟然很多人来买，整个冬天下来还是挣了一千多块钱。

　　养老院在镇上，你家隔得不远，年关看见你来赶场，手里拉着外孙女，偶尔你也会从我面前走过，我低着头摆弄自己小摊上的东西，你大多数时候都会直接走过，只有一次你蹲了下来，拿起摊上的一副红色小手套，举着问小孙女喜欢吗？小孙女点点头，你问我"大娘，多少钱？"这是你第一次和我说话，当时我的心都提在嗓子眼上了，一直低着头不敢说话，你以为我没听到，又问了一遍"大娘，这副手套多少钱？"，我终于反应过来了，鼓起勇气抬起头来看着你，回答道"十块"，你没回话，而是拿着反复翻看，我以为你嫌贵了，张嘴差点就来了一句，"不要钱，送你了。"幸亏还算清醒，及时改成了，"手工的，十块很便宜啦。"的确，之前有人来问我都说的是二十块。你最后又在小摊上捡了一条灰色的围巾，一共三十块钱，你笑着付了钱，最后走的时候还很有礼貌地说了声"大娘，谢谢"。小丫头走累了，你一把把她扛着肩上，鼻子冻得红红的，脸上带着笑，我在街角远远地看着你的背影离去。突然想起前几天和老人聊天的时候有个跟你同村的老人提起你，半开玩笑地说你以后肯定也会住进养老院来，当时我笑着没说话，但心里也明白，等你老了,你是一定不愿意去女儿家住的,所以一定会选择住进养老院来,那我们在某种程度上是不是也算有了共鸣呢?可那是十几年后的事儿了,十几年后我早就不在这个世上了。

我想起要给你写信的计划,买了一沓信纸和笔回去,却不知道从何说起,一个人趴在桌子上思索了半天,只憋出了一句"齐铭,你好。"

没当老师后就很少写字了,现在重新提笔,写出来的字歪歪斜斜的,有些字都记不得怎么写了,想来真是有些愧对我曾经的"人民教师"的称号。在撕了无数张信纸之后,我终于正式提笔了,就从第一次和你见面写起,雁过留声,我不想我死了没有一个人想起我,我爱了你这么多年,你早就成了我这世上最亲近的人,所以请原谅一个将死之人的打扰。

今年五月份我摔了一跤,是半夜去上厕所从楼梯上滚下去的,腿当时就失去了知觉,我张嘴想喊人,却怎么也发不出声音来的,所以我只好在冰凉的地上睡了一夜,第二天被人发现送到医院的时候,我已经昏迷过去了,又发起了高烧,两天后醒过来的时候,院长遗憾地告诉我,我的腿废了,之前本来就有旧疾,加上年纪大,这次又摔伤,里面的骨头已经坏死,除非做手术,可是做手术需要好几万,院里没这么多钱,他的口气里充满抱歉,其实我也能理解,政府每个月拨给院里的钱本来就少,充其量只能维持日常开支,所以大多时候老人生病了都是自己掏钱请医生,有儿女还可以接回去养伤,没儿女的就只能在里面熬着。

这段时间,我越来越觉得我离大限不远了,这几年我的身体越来越差,以前去看你的时候中午出发,两个小时就到了,一个来回也感觉不到半点疲惫,现在清早出发,天黑才能回来,第二天全身酸软,前年二十八下了大雪,积雪都过膝盖了,我穿着水鞋拄着拐杖,走上半个钟头就停下来歇一会儿,足足走了五个小时,路上还摔了两个跟头,雪进了鞋里融化了,回来脚就长冻疮了,又疼又痒的,难受死我了。你问我怎么不坐车?人老了,年轻人怕载我出事儿,我也不愿给人家添麻烦,上了五十之后就再也没坐车了,确切地说,即便是五十之前,我也没坐过几次,最后一次还是我旅行回来奔丧的时候,这一晃几十年过去了,偶尔梦到自己年轻的时候,感觉还是昨天的样子。

腿摔了,大部分时间只能待在床上,连去大堂吃饭都无能为力,隔壁的老大姐看我可怜，每顿帮我带饭回来，一小碗米饭，上面覆着两个菜，大多数时候是青菜、白菜之类的，肉是极其少见的，这人上了年纪，胃口也跟着减小，小小的一碗饭，我很少是吃完了的，偶尔胃口好，吃了不够，却又不好再麻烦人家，只好自己忍着，养老院一天供三顿，早上吃面，中午下午吃饭，我一向对面食不喜，这点儿倒跟你很像，一天只吃两顿，下午六点就吃晚饭了，如果晚上肚子饿，老人们自己也开私灶，我之前也买东西回来煮，现在动不了了，只能让人帮忙买些饮料、八宝粥什么的充饥，渐渐的病越来越重，一天到晚一点儿胃口都没有，直到现在，我床头还堆了好几箱饮料没喝，不过我已经跟小李说好了，等我死了，就把这些发给其他老人。

一晃就到秋天了，窗外的几颗小树叶子全掉了，光秃秃的，我躺在床上，常常一看就是一上午，隔壁的老大姐昨天去的，明明前天还给我端了她煨的鸡汤，说鸡是她女儿抱来的，还跟我说女儿接她到家里去住，准备过了年才回来，让我自己小心点儿，饿了渴了就叫人，我笑了笑，病了这么几个月，起先每天还有人来看看我，可是慢慢地就没人来了，我住的这间屋子有些潮湿，我又下不了床，连衣服都洗不了，只好穿了又穿，连军绿色的被子都成了青色，偶尔挣扎着起来想洗个脸，求了人给我打盆水来，手使不上力，一个不小心就洒地上了，还有没喝完的饮料扔在垃圾筐里，天气热，过不了几天就发酵了，加上这段时间端来的饭我很少吃，往往要第二天有人经过才顺带给我拿下去，所以房间里各种酸味、霉臭味混合，更是让人迈不进步子。当时想着得好几个月看不到老大姐，心里一阵悲戚，索性拜托她上街上去给我扯些布来，趁着现在还能坐起来，也该给自己准备老衣了。

没承想昨天一大早就被鞭炮吵醒，门外闹嚷嚷的，呛人的烟味从窗子里飘了进来，隐隐约约还能听见一两声哭声，不用出门去看，我都知道肯定是老大姐去了，可是这样的猜测我连自己都说服不了，明明昨天还在这儿跟我笑着说话，怎么这才过了一夜就提前去阎王爷那儿报道去了？我以为我已经看透了生死，也可以坦然地走向死亡，可就这么突然的靠近我，我竟一时难以接受，想着想着，不知不觉中我竟哭了出来，我开始思考人活在世的意义，几十年光阴，有的为后人挣了家业，有的平淡度日，有的孑然一身，最后死的那一刻大家又都一样。泪眼朦胧中我又想起了你，我亲爱的你，如果可以，我希望把你未来所有的病痛的加诸到我的身上，我希望你最后能够微笑迎接死亡。

老大姐的丧事还算隆重，三个女儿找了道士来做了两场法事，又找了车子来接她回去，吹吹打打的，从早晨闹腾到晚上，听说三个女儿凑钱给买了十多套丧衣，又买一个上万的棺材，接回去还要办八天的丧事，还要包坟立碑。这是帮忙送丧回去的老人们回来说的，听到这些消息的时候我笑了笑，丧事再热闹又怎么样？不还是死了吗？现在做这些除了让外人感叹一声三个女儿真孝顺之外还有什么意义？倒不如早点儿让老大姐入土为安的好，老大姐身前怕冷，现在放她在冰馆里冻上这么几天，这就是孝顺吗？

我开始预想我自己的丧事了，没有儿女，甚至连来往的亲戚都没有，我才真的算得上是真正的孤家寡人了，到时候一口气上不来，养老院出钱买串鞭炮放了，找辆车把我拉到县城去给火化了，接下来找个地方挖个坑埋上，这还算好的，要是遇上大雪天，直接把骨灰罐一扔，我这一生就彻底结束了，就像一阵风一样，飘过就飘过了，一点儿痕迹都不留下。或许养老院的老人还会偶尔说起我死时的凄惨，但也只是一时的笑料罢了，时间长了就没有人再想起我这个微不足道的人了。这就是我一生的结尾。偶尔有老家的人上街来看我，站在窗户口跟我说几句话，他们的语气里充满了同情，我知道他们也在想象我死后的安排，没有风光的丧事，甚至还落得个"挫骨扬灰"的下场，死后逢年过节连个上香的人都没有，在他们看来这是对我年轻时任性的惩罚。

距离上次提笔又过了两个多月，现在已经十一月份了，天气有些凉，怕冷的老人们已经穿上了棉袄，我一直待在屋子里，倒没怎么觉得寒冷，这一个月我可真是难受死了，腿部一点儿知觉都没有了，胃和肝也出了问题，一点儿东西都吃不进去，眼睛视力急剧下降，有人站在门口我甚至都看不清，头发也不停地掉，现在只有一小撮像杂草一样地栽在头上，最让我感到恼火的是我开始大小便失禁，这真是一件我十分难以启齿的事情，由于躺的时间太久，我的身上开始出现了褥疮，很多次我都想就这样结束我的生命，可是我连动都动不了，又怎么寻死呢？每天我闭上眼睛的时候，我都在祈祷自己永远不要再醒来，可是第二天我又看到了洒到屋子里来的阳光，以前听人说"我连生都不怕，还怕什么死？"现在我觉得，生和死都不怕，求生不得、求死不能才是最煎熬的。

都说女为悦己者容，从一开始提笔开始给你写信的时候，我只是想借此回忆我们的过去而已，可是现在回去看这一篇琐碎的文字，竟然字里行间都是委屈，我以为我真的可以做到毫不抱怨，可到了最后才明白自己其实真的没有自己想象的坚强，所以请你原谅一个女人，一个将死的女人的唠叨，想了你一辈子，念了你一辈子，爱了你一辈子，我却没做到一辈子不打扰你，我食言了。

齐铭，请让我再叫一遍你的名字，这三十多年里，我在心里叫了你无数遍，有人说，当一个人在想念另一个人的时候，那个人耳朵会痒，我在想这会儿你是不是正在火炉旁边捏着自己发烫的耳朵琢磨是谁在想你呢？齐铭，我看见你了，你靠在门上，还是和之前的每一次一样，笑着不说话，我试图下床走向你，可是无论我怎么使劲都挪不动分毫，你终于开口说话了，你叫我"老师"，是啊，我是你的老师，曾经我多么期待你叫我一声老师，可现在听到了却觉得特别的讽刺。

突然，你消失了，像一缕白烟一样，我看着你消失的方向，眼皮越来越重，我这是要死了吗？

我以为我已经死了，没想到睁开眼还在这间屋子里，原来是小李给我送饭来，在窗户口叫了我几声没人应，打开门进来发现我还有一口热气，就给我请了医生了，看着医生那怜悯的眼神，我知道我真的快死了，突然我开始怨恨小李，如果不是她多余的好心，这会儿我是不是就已经解脱了？就不必再像现在这样挂着盐水瓶，数着自己越来越弱的心跳，感觉着自己意识慢慢地模糊，直到失去意识那一刻。

我的手越来越没有力气了，想说的也说得差不多了，却又觉得似乎还有千言万语，齐铭，我要走了，你一定要好好地活着，开开心心的，你要少抽烟，少喝酒，还有少熬夜打牌，一日三餐记得吃，特别是早餐，年纪大了少做些庄稼，不要让自己太劳累了，如果可以，就再找个人一起过吧，有个人解闷也好。

我是怎样的爱你，爱到只能折磨自己，这条路是我选的，我不怨任何人，如果死去要过奈何桥，我一定向孟婆多讨几碗汤，下辈子不愿再遇见你。

方红

2016.1.10

女人看完了信，泪流满面，可是信里除了名字之外找不到其他的信息，她只好重新走进邮局，这会儿来办事儿的人少，员工们正你一句我一句地聊着养老院今天又死了一个人的事儿。

"那老太太还挺可怜的，一辈子没嫁人，到死还这么凄惨，这人啊，一辈子有什么意思呢？"一个20岁出头的小姑娘趴在台子上撑着小脸若有所思地说道。

"哎哟，你这小丫头，年纪轻轻的就一副幽怨的口气，是不是想找婆家了？跟姐说看上哪家小伙子了，我帮你搞定。"一个胖胖的中年妇女打趣她。

这时一个端着茶杯从里间走出来的青年插话问道，"你们刚才说的那个老人是不是那个叫方红的老太太？"

"不是她还有谁？都病了那么长时间了，也没个亲戚朋友去看一眼，要我看啊，早死早解脱。"胖胖的妇女边说边抓起桌子上的瓜子嗑起来。

"那个老太太之前几个月前来寄的东西还在柜台上呢，说起来也是搞笑，地址写的燕台村离这儿又不远，与其花钱寄还不如找人带过去。"

女人听到这话，赶忙让青年把之前寄的信封找出来，员工们都认识女人，知道她是养老院的，平时经常帮老人们办事，也没想什么就给找了出来递给她。

"戚远县古堂镇燕台村齐铭收。"信封上只写了这十几个字，用手一搓，明显可以感觉到里面装的是一叠钱。

女人跟员工们打了声招呼就出了来，招手打了个摩托车，一个半小时后赶到燕台村的时候，村里人告诉她，齐铭已经死了，上个月突发心脏病死的。女人问着路到了他的坟前，蹲下来把手里的信给烧了，至于钱，她给了齐铭的女儿。

等她回到养老院，政府已经派车来把老人的尸体运去县城了，当天下午就火化，至于骨灰，如老人预想的那样，埋在了火化场附近的一个小山头。

幺妹儿

一

幺妹儿的年龄比丈夫大，幺妹儿把什么都干了，犁田、播种、收粮、喂猪，去石板山上砍柴。一到晚上，小男人就折腾她，她咬着牙，索性一动不动，气极了的时候就一脚将小男人踹下床去。男人立起身来，"啪"的给她一巴掌，"你是我带回来的，想怎么玩就怎么玩。"然后又将她的双手反举在头上，固定好她的双腿，覆在她身上，开始新一轮的动作，男人力气大，幺妹儿根本无力反抗，等丈夫滚到一边睡死过去了，幺妹儿才呜咽出声，抽泣不已。

屋里幺妹儿刚要睡去，外厢传来开门的声音，紧接着就是一阵大骂："这才什么时候就上床了，早死三年常得睡。"听着老男人的骂声，幺妹儿不吭声，只听得那边继续骂道"山旮旯出来的婊子一个，到这儿好吃懒做的"，幺妹儿忍着身上的酸痛，昨天下午便停了电，只好借着窗棂透进来的月亮的清辉。窸窸窣窣地穿了衣服，径自去了厨房，打着手电筒给老男人做了碗面，端到跟前来等着他吃了，再打水伺候他洗漱。

老男人是小男人的二叔，不知道隔了几辈的同一个祖宗的二叔，小男人没爹没娘更没房，只有已经长满杂草的几个山头的地，老男人是个光棍，攒了几十年的打工钱修了三间小平房，一个人守着房子过活，见着小男人两口子委实可怜，索性就凑做一家，互相也有个照应，老男人抽烟喝酒赌牌样样皆通，出去赌牌经常半夜回来，偶尔还带上三五两个牌友，每每这时，幺妹儿就得起床做夜宵招呼人家，如果起得迟了，老男人提着烟枪站在里屋门口咒骂，婊子、烂货、不要脸，要多难听就有多难听。

幺妹儿是楚州人，从小因为计划生育遭父母狠心抛弃，当时无子的养父母好心收留，等后来生了个儿子，小小年纪的幺妹儿就成了保姆，成天围着弟弟转，家里没钱，幺妹儿小学没读完便跟着人出去打工，挣的钱给家里寄回去修了新房，到了十七八岁，每每回家，村里的女人们便上门给自己介绍婆家，不过由于幺妹儿从小面黄肌瘦，个子又小，加上火柴棒般的小身板，自然说不得好人家，懒得见他们挑三拣四的嘴脸，幺妹儿索性不再回家，逢年过节寄钱回去就好。

小男人是她在江水市打工时遇到的，小男人是农村人，外表不算特别出众，但20多岁男人的韵味恰恰在他身上体现得淋漓尽致，褪去了乡下来的那股泥腿子气息，没有城里男人的轻浮，单纯中带着一份老实，让女人特别是幺妹儿这种女人不知不觉地沦陷在他的柔情中，他们骑着车去郊外看夕阳，拥抱在不足20平方米的小租屋里看电视，他向她讲述这些年的足迹，讲他曾经的女朋友是怎样的拜金，讲他早早过世的父母，讲他那午夜梦回的故乡，她听着，这个初涉世事的小姑娘，心里眼里全是他的身影，最后，毅然决然地跟着他回到了他的故乡。

凌晨四点，外面下着"淅淅沥沥"的小雨，外屋又响起了"咚咚咚"的敲门声，不用说也知道是二叔的酒友兼酒友，幺妹儿推开小男人搭在自己肚皮上的腿，嘴里嘟囔了几句"死鬼"，挣扎着起来，应着外屋的敲门声回道"来了"，利索地去开了门，又叫了二叔起来，提了酒桶来给他俩各倒了一杯酒，二叔嚷着没有下酒菜，让幺妹儿去把地里他栽的折耳根摘了来拌上一盘，幺妹儿戴上草帽摸黑去地里弄了来，瞧见桌子上又多了盘酥肉和花生，她知道这是二叔锁在房间的大木柜里的，鲜少拿出来吃，想到这儿，幺妹儿抬头看了旁边坐着的男人一眼，只见男人眼睛不转地盯着她，极为大胆，幺妹儿不由得往后退了退，赶紧回了厨房。

再去眠了一会儿，6点起来的时候，雨已经停了，那个男人也走了，幺妹儿烧水把猪食烫好了，一手提一个桶去王婶子家喂猪食。二叔家只有三间平房，没有猪圈。幺妹儿来了这儿，几次逃跑被抓回来揍得鼻青脸肿之后，央着小男人给买了两头猪来在王婶子家空余的猪圈里喂着，每天去喂猪就跟它们聊上一聊，尽管猪听不懂更不可能回应。

"王婶子，这么早就起床来了，好不容易遇着个下雨天，怎不多睡会儿？"王大娘这会儿正在扫地，嘴里念叨着，幺妹儿隔老远便打起招呼，在这个村里，幺妹儿也就跟王婶子还能说得上几句，王婶子是带着儿子嫁过来的，50来岁的年纪，右手带了残疾，她男人是二叔的亲大哥，年纪比她小了七八岁，耳朵不怎么好，脾气有些冲，但对王婶子还是极好的。

"他们爷俩还睡呢，我起来看看地松软了没有，前些日子晒了那么久，好不容易下雨，又半痛不痒的，想着去挖块地来栽菜子，挖了两锄挖不动，索性就回来了。"王婶子见着幺妹儿，赶紧开了圈门让她进去，"你这两头猪倒喂得光生，肥膘得很，赶到年底估计有三四百斤了，够你们过个好年了。"

幺妹儿听着她夸的话，眼睛里蹦出了光彩来，整个人精神了不少，双手揉搓着围腰，连连谦虚说着"哪里哪里"。

"你要是给你家男人生个大胖小子就好了，他也犯不着一天到晚往外面跑，你的日子也好受些。"王婶子是老实人，但是又太老实了，脑袋里想着什么嘴里就连珠炮似的蹦了出来，"前几天听唐三说她娘家有个什么方子……"抬头瞧见幺妹儿黑黑的脸色，赶紧住了嘴，打起了哈哈来，直劝幺妹儿不要往心里去。

孩子、孩子……

幺妹儿咬着有些开裂的嘴唇，老僧入定般地站在原地，脑子里尽是"孩子"二字，她也知道小男人总往外面跑，也知道他和郑芳有一腿儿，但她有什么办法呢？跟着小男人回来已经一年多了，小男人欲望强，每天晚上都缠着自己，可是肚子就是没半点儿动静，前些天小男人深夜才回来，抓着自己就是一阵欢爱，嘴里叫着别人的名字，她不依，小男人抬脚就给自己一腿，嘴里骂她是不会下蛋的母鸡，那一脚正踢在肚子上，痛得她直打滚，可是眼泪在眼眶里打转怎么也掉不出来。

二

这天眼瞧着就要入冬了，家里的柴火不够过冬，幺妹儿大清早就拿了斧头，背上草架去山上打柴，这两年村里年轻人都出去打工，留在家里的尽是老人孩子,尽管煤价都快赶上猪肉价了,但打柴的人还是不多,加上这些日子晚上打霜,植物叶子也掉得差不多了,幺妹儿小半天儿便打了一大堆,见着出了日头,身上没那么冷,索性就再打一会儿,指望着寻到柏树桩,过年熏腊肉的木材也就有了。

这幺妹儿心里刚想着呢,就瞧见不远处有几颗刚砍不久的木桩,白生生,仿佛发着光似的,幺妹儿提着斧头欣喜地过去,一个没留神,"咕咚"一声掉进了别人挖黄泥的坑里,屁股像是摔成了两瓣,疼得幺妹儿直呼气,坑里的积水钻进裆里去,浸得身上的伤口生疼,忍着痛挣扎着爬起来,这才后知后觉地发现右腿膝盖上血肉模糊一片,根本无法剧烈运动。

正在幺妹儿叫天天不应、叫地地不灵的时候,坑口出现了一只手,紧接着是一张洋溢着笑容的脸。

"媳妇儿,媳妇儿你怎么跑坑里去了?"这人是村里有名的傻子王勇,小的时候发高烧烧坏了脑子,整天神志不清地到处乱窜,他那牙齿都掉得差不多了的老娘天天拄着拐杖到处找他。家里只有这么一个独子,幸亏7个姐姐嫁得好, 时常接济,日子也算好过。你说这傻子傻吧,他又知道占人便宜,见着女的就叫媳妇儿,随你怎么教都不听,平时村里的人爱逗他,男人们叫他叫自己"爸爸",女人们指着路上的狗说是他"媳妇儿",这傻子也听话,等他老娘知道了,抬了根板凳坐在坝子里一顿乱骂,从祖宗十八代咒到断子绝孙,大家也不吱声,心里想得却是,"就傻子那样子,你家才是真正的断子绝孙了。"

"幺爷,麻烦你搭把手,待会儿我给你糖吃哦。"这会儿幺妹儿完全是把他当救星了,赶忙哄他下了坑来将自己背了上去。又哄着他帮自己把树桩给挖了出来,再不好意思让他帮忙背回去,就把柴火丢在了山上,准备回去让小男人来背,傻子扶着她拖着那条受伤的腿慢慢回家。

"侄儿媳妇,这是什么?"

"那能吃吗?"

一路上傻子不停地在耳边问东问西,幺妹儿因为膝盖上的伤没精神搭理他,傻子听得似懂非懂,"咦,侄儿媳妇,你怎么流血了啊?"傻子终于注意到了幺妹儿的伤,紧张地问道,一直挂在脸上的笑容也消失了去,"疼吗?"说着就埋下头去,幺妹儿还没反应过来,膝盖上传来了痒痒的触觉。

往伤口上吹气就不疼了吗?真是个傻子,幺妹儿讪笑着想。

回了家来,门锁着的,掏出钥匙开了门进去,客厅的餐桌上摆着个碗,长凳上放着一抱小男人的脏衣服,里屋里传来一两声二叔的呼噜。

"侄儿媳妇,糖糖,糖糖。"怔楞间,傻子拉着幺妹儿的衣服要她承诺的糖,幺妹儿扶着墙壁进房间里去,从凌乱的床上找到她的小包,打开摸出五颗大白兔奶糖,出来递给傻子,傻子欣喜地剥开放进嘴里。"嘿嘿"地笑着,口水淌到了下巴,幺妹儿扯了纸来侧过身去给他擦口水。

"臭婆娘,你在干什么?"小男人一声怒吼传来,幺妹儿手赶忙缩了回来,头下意识地低了下来,落在小男人眼里,就成了自己的女人不守妇道被自己当场抓奸,上前一步"啪"的给了她一巴掌,昨晚是左脸,今天是右脸,两边倒平衡了,傻子吓得往门外跑,被小男人一把揪了回来,"老子的女人也是你这傻子能动的?"

幺妹儿见小男人抓住了傻子,忙出口求情,"他什么都不知道,他只是⋯⋯"

"你个臭婆娘,还好意思帮他说话!"小男人气急,手不得空,抬腿又给她一脚,幺妹儿眼前一黑晕了过去。

"你还跟这对狗男女多说什么?这顶绿帽子你能戴得下去?打电话去大队让他们来主持公道。"老男人不知什么时候披了衣服出来,靠在门上"吧嗒吧嗒"地抽着旱烟。

三

等幺妹儿醒过来的时候,王大婶给她带来了一个消息,小男人找了村长、书记和村里稍有名望的几个长辈,又请了傻子年迈的爹娘以及当事人傻子坐在一起,就幺妹儿和傻子这事做了一次讨论,最后讨论出来的处理结果是,傻子家赔偿小男人三千块钱

幺妹儿听完,静静地坐在床上,不说话,两眼直瞪着屋顶,要不是还有呼吸,王大婶都怀疑她死了。想着她还没吃早饭,回家去鸡窝里捡

了鸡蛋做了碗蛋汤端过来，一勺勺地喂给幺妹儿，看着幺妹儿这样子，眼泪跟着"吧嗒、吧嗒"地掉个不停。

小男人深夜才回来，喝了点儿酒，东倒西歪的，进了屋来开了灯，坐在长凳上的幺妹儿吓了他一跳，披头散发、脸色苍白的样子配上她瘦弱的身躯，羸弱的样子活脱脱的像个来寻仇的鬼。

"还有饭菜吗？"

……

"这炉子的火怎么灭了？"

……

"烧热水了吗？"

……

小男人连续问了几个问题，幺妹儿一言不发，眼睛幽幽地盯着小男人，看得小男人心里直发毛。

这深秋打霜的深夜，屋内外的温度相差极大，这会儿小男人冷得直打冷战，跺脚搓手，往日里幺妹儿睡觉前都会打了水放炉子上温着，心里不住地抱怨着，抬头看去，幺妹儿已经站起来，缓缓转过身去，拖着她那条受伤的腿，慢慢地往屋里移动。

"这婆娘，还有什么用？"

……

养了半个月，幺妹儿终于可以自在行走了，不过腿却有些瘸了，做事没有往常那般利落，身子微微有些发福，二叔喝酒打牌回来，搬了椅子坐在坝子里，抽着旱烟骂幺妹儿，幺妹儿捏着宽松衣角从他面前走过，照旧不吭声，二叔骂着骂着觉得没劲也就停了。

再过半个月，小男人突然决定不在家里过年，将圈里的猪给卖了，收拾着东西带着幺妹儿跟一群兄弟去北蒙跟着一个熟识的老板打工，幺妹儿没发表意见，只是看着三轮车上的两头猪落下了几滴眼泪。

等到了北蒙，见着了所谓的大哥，面容清秀，皮肤略白，高高的额头中央夹杂了几丝阴柔之气，敞开的袄子露出光滑瘦弱的胸膛，彼时，他斜靠在铺着棉衣的注意上，闭着眼睛，手上转动着一个碧绿色的茶杯，几个人站了一会儿，最后小男人忍不住打破了平静。

"顺子哥。"

朱顺没回答，继续等了一分多钟，朱顺终于开口了："你们来了。"疑问的语句，用的强调的口气，很平常的四个字却给大家一种毛骨悚然的阴冷，继而，朱顺睁开眼来，换了一张笑脸，眼睛挨着一个个地扫过去，等幺妹儿和他的眼睛对焦的时候，幺妹儿惊了一跳，这不是，这不是二叔的牌友吗？怎么成了小男人的大哥了？还没等她理清情绪，男人已经发话让人领了他们下去休息。

在这儿待了几天，吃的喝的一概不愁，却不见朱顺给他们安排事干，幺妹儿从小男人那里得知，朱顺家里人全死光了，是村里出了名的独户，常年在外流浪，过着一人吃饱全家不饿的日子，前几年跑到北蒙来挖煤，一连几年没有消息，就在大家纷纷猜测他被煤压死了的时候，朱顺衣锦还乡了，穿的是村里人没见过的正装，脚上的皮鞋擦得反光，腰上别了个西门子手机，白白的光头油晃晃的，看得村人直羡慕。等问了朱顺的发财之道，村里人寻了机会就把儿子带过来拜朱顺为师，但求跟着他混出个名头来。

黑氏贴着墙睡，这段日子由于幺妹儿的身体还没完全好利索，小男人很少动她，有时黑氏半夜起来，旁边的小男人嘴里叫着另一个女人的名字，被子里的手直往黑氏身上摸索，黑氏咬着牙看着他，手拖着已经有些略鼓的肚皮，小心翼翼地从床上站了起来，抬腿准备越过小男人的身子，岂料。

"幺妹儿。"

小男人呢喃着下意识地伸手摸索，死死地抱着了黑氏的一条腿，发出"啧啧"的满足声，又继续开始打呼噜。

黑氏好生下了一跳，弯腰伸手去挠了挠小男人的夹肢窝，小男人怕痒松开了手，幺妹儿赶忙下了床来，光着脚板摸出早就收拾好了的衣服和干饼子，蜷曲着身子蹑手蹑脚地开门出了蒙古包，借着月亮的清辉和月夜的黑暗绕过了晚上守夜的人。

等到了开阔的平地，幺妹儿找了个相对隐蔽的地方坐了下来，拿出干饼就着水咽了下去，吃着吃着，眼前一黑，幺妹儿失去了知觉。

四

"侄儿媳妇。"

"跟你说多少遍了,不准再叫侄儿媳妇了,她以后是你婆娘。"

"侄儿媳妇怎么是我婆娘?婆娘是什么东西?可以吃吗?"

"婆娘是你的,你想咋个就咋个。"

朦朦胧胧中,幺妹儿的耳边不停地有人在说话,声音很小,却是似曾相识,不过由于路上颠簸了两天,意识还没跟上,昏昏沉沉地又睡了过去。

小男人、北蒙、朱顺、出逃,再然后……

幺妹儿猛地睁开眼,眼睛木然地一转,最后目光落在了头顶上的那根房梁上,呆呆地看了一会儿,再闭上时,泪水溢出了眼角,攥着床单的双手青筋暴露。

"侄儿媳妇,侄儿媳妇,"外面的声音传来,幺妹儿依旧闭着眼睛不吭声,一会儿便有人开了门进来,"侄儿媳妇,外面下了好大好大的雪,你咋个还不起来陪我耍。"说着就把头靠在幺妹儿的手边,估计是跑累了,没一会儿就睡了过去。

幺妹儿再度睁开眼,看着侧睡在面前的傻子,头发上的雪还没融化,冻得通红的小脸的寒气浸入她的手指,她往里面移了移,睡熟了的傻子呓语了几声。

幺妹儿看着看着,眼眶又开始泛红,拉过被单咬着,哭声还是泄露了些许出来,断断续续的,像下着淅淅沥沥的雨。

"你哭什么哭?!这眼看着就过年了,别给我们家找晦气,差不多就起来了,今晚上我找了人来,虽然你不是清闺的,好歹还是要走个程序,别给人说头说尾的。"傻子的娘纳着鞋底推门进来,靠在米柜上尖着嗓门说道,怕吵醒傻子,音量放低了几个调子,但还是足以让装睡的幺妹儿听得清清楚楚。

"花了那么多钱,棺材本都赔进去了,就找了你这么带球跑的。"幺妹儿心里一紧,被子微不可见地动了动,老婆子眼尖瞧见了,麻线穿过鞋板"刷刷"的摩擦声有节奏地响着,过了一会儿,只听得她再次说"放宽心，我们还不至于那么缺德跟没出娘胎的娃娃过不去，再怎么说也是我们王家的血脉。"这个地方是一个宗族延续下来的，小男人和傻子只是辈分不同而已。

　　晚上陆陆续续地来了人，老婆子在堂屋里摆了花生瓜子给大家混嘴皮子，男男女女说着笑着，其间有说老婆子福气好，好歹找了幺妹儿这么个勤快的媳妇，又把当初小男人的家庭和傻子比，夸得幺妹儿也有福气了，现在又有公婆照看，姐妹帮助，傻子又老实，说得只差天上有地下无了。说着又有几个热心同辈的妇女一道拥着进了房间，这会儿幺妹儿坐在窗前，脸上没什么表情，见了这些以前的妯娌们，忙站起来"大娘，二娘"的打招呼。

　　"这会儿跟了他幺爷，这声大娘我可不敢当了，得跟着孩子他幺爷叫嫂子才合当。"带头的王灿家忙回道，又打量了一边屋里的物件——房间里的东西都是这几天傻子的七个姐姐给买的。啧啧称赞，其他人也应和着不住地说着真有福气的话语。

　　幺妹儿不答话，独自低着个头，他们提到了就点个头，一群女人本想问她些出去后的事情，见她这样也只好作罢，大家唠起了家长里短，你家过年猪真肥，我的后家侄儿媳妇哪儿来的，朱家村那儿这开年谁又有酒席，说了半晌，傻子的几个姐姐进了屋来给幺妹儿打整，女人们忙让了地方，但却没出去，对于她们来说，寡妇再嫁不新鲜，但这种侄儿媳妇再跟叔叔的事儿却不多见，尽管心里鄙视不已，甚至暗暗咒骂幺妹儿丢了她们女人家的脸面，但明面上却还是揣着一脸儿的笑继续看热闹。

　　等大姐二姐给幺妹儿收拾好出来，众人眼前一亮，幺妹儿其实底子还是长得不错的，只是皮肤有些泛黄，个子矮矮，平时衣服又穿得宽松，风一吹把衣角撩起来，越发显得人矮身瘦，看起来像个小老太婆，这会儿给拾掇了一遍，脸上擦了点儿粉，嘴唇涂上口红，再将头发给盘上了，显得脸蛋小小的，越发的唇红齿白，一身新买的红衣倒像是仿着她本人做的，这一穿上，胸是胸，屁股是屁股的，一双小脚也露了出来，衣服上宽松的流苏把微鼓的肚子给遮了大半，幺妹儿依旧低着个头，旁边的人这会儿又评价了起来。

　　"这身衣服倒真好看，穿在这新姑娘……"李家大娘刚说得起劲，旁边她家儿媳妇咳了一声，赶紧改口说道，"我是说穿在这幺妹儿身上真是好看得很。"然后打量了主人家的脸色，依旧还是笑着的，心里暗暗嘀咕了几句，却是没再说出声来。

"对哒，对哒，说起来，大娘这才21吧，年轻就是好，穿什么都好看。"李家媳妇见大家没说话，想着是刚才自己婆婆说了错话，赶紧接了话头过来，兀自和幺妹儿拉起了近乎，说起来，这以前幺妹儿还得叫她一声大嫂，这会儿却是要改叫幺妹儿大娘了，生生高了一个辈分。

"说得好像你多老似的，这都两个孩子的妈了，这皮肤，这身子，还像个小姑娘似的，哪像我？都黄脸婆一个了。"赵家媳妇也凑了话来，兀自和李家媳妇交流起了年龄问题。

"那你不说你盖了那么一座大房子，男人在外边挣钱干得，两个儿子教得又好……"

"就是就是，我要是你，就该满足了。"

一时间，话题的中心就从幺妹儿身上转移开了去，一群开始互相恭维起来，话头里谁都比自己好，至于心里怎么想的，那就没人清楚了。

妇女们再待了一会儿，又得回家睡了，有的去客厅里看男人们打长牌，有的三五成群继续摆龙门阵，十二点不到，幺妹儿是不能出房间门的，自己一个人坐在床上，双手覆在肚子上，嘴巴里不知道说些什么，只见得眼泪涟涟，听了门响，赶紧和着袖子擦了泪水，端端正正地坐好，只听得越来越近的话声。

"我家那个背债的，前几天开车出去今天擦黑才回来，还把腿给摔了，我忙着打整他，这会儿才有时间过来瞧上一瞧。"

是王家大娘，不对，今天过了，就得改口叫王大嫂了。

"是吗？那恼火不？找了拐子来看没有？怎么说？"老婆子紧张地连问了几个问题，王家大嫂连连回答了几遍没什么问题，然后就推门进来。

"你王家大嫂来看你了。"然后跟王大嫂招呼了一句又关门出了去。

幺妹儿早就站了起来，这会儿赶紧将王大婶迎了过去坐在床上，着急问道"王利他没大事儿吧？"这王利也就是王大婶带嫁过来的儿子，高考没考上，就跟着村上的修车师傅修车，王叔凑钱给他买了辆摩托，成天开着到处跑，平日里油嘴滑舌的，跟村里的一群小媳妇儿打得火热，

293

只要一得空，就到处去相识的妇女家串门子，见了她们在干活也搭把手，每逢赶集就把车停在路口，挨着免费载她们上街，如果见了哪家男人打媳妇，挥着拳头就上去跟人家干上一场，不过，每每总是挨揍的对象，幺妹儿以前在二叔家的时候，平时有什么苦力活也叫王利过来帮忙，他也不推辞，过来麻利地干了就回家，怎么都不留下来吃饭，后来因为小男人揣了她一脚，王大婶回去说了几句，第二天大早上他就找上门来把小男人骂了一顿，小男人气得直说他跟幺妹儿有一腿儿。

"没事儿没事儿，他就是猴子一个，明天准保又能够到处跑了。"王大婶拉住幺妹儿的手，说，"你可不能再叫我大娘了，给你婆婆听到又得不高兴了。"接着又叹了一口气，"你这孩子也是命苦，这刚逃出狼窝又掉进了虎穴，听说，那个男人被朱顺骗去进了黑煤场，一年两年的别想回来，你就好好过你的日子。"如此说着，却是止不住地掉泪水，口里嘟囔着"这命啊，这命啊。"

"这日子过也得过，不过也得过，要说过得开心，除非……"幺妹儿心里想着，却是没敢说出来，只是抬头看着为自己而伤心的王大娘，也不知道说什么好。

五

十二点一到，大姐二姐进了屋来把幺妹儿扶去堂屋，这会儿堂屋已经聚满了人，见了新人来，赶紧让开了道，只见胸口拴了大红花的傻子站在中间，地上是两个荞麦枕头，前面摆了一张桌子，桌子前面是一顶升子，两根香正烧着。

"侄儿媳妇儿，侄儿媳妇儿。"傻子见到打扮得格外漂亮的幺妹儿，一兴奋又叫了"侄儿媳妇儿"，完全忘了先前自己老娘反复交代的，急得他老娘忙开口打住，可还是被周围的人听了去，一时间所有人都大笑起来，其中还有人打笑道，"今天之前是侄儿媳妇，今天之后是媳妇儿，你这倒学了唐太宗了。"老婆子扭头一瞪，那人赶紧住了嘴。

幺妹儿听了，脸上依旧是淡淡的，看不出表情，只是袖底握成拳头的手泄露了她的情绪。

因为幺妹儿嫁过人，而且前后两个男人这关系又有些特殊，加上傻子的情况，仪式也只是匆匆让他们拜过天地、父母以及几个姐姐之后就结束了，但这倒比之前跟着小男人更加的名正言顺了，送回房间的时候，幺妹儿抬眼扫了一转周围，见着二叔含着烟枪站在大门外，眼里全是讥讽，她不介意，又扫了一遍，他还是没来。

如果说以前的小男人对幺妹儿是粗暴的话，那么傻子就真的是把幺妹儿当玩具了，老婆子跟傻子上过课，傻子虽然傻，但也是个男人，很多事情无师自通，幺妹儿抗拒不过，只能随了他，一场运动下来，幺妹儿摊在床上，手摸着肚子，眼里含着泪水。

第二天中午吃饭的时候，王利哼着歌儿打家门口挑水过，幺妹儿放下手里正在打的围巾走了出来，叫了王利一声，王利笑着回过头来，叫了声嫂子，却又反应过来不对，又叫了一声大娘，看着他那尴尬的样子，幺妹儿突然觉得好笑，似乎想说什么却又说不出来，最后只是照常问问他伤得怎么样，王利放下扁担原地跳了几下，幺妹儿忙打住他，催他赶紧去挑了水回来。

等他走后，幺妹儿靠在门上，呆呆地看着门前的小路，直到老婆子叫她才进去。